살아 있는 돌

살아 있는 돌

인쇄 · 2021년 7월 20일 | 발행 · 2021년 7월 27일

지은이 · 이길환
펴낸이 · 김화정
펴낸곳 · 푸른생각

편집 · 지순이 | 교정 · 김수란, 노현정 | 마케팅 · 한정규
등록 · 제310-2004-00019호
주소 · 서울시 마포구 토정로 222 한국출판콘텐츠 402호
대표전화 · 02) 2268-8707
이메일 · prun21c@hanmail.net / prunsasang@naver.com
홈페이지 · http://www.prun21c.com

ⓒ이길환, 2021

ISBN 978-89-91918-98-6   03810
값 16,500원

이 책은 세종특별자치시와 세종시문화재단의 후원으로 발간되었습니다.

푸른소설선 ■

살아 있는 돌

이길환 소설집

두 번째 소설집을 묶는다. 첫 소설집을 묶을 때는 쉽게 작품을 선택하여 발간했는데, 이번에는 오래전에 발표했던 작품까지 일일이 찾아내서 다시 읽어보며 수록할 작품을 골랐다. 그 때문에 작품이 다소 요즘 시대와 동떨어지는 것도 있다. 가령 6·25나 5·18의 시대적 배경이 나오는데, 이는 작품을 오래전에 발표했기 때문이다.

작품을 쓸 때마다 나는 시종일관 긴장을 한다. 단편소설이나 중편소설을 쓸 때는 그나마 분량이 짧아 긴장이 빨리 끝나지만, 장편소설을 쓸 때는 몇 달씩, 혹은 일 년 동안 긴장하기도 한다. 긴 시간 동안 긴장하다 마침내 작품이 끝나서 긴장이 탁 풀릴 때의 그 쾌감, 그것은 겪어보지 않은 사람은 모를 것이다.

이번 소설집을 묶는 동안에도 긴장의 연속이었다. 작품을 고르고, 교정하고, 출판사에서 온 교정지를 붙들고 또 여러 날을 고생했다. 이제 교정을 끝내고 홀가분하게 계룡산을 찾는다. 가끔 오는 산이지만 녹음이 짙어 편안하다. 연일 된더위가 계속되고 있다. 갈참나무 위에서 매미가 따갑게 울어댄다. 땅속에서 6년 만에 나온 매미다. 암컷 매미는 단단한 산란관이 있어 나무껍질을 뚫고 속에 알을 낳는다. 45일에서 10개월, 또는 그 이상 걸려 부화한 애벌레는 땅속으로 들어가 나무뿌리의 진을 빨아먹으며 자라다가 열다섯 번이나 탈피한 끝에 6년 만에 밖으로 나와 허물을 벗고 매미가 된다. 북아메리카의 매미는 애벌레로 지내는 기간이 17년이나 되는 것도 있다고 한다.

소설을 쓰는 데에도 매미처럼 인고(忍苦)가 따른다. 스토리를 이어가며 플롯과 주제와 문체가 어긋나지 않았는지 살피며 끌어가다 마침내 종지부를 찍을 때, 나는 매미가 된 기분이다. 애벌레의 긴 인고 끝에 얻은 작품이 화려하게 날개를 달고 세상 밖으로 나오는 매미를 닮았기 때문이다. 글을 많이는 못 쓰지만, 한 편이라도 작품이 탄생할 때마다 나는 긴장이 풀리고 또 한 편의 소설을 끝냈다는 희열을 느낀다.

책이 나오기까지 고생한 출판사 관계자분께 감사드린다.

2021년 7월
이길환

살아 있는 돌

차례

내 영혼의 나그네

내 영혼의 나그네

새를 잡을 수 있냐고 제안한 것은 아내였다. 집에 들어와 욕실에서 대충 발만 씻고 나오는데 아내가 새를 잡자고 말했다. 새를, 나는 얼버무렸다. 새를 잡으려면 닭을 잡는 것처럼 물을 끓여 새를 담그고 털을 뽑은 다음 내장을 해부하거나, 토끼의 가죽을 벗기듯 칼로 긋고 털을 벗기면 되지만 나는 살생(殺生)이 싫어서 아내 앞에서 고개를 흔들었다. 더구나 바깥도 아니고 아파트 안에서 새를 잡아서 요리한다는 게 께름칙했다. 꿩이나 멧비둘기라면 몰라도 잡아봐야 주먹보다 작은데 먹을 게 뭐가 있다고 아내는 새를 잡자고 하는지 모르겠다. 나는 아내의 말을 듣고 싱크대 주위를 둘러보았다.

새는 보이지 않았다. 아내가 말한 새는 어디에도 없었다. 꿩이나 멧비둘기라면 쉽게 눈에 뜨일 텐데 새는 집 안의 어디에도 없었다. 내가 잘못 들었나. 아내는 식탁에 앉아 마늘을 까고 있었다. 묵은 마늘이라 태반이 썩어 있었다. 통째로 버리기가 아깝다고 했는데, 몇 알이라도 건져보려는지 아내는 통마늘을 헤집었다. 그냥 버리는 게 나았다.

"옆 동에 사는 여자가 새를 잡아달라고 왔었어요."

나는 그때야 새를 잡는 것이 죽은 새를 해부하는 것이 아니라 살아 있는 새를 잡는 것임을 알았다. 옆 동에 사는 여자가 실수로 새장 문을 열었는데 마침 베란다 창문이 열려 있어서 새가 날아갔다고 했다.

"혹시 오다 앵무새 못 봤어요?"

"아니."

여자가 새를 잡아달라고 119에 신고를 했는데 나뭇가지에 앉은 새를 보고 구급대원은 그냥 돌아갔다고 했다. 사람에게 해를 끼치는 멧돼지나 사나운 개는 포획할 수 있어도 새는 해가 없으므로 알아서 처리하라고 구급대원이 가버리자 여자는 높은 사람에게 고발한다고 고래고래 소리를 지르다 집으로 들어갔다고 했다. 나는 아내의 말을 듣고 베란다로 나가 창문을 열었다. 어둠이 밀려오고 있었다. 어둠 때문에 새는 보이지 않았다. 집에서 기르던 새라면 쉽게 사람을 따를 텐데 앵무새는 혼자서도 바깥의 생활에 잘 적응하는 모양이다. 아내는 내일이 일요일이니까 새를 잡아서 그 집에 갖다주라고 두 번이나 말했다. 그 여자가 관리사무소로 찾아와서 경비한테 잡아달라면 어떠냐고 졸랐다고 했다. 경비는 두 명인데 교대로 근무해서 낮에 한 명뿐이라 새를 잡기가 곤란하다고, 게다가 경비라는 직업 특성상 고령자라 나무 타기는 할 수 없다고 아내는 새를 내가 잡아야 하는 타당성을 말했다.

베란다에도 어둠이 밀려왔다. 새는 잘 자고 있을까. 나는 창밖의 어둠을 보며 집에서 키우던 새가 야생에서 잠을 잘 수 있을까 생각했다. 사월의 초순이지만 밤공기가 제법 쌀쌀했다. 멧비둘기는 아파트 앞의 전나무나 소나무 속에서 잠을 잔다. 저녁녘에 인기척을 듣고 소나무 속에서 날아가는 것을 나는 가끔 보았다. 앵무새도 소나무 숲에서 잘 거라고 생각

내 영혼의 나그네

하다 나는 베란다를 나왔다. 아내는 그때까지도 마늘을 까고 있었다.

다음 날, 나는 아침부터 새를 찾기 시작했다. 새가 나온 곳이 옆 동이 므로 나는 일단 옆 동 주변부터 살펴보기로 했다. 사월 초순이라지만 아 파트의 화단에는 아직 꽃이 피지 않았다. 해마다 목련이 새하얀 꽃잎을 잎사귀처럼 펴 보이고, 담장 옆에 개나리가 흐드러지게 피었었다. 새는 아직도 보이지 않았다. 집에서 키우던 새라 주변에서 쉽게 찾을 수 있을 거라는 추측이 빗나갔다. 새는 목련나무 위에도, 전나무 위에도, 주차장 에도 없었다. 전나무 속에서 멧비둘기만 세 마리 날아갔다. 나는 옆 동의 경비실로 가서 새가 정말 나왔는지 물어보았다.

"602호 아줌마가 새를 잃어버렸다는 얘기는 들었지만 보지는 못했죠."

경비원도 새를 보지 못했다고 했다. 전설의 새처럼 앵무새를 봤다는 사람은 아무도 없었다. 나는 이왕 새를 찾기로 한 김에 602호 여자를 만 나야겠다고 생각했다. 만나서 새의 특성과 모양 따위를 물어봐야 했다. 새에 대해 알아야 포획을 할 듯해서였다.

"그냥 평범한 앵무새예요."

602호 여자는 오히려 앵무새도 모르냐고 짜증을 냈다. 집에 있으면서 도 필요 이상으로 진하게 한 화장 때문에 여자의 얼굴은 도시 나이를 분 간할 수 없었다. 갈색으로 파마를 한 머리칼과 아이섀도 한 파란 눈과 붉 은 입술이 여자의 나이를 이십 년 정도 춤추게 하고 있었다. 나는 여자 의 눈가에 난 잔주름을 보며 적어도 여자가 나보다 십오 년은 더 먹었다 고 직감했다. 느낌으로 알 수 있었다. 화장으로 세월을 감추려 해도 감춰 지지 않는 곳이 있었다. 여자는 현관 앞에서 몇 마디 하고 이내 문을 닫 았다. 굳게 닫힌 문 앞에서 나는 괜히 여자에게 왔다고 생각했다. 여자는 자신의 집에서 나간 새를 잡아주기 위해 왔음에도 현관문만 열어 나를 맞았고, 흔한 음료수조차 내오지 않았다. 마치 거래하는 것처럼 분위기가 어색했고, 여자는 내가 더 질문하기도 전에 등을 돌렸다.

옆 동의 아파트를 나와 나는 힘없이 집으로 향했다. 새를 잡는다는 것은 아무래도 무리인 듯했다. 보이지도 않는 새를 어떻게 잡을 수 있을까. 아내가 말한 새는 어쩌면 처음부터 없었던 새인지도 모른다. 집 앞의 놀이터에 있는 벤치에 몸을 맡기고 담배를 피워 물었다. 일요일 아침부터 있지도 않은 새를 잡겠다고 들뜬 마음이 착 가라앉았다. 놀이터 담장의 장미 넝쿨에 멧새 한 마리가 날아왔다. 박새였다. 주위를 두리번거리며 나뭇가지 사이를 폴짝폴짝 날아다녔다. 예전에 잡아본 새였다.

겨울에 아버지는 새덫을 만들었다. 짚으로 조그맣게 이엉을 엮어 바닥을 만들고 나무를 반원형으로 만들어 새끼줄로 망을 뜨고 좀 더 큰 나무로 반원형을 만들어 고무줄을 묶고 망을 뜬 나무를 돌려주면 고무줄의 감긴 힘으로 망이 덮쳐서 새가 잡히는 원리였다. 대나무를 작게 잘라서 홈을 파고 실로 벼 이삭을 달아서 망에 묶고, 젓가락처럼 가는 나무로 망을 지지해놓으면 새가 날아와서 먹이를 쪼다 망이 덮쳐서 새가 잡히는 덫을 아버지는 여러 개 만들었다.

"네 엄마도 없는데 살아서 뭐 하냐?"

아버지는 새를 장작불에 구워서 소주를 마셨다. 겨울이라 달리 할 일이 없던 아버지는 낮에는 새를 잡고 저녁에는 장작불에 새를 구워서 소주를 마시는 것이 일과였다. 어머니가 소 판 돈을 들고 나간 다음부터 아버지는 연일 술이었다. 할아버지가 땅을 노름으로 다 날려서 아버지는 남의 집 일을 하며 품값을 받았다. 땅이 없어 농촌에서 달리 할 일이 없는 아버지를 어머니가 버린 것이다. 어머니가 집을 나가자 아버지는 며칠 동안 어머니를 찾아다녔다. 외할머니 댁도 가보고 이모 댁도 가보았다. 그러나 어머니의 행방을 모른다는 대답만 듣고 왔다. 어머니는 작정하고 집을 나간 게 분명했다.

"내 그럴 줄 알았다. 성깔 꽤 있는 게 시골서 살 여자가 아냐."

동네 사람들이 아버지에게, 어머니는 찾아서 데려와도 또 나갈 여자라고 했다. 아버지는 동네 사람들의 말을 듣고 술을 마셨다. 아버지는 몹시 지쳐 보였고 자꾸 헛기침을 했다. 밖은 겨울이 오고 있었다. 들판이 비워지고 아침에 일어나면 무서리가 허옇게 내렸다. 그때부터 마을은 동면(冬眠)에 들어갔다. 마을 사람들은 봄부터 가을까지만 일하고 겨울에는 쉬었다. 뉘 집 사랑방에서 노름판이 벌어진다는 소문이 마을에 나돌았고, 아낙들이 토종닭을 잡아 백숙을 해놨다고 해도 아버지는 가지 않았다. 아버지가 돈이 없다고 사람들이 노름판에 끼지 못 하게 했고, 어머니가 도망갔다고 아낙들이 수군덕거려서 아버지가 자리를 피했다.

"허, 참."

아버지는 나만 보면 헛기침을 했다. 혼자서 나를 키우려니 엄두가 나지 않는 모양이었다. 바람이 찬데도 아버지는 마루에 앉아 헛기침하며 소주를 마셨다. 나는 아버지를 위해 뒷산에서 나무를 해 왔다. 옛날 집이라 불을 지펴야 방이 따스해졌다. 무쇠솥에 물을 붓고 군불을 때면 방이 따스해졌다가 새벽이 되면 추웠다. 나는 추위 때문에 꼭 새벽에 눈을 떴다. 아버지는 잠자리에서도 가끔 헛기침을 했다. 어머니가 있을 때는 아궁이에 커다란 통나무를 넣어서 아침까지도 방이 따스했는데 어머니가 집을 나가자 아버지는 불도 때지 않았다.

"기특하고 불쌍한 것, 제가 밥을 해서 먹는다는군."

쌀을 씻어서 밥통에 넣고 버튼만 누르면 밥이 되는 것을 사람들은 그게 기특하다고 했다. 어머니가 없자 내가 밥을 했다. 가을에 아버지가 탈

곡기를 따라다녀서 쌀은 많이 있었다. 아낙들이 김장을 해서 갖다줘서 냉장고에 김치도 많이 있었다. 밥과 김치만 내놓으면 국이나 장은 아버지가 끓였다. 작은 냄비에 된장을 풀고 양파와 김치를 넣고 끓이면 장이 되었고, 물을 많이 붓고 묽게 끓이면 국이 되었다. 그것만 있으면 한 끼가 해결되었다.

새를 잡으면서 아버지는 차츰 어머니를 잊어갔다. 짚으로 이엉을 엮고 새끼줄을 꼬아서 망을 만들 때마다 덫이 늘어갔다. 아버지는 덫을 마당에도 놓고 뒷산의 가시덤불 밑에도 놓았다. 나는 아버지가 놓은 덫을 찾아다니며 새가 잡혔나 보았다. 새가 잡힌 뒤에 금방 가보면 새가 살아 있었다. 나는 새가 살아 있는 것도 모르고 망을 들어서 두 번이나 새를 놓쳤다. 새가 들어 있는 망은 한 손으로 새를 누르고 망 밑에 다른 손을 넣어서 새를 빼내야 하는 것을 몰랐던 것이다.

"봐라. 살아 있는 새는 이렇게 잡으면 된다."

마당에 참새 한 마리가 잡혀 있었다. 짚을 깔아놓고 덫을 놓았는데 한 무리의 참새 떼가 몰려와서 놀다 갑자기 화들짝 날아간 뒤였다. 아버지는 한 손으로 망에 들어 있는 새를 누르고 다른 손을 망에 넣어 쉽게 새를 꺼냈다. 새는 살아 있었다. 쩍쩍거리며 날아가려고 발버둥 치는 새를 아버지는 새장에 넣었다. 사과 상자로 만든 새장이었다. 나무상자를 세우고 앞면에 철망을 씌운 새장에는 세 마리의 새가 갇혀 있었다. 아버지는 덫에서 죽은 새는 금방 구워 먹었지만 살아 있는 새는 새장에 가두었다 필요할 때마다 꺼내서 구워 먹었다.

눈이 많이 온 날에는 새들이 더 잘 잡혔다. 새하얀 눈밭에 지푸라기를 깔아놓고 덫을 놓으면 잠깐 사이에 새가 잡혔고, 다시 가보면 또 잡혀 있었다. 대부분이 멧새인데 가끔은 비둘기보다 작은 콩새도 잡혔다. 그런 날에는 새장에 새가 가득 들어 있었다. 아버지는 새장을 들여다보며 흐뭇하다는 듯이 입가에 웃음을 띠었다. 나는 아버지가 놓은 덫을 찾아다니며 새를 꺼내기에 바빴다. 일곱 개의 덫으로 눈이 내린 하루 동안 스무 마리의 새를 잡아서 새장에 넣었다. 어느 덫에는 덩치가 큰 비둘기가 잡혔다가 빠져나가기도 했다. 망이 쓰러져 있어 달려가 보면 비둘기 털만 빠져 있었다. 망이 작고 누르는 힘이 약해서 비둘기가 빠져나간 것이다. 그럴 때는 허탕을 쳐서 기분이 찜찜했다.

박새는 어느새 날아가고 보이지 않았다. 나는 담뱃불을 끄고 다시 새를 찾기 시작했다. 집에서 키우던 새라 멀리 가지는 못했으리라 단정했는데 주변에는 앵무새는커녕, 앵무새와 비슷한 새조차도 보이지 않았다. 그냥 집으로 들어가려다 나는 슈퍼로 갔다. 사람들이 수시로 들락거리는 곳이라 앵무새에 대해 수소문하기 편했다.

"못 봤는데요."

키가 작은 주인 여자부터 세 명의 손님이 전부 같은 대답을 했다. 나는 그때야 602호 여자가 거짓말을 하는 게 분명하다고 생각했다. 여자는 아내가 근무하는 관리사무소로 찾아와 자신이 키우던 앵무새가 날아갔으니 잡아달라고 거짓말을 했을 것이다. 아내는 여자의 말을 믿고 내게 앵무새를 잡아달라고 한 것이고 말이다.

"어제 오후에 111동 앞에서 그 새 봤어요."

이번에는 손님이었다. 과일 한 봉지와 캔 맥주 두 개와 라면 세 개를 계산하며 새를 보았다고 말했다. 어제 오후 세 시쯤에 집으로 가는데 화단 앞에서 까치만 한 새가 놀고 있는 것을 보았다며 그게 앵무새가 분명하다고 했다. 날개가 진한 노란색이고 가슴도 같은 색깔을 띠고 있었다고 여자가 말하자 나도 앵무새가 확실하다는 확신이 섰다. 손님도 키는 작았다. 주인 여자와 비슷한 키에 손님은 갈색 점퍼를 입고 있었다. 나는 손님에게 앵무새가 확실하냐고 되물었다.

"틀림없어요. 화단 밑에서 놀다가 제가 다가가니까 급히 나무 위로 올라갔어요. 그리고 제가 쳐다보니까 멀리 날아갔단 말이에요."

"멀리요?"

"네, 멀리요."

"잘 날던가요."

"그럼요, 한 번도 안 쉬고 산으로 날아가던데요."

나는 슈퍼를 나왔다. 여자의 말이 사실이라면 앵무새를 나 혼자 잡는 것은 힘들 듯했다. 아파트 화단에서 이백여 미터가 넘는 산까지 곧장 날아가는 새라면 나는 한 번만 쫓아가도 지칠 것이다. 새와 경쟁을 하는 것은 무리였다. 새를 유인해서 포획하는 방법을 찾아야 했다. 유년의 겨울에 아버지가 만든 덫처럼 무엇인가 새를 유인해서 잡는 방법이 필요했다. 나는 아버지가 만들었던 덫을 만들까 생각했다. 그러나 부질없는 짓이다. 덫을 만들려면 시골로 나가 짚을 얻어와야 했다. 벼 이삭과 대나무, 고무줄, 가느다란 나무와 망을 뜰 나무까지 일일이 구해 오려면 시간이 오래 걸렸다. 게다가 덫을 놓았다 해도 앵무새가 잡힐지도 의문이었다.

다시 놀이터로 오자 새가 있었다. 여자가 말했던 까치만 한 새였다. 그러나 앵무새는 아니었다. 털이 거무스름한 쏙독새였다. 목련나무에 앉아 있던 새는 인기척에 화들짝 날아갔다. 여자의 말대로 쏙독새는 한 번도 쉬지 않고 이백여 미터나 떨어진 산까지 날아갔다. 여자는 저 새를 보고 앵무새라고 한 게 아닐까. 다시 놀이터에 앉아 담배를 피워 물었다. 놀이터 뒤편의 장미 넝쿨에 곤줄박이와 박새가 놀러왔다. 잔가지 사이를 오르내리며 쩍쩍거리다 옆 동으로 날아가고 흰머리오목눈이가 날아왔다. 오늘따라 새가 많이 날아다녔다. 꼭 유년의 날만 같았다.

집에서 새를 구워서 술을 마시던 아버지가 읍내로 나가 술을 마시기 시작했다. 읍내에서 거나하게 취해서 돌아온 아버지는 집에서 또 술을 마셨다. 눈이 오지 않아 새가 잡히지 않자 새장에는 새가 차츰 줄어들었다. 삼십여 마리까지 있던 새들이 이제 세 마리밖에 남아 있지 않았다. 아버지는 읍내에서 취해서 와도 새장에서 새를 꺼내 날개털만 자르고 산 채로 장작불에 던졌다. 불 속에서 새가 파르르 몸을 떨다 죽었다. 털이 까맣게 타서 죽은 새를 꺼내 아버지는 다시 소주를 마셨다. 어머니의 가출에 대한 분노가 좀처럼 가라앉지 않는 모양이었다.

"이제 새는 이것으로 잡으면 된다."

아버지가 읍내에 다녀온 어느 날이었다. 그날도 눈이 오지 않아서 덫에는 새가 한 마리도 잡혀 있지 않았다. 아버지가 비닐봉지를 풀어놓자 까만 실이 뭉쳐진 게 나왔다. 아버지는 그것이 새를 잡는 그물이라고 했다. 처음 보는 물건이었다. 그물로 새를 잡는다는 것이 믿어지지 않았다. 그때까지만 해도 새를 잡는 유일한 방법이 덫밖에 없었기 때문에 나는 아버지가 들고 온 물건을 한참 동안 바라보았다. 실만 뒤엉켜 있는 물건으로 새를 잡는다는 것이 이해되지 않았다.

"이쪽을 잡고 있어라."

아버지가 실타래 같은 그물을 풀어 가느다랗고 긴 나무에 고리를 끼우고 내게 잡으라고 했다. 나는 아버지가 시키는 대로 나무를 잡고 서 있었다. 아버지가 반대편의 나무에 고리를 끼우고 위와 아래로 간격을 벌리자 실타래가 뭉쳐 있는 것만 같았던 그물이 넓게 펼쳐졌다. 순간, 커다란 그물이 만들어지자 나는 탄성을 올렸다. 그물은 아주 가느다란 나일론

살아 있는 돌

실로 짜여 있어서 눈에 쉽게 보이지 않았다. 그물을 가시덤불이나 나무 앞에 펴놓으면 배경 때문에 그물이 보이지 않고, 아무것도 없는 줄 알고 새가 날아가다 그물에 걸리는 방법이었다. 아버지는 그물을 뒤란의 아카시아 사이에 쳐놓았다. 새가 잡히면 억지로 그물을 뜯지 말고 살살 풀어내야 한다는 말도 잊지 않았다. 아버지가 놓은 그물을 보면서도 나는 새가 잡힐까 생각했다. 그러나 그것은 괜한 걱정이었다. 그물을 쳐놓은 지 십여 분도 안 돼 참새 두 마리가 걸려 있었다. 신기하게도 새는 그물에 걸려 몸을 떨고 있었다. 나는 아버지가 알려준 대로 서두르지 않고 그물의 코를 풀며 엉킨 새를 빼냈다. 다리나 날개가 심하게 엉켜 있으면 새를 빼내기도 곤욕이었다.

"새들이 여기에 그물이 있다는 것을 안 거야."

며칠 동안은 새들이 잘 걸려들다가 공치는 날이 많아졌다. 아버지는 그물을 다른 곳으로 옮겨야 한다고 했다. 그물을 옮길 때는 이물질이 그물에 붙어 있나 확인을 하고, 양쪽의 고리를 접고 그물을 말면 되었다. 이번에는 아버지가 집에서 떨어진 산 아래의 가시덤불 앞에 그물을 폈다. 다시 새가 잡히기 시작했다. 박새와 오목눈이, 딱새도 잡혔다. 새장에는 참새부터 털이 아름다운 새까지 여러 종류의 새들이 갇혀 있었다.

"새를 먹어요? 이렇게 예쁜 새를 구워서 먹는다 그 말이죠?"

눈이 많이 내린 어느 날이었다. 눈이 올 때는 그물을 걷어야 한다는 아버지의 말을 듣고 나는 일찌감치 그물을 걷어다 헛간에 놓았다. 그리고 아버지를 위해 군불을 지폈다. 아버지는 읍내에서 술을 마시고 돌아와서 군불에 새를 구워서 또 술을 마시는 버릇이 있었다. 나는 평소처럼 장작불을 지피고 아버지가 오기만을 기다렸다.

"애도 있었네요?"

아버지가 여자와 함께 집으로 왔다. 처음 보는 여자였다. 어머니가 집을 나간 후로 집에 여자가 있는 것도 처음이었다. 여자는 무척 젊고 예뻤다. 집 나간 어머니와는 비교가 되지 않았다. 한겨울임에도 롱부츠에 짧은 스커트 차림의 여자는 화장도 짙었다. 붉은 입술과 파마해서 어깨까지 늘어뜨린 머리칼 따위가 첫눈에 보아도 시골에서 살 여자가 아닌 듯했다. 아버지가 커다란 가방을 내려놓으며 내게 말했다.

"새엄마다. 인사 드려라."

나는 말없이 눈인사만 했다.

"똑똑하게 생겼네. 몇 학년이니?"

"사 학년."

"수줍어하는 것 좀 봐."

"……"

나는 여자를 바라볼 자신이 없었다. 아버지가 갑자기 젊은 여자를 데리고 와서 새엄마라고 소개를 한 것이 현실이 아닌 듯했다. 우리 집에는 여전히 엄마가 없고 읍내에서 술을 마시고 온 아버지는 오늘도 혼자 왔어야 했고, 나는 아버지를 위해 장작불을 지피면 그만이었다. 집을 나간 엄마 말고는 새엄마가 필요치 않았다. 아버지는 여자가 밥도 하고 빨래도 할 거라고 했지만 그것은 지금까지 내가 해오던 것이라 여자가 없어도 되었다.

"새를 어떻게 먹어요? 새가 삼겹살보다 더 맛있어요?"

그날 저녁에 여자는 삼겹살을 구웠다. 휴대용 가스레인지 위에 프라이팬을 올려놓고 삼겹살 굽는 여자는 어느새 옷도 편한 것으로 갈아입고 화장도 지워져 있었다. 아버지는 여자가 삼겹살을 굽는 것을 보면서도 아궁이에서 새를 굽고 있었다. 여자가 새를 굽는 아버지에게 징그럽다고 말했다. 새를 누가 잡은 거냐고 묻기도 했다. 창문 밖에는 어둠이 밀려오고 있었다. 여자가 말할 때마다 나는 시선을 창문 밖으로 돌렸다. 하늘도 까맣게 먹구름이 걸려 있었다. 하늘과 땅이 다 까맣게 물들어 있었다.

거실은 삼겹살 굽는 냄새로 가득 찼다. 아버지의 말대로 여자는 밥을 해서 상을 봤다. 공깃밥 세 개를 퍼놓고, 삼겹살을 넣고 찌개도 끓여놓았다. 수저 세 개와 아버지의 술잔까지 상 위에 놓고 여자는 마지막으로 삼겹살을 접시에 올려놓았다. 아버지는 작은 그릇에 새를 일곱 마리나 구워서 들고 왔다.

"뭐니 뭐니 해도 소주 안주는 새 고기지."

"징그럽다니까요."

아버지의 말을 여자가 받았다. 나보다 열다섯 살이나 위인 여자는 아버지와도 열 살의 터울을 지고 있었다. 여자의 말에 아버지가 힐끔 눈치를 보았다. 아버지는 여자의 말을 잘 들었다. 소주 한 잔에 두 마리의 새를 먹고 다섯 마리는 먹지 않았다. 여자가 상추에 삼겹살과 고추장을 넣고 싸서 내게 내밀었다. 나는 움찔하며 먹지 않았다. 여자가 '애 좀 봐. 사내가 이렇게 수줍음을 타서 되겠니?' 말했다. 나는 여자가 굽는 삼겹살을 하나도 먹지 않았다. 밥과 김치에만 손이 갔고, 그게 여자에 대한 증오라는 것을 알고 아버지가 '이놈의 자식이' 했다. 나는 수저를 내려놓고 윗방에서 일찌감치 잠자리에 들었다. 밤이 깊어지자 여자의 신음이 간헐적으로 들렸다.

다음 날부터 여자는 뜨개질을 했다. 둥글게 뭉친 털실을 긴 대나무 바늘로 꼬며 여자는 무엇인가를 짰다. 여자는 뜨개질이 취미라고 했다. 다방에 있을 때도 손님이 없으면 의자에 앉아 뜨개질을 했다고, 아버지는 그 모습이 좋아서 여자를 집으로 데리고 왔다고 했다. 그러나 나는 여자가 하나도 좋아 보이지 않았다. 집을 나간 어머니가 빨리 돌아왔으면 좋겠다고 생각했다.

"그만 잊어라, 네 엄마는 돌아오지 않는다."

"아버지 때문에 엄마가 나갔어, 아버지 나빠."

"이놈의 자식이, 제 엄마 닮아서."

"아버지가 일도 안 하고 술만 먹어서 엄마가 나간 거라고."

"그래도 이놈의 자식이."

아버지가 주먹으로 내 머리를 때렸다. 눈물이 핑 돌았다.

"왜 아이를 때리고 그래요?"

여자가 나를 가슴으로 안아주었다. 화장품 냄새가 풍겼다. 나는 여자를 밀치고 밖으로 내달렸다. 뒤에서 여자가 내 이름을 불렀다. 나는 그래도 내달렸다. 이대로 앞으로 달려 나가면 어머니가 기다리고 있을 것만 같았다. 숨이 차서 몇 번이나 걷다 다시 뛰었다. 읍내까지 뛰어오자 그때야 지쳤다. 읍내에도 어머니는 없었다. 버스 정류소와 역에도 가봤지만, 모르는 사람들뿐이었다. 약국과 슈퍼도 들어가봤지만, 어머니의 모습은 보이지 않았다. 시내버스가 지나가고 한참 있다 직행버스가 멈췄다 출발했다. 몇몇이 내리고 몇몇이 타는 일상의 정류장에서 오늘따라 누군가를 하염없이 기다려야 하는 것처럼 발길이 떨어지지 않았다. 시내버스 세 대와 직행버스 한 대를 더 보내고 발길을 돌렸다. 기차가 지나가는 소리가 들렸다. 그래도 어머니의 모습은 보이지 않았다. 아버지의 목소리가 들려왔다. 그만 잊어라, 네 엄마는 돌아오지 않는다.

앵무새는 여전히 보이지 않았다. 아침부터 앵무새를 찾아 돌아다녔지만 열 시가 넘도록 나는 앵무새는커녕 앵무새의 울음소리조차 듣지 못했다. 어쩌면 602호 여자가 거짓말을 했다는 생각이 들었다. 그러나 실없이 거짓말이나 할 사람은 아닌 듯했다. 앵무새만 나타나면 잡는 것은 그리 어렵지 않을 듯했다. 집에서 기르던 새라 잘 날지 못할 듯했다. 앵무새가 처음 오십여 미터를 날았다면 다음에는 사십여 미터, 그다음은 삼십여 미터, 그렇게 날다 지치면 잡을 계산이었다.

"아직도 못 잡았어요? 뭐라고요? 없다고요? 그럼 그냥 들어와요."

핸드폰이 울려서 받자 아내는 아무렇잖게 대답했다. 앵무새를 찾아봐도 없다고 말하면, 더 찾아보라든지 산으로 날아갔을지도 모르니까 산까지 가보라든지, 무슨 주문이 있을 줄 알았는데 아내는 그뿐이었다. 앵무새를 잡아서 그 집에 갖다주라는 처음의 말과는 달리 없으면 그만이다 식이었다. 나는 아내에게 마지막으로 한 바퀴만 돌고 들어가겠다고 말했다. 핸드폰을 끊고 나는 놀이터에서 일어섰다. 여자가 사는 동(棟)을 중심으로 좌우 한 동씩만 살피고 들어갈 생각이다. 앵무새를 잡아서 우리가 키우는 것도 아닌데 나는 필요 이상으로 새를 찾고 있었다.

다시 그 여자가 사는 아파트 앞이다. 나는 화단 앞에서 그 여자의 집을 올려다보았다. 6층이면 그리 높은 것도 아니었다. 앵무새가 그곳에서 나와서 포물선을 그리고 날았다면 착지할 곳은 겨우 주차장인데 차 밑을 둘러봐도 새는 없었다. 이상한 일이었다. 집에서 키우던 새라 멀리는 못 갔을 텐데 주변에는 멧새만 눈에 띄었다. 그뿐만 아니라 탐문을 해 봐도 앵무새를 봤다는 사람도 없었다. 상상의 새처럼, 마술처럼 감쪽같이 사라긴 새 때문에 나는 점점 짜증이 났다. 아내의 말대로 그냥 집으로 들어갈 판이었다.

"아직도 새를 못 찾았어요?"

602호 여자였다. 여자의 집 앞 화단에서 새를 찾으려고 주위를 두리번거리자 여자가 장바구니를 들고나왔다. 슈퍼나 시장에 가는 모양이었다.

그러나 여자는 아까처럼 화장을 하지 않았다. 마치 다른 사람을 보는 것처럼 여자는 화장을 말끔히 지우고 수수한 옷차림을 하고 있었다. 그러나 나이는 어쩔 수 없다는 듯이 여자가 화장을 지우자 눈가의 잔주름이 더욱 깊고 크게 보였다. 어디서 봤더라. 나보다 열다섯 살 정도 연상인 여자가 문득 낯설지 않은 것은 바로 그때였다.

  ─어디서 봤더라.

  나는 여자를 보며 그 말을 입안에서 굴리고 있었다. 어디서 봤더라. 분명히 어디서 본 얼굴인데 기억은 전혀 모르는 사람처럼 떠오르지 않았다. 여자는 관리사무소에 찾아가 앵무새를 잡아달라고 했는데 왜 아저씨가 새를 찾고 있냐고 물었다. 나는 아내가 관리사무소에서 근무한다는 말은 하지 않았다. 여자가 관리사무소에 다시 찾아가 새를 잡아달라고 할 테니 그냥 돌아가라고 말했다. 여자는 내게 그 말을 하고 슈퍼 쪽으로 발을 돌렸다. 나는 여자가 떠난 뒤에도 뇌리에서 여자의 모습을 떠올리려고 애를 썼다. 어디서 봤더라. 아! 그때 문득 떠오르는 여자가 있었다. 유년의 새엄마였다. 그 여자가 지금의 그 여자일까. 갑자기 현기증이 일었다.

  "다 됐다. 이 스웨터 좀 입어봐라."

  며칠 동안 뜨개질을 하던 여자가 내게 불쑥 스웨터 한 개를 내밀었다. 두꺼운 털실로 짠 옷이었다. 여자는 말을 잘 들으면 장갑도 예쁘게 짜주고, 털모자도 사준다고 했다. 그러나 나는 여자의 호의를 무시하고 말았다.

  "싫어. 내가 그 옷을 왜 입어."

  겨울이 가고 있었다. 여자가 우리 집에 온 지도 보름이 지났다. 그 보름 동안 아버지는 한 번도 새를 구워 먹지 않았다. 그 여자 때문이었다.

새장에는 새들이 가득 차 있었다. 나는 새장이 좁아 사과 상자를 다섯 개 나 주워다 더 큰 새장을 만들었다. 아버지가 새를 구워 먹지 않아도 새는 매일 그물에 걸려 있었다. 하루에 많이 걸릴 때는 다섯 마리도 걸려 있었 다. 그물에 걸린 새가 죽어 있으면 '재수 없어' 하고 아무 곳에나 던져버 렸다. 생명이 귀하다는 것을 모르고 있었던 것이다.

나는 매일 여자의 눈치만 보며 지냈다. 이번에는 여자가 무엇을 주며 환심을 사려고 할까? 나는 여자가 아무리 귀한 것을 줘도 받지 않을 생각 이었다. 여자가 해주는 밥도 먹기가 거북했고, 여자가 빨래한 옷을 입으 면 괜히 몸이 간질거렸다. 그게 선입견 때문이었지만 나는 여자가 주는 것은 무엇이든지 싫었다. 여자도 서서히 지쳐가는 듯했다. 거실에는 여 자가 뜨다 만 털장갑이 놓여 있었다. 그리고 욕실에는 빨래할 내 옷만 쌓 여 있었다. 점점 입을 옷이 없어지고 이제 예전처럼 내가 빨래를 해야 할 듯했다. 여자는 서서히 나를 보복하기 시작했다. 자신의 배려를 받아주 지 않자 미움으로 돌아선 게 분명했다. 여자는 내가 집에 없는 것으로 여 겼다. 아버지와 둘만 식사를 하고 아버지와 둘만 잠을 자고, 내 옷을 빨 지 않는 날이 길어졌다. 나도 그게 편했다. 혼자 밥 먹고 혼자 잠자고 혼 자 노는 것에 익숙한 나도 여자가 집에 없는 것으로 여겼다. 서로가 간섭 을 안 해서 싸울 일도 없었다. 내가 새를 잡아다 새장에 넣거나 말거나, 냇가에서 얼음지치기를 하다 빠져서 오거나 말거나 상관하지 않았다. 그 러니까 여자와 나와의 관계는 한 집에 살면서도 모르는 사람이다. 타인 (他人)의 관계가 길어질수록 서로가 서먹해졌다. 아버지는 내가 집 나간 엄마를 닮아서 고집이 세고 내성적이라 사람을 쉽게 따르지 못해서 그렇 다고 오히려 여자를 위로했다. 시간이 지나면 내가 여자를 따를 것이라 고 아버지가 여자에게 말하자 여자는 고개를 끄덕였다.

"저도 그렇게 되었으면 좋겠네요."

"다 잘될 거야. 아직 어려서 그래."

여자가 다시 내 옷을 빨았다. 새 좀 그만 잡으라는 말도 했다. 나도 새를 그만 잡을 생각이었다. 아버지가 새를 구워 먹지 않자 새 잡는 일이 재미가 없어졌다. 새장에는 멧새와 참새가 오십여 마리가 넘게 들어 있었다. 바닥에 벼를 많이 넣고 그릇에 물을 담아놓아서 새들은 돌보지 않아도 잘 살아 있었다. 나는 새를 그만 잡기로 했다. 처음으로 여자의 말을 들은 것이다. 마침 새 잡는 그물도 다 해져 있었다.

새를 잡지 않는다고 해서 여자에게 마음을 연 것은 아니었다. 아버지는 여자에게 엄마라고 부르라고 했지만 나는 집을 나간 엄마에게만 엄마라고 부르고 싶었다. 그게 사람의 도리였다. 낳아주지도 않은 여자에게 엄마라는 말이 나오지 않았다. 여자는 우리 집에서의 생활에 적응을 잘 해 나갔다. 밥도 잘하고 설거지도 잘하고 빨래도 잘하고 여전히 뜨개질을 했다. 나는 살살 여자가 미워지기 시작했다. 여자가 하는 것이라면 뭐든지 방해하고 싶었다. 여자가 집을 나가야 어머니가 돌아올 거라고 생각했다. 어머니는 집에 돌아오고 싶어도 여자가 있어서 집에 오지 않는 게 분명했다. 한 집에 두 명의 여자가 살 수 없으므로 어머니는 아버지를 여자에게 양보했으리라. 그때부터 나는 여자에게 해코지하기 시작했다. 여자가 뜨개질하는 털실을 가위로 잘라놓고, 여자가 씻어놓은 쌀에 모래를 한 줌 넣어놓고, 나무도 해 오지 않았다.

"이놈의 자식이 어디서 배워먹은 짓이야?"

아버지가 회초리를 사정없이 내리쳤다. 어금니를 악물었다. 온몸이 따끔했지만 아프지 않았다. 내가 참아야 어머니가 돌아온다고 믿었다. 여자가 아버지를 말렸다. 내가 미워하고 해코지를 해도 여자는 내 편이었다. 참 이상한 일이었다. 여자가 말리자 아버지가 회초리를 내려놓고 밖으로 나갔다. 나는 눈물을 흘리고 있었다. 뭐든지 내 뜻대로 되지 않았다. 여자는 회초리로 맞은 종아리를 쓰다듬으며 약을 발라주었다.

다음 날 여자는 짐을 싸고 있었다. 우리 집에 들어온 지 꼭 이십 일이 되는 날이었다. 우리 집에 들어올 때 가지고 왔던 커다란 가방에 자신의 옷과 소지품을 넣고 나를 바라보았다. 상기된 얼굴이었다. 아버지는 옆에서 여자의 행동을 바라보며 한숨을 내쉬었다. 자신의 팔자에는 여자 복이 없는 것이라고 말하기도 했다.

"잘 달래가며 살려고 했는데 애가 워낙 정을 주지 않아서."

여자도 힘들었던 모양이다. 여자는 아버지께만 인사를 하고 밖으로 나갔다. 밖에는 택시 한 대가 서 있었다. 나는 여자가 나간 다음에야 거실에 여자가 하던 뜨개질이 그대로 있는 것을 보았다. 털실과 대바늘, 목도리를 뜨려고 했나, 달력보다 폭이 좁고 긴 뜨개질을 하다 만 게 있었다. 나는 그것을 들고 여자에게 주려고 밖으로 나갔다. 그러나 이미 택시는 동네에서 멀어지고 있었다.

"이놈의 자식아, 이제 속이 후련하냐?"

여자가 떠나자 아버지가 짧은 눈물을 보였다. 나는 새장의 문을 열었다. 그동안 갇혀 있던 새들이 일제히 날아올랐다. 오십여 마리의 새가 삽시간에 빠져나가자 새장은 텅 비었다. 새들은 마치 하늘 끝까지라도 날아가겠다는 듯이 기를 쓰고 사방으로 흩어져 날아갔다. 아버지가 그 모습을 보다 읍내로 나갔다. 다시 여자를 찾으러 가는 모양이었다.

"서울로 갔다는구나."

아버지는 읍내에서 혼자 돌아왔다. 여자의 행방을 쫓았지만 이미 여자는 멀리 떠나간 뒤였다고 했다. 아버지의 입에서 술 냄새가 짙게 풍겼다.

집에 여자가 없자 갑자기 빈집처럼 허전했다. 여자가 집을 나갔어도 어머니는 돌아오지 않았다. 겨울이 지나고 봄이 와도, 봄이 가고 여름이 와도 어머니는 오지 않았다. 여자가 집을 나가면 어머니가 돌아올 것이란 내 생각이 잘못된 것임을 나는 가을이 지나서야 알았다.

"아직도 여기 있는 거예요?"

602호 여자는 예측한 대로 슈퍼에 다녀오는 길이었다. 플라스틱 바구니에 파, 맥주, 음료수, 햄, 라면, 따위가 가득 들어 있었다. 유년의 겨울에 우리 집에서 꼭 스무 날을 지내고 간 여자가 맞는 듯도 했고 아닌 듯도 했다. 조용히 기억을 더듬어보다 나는 여자에게 상춘리(賞春理)를 아느냐고 물었다.

"저, 혹시 상춘리에서 사신 적 없으세요?"

"거기가 어딘데요."

"왜, 겨울에 새장에 새를 잡아다 넣고, 뜨개질했던."

"난 그런 거 몰라요."

여자는 표정도 변하지 않았다. 사람을 잘못 보았나. 분명히 유년의 그 여자가 맞는데 여자가 아니라고 하면 그만이다. 하기야 이 넓은 세상에 비슷한 사람이 어디 한둘인가. 게다가 그 일을 떠올리기에는 너무 많은 시간이 흘러가 있었다. 그때 여자에게 내가 잘해줬다면 여자는 집을 떠나지 않았으리라. 어차피 어머니도 돌아오지 않는데 여자가 있었으면 아버지가 외로움을 타지 않았을 것이고 나도 편하게 지냈으리라. 지금은 다 부질없는 짓이지만 그때는 여자가 왜 그렇게 미웠었는지 모르겠다. 아마도 어린 마음에 여자 때문에 어머니가 영영 돌아오지 않는다는 증오가 활활 타올랐기 때문이었으리라.

"저기 새가 있어요."

살아 있는 돌

여자가 짧게 말했다. 나는 여자가 가리키는 곳을 바라보았다. 여자의 말대로 새였다. 아침부터 찾아 헤맨 앵무새가 어디서 나왔는지 화단의 단풍나무 위에 앉아 있었다. 나는 새를 잡기 위해 나무에 기어올랐다. 앵무새가 앉아 있는 곳은 그리 높은 곳이 아니었다.

─이리 와라, 이리 와라.

손에 막 앵무새가 닿으려고 하자 날개를 폈다. 야생에서 사는 새처럼 앵무새는 한 번 날개를 펴자 이백여 미터나 떨어진 산으로 날아가고 있었다. 그해 겨울, 하늘을 긋고 날아간 새처럼 앵무새는 한 개의 점처럼 숲으로 사라졌다. 숲으로 날아간 새를 시선으로 쫓다 여자를 보자, 여자는 어느새 아파트로 들어가고 보이지 않았다.

세월의 뼈

세월의 뼈

차창 유리 밖은 가을비가 질척인다. 안개처럼 감질나게 뿌려대는 가을비 때문에 도로 곳곳이 정체다. 이상한 날씨다. 비와 안개가 서슴없이 차창 유리에 달라붙는 참 이상한 날씨다. 나는 안개와 비 때문에 간신히 남천안 IC에 도착한다. 안개는 세상의 모든 곳에 엎드려 있고, 나는 그 안개 때문에 한 시간이나 늦게 목적지에 도착한다. 바람 탓도 있다.

안개가 짙은 날에는 바람이 잠잠한데 오늘따라 바람이 심하게 불고, 마치 구름처럼 안개가 흘러 다닌다. 어느 구간에는 안개가 없고, 자동차 속력을 높여 한참 달리다 보면 다시 안개 지역이다. 나는 그 안개 지역을 사선처럼 오가며 겨우 목적지에 닿는다. 참 이상한 일이다. 오늘따라 안개가 지독하게 흘러 다닌다.

무리는 무리였다. 서울에서 동생과 합류하기 위해 새벽 다섯 시에 출발했는데, 동생은 만나자마자 너무 일찍 출발한다고 투덜거린다. 고속도로는 정체는 없지만 비와 안개 때문에 속력을 낼 수 없고, 목적지에 오자 여덟 시가 넘었다. 나는 고속도로를 빠져나와 국도의 고갯길을 오르며 안도의 한숨을 내쉰다. 안개가 비로소 사라지고 있다. 고속도로에서는 안개와 싸우며 겨우 톨게이트를 나왔는데, 국도로 들어서자 한적한 시골 풍경 때문에 마음이 한결 밝아진다. 차가 고갯길을 오르자 나는 핸드폰으로 뒤따르는 동생에게 전화한다.

"여기서 좀 쉬어 가자."

고갯길을 올라와 차를 갓길에 주차하고 나는 담배부터 피워 문다. 그때 뒤를 따르던 동생의 차가 멎는다. 서울에서부터 질척이던 가을비는 가랑비로 바뀌어 가늘게 흩뿌리고 있다. 나는 우산도 쓰지 않고 담배를 피워낸다. 산은 벌써 옷을 벗었다. 갈참나무와 오리나무, 떡갈나무, 아카시아, 밤나무, ……활엽수들이 여름내 입었던 옷을 훌훌 떨어버렸다. 서울에서 이만큼 떠나오자 가을이 눈에 확 들어오는 듯하다. 어딜 둘러보나 가을이 깊다. 차를 세워놓은 길옆으로 억새가 하얀 머리숱을 날리고 있다. 나는 담배를 피우고 차로 올라간다. 아내는 그때까지도 경직된 얼굴로 뒷자리에 앉아 있다.

이장(移葬)을 하러 가는 길이다. 세종시 전의면 일대에 시(市)에서 산업단지를 조성한다는 얘기는 들었지만, 조상의 묘를 이렇게 빨리 옮길 줄은 미처 몰랐다. 게다가 조상의 묘는 산업단지 조성 예정지에서 4킬로미터나 떨어진 외진 곳인데 그곳까지 산업단지가 조성되는 모양이었다. 시에서 행정중심도시가 건설된 중심지 이외의 지역은 주민들이 소외감을 느끼기 때문에 시의 북부 지역에 이미 개발된 제1공단 앞에 제2공단을 백만 평 규모로 조성하는데, 하필이면 아버지의 논밭과 조상의 묘가 거기에 포함되어 있다.

나는 담뱃불을 끄고 차에 오른다. 오 분만 더 가면 시골집이다. 다섯 남매를 분가시키고 아버지와 어머니 두 분이 쓸쓸히 사는 집이다. 팔순하고도 다섯이나 된 연로한 아버지 때문에 나는 농사철이면 이곳에 자주 내려왔었다. 요즘은 농사도 돈만 주면 기계가 알아서 해주지만 손 가는 일도 많았다. 고추밭 흙 덮기, 모판 나르기, 농약 살포, 고추 따기 등등 봄부터 가을까지 농사일을 해도 해도 끝이 없다. 나는 이곳에 와서 농사일을 돕고 올라가면 언제나 지쳐버렸다. 지난 주말에도 고구마를 캐고, 벼 가마를 나르고 오후 늦게 집으로 올라왔다. 그러나 농사도 올해가 마지막이다. 시에서 토지 보상을 끝냈고, 봄부터 토목공사를 시작한다.

"일찍 왔다."

집에 도착하자 아버지가 짧게 말한다. 나는 '예' 하고 짧게 대답한다. 일주일 만에 다시 온 고향은 변한 게 없다. 뒤란의 은행나무는 노란 잎을 쏟아놓고 혼자 서 있다. 나는 은행나무 밑에서 다시 담배를 피워 문다. 은행알이 툭툭 떨어져 있다. 지난해에도 은행을 두 말이나 딴 곳이다. 나는 은행을 줍지 않는다. 늙은 나무에서 쏟아내는 은행이 왠지 초라해 보인다. 나무가 늙은 탓인지 은행알이 해마다 가늘다. 은행알이 굵고 튼실하면 주워서 약용으로 쓸 수 있는데 잘아서 영 까기가 어려울 듯해서 나는 탐욕을 버린다.

"가자, 벌써 떠났다."

뒤란의 풍경을 보다 마당으로 나오자 아버지가 먼저 대문 밖을 나선다. 아버지의 손에는 삽이 들려 있다. 나는 이번에도 '예' 하고 짧게 말한다. 촌로(村老)가 된 아버지는 당신이 든 삽조차 힘겨워 보인다. 농사일로 잔뼈가 굵었던 예전의 아버지 모습은 어디에도 보이지 않는다. 이장을 하러 가는 것이 아니라 아버지의 무덤을 만들러 가는 듯해 가슴이 철렁한다. 아버지는 그만큼 힘도 없고 금방이라도 쓰러질 듯하다. 아버지의 모습을 보자 불현듯 옛날 일이 떠오른다.

아홉 살 때였나, 열 살 때였나. 아마 그쯤 때였으리라. 초여름 밤 어둠이 짙게 깔린 틈을 타 또래 조무래기들과 함께 수박 서리를 갔었다. 넓은 수박밭을 누비며 달덩이처럼 커다란 수박을 안고 나오는데 인기척을 들었는지 원두막에서 주인 영감이 고래고래 소리를 질렀고, 우리는 단숨에 포로가 되었다. 주인 영감이 타동네 사람들의 소행임을 확신하고 동네 사람들에게 소리를 지르면 와서 도와달라고 부탁을 한 모양이다. 삽시간에 우리는 마을 사람들에게 포위되었는데 아버지가 나를 바라보고 있었다.

"이놈의 자식이."

아버지의 손에는 지금처럼 삽이 들려 있었다. 아버지는 삽을 뒤집어 삽자루로 내게 사정없이 내리쳤다. 마을 사람들이 '애 잡겠다'고 아버지를 말렸다. 아버지는 그래도 분이 풀리지 않는지 두어 번 삽자루로 나를 내리치다 마을 사람들의 만류로 물러났다. 아마도 아버지는 나만큼은 그 시간에 사랑방에서 동화책을 읽거나 숙제를 하며 지내고 있으리라 믿으셨던 모양이다.

그 후 나는 아버지를 슬슬 피하는 버릇이 생겼다. 유년의 아버지는 언제나 무서웠고, 산 두목 같은 사내였다. 아버지가 대문으로 들어오면 나는 잘못한 것도 없이 뒤란으로 숨곤 했다. 아버지가 술을 마시고 들어오는 날에는 나는 더욱 꼭꼭 숨었다. 아버지는 울음 섞인 음성으로 할아버지를 찾았다. 나는 할아버지의 얼굴을 한 번도 본 적이 없다. 할아버지는 내가 태어나기도 전에 돌아가셨고, 밭 위의 언덕에 산소가 있다는 것밖에 나는 할아버지에 대해 아는 게 없다.

"할머니, 할아버지는 언제 돌아가셨어?"

유년의 어느 날 나는 할머니께 물었다.

"할아버지는 언제 돌아가셨어?"

"옛날에, 아주 먼 옛날에."

할머니는 그 말밖에 하지 않았다. 언제나 옛날에, 아주 먼 옛날에뿐이었다. 나는 할머니의 그 말이 씨족사회처럼 아주 먼 옛날인 줄 알았다. 아버지도 술을 마시면 혼자서 울먹일 뿐 할아버지가 언제 돌아가셨는지 말하지 않았다.

산소로 오자 이미 많은 사람이 와 있다. 인부들과 지관, 굴착기, 경운기, 트럭과 승용차까지 좁은 길에 줄을 잇고 있다. 굴착기가 밭둑을 허물어 길을 내고 그 뒤를 경운기가 오르고 있다. 인부들 몇이 삽으로 길을 다듬는다. 나는 차에서 내려 밭둑으로 오른다. 논도 밭도 비어 있다. 콤바인이 지나간 논은 정갈하게 볏짚이 깔려 있다. 고추밭은 수확을 끝내고 대를 뽑지 않아 이랑 사이로 지나다니기가 번거롭지만, 된서리가 내린 탓에 넉넉한 공간을 주고 있다. 게다가 굴착기가 고춧대를 휘저으며 길을 만들고 있다. 굴착기가 붐대를 휘두를 때마다 고춧대가 우지직 소리를 내며 쓰러진다. 그 뒤를 경운기가 오르고 있다. 나는 밭둑을 지나 먼저 산소에 오른다.

조상의 묘가 옆으로 나란히 있다. 할아버지, 할머니, 증조부, 증조모. 그러나 증조부와 증조모는 합장해서 봉분이 모두 세 개뿐이다. 오대조 이상의 분들은 문중에서 관리하고 있다. 문중에서 해마다 가을에 추수를 끝내고 시향(時享)을 지내는데 나는 한 번도 참석하지 않았다. 오지의 산골에 문중의 산이 있는데 시제(時祭)를 할 때마다 시간을 내기도 어려웠고, 아버지가 시향에 참여해서 굳이 갈 필요가 없었다.

굴착기가 산소까지 오르고 있다. 인부들이 기계톱으로 아름드리 소나무를 자른다. 아버지가 열다섯 살 때 심었다고 했으니까 칠십 년이 된 나

　　　　　　　　　　　　　　　　　살아 있는 돌

무다. 나무는 심고 가꿀 때는 힘들어도 벨 때는 순식간이다. 산소 뒤로 우거진 소나무가 기계톱 날이 지나가자 우지직 소리를 내며 쿵쿵 쓰러진 다. 인부들이 나무를 고추밭으로 끌고 가서 불을 지핀다. 송진 타는 냄새 가 확 들어온다.

"이장을 하는데 나무를 벨 필요까지 있을까요."

나는 큰 나무들이 아무렇게나 잘려 나가는 것이 안타까워 지관에게 항 의하듯 말한다. 지관이 당연하다는 듯이 말한다.

"나도 나무를 베지 않고 이장을 하려 했는데, 관 속까지 소나무 뿌리가 뻗어 있어서 어쩔 수 없는 일이오."

"땅을 파보지도 않았는데 그걸 어떻게 알아요?"

"산소가 남향이잖소. 나무는 남으로 뿌리와 가지를 뻗는 습성이 있는 것이오. 음양오행의 이치를 따라 햇볕을 나무는 따르지요. 토양이나 지 형에 따라 다르지만, 나무는 뿌리와 가지가 늘 남으로 향하지요. 이 묘는 남으로 향하고 있지만 좋은 자리는 아니었소."

"예."

"묘 앞에 들이 있고, 산이 있어 물이 빙빙 돌며 연못을 만드는 형상이 니, 자손이 참 힘들었겠습니다."

지관은 그냥 지관이 아닌 모양이다. 그냥 평범하게 보이던 묘인데 그 가 말하자 이상한 전율 같은 것이 몸을 휘감는다. 그래서였을까. 우리 형 제는 잘된 사람이 아무도 없다. 다섯 남매가 똑같이 의지하며 성장했지 만, 지금은 각자 다르게 살고 있고, 똑같이 힘들다. 아니다. 힘에 부쳐도 강약이 있듯이 각자 다르게 힘들다. 형은 국록을 먹으며 어느 정도 지위 를 확보해서 그런대로 괜찮은 생활을 하는데, 밑에 동생은 전산 프로그 램 개발 업무를 하고 있다. 그러나 계약직이다. 연봉이 사천 오백쯤 되는 모양인데, 그것도 일 년이 지나면 소득이 없다. 계약이 만료되면 동생은 몇 개월을 놀며 다시 일자리를 찾는다. 어느 해에는 제때 일자리를 찾지 못하고 무려 오륙 개월을 허송 생활로 보낸다. 자연히 생활비가 고갈되고 동생은 아버지를 보증인으로 내세워 생활비를 융통했고, 아버지의 시름은 커졌다.

그런데 설상가상으로 막내가 사고를 치고 말았다. 평소에 착한 그는 막내답게 어리광도 부리고 대학 진학에 몇 번 실패한 후로 일찍 공직에 들어섰는데, 동사무소에서 만난 제수씨와 나보다 먼저 결혼하더니 결국 이혼했다. 부채 때문이다. 동사무소에 찾아온 카드 외판원의 권유로 카드를 몇 장 만들더니 현금을 돌려막는 식으로 주식 거래를 했고, 결국 동생이 투자한 거래 종목은 깡통 계좌가 되고 말았다. 무리하게도 전 재산을 걸었던 막냇동생은 빚을 감당할 수 없어 스스로 동사무소에 사표를 제출했고, 사표는 수리되고 말았다. 그때부터 막냇동생은 폐인이 되었다. 주식 투자에 자기 돈 다 까먹고 남의 돈까지 빌려서 이리 막고 저리 틀어막았던 모양이다. 그사이에 이자는 눈덩이처럼 불어났고, 나중에 안 일이지만 막냇동생은 이억 이상을 빚지고 자살을 결심했던 모양이다. 거기에는 부모 형제, 친구의 돈까지 저당 잡혀 있었다. 막냇동생은 중고 자동차를 산다, 이사할 비용이 필요하다는 식으로 대출서류에 인감도장을 받아 액수를 부풀리는 방식으로 제2금융권에서 돈을 끌어다 급한 곳부터 막은 모양이다. 아버지 삼천, 형 이천오백, 나 이천, 매제 천, …… 고스란히 막냇동생의 빚을 떠안았고, 그의 친구들도 보증 때문에 월급의 반이 잘리는 아픔을 안고 있다.

"정말 묘를 잘못 써서 자손들이 힘든 건가요."

나는 막냇동생의 생활을 떠올리며 지관에게 묻는다. 지관이 주머니에서 담배를 꺼내 물며 한숨을 내쉰다. 나는 긴장한다. 지관이 어떤 말을 할지 모르기 때문이다. 지관이 담배를 깊이 빨고 말한다.

"악연이야. 자네 부친은 닭띠고, 막냇자식은 개띠네. 평생 개한테 쫓기는 팔자구먼."

"……예."

"팔자가 그러네. 개는 닭을 쫓아도 쉽게 물어 죽이지 않고, 닭은 위기에 처하면 날개를 펴잖나. 그래서 속담에 '닭 쫓던 개'라고 하지 않는가. 아무튼 악연이야."

나는 지관에게 더 묻지 않는다. 지관의 말대로라면 아버지는 평생 막냇동생에게 퍼주기만 해야 한다. 나는 지관의 말이 사실이라고 생각한다. 막냇동생은 개인파산 신고를 하려고 법원에 갔었는데, 받아주지 않은 모양이다. 막냇동생은 지금 이혼하고 혼자 살고 있는데, 사글세도 못 내 아버지가 대신 갚아주고 있는 처지다. 잃은 돈이 아까워 돈이 조금 있으면 주식을 하고, 피시방에서 게임을 하며 지내는데, 아무리 말려도 머리가 좀 모자라는 사람처럼 듣지 않는다.

"그만, 이젠 삽으로 긁어봐."

인부가 큰 소리로 말한다. 나는 소리 나는 곳을 본다. 어느새 굴착기가 증조부님의 묘를 파헤쳤고, 인부들이 관을 떠내려고 삽을 들고 묘 밑으로 내려간다. 묘 밑에는 두 개의 관이 보인다. 인부들이 조심스럽게 관을 들어 올린다. 증조할아버지와 증조할머니 묘가 십 리 밖의 골짜기에 따로 떨어져 있어서 아버지가 살아생전에 가까운 곳으로 모신다고 삼 년 전에 이곳에 합장했는데, 다시 이장하는 것이다. 인부들이 관을 들어 올리자 지관이 유골을 흰 천으로 조심스럽게 감는다. 아버지는 다시 이장해서 마음이 착잡한지 연신 막걸릿잔을 비운다. 아버지는 술에 취하면 이다음에 당신이 죽으면 할아버지 묘 옆에 묻어달라고 유언처럼 말하곤 했다.

"이제 묘가 한 개밖에 안 남았어."

인부가 굴착기 기사에게 하는 말이다. 묘는 쉽게 파헤쳐졌다. 합장한 증조부와 증조모의 묘가 없어지고 이제 할아버지와 할머니의 묘만 남았다. 굴착기가 굉음을 내며 묘를 파헤친다. 인부들이 굴착기 기사에게 멈추라는 손짓을 하고 관을 꺼내려고 삽을 들고 묘 밑으로 들어간다.

"안 돼, 그 묘는 파헤치면 안 돼."

막걸리를 마시던 아버지가 갑자기 달려와 인부들에게 호통을 친다. 묘 밑에서 삽으로 관을 꺼내려고 흙을 보듬던 인부들이 주춤하며 손을 놓는다. 막걸리를 얼마나 마셨는지 아버지는 몸이 비틀거린다. 나는 아버지의 행동을 지켜본다. 집에서도 언제나 아버지는 술을 마셨으므로 나는 대수롭잖게 생각한다. 아버지의 술주정은 언제나 있는 일이다. 동네 친구분들과 어울려 술을 마시고 '두만강 푸른 물에 노 젓는 뱃사공' 흥얼거리며 집으로 돌아왔고, 어느 때는 인근 마을에 제사를 지내러 갔다 새벽녘에야 겨우 집으로 돌아왔다. 아버지는 제사를 지내고 돌아오는 길에 도깨비를 만나 한참 싸우고 왔다고 했는데, 그게 취기 탓이었다. 도깨비와 싸워서 두 놈을 둥구나무에 붙들어 매놓고 왔다고 해서 다음 날 이른 새벽에 가보면 빗자루 두 개가 새끼줄에 묶여 있었다. 아버지는 밤새 환영과 싸우다 집에 돌아온 것이다. 유년의 아버지는 언제나 그렇게 시작됐고 그렇게 끝났다. 언제나 술을 마셨고, 언제나 비틀거렸고, 도깨비에게 홀려 집으로 돌아왔다.

"내가 큰 죄를 지었어. 네 할아버지께 큰 죄를 죄었어."

아버지가 그렇게 말할 때도 나는 그게 무슨 뜻인지 모르고 있었다. 아버지는 술만 마시면 혼자서 그 소리를 했다. 나는 그 소리를 들을 적마다

살아 있는 돌

아버지가 정말 할아버지께 큰 죄를 지은 줄 알았다. 그러나 아버지는 무슨 죄를 지었는지는 한 번도 말하지 않았다.

"그 묘는 이장하면 안 돼."

아버지의 고함에 인부들이 다시 주춤한다. 아버지가 비틀거리며 할아버지 묘 앞으로 다가온다. 이미 굴착기로 파헤쳐진 묘다. 묘 안에는 관이 드러나 보인다. 수십 년을 땅속에 묻혀 있어서 관은 퇴적물처럼 검게 썩어 있다. 관인지 흙인지 분간이 안 될 정도다. 하기야 땅속에서 수십 년을 견뎌왔으니 온전할 리가 없었다. 인부들이 삽을 들고 묘 안에서 나온다. 아버지의 호통 때문에 일을 할 수 없는 모양이다.

"그 묘는 그냥 둬."

인부들이 의아해하며 아버지를 본다. 아버지는 막걸리를 몇 병이나 비웠는지 입에서 거품이 흐른다. 아마도 혼자서 그 누군가에게 지은 죄를 참회하고 있었던 모양이다. 인부들이 아버지를 보며 한마디씩 내뱉는다.

"내 참 더러워서, 날품을 팔지만 이런 일은 처음이네."

"아니, 다 파낸 송장을 왜 거두지 말라는 거야."

"에이, 덮어버리고 올라가자고."

"이것도 일당이 괜찮아서 따라다녔지만, 남의 묘를 파는 일이라 그러잖아도 기분이 찜찜했는데, 이참에 이런 일 그만두세."

그들은 일보다도 아버지 때문에 분개한 모양이다. 인부들이 이구동성으로 하는 말을 들으며 아버지가 갑자기 그들의 앞에 무릎을 꿇고 앉는다. 인부들이 아버지의 모습을 보며 화들짝 놀란다. 나는 엉거주춤 아버지의 곁에 다가가 당신의 양팔을 부여잡는다.

"아버지, 왜 이러세요."

"놔라, 다 내 잘못이다."

"도대체 무슨 일인데 이러세요."

인부들이 일손을 멈추고 모두 묘 밖으로 나왔다. 그러나 아무도 투덜 거리지 않는다. 감정이 누그러들었는지 아버지가 한참 동안 흐느끼다 울음을 멈춘다. 굴착기 기사도 무슨 일인가 궁금했는지 시동을 끄고 인부들 옆에 서 있다. 세상이 갑자기 정지된 듯 소리가 들리지 않는다. 그때 아버지가 무겁게 말한다.

"네 할아버지 묘가 아녀."

"……."

"네 할아버지 묘가 아니란 말이다."

엉겁결에 내가 말한다.

"……그럼, 누구의 묘인지."

"나도 몰라."

"……예."

아버지가 다시 한숨을 내쉰다. 인부들이 술렁인다. 굴착기 기사는 담배를 피우고 있다. 인부들도 아버지의 다음 말이 궁금한지 하나둘 주머니에서 담배를 꺼내 피워 문다. 초겨울이지만 바람의 흐름까지 볼 수 있는 깨끗한 날이다. 언제 안개비를 뿌렸나 싶게 하늘이 맑다. 솜털 구름 몇 개가 올을 엮듯이 하늘에 그려져 있다. 그 밑을 기러기가 날고 있다. 수채화 같은 겨울 하늘을 보다 나는 다시 아버지를 본다. 아버지의 얼굴은 금방이라도 울음을 터뜨릴 듯하다.

"국군이 마을에 들어오고 있었어. 마을에서 인민위원장을 지내던 아버지에게 자수하라고 어머니가 애원했는데, 끝내 북으로 가겠다며 싸리문을 나섰어. 그리고 좀 있다 국군이 마을에 들어왔고, 마을을 점령한 국군이 북진하며 산골짜기에서 총성이 고막을 찢듯 울렸어. 북으로 퇴각하던

살아 있는 돌

인민군과 국군 사이에 짧은 교전이 있었던 모양이야. 어머니는 아버지가 총에 맞아 죽었다고, 빨리 시신이라도 수습해야 한다고 넋이 나간 사람처럼 동네를 휘저으며 길길이 날뛰었어."

"……."

나는 아무 말도 못 하고 아버지의 말을 듣는다. 인부들이 약속처럼 들고 있던 연장을 내려놓고 아버지의 말을 듣고 있다. 서울에서 동행한 동생이 아버지에게 물을 컵에 따라드린다. 아버지가 목이 타는지 그 물을 받아 단숨에 마신다. 얼마나 갈증이 났을까. 고전처럼 흘러갔고 암석처럼 묻혀버린, 이미 칠십 년이나 지난 일을 지금 얘기하는 것이 아버지는 얼마나 큰 고통일까. 내가 침묵을 지키고 있는 사이에 아버지가 다시 말한다.

"국군은 벌써 북으로 갔고, 총성이 있던 자리에는 이십여 구의 시신이 나뒹굴고 있었는데, 어머니가 갑자기 생면부지의 죽은 사람을 부여잡고 엉엉 우는 거여. 분명히 아버지가 아닌데, 어머니가 아버지와 비슷한 남자를 부여잡고 '여보, 여보, ……당신이 기어코 죽었구려!' 그랬단 말이여."

"그래서요."

인부 중의 누군가가 말한다. 아버지는 인부의 질문을 무시하고 다시 말한다.

"그래서는 무슨 놈의 그래서야. 어머니가 '영감, 영감' 하며 울부짖는 바람에 그 사람을 아버지로 알고 이곳에 묘를 썼지. 내가 보기엔 분명히 아버지가 아니었는데, 어머니가 하도 아버지라고 우기는 바람에 이곳에 묘를 쓴 거여. 하필이면 죽은 사람이 얼굴에 총을 맞아 안면이 온통 피투성이고 마침 어둠이 밀려와 옆에 있는 사람도 볼 수 없었어. 그때 어머니께서 한 남자를 부여잡고 울부짖은 거여."

"……."

"나중에 어머님이 임종을 앞두고 그러시더구먼."

"뭐라고요."

바싹 긴장하며 내가 물었다.

"네 아버지는 북으로 갔다. 지금 있는 묘는 허묘(墟墓)다. 국군이 콩 볶듯 총을 쏘아냈고, 많은 사람이 죽어 있었는데, 분명히 아버지는 없었다. 다급한 김에 내가 아버지와 비슷한 남자를 부여잡고 울부짖었다. 다 너때문에 그랬다."

"……."

"그때는 무조건 빨갱이는 처단해야 했고, 빨갱이가 설 자리가 없었다. 한 집에 빨갱이가 있으면 그 가족까지 몰아서 처형하는 연좌제가 있었고, 어머니는 아들에게만큼은 빨갱이 자식이라는 멍에를 씌우지 않으려고 생면부지인 남자를 자신의 남편이라고 부둥켜안고 울었나 보다. 다, 나 잘 되라고."

아버지는 다시 막걸리를 마신다. 칠십 년 동안 가슴에 묻어둔 한이 이제야 풀리는 모양이다. 인부들은 삽을 놓고 저마다 담배를 피워 물고 있다. 어차피 산업단지가 조성되므로 남은 묘도 없애야 한다. 그러나 우리가 해야 할 일은 아니다. 연고가 없는 묘라고 시에 알리면 알아서 처리할 것이다. 화장하든, 다른 곳으로 옮기든 알아서 할 것이다. 나는 굴착기 기사에게 파헤쳐진 묘를 복원하라고 말한다. 할아버지의 묘인 줄 알고 명절 때마다 찾아와 절을 올린 것이 꺼림칙하다.

"이제라도 진실을 밝혔으니 후련하다."

아버지가 막걸리를 마시고 말한다. 나도 그렇게 생각한다. 할아버지의 묘로 알고 칠십 년 동안 섬겨온 거룩한 땅의 한 모서리가 잘려 나가는 충격이 온 것은 바로 그때다. 이미 칠십 년이 지난 뒤여서 땅속에 묻혀 있는 시신의 연고자를 찾기란 그리 쉬운 일이 아니다. 게다가 시대 저편에서 아무도 죽은 사람을 유족이라고 찾지도 않았다. 물론 할머니께서 아버지를 위해 자신의 남편이라고 부둥켜안고 울부짖었지만, 아니라고 반박한 사람이 아무도 없었나 보다.

굴착기가 파헤친 묘를 다시 다듬고 있다. 인부들이 삽으로 봉분을 만든다. 아버지는 술에 취해 한숨을 길게 내쉰다. 무엇인가 응어리진 한이 아직도 남아 있는 모양이다. 나는 아버지의 굳은 표정을 보며 남북관계를 떠올린다.

*

어제 당일로 개성공단에 다녀왔다. 지금 다니는 회사가 개성공업지구로 이전을 했는데, 나는 천안에서 작은 트럭에 자재를 싣고 개성에 갔다가 내려오는 일을 벌써 두 달째 하고 있다. 처음 개성공단에 갔을 때는 북한이라는 선입견 때문에 몹시 긴장했었는데, 자주 다니니까 불편한 느낌도 없어진다.

세종시 전의면에서 개성공단에 가려면 경부고속도로에서 서해안고속도로고 갈아타고서 서울 요금소를 나와 서울외곽순환도로를 타고 김포대교를 건너 문산 쪽으로 우회전해서 자유로를 타고 올라가면 된다. 자유로 휴게소를 지나 계속 올라가면 임진각이 나오고, 거기서 좀 더 올라가면 자유의 다리가 나온다. 그곳에서 군인들이 검문하며 목적지를 묻는데, 개성공단에 간다고 하면 간단히 통과된다. 그 다리를 건너 조금 오르다가 직진을 하면 판문점, 제3의 땅굴이고 좌회전을 하면 도라산 출입국

관리사무소다. 출입국관리사무소에서 운전자는 직접 통과하고 비운전자는 건물 안으로 들어가 출입국 심사를 받으면 된다.

나는 도라산 출입국관리사무소 옆의 주차장에 차를 세우고 담배 한 개비를 피워 문다. 출경(出境) 시간 때문에 새벽 다섯 시에 일어나서 간단히 세수하고 회사에 들러 자판기에서 커피부터 뽑아 든다. 커피를 다 마셔도 졸음은 아직 남아 있다. 그래, 이제 출발이다. 화물차 앞 유리에 성에가 뽀얗게 물들어 있다. 나는 시동을 걸고 앞 유리와 백미러의 성에를 닦는다. 그때서야 앞이 훤하다.

"그래, 이제 출발이다."

차 안에 제시해야 할 서류는 다 갖춰져 있다. 차량통행확인증, 물자반출신고서, 개인이 소지하는 방북증명서, 하다못해 차량 일련번호와 붉은색 깃발까지 차 안에 들어 있다. 나는 화물차 뒷문을 열어 물자를 대충 확인한 다음 문을 닫는다. 벌써 겨울이 깊다. 회사에 올 때도 그랬지만 갈 때도 안개가 앞을 분간할 수 없을 만큼 깔려 있다. 나는 개성공단을 향해 출발한다.

출입국관리사무소의 심사대를 지나며 차를 멈추고 나는 유리문을 내려 차량통행증명서와 출경신고서를 제출한다. 심사원이 출경 도장을 찍어주며 잘 다녀오라고 한다. 다음 심사대는 법무부다. 나는 방북증명서를 제출한다. 이번에도 심사원이 도장을 찍어주며 잘 다녀오라고 한다. 나는 철문 앞으로 다가가 차를 세우고 시동을 끈다. 철문 앞에는 군인들이 보초를 서고 있다. 이제 문이 열리면 개성으로 올라간다. 내 뒤로 차량이 줄지어 서 있다. 모래를 운반하는 덤프트럭, 건축자재를 실은 화물차, 승용차, 어림잡아 백여 대쯤 된다. 출경 시간이 오전에 한 시간마다 네 번 있는데, 이번 타임에 차량이 몰린 듯하다.

얼마나 기다렸을까. 호루라기 소리가 울리고 굳게 닫힌 철문이 열린다. 나는 시동을 걸고 천천히 앞차를 따라간다. 맨 앞에서 군용 지프차가 안내하고 있다. 비무장지대로 들어서자 칠십여 년 저편에서 철마가 엎드려 있고 가끔 군인들이 보인다. 그리고 북으로 더 올라가자 안내하던 지프차가 길가에 멈추고 북측 지프차가 안내를 맡는다. 이제 북으로 올라온 것이다. 이번에는 남측 군인이 아니라 북측 군인이 보초를 서고 있다. 그들은 표정이 몹시 경직되어 있다.

다시 앞차들이 멈춘다. 나도 서행하며 가다가 앞차 뒤에 차를 세우고 시동을 끈다. 북측 출입국관리사무소다. 북측 세관원과 업무원이 차량을 검색한다. 신문, 잡지, 서적, 핸드폰 따위는 반입 금지품이라는 것을 방북 교육을 받으며 알았으므로 차 안이 깨끗하다.

"뭐 실었소?"

"공장에서 쓸 자재입니다."

차에서 내려 뒷문을 열어 보이며 나는 찬찬히 말한다.

"원자재와 부자재, 기계 부품들입니다."

"이거 짐이 꽉 차서 내용물을 확인할 수 없겠는데. 알았소. 공장에 가서 검사할 테니 닫으라요."

북측 세관이 다음 차로 간다. 나는 뒷문을 닫고 차에 오른다. 차 옆에는 북측 군인들이 신호하고 있다. 북측 세관 검사가 끝난 모양이다. 앞차들이 시동을 건다. 나도 시동을 걸고 출발을 기다린다. 지금부터는 개성공업지구관리위원회 차량이 안내한다. 그 차량을 따라 삼백여 미터쯤 가자 개성공단이다. 여기서부터는 자유롭게 다닐 수 있다. 그러나 공단 밖으로는 나갈 수 없다. 울타리가 쳐져 있고 초소마다 북측 군인들이 경계근무를 서고 있다.

"올라오느라 고생했어요."

공장에 도착하자 상주하는 박 부장이 반갑게 맞는다. 그는 생산을 맡고 있다. 그의 안내를 받아 사무실에 들어오자 몹시 낯설다. 경리 세 명이 모두 북측 여자고 사무실에 앉아 있는 관리직원도 몇몇은 북측 사람들이다. 그가 나를 자재팀 과장이라고 소개하자 그들이 간단히 묵례한다. 나도 가볍게 인사를 한다. 공장에서도 자유는 많다. 나는 2층으로 올라가 숙소와 화장실, 샤워실, 식당, 휴게실 등을 살펴본다. 그리고 다시 1층으로 내려와 작업장을 둘러본다. 작업자는 모두 북측 사람들이다. 나는 기계를 관리하는 남측 주임과 잠깐 대화를 한다.

"고생이 많네."

그는 남측에서 상주 인원으로 파견된 주임이다.

"오셨어요?"

"언제, 이곳은."

"힘들어요. 당장이라도 집에 가고 싶어요. 기계가 고장 나면 부품을 남측에서 조달해야 하고, 부품이 조달되면 기술자가 없어서 며칠 걸려요. 그러니 생산량이 제대로 나오겠어요."

"그럴 거야. 앞으로는 출경이 간편해지겠지."

북측 세관원은 내가 공장에 도착한 지 정확히 사십 분 만에 왔다. 나는 그때서야 화물차의 뒷문을 열고 짐을 풀어놓는다. 북측 세관원이 물품을 확인하고 남측으로 실어낼 물자를 살핀다. 북측 세관원이 물자를 실으라고 손짓하자 작업자들이 달려들어 제품을 싣는다. 짐 싣기가 끝나자 문을 닫고 북측 세관원으로부터 확인증을 받는다. 다시 남측으로 내려갈 때 북측 출입국관리사무소에 확인증을 제출해야 한다. 내 임무는 이것으로 끝이다. 이제 남측으로 돌아가면 되는 것이다.

출경 시간이 많이 남아서 나는 차를 끌고 개성공업지구를 한 바퀴 돈다. 백만 평 규모로 공단을 조성했는데, 입주 기업이 백이십사 개 업체이고 북측 근로자 오만 오천여 명이 근무하고 있다. 현대아산과 토지주택공사, 한국전력, 우리은행이 입주해 있고, 남북공동화사업이라 북측 관리자도 상당수 들어와 있다. 차를 돌려 개성공단 내에 있는 마트 앞에 주차하고 나는 마트에서 캔 커피 한 개를 들고 점원에게 만 원권 지폐 한 장을 내민다.

"이런 돈 안 받습니다."

점원은 북측 여자다. 흰색 블라우스를 입고 있는데 가슴에 김일성 초상이 그려진 배지를 달고 있다. 점원이 내게 달러로 바꿔 오라고 말한다. 마트 옆에 은행이 있다. 나는 은행으로 가서 만 원권 지폐 한 장을 내밀며 혼자서 투덜댄다.

"물건은 남측 건데, 남측 돈은 왜 안 받는지 모르겠어."

"그러니까 은행이 있는 거 아니겠습니까?"

은행원이 혼자 한 소리를 듣고 말을 받는다. 그녀도 흰색 블라우스를 입고 있는데 가슴에 김일성 초상이 그려진 배지를 달고 있다. 남측 여잔 줄 알았는데 은행원도 북측 여자다. 그녀는 더는 말하지 않고 십 달러를 내게 준다. 나는 다시 마트로 와서 캔 커피를 사들고 출경을 위해 차에 오른다. 이곳에 올 때처럼 되돌아가면 되는 일이다. 북측 출입국관리사무소에서 실어내는 물자를 확인할 것이고, 이번에는 북측 지프차가 앞에서 안내할 것이다. 그리고 남측으로 넘어오면 반입물자 확인을 하고 검역소에서 단단히 건강 상태를 체크하면 된다.

도라산 출입국관리사무소 주차장에 차를 세우고 나는 출경할 때 번호판을 가린 종이와 붉은 깃발을 뗀다. 북에 다녀오자 갑자기 마음이 공허

해진다. 여기서 겨우 십여 분이면 갈 수 있는 거리를 칠십 년 동안이나 서로 철문을 굳게 닫고 있었다는 게 믿어지지 않는다.

*

이장은 끝났다. 지관의 안내로 인부들이 세 구의 유골을 들고 이장지로 떠났고, 아버지도 술에 취해 몸을 비틀거리며 일행을 따라갔다. 나는 묘가 있던 자리에서 주위를 둘러본다. 합장했던 증조부와 증조모의 묘와 할머니의 묘가 없어졌고, 모르는 사람의 묘만 조그마하게 만들어져 있다. 할아버지의 묘로 알고 그동안 성묘를 한 게 아직도 기분이 찜찜하다.

나는 새로 만들어진 낯선 사람의 묘에 절을 하고 이장지로 가기 위해 천천히 산에서 내려온다. 연고가 없는 묘라 시에서 정리할 것이다. 그리고 세월의 흔적을 묻은 채 이곳에는 산업단지가 조성될 것이다. 할아버지는 어디에 계시는 것일까. 언젠가는 이장한 할머니의 묘에 할아버지의 시신을 거두어 꼭 합장(合葬)을 해드려야 하는데, 그게 언제가 될지 모르겠다. 다시 발을 내딛자 구름 속에서 햇살이 나오고 있다.

* 그 후 개성공단은 2016년 1월 6일 북한이 4차 핵실험을 강행한 데 이어 2월 7일 장거리 미사일로 간주되는 로켓을 발사해 남북 관계가 경색되자 개성공단은 다시 위기를 맞았다. 박근혜 정부는 2월 8일 개성공단 출입 인원을 500명으로 제한한 데 이어 2016년 2월 10일 개성공단 전면 중단 조치를 발표했다. 개성공단 내의 업체들과의 사전 협의나 예고도 없는 일방적인 조치였고, 2021년 현재까지도 그 문은 닫혀 있다.

살아 있는 돌

여름 한낮

여름 한낮

바람이 분다. 이제 살아야겠다.
바람이 불지 않는다. 그래도 살아야겠다.

— 폴 발레리

치킨집 '바람개비'는 간판과 걸맞게 가게 밖과 안에 바람개비가 달려 있다. 밖의 것은 플라스틱으로 만들어서 비가 와도 바람이 불면 돌아가고 내부의 것은 종이로 만든 장식용이다. 남편은 밖에 플라스틱으로 만든 바람개비가 네 개나 달려 있는데도 가운데에 큰 바람개비를 만들어서 세워야 한다고 했다. 그렇게 해야 멀리서도 바람개비를 볼 수 있을 거라고. 나는 바람개비는 이제 충분하다고 생각했다. 찾아올 사람이었다면 바람개비가 없어도 쉽게 찾아올 사람이었다.

밖에 있는 바람개비는 바람이 불지 않아 날개가 잠자리가 쉬고 있는 것처럼 정지해 있다. 이럴 때는 바람개비가 없는 듯하다. 건물이 단층인데 지붕보다 약간 높게 붙어 있는 바람개비는 남편의 말처럼 작고 플라스틱 날개가 투명한 것이라 유심히 보기 전에는 눈에 띄지 않았다. 남편은 그 때문에 바람개비를 크게 만들겠다고 했다. 어차피 간판이 바람개비이므로 가게의 특성을 살리기 위해서라도 바람개비를 크게 만들어 세우면 가게 홍보에 효과가 있을 듯했다.

영업하기 위해 막 가게 문을 열고 안으로 들어가자 열기가 얼굴에 확 올라온다. 더위는 밖이나 실내나 별반 차이가 없다. 올해는 유독 더위가 길고 최고 기온을 연신 갈아치우고 있다. 한낮 기온이 37도를 오르내리니 가만히 서 있어도 이마와 등줄기로 땀이 흘러내린다. 나는 영업을 하기 위해 에어컨을 켜고 전날 하지 못한 바닥을 쓸고 봉걸레로 바닥을 문지른다. 설거지가 늦게 끝나서 바닥 청소를 다음으로 미룬 탓이다.

스무 마리의 생닭을 들고 들어온 남편은 힘없이 의자에 앉아 있다. 바닥 청소를 끝내고 닭을 기름에 튀기기 위해 전날 사용한 식용유를 빼고 새 식용유를 채우고 전분을 반죽하고 고구마를 썰어 함께 튀길 재료를 준비하는 동안에도 남편은 홀의 의자에 앉아 요지부동이다. 남편은 더위를 먹은 모양이다. 재료비 절감을 위해 닭을 직접 사육하고 당일 사용할 만큼의 닭을 도축해서 치킨을 만들기 때문에 남편은 새벽부터 닭장에 나가 닭을 살피느라 힘들어한다. 게다가 오후에는 치킨을 배달까지 하므로 남편이 지친 것은 어쩌면 당연한 일이다. 나는 남편을 위해 틈이 나면 백숙을 해줄까 생각한다. 남편이 키운 토종닭에 인삼, 황기, 대추, 은행, 엄나무, 알밤, 따위를 넣고 끓이면 원기 회복에 효과가 있다. 하지만 남편은 백숙 한 마리로는 원기를 회복할 수 없다는 듯이 의자에 몸을 맡긴 채 앉아 있다. 오늘따라 남편의 얼굴이 더욱 수척해 보인다.

치킨집을 해보자고 한 것은 내가 먼저였다. 양계장을 해봤지만, 사료 값과 인건비를 따져보면 남는 게 없었다. 닭을 대량 사육하는 것도 아니고 양계장 두 동에 병아리 이천여 마리를 넣고 한 달간 사육해서 육백만 원 받는데, 사료비와 인건비를 생각하면 이윤이 없었다. 게다가 겨울에는 난방비를 감당할 수 없어 닭 사육을 하지 않고, 여름에는 불볕더위 때문에 닭의 발육이 늦고 자주 죽어 나가서 손해였다. 남편은 오늘도 닭이 다섯 마리가 죽어서 땅에 묻고 왔다고 했다. 양계장에 대형 선풍기를 가동해도 불볕더위를 당해낼 재간이 없다고 남편은 푸념했다.

"나가볼게. 또 죽었는지 살펴봐야지."

남편은 점심도 거르고 다시 밖으로 나갔다. 농장은 가게에서 차로 십여 분 거리에 있다. 아버지가 돌아가시고부터 묵히던 땅에 남편이 양계장을 지은 것인데 워낙 평수가 작아서 애초부터 대량으로 닭 사육을 할 수 없는 곳이다. 철재로 하우스를 짓고 자투리땅에는 오골계와 토종닭을 방목하고 있다. 치킨을 판매하며 손님의 주문이 있을 때마다 방목하는 토종닭으로 닭볶음탕이나 백숙을 해주는데 손님들의 반응이 의외로 좋았다. 일반 음식점에서 먹는 것보다 식감이 쫄깃쫄깃하고 감칠맛이 난다며 아예 백숙을 주메뉴로 하는 게 낫겠다는 손님도 있다.

오전이라 내부는 아직 한산하다. 생맥주 배달 사원이 맥주 통을 새 것으로 갈아놓고 돌아갔고, 폐식용유를 수집하는 사람이 식용유 두 통을 가져갔다. 손님 중에 더러는 폐식용유로 비누를 만든다며 식용유를 모아 달라는 부탁을 하는데 나는 번거로워서 그냥 폐식용유를 수집하는 사람에게 넘긴다. 그게 편하고 깨끗했다.

바닥 청소와 내부 유리창까지 닦고 치킨을 만들기 위해 전분 반죽까지 끝내자 갑자기 할 일이 없어진 듯하다. 오후부터 치킨 주문이 들어오고 손님들이 가게에 오기 때문이다. 남편이 가져온 닭을 도마에 놓고 먹기 좋게 토막을 내고 반죽이 된 전분에 잘게 썬 고구마와 함께 넣어 저어주고 나자 치킨의 재료가 다 준비되었다. 나는 그때서야 커피 한 잔을 들고 남편이 앉았던 의자에 몸을 맡긴다. 에어컨이 돌아가고 있음에도 실내의 바람개비는 밖의 바람개비와는 달리 날개가 미동도 하지 않고 있다. 에어컨의 바람이 바람개비까지 미치지 않는 탓이다.

바람개비를 보자 문득 떠오르는 얼굴이 있다. 어머니였다. 유년의 어느 날 어머니가 가출했다. 아버지 때문이었다. 아버지는 할아버지가 돌아가시자 농사를 짓지 않았다. 가끔은 내게 자상했지만, 어머니에게는 남처럼 차가운 사람이었다. 밤낮없이 노름방으로, 여자가 있는 술집으로 돌아다녔다. 처음에는 할아버지가 돌아가셔서 방황하는 줄 알았는데 그게 아니었다. 내가 태어나기도 전에 할머니는 돌아가셨고, 한 분 계시던 할아버지가 돌아가시자 아버지는 그때서야 어떤 구속 같은 것이 사라졌다고 여겼다.

"이것을 들고 앞으로 달려가면 이게 빙빙 돈단다. 한번 해봐라."

학교에 다녀온 어느 날이었다. 아버지가 불쑥 바람개비를 내밀었다. 색종이로 접은 바람개비를 마른 수숫대에 못으로 꽂아서 만든 것이었다. 나는 책가방을 내려놓고 아버지가 만들어준 바람개비를 들고 마을 길을 달렸다. 이상한 일이었다. 아버지의 말대로 내가 내달리면 들고 있던 바람개비가 빙빙 돌았다. 천천히 가면 천천히 돌고 빨리 가면 빨리 돌았다. 나는 바람개비가 빨리 도는 것을 보고 싶어 빨리 달렸다. 어머니는 그때마다 넘어진다며 천천히 다니라고 했다.

"그게 다 바람 때문이란다. 바람의 저항을 받아서 바람개비가 도는 거란다. 바람이 저 불고 싶은 대로 불듯이 바람개비도 지가 돌고 싶은 대로 도는 거란다. 봐라. 네가 뛰지 않아도 바람이 불면 바람개비가 돌지 않니. 어쩌면 그게 인생인지도 모르지."

어머니의 말이 맞았다. 바람개비는 내가 뛰어야만 도는 게 아니었다. 어머니의 말대로 바람이 부는 앞에 서서 바람개비를 들고 있자 바람개비는 내가 뛰어갈 때처럼 잘도 돌았다. 바람이 강하게 불어오면 바람개비는 더욱 강하게 윙 소리를 내며 돌았다. 나는 바람개비가 도는 모습을 보며 눈에 보이지 않는 바람의 힘을 직감하곤 했다. 바람은 동에서도 서에서도 남에서도 북에서도 어디서나 불어왔고, 바람이 지나면 바람개비가 언제 그랬냐는 듯이 멈추었다. 나는 어머니가 알려준 대로 바람의 방향을 잡으며 바람개비를 돌렸다.

그런 어머니가 집을 나갔다. 나는 어머니가 집을 나간 것을 보지 못했다. 학교에서 집에 돌아오자 밥상만 차려져 있고 어머니가 보이지 않았다. 그러나 이상한 일이었다. 평소와 달리 쌀밥에 고깃국이 놓여 있었고, 생일도 아닌데 마루의 한편에는 상표가 붙은 양말과 속옷이 놓여 있었다. 나는 대수롭잖게 생각하고 동구 밖까지 바람개비를 들고 달렸다. 바람이 불지 않는 날이었다. 바람개비는 내가 달리지 않으면 돌지 않았다. 얼마나 달렸을까. 벌써 해가 기울고 있었다. 나는 무엇인가 불길한 생각이 들었다. 간밤에 아버지와 어머니가 심하게 다퉜었다. 아버지가 술에 취해서 어머니의 뺨을 때렸고, 머리카락을 잡아 뜯었다. 어머니가 소리 내어 울었다. 아버지가 뭐라고 했는데 나는 이해가 잘 되지 않았다.

"집안에 남정네를 왜 끌어들여."

"연장을 빌리러 온 거예요."

"그런데 왜 방에서 나와."

"전기장판에 온기가 없어서 봐달랬어요."

"뭐여, 이게 어디서 거짓말이야."

아버지가 어머니의 뺨을 후려갈겼다. 어머니가 비명을 지르며 쓰러졌

살아 있는 돌

다. 마을 사람들이 달려와 아버지를 말리자 싸움이 끝났다. 아버지는 아직도 화가 풀리지 않는지 또 술을 찾았다. 어머니가 울며 사랑채로 들어갔고 밤이 깊어도 아버지는 한숨을 깊게 내쉬며 술을 마셨다. 아버지는 매일 술이었고 취하면 살림살이를 함부로 집어 던졌다. 냄비와 솥뚜껑, 하다못해 요강까지 밖으로 내던져 산산조각이 나기도 했다. 나는 밤바다 무서운 꿈에 시달렸다. 아버지가 괴물이 되는 꿈이었다. 마당으로 들어오는 아버지가 어느 순간에 코끼리처럼 커다란 이빨이 달린 괴물로 변해서 집을 부수고 있었다. 깜짝 놀라서 잠에서 깨면 한기가 가득한 새벽이었다. 그때서야 집안이 조용해져 있었다. 이마에 흐르던 식은땀을 대충 걸레로 훔치고 자리에 누웠으나 좀처럼 잠이 오지 않았다. 금방이라도 아버지가 벌떡 일어나 살림살이를 부술까 봐 가슴이 뛰었다. 어머니는 그런 아버지를 저승에서는 보지 않았으면 좋겠다고 했다.

어머니가 집을 나가자 아버지는 더욱 술을 찾았다. 아침에 일어나면 아버지는 안주도 없이 대접에 소주를 따라 마셨다. 그러고는 언제나 소주가 당신의 목덜미를 타고 넘어간 다음이면 카, 하고 소리를 냈다. 아버지는 일하지 않았다. 할아버지가 물려준 논밭을 남에게 소작으로 주고 술만 마시더니 노름에 손을 대서 양계장 자리 오백여 평만 남기고 땅을 다 날렸다. 아버지는 그 많은 땅을 다 잃고도 아무렇잖게 지냈다. 나 같았으면 자살을 했거나 땅문서를 가져간 사람들을 죽였을 것이다.

"이걸 이렇게 접고 반대편의 것을 여기에 올리고 이 막대에 핀을 꽂으면 바람개비가 되는 거다."

어머니가 집을 나갔어도 나는 학교에서 돌아오면 바람개비를 잡고 달렸다. 바람개비를 잡고 앞으로 달려 나가면 모든 것이 잊혀졌다. 집을 나간 어머니도, 술만 마시는 아버지도, 숙제를 해오지 않는다고 회초리로 내 손바닥을 때리던 선생님도, 다 잊혀졌다. 바람개비를 들고 달리던 어느 날이었다. 갑자기 바람이 심하게 불더니 바람개비가 툭 부러졌다. 나는 집으로 돌아와 혼자서 바람개비를 만들려고 색종이와 씨름을 하고 있었다. 이상하게도 기존의 것을 펴서 그 모양대로 만들어도 바람개비의 모양이 나오지 않았다.

"자, 한번 해봐라."

아버지는 또 술을 마셨다. 내가 마루에 앉아서 색종이를 접는 것을 보고 아버지가 바람개비 만드는 법을 알려주었다. 아버지가 시키는 대로 색종이를 접자 신기하게도 바람개비가 만들어졌다. 나는 바람개비를 세 개나 만들어서 대문에 걸어놓았다. 집을 나간 어머니의 나이가 서른셋이라 서른은 빼고 셋이란 숫자와 똑같이 만든 것이다. 그렇게 하면 어머니가 돌아올 수 있을 듯했다. 그러나 어머니는 그해 겨울이 다 지나가도 돌아오지 않았다. 어머니가 오지 않는 집에는 남풍이 불어올 때면 세 개의 바람개비가 바람의 강약에 따라 빙빙 돌았다. 나는 대문의 옆에 '엄마 돌아오면 바람개비를 떼어주세요'라는 문구를 비가 와도 지워지지 않게 잉크로 써놓았다. 그래야 바람개비가 없으면 어머니가 돌아온 줄 알 수 있으니까.

이미 삼십 년이 지난 일이다. 그 말은 아버지가 죽은 지 삼십 년이 지났다는 얘기도 된다. 어머니가 집을 나간 그다음 해의 여름에 아버지가 돌아가셨다. 매일 술만 마시다 병원에 갔는데 이미 간암 말기라는 진단을 받았다. 아버지는 그래도 술을 끊지 않았다. 어머니가 집을 나갔을 때는 괴롭다고 술을 마셨고, 노름으로 땅문서를 잃었을 때는 억울하다고 술을 마셨고, 간암 말기 진단을 받고는 이제 살아야 얼마나 사냐며 술을 마셨다. 아버지는 내게 바람개비 만드는 것, 그것 하나만 알려주고 세상을 떠났다. 그 이상은 아무것도 알려주지 않았다. 엄마가 어디 있는지, 재산이 얼마나 있는지, 아무것도 알려주지 않고 세상을 떠났다.

아버지가 세상을 떠나자 나는 혼자가 되었다. 초등학교 오 학년 때였다. 마을 사람들은 어린애가 혼자 살 수 없다며 나를 고아원에 보내야 한다고 했다. 나는 곧 어머니가 돌아올 것이라고 했다. 내가 고아원에 가면 어머니와 영영 만나지 못할 것이라고 사람들 앞에서 울먹였다. 그때서야 사람들이 내가 기특하다고 했다. 마을 사람들의 도움으로 나는 성장할 수 있었다. 겨울에는 땔감을 해오고, 쌀과 반찬, 철마다 옷을 사 왔다. 그리고 고등학교 때부터는 기숙사에서 생활했는데 그때도 꼬박꼬박 수업료와 교재비, 생활비를 대줬다. 나는 마을 사람들에게 첫 대학 등록금까지만 받고 더 이상의 배려는 받지 않았다. 나도 성인이 되어서 자립할 수 있었기 때문이었다.

어머니는 내가 성인이 되어도 고향에 찾아오지 않았다. 일요일에 가끔 고향 집에 가보면 대문 앞에 세 개의 바람개비가 그대로 붙어 있었다. 어느 때는 바람개비가 다 떨어져 있어서 나는 어머니가 돌아온 줄 알고 가슴이 방망이질했었다. 그러나 그것은 풍화(風化)처럼 달아놓은 지 오래되어 바람개비가 저절로 떨어진 것이었다. 그때마다 나는 똑같은 숫자의 바람개비를 달아놓았다.

식용유를 끓이기 위해 막 가스 불을 켜려는데 밖에 남편이 포터를 끌고 왔다. 나는 튀김용 식용유에 가스 불을 붙이려다 밖으로 나온다. 밖은 여전히 찜통더위가 기승을 부리고 있다. 뉴스에서 달걀을 아스팔트 위에 놓으면 익는다고 했다. 햄버거를 자동차 보닛 위에 올려놓으면 전자레인지가 필요 없다고 했다. 무더위는 그만큼 강하게 숨통을 조여 왔다. 이 더위에 남편은 포터에 긴 나무를 한 개 싣고 왔다. 밑동이 손목의 둘레만큼 가느다란 것인데 줄기가 곧게 뻗은 나무였다. 방금 나무의 껍질을 벗겼는지 나무에는 송진이 흐르고 있었다. 나는 나무에서 송진이 흐르는 것을 보고 그 나무가 소나무이거나 해송나무일 거라고 생각했다. 남편은 그 나무를 포터에서 조심스럽게 내려 맨 끝에 플라스틱으로 만든 바람개비를 달았다.

"이 더위에 웬 바람개비예요."

"이제 먼 곳에서도 바람개비가 눈에 들어올 거야."

남편은 어머니가 돌아오기를 기대하고 있는 듯했다. 남편과 처음 만났을 때, 내가 고아처럼 자랐다고 말하자 남편이 날 꼭 안아주었다. 자신도 어머니가 일찍 돌아가셔서 할머니의 손에 컸다고 했다. 그 무렵 남편은 중견기업의 프랜차이즈 치킨집을 인수해서 전셋집까지 날리고 힘들어하고 있었다. 배운 것 없고, 마땅한 기술도 없어 프랜차이즈 체인점에서 치킨 배달을 하던 남편은 주인의 달콤한 말에 속아 빚만 떠안았다. 배달이 쉴새없이 밀려들고 치킨에 소맥을 하는 손님들이 밤늦게까지 이어지더니 남편이 치킨집을 인수하자 오던 손님들이 썰물처럼 빠졌고, 배달도 뚝 끊겼다. 사장이 하던 일을 그대로 전수받았을 뿐인데 이상한 일이었다. 남편이 원인을 조사해보자 그게 다 바람잡이였다. 사장이 남편을 속이려고 치킨을 공짜로 주거나 돈을 주고 사 온 손님이었다. 세상 물정을 몰랐던 남편은 실의에 빠져 날마다 술이었다. 흡사 유년의 아버지를 보는 듯했다.

"가요, 시골로 내려가요."

남편은 눈을 뜨면 술부터 찾았다. 다음에 돈 벌면 가기로 하고 신혼여행도 생략한 채 변두리에 싼 연립주택을 전세로 얻어 산 지 일 년 만에 남편은 빚만 떠안고 한낮에도 햇빛이 들어오지 않는 우중충한 방에서 술

병과 싸웠다. 이대로 내버려두면 폐인이 될 것 같아 내가 나섰다. 대학 때, 기숙사에 있으며 가끔 들르던 집이 그대로 있으므로 연립주택의 전세금을 빼서 빚을 청산하고 시골로 내려갈 생각이었다. 남편을 살리려면 그 수밖에 없었다.

"시골에 가서 뭐 해 먹고 살아."

"닭, 닭을 키워요. 지금까지 닭을 기름에 튀기기만 했으니까 이제부터 닭을 키워봐요. 닭에게 속죄하는 마음으로요."

"닭이라면 진저리가 나는데."

"다행히 시골에 양계장을 지을 만큼의 땅이 남아 있으니까 그렇게 해요. 당신은 통닭을 튀기며 작은 공간에서 살아서 성격이 난폭해진 거예요. 조그마한 새장에 갇혀 사는 새는 그 공간이 세상에서 제일 큰 줄 알잖아요. 그러다가 넓은 세상이 존재한다는 사실을 알았을 때의 실망감, 당신은 치킨집의 장사가 안 되는 것보다 지쳐서 그래요. 요양하는 셈 치고 시골로 내려가요."

남편은 의외로 시골 생활에 잘 적응했다. 방치된 집을 수리하고 폐자재를 얻어다 양계장을 지었다. 마침 인근에 칠면조 사육을 하다 판로가 없어 사업을 접은 곳이 있는데, 남편은 수단도 좋게 그곳에서 자재를 조달받아 번듯하게 양계장을 두 동이나 지었다. 그리고 병아리를 사다 넣고 본격적으로 양계업을 시작했다. 마리당 칠백 원에 사서 한 달을 키우고 삼천 원에 도매업자에게 넘기니 무려 네 배나 남는 장사였다. 남편은 양계장의 바닥에 왕겨를 깔아주고 알맞은 온도를 위해 양계장 옆의 포장을 개폐(開閉)하고 시간마다 사료와 물이 공급되는 장치가 정상인지 분주히 양계장을 오갔다. 그러다가 한숨 돌리면 남편은 인근 야산에 올라가 칡을 캐거나 솔잎과 참쑥, 엉겅퀴, 민들레, 둥굴레, 두릅, 산수유, 돌미나리 따위로 효소를 담았다. 남편이 담근 효소는 오십여 통이나 되었고, 남편은 효소를 담근 통마다 담근 날짜와 효능을 간략하게 적었다. 이를테면 동맥경화에는 홍화, 마늘, 회화나무가 좋고 혈압을 내리는 데는 버드나무, 진달래, 익모초 등이 좋은데, 남편이 담근 효소의 통 위에는 그런 효능이 적혀 있었다. 남편은 그것들을 어머니가 돌아오면 드린다고 했다. 남편은 나보다 더 어머니가 돌아오길 간절히 바라는 듯했다.

"고아로 살더니 고향이 많이 그리운 모양이네."

"그냥 다니러 왔어요."

"여전히 빈집이야."

기숙사에서 생활하다 가끔 시골집에 내려오면 여전히 대문이 굳게 입을 다물고 있었다. 멀리서 보아도 대문이 닫혀 있는 것이 보이는데 옆집의 아주머니는 내가 시골집에 오면 먼저 말을 걸어 왔다. 대문 위에 걸어 놓은 바람개비는 땅에 떨어져 망가져 있었다. 나는 바람개비를 다시 만들지 않았다. 내가 초등학교 오 학년 때 집을 나갔으니까 십 년 넘게 기다려온 어머니였다. 대문 옆의 벽에 '엄마 돌아오면 바람개비를 떼어주세요'라고 쓰인 글씨는 변색하여 보이지 않았다. 나는 그 자리에 굵은 매직으로 '어머니 꼭 돌아오세요!'라고 써놓았다. 어머니가 가출한 지 십일 년이 지나 있었다. 서른셋의 어머니는 마흔넷이 되었고, 나는 열두 살의 소녀에서 스물세 살의 처녀가 되었다. 하도 긴 세월이 흘러서 이제 어머니라는 존재가 까맣게 잊혀졌다.

"나 참. 이름도 모른다. 성(性)도 모른다."

대학 삼 학년 때였다. 문득 어머니를 찾아야겠다는 생각에 경찰서에 갔었다. 어머니에 대해 경찰이 묻자 나는 입을 다물었다. 어머니에 대해 아무것도 아는 게 없었다. 어머니의 이름은 물론 성조차도 생각이 나지

살아 있는 돌

않았다. 아버지에게 매를 맞던 모습이 떠올랐다. 방에서, 마루에서, 마당에서 술에 취해 휘두르는 아버지의 폭력 앞에 저항하지 않고 그 폭력을 고스란히 받던 어머니의 모습이 떠올라 가슴이 울컥했다. 그 작은 체구에 아버지의 폭력을 견뎌내는 어머니가 신기할 정도였다.

"게다가 십일 년이나 헤어져 있었다. 완전히 남남이었고만."

어머니에 대한 신상이 아무것도 없자 형사는 혼자서 투덜거렸다. 어머니에 대해 아는 게 없어 신원을 조회할 수 없었다. 형사는 자신이 생각해도 답답한지 자리를 박차고 밖으로 나갔다. 담배를 피울 모양이었다. 나는 더는 어머니를 찾는 민원을 넣지 않았다. 형사의 말대로 이름도 성도 모르며 무작정 십일 년 전에 집을 나간 어머니를 찾아달라는 것은 억지였다. 어쩌면 어머니도 나처럼 내 이름과 성을 잃어버린 것이 아닐까. 그리하여 나를 찾고 싶어도 형사가 내게 말한 것처럼 어머니도 같은 말을 듣고 허무하게 경찰서를 나섰을지도 모른다. 아니면 처음부터 아예 나를 찾는 것을 단념하고 살았는지도 모른다. 그렇게 삼십 년이 지나는 동안 어머니는 이방인이 되어 한 번쯤은 집에 찾아올 법도 한데 나와는 영영 잊고 살기로 했는지 대문 앞의 바람개비는 떨어질 줄 몰랐다.

치킨을 만들기 위해 가스 불을 붙일까 하다 아직 주문이 들어오지 않아 내버려둔다. 남편은 뭐가 그리 바쁜지 가게 앞에 바람개비를 세우더니 다시 포터를 몰고 농장으로 갔다. 찜통더위 때문에 닭들이 마음에 놓이지 않는 모양이었다. 오늘따라 주문도 없고 손님도 없다. 그러나 평일과 다를 게 없다. 오전에는 겨우 한두 마리의 치킨이 주문 들어오기 때문에 내가 닭을 튀겨서 배달하는데 오늘은 그나마도 주문이 들어오지 않는다. 점심도 거르고 양계장에 나간 남편을 위해 나는 김밥과 얼음물을 챙겨 밖으로 나온다. 농장에 잠깐 다녀올 생각이다.

남편이 만든 바람개비는 네 개의 날개마다 각기 다른 색을 칠해서 바람 불 때면 마치 무지개가 빙글빙글 돌아가는 듯하다. 길가에 있는 집이라 치킨집으로 개조를 했어도 언뜻 보면 금방 알 수 있는 집이다. 어머니가 찾아오면 옛날 집을 기억할 수 있게 처음부터 배려한 탓이다. 남편과 함께 양계장 일만 하다 아무래도 닭을 헐값에 처분하는 것 같아 내가 먼저 집을 개조해서 치킨집으로 만들자고 제의했고 남편이 쉽게 허락했다. 대문은 그대로 살리고, 그 대신 대문 옆에 문을 만들어서 가게로 들어오는 구조였다. 남편은 인테리어 업자도 부르지 않고 산에서 소나무를 베어다 기둥을 세우고 제재소에 가서 나무를 켜다 벽을 만들며 손수 가게를 인테리어 했다. 남편의 덕에 깔끔하게 차린 가게에는 주방용품과 가전제품 외에는 돈이 들어간 게 없었다. 남편은 한 번 치킨집을 하다 말아먹은 경험이 있어서 그런지 가게를 꾸미는 데 눈썰미가 있고, 손재주가 돋보였다. 목공 일은 안 해봤으면서도 나무를 켜다 테이블과 의자까지 만들었다. 남편 덕에 가게가 카페처럼 아늑했다. 치킨을 팔지 말고 커피와 차를 팔아도 될 만큼.

양계장에 오자 무엇보다도 느끼는 것은 코를 찌르는 냄새였다. 양계장 옆에 가건물을 짓고 남편이 매일 닭을 잡아서 나는 냄새와 양계장에서 풍겨 나오는 닭 배설물 냄새 때문에 나는 한동안 멍한 상태로 서 있었다. 양계장에 가끔 와봤지만 이렇게 악취가 심한 줄은 몰랐다. 남편은 이 더위에 닭을 땅에 묻고 있었다. 벌써 스무 마리째라고 했다. 스무 마리면 가게에서 하루 동안 쓸 양이다. 아깝다는 것보다 멀쩡한 닭이 죽어 나가는 게 더 안쓰러웠다.

"닭이 또 죽었어."

"또요."

"어제보다 더 많이 죽었어."

"어머, 그럼 AI(고병원성 조류인플루엔자)가 아녜요?"

"그, 방정맞긴."

남편은 김밥을 내밀어도 쳐다보지 않았다. 무더위 때문에 지쳤는데 가뜩이나 닭까지 죽어 나가서 심기가 불편한 모양이다. 어차피 남편은 닭과 살아야 할 인연인 모양이다. 남편은 닭이 죽으면 그것을 모아 양계장 바로 뒷산의 양지바른 곳에 정성껏 묻어주었다. 닭을 장례 지내는 것처럼 남편은 닭을 열 마리씩 합장(合葬)하고 작은 봉분을 만들었다. 남편이 만든 봉분은 벌써 일곱 개가 되었다. 닭이 칠십 마리나 묻힌 것이다. 남편은 앞으로 얼마나 더 죽어 나갈지 예측할 수 없다고 했다. 여름에 병아리를 너무 많이 넣은 것이 잘못이었다. 치킨이 안 팔리면 백숙이나 닭볶음용으로 생닭을 팔려고 양계장에 봄철처럼 병아리를 넣었는데 그게 화근이었다. 양계장에 병아리를 넣으면 성체가 될 때까지 한 마리가 반경 이 미터를 벗어나지 못한다. 병아리가 빨리 크게 하려고 물과 사료만 공급하며 공간이 좁게 병아리를 입주시키기 때문이다. 먹이통에서 이 미터를 벗어나지 못하는 양계장의 닭들이 이 무더위를 견딜 리가 만무했다. 차라리 산에 방목하면 닭이 죽어 나가지 않을 성싶었다. 나무 그늘에서 쉬면 닭들도 더위에 지치지 않을 것이다. 남편은 야생에 길들지 않은 닭들이라 방목을 하면 먹이가 없어 굶어 죽을 거라고 했다.

"닭 도축을 그만해야겠어."

여덟 개째 닭의 무덤을 만든 남편이 힘없이 말했다. 하기야 닭을 도축하는 것도 쉬운 일이 아니었다. 민가와 떨어져 있어 민원이 제기되지 않았지만, 비가 많이 올 때는 비릿한 닭의 핏물이 도랑으로 그냥 흘러나갔다. 그 때문에 마을 사람들이 비만 오면 동네에 비린내가 난다고 했다.

닭의 날개를 잡고 예리한 칼로 심장을 찌르고 털 뽑는 기계에 넣으면 기계가 알아서 닭을 알몸으로 만들어주지만 뽑히지 않은 잔털과 닭의 발목을 자르고 배를 갈라 내장을 손질하는 것은 남편의 몫이었다. 남편은 닭의 내장을 손질할 때마다 비위가 상해서 소주 한 잔을 들이켠다고 했다.

"그럼 닭을 어디서 조달하게요?"

"닭집에서 사다 쓰든가, 납품업자에게 받든가 해. 매일 닭을 잡다 보니 내가 점점 살인자가 되는 것 같아. 피를 보면 희열을 느끼고 나도 모르게 닭의 근위를 자르고 있어. 닭의 체온이 있는 내장을 이리저리 만지며 콩팥과 똥집을 분리하고 내장을 긁어내면 등골이 오싹하고 그래. 이제 닭을 치우고 버섯을 재배할까 해."

남편이 하기 싫다면 할 수 없는 일이었다. 남편은 양계장이 비워져도 병아리를 들이지 않겠다고 했다. 이미 양계장 한 동은 거의 비워졌고 다른 한 동에는 사백여 마리의 닭이 있는데, 한 달 분의 재고였지만 닭이 점점 커가면서 도축하는 방식이라 실제 사용할 수 있는 재고는 오 일 분, 백여 마리 정도였다. 닷새가 지나면 다시 재고가 닷새 분이 되는데, 남편은 병아리를 입주시키지 않아 그 고리를 끊겠다는 것이다. 아무래도 위탁업자에게 닭을 받아야 할 성싶었다.

남편이 닭을 도축하던 곳은 아직도 핏물이 묻어 있고 비린내가 났다. 도축장 옆에 일반 냉장고가 있는데 남편은 닭발과 똥집을 냉동실에 넣었다가 양계장에서 내려오는 길에 마을 사람들에게 일일이 나눠주었다. 그 때문에 비가 와서 도랑물이 내려가면 닭 비린내가 나도 마을 사람들이 민원을 넣지 않는지도 모른다. 남편은 닭을 도축하며 죽음에 대해 얼마나 생각했을까. 냉장고의 냉동실에는 아직 마을 사람들에게 나눠주지 않은 닭발과 근위가 가득 들어 있었다. 그리고 냉장고 문 옆에는 남편이 파란색의 매직으로 쓴 낙서가 있었다.

　-바람이 분다. 이제 죽어야겠다. 바람이 불지 않는다. 그래도 죽어야
겠다.

　남편은 폴 발레리의 시를 역설적으로 인용해서 낙서를 해놓았다. 양계
장을 하는 것이, 닭을 도축하는 것이 죽을 만큼 힘들었던가? 남편이 아
무렇게나 휘갈겨 쓴 낙서에는 오히려 진실이 숨어 있었다. 매일 남편이
가져온 닭을 아무 생각 없이 토막 내어 전분 반죽에 묻혀 기름에 튀기는
일상이 남편을 그토록 괴롭게 했다는 것이 믿어지지 않았다. 닭을 사육
하고 도축하는 것이 죽을 만큼 싫으면서 남편은 왜 진작 얘기하지 않고
지금껏 버텨온 것일까? 생계에 대한 책임 때문이라고 단정할 만큼 궁핍
하지도 않았다.

　"여보, 어쩌려고?"

　냉장고 옆에 쓴 남편의 낙서를 읽는 사이에 닭이 우는 소리가 들려 돌
아보자 남편이 양계장 문을 활짝 열고 닭들을 내몰고 있었다. 남편은 양
계장 안에서 긴 막대를 휘두르며 닭을 양계장 밖으로 내몰았다. 남편이
긴 막대를 휘둘러도 닭들은 밖에 나가지 않았다. 양계장에서 반경 이 미
터 안에서 산 닭들이라 어쩌면 당연한 일이었다. 그러나 몇 마리가 양계
장 밖으로 나오자 그때를 기다렸다는 듯이 닭들이 날개를 퍼덕이며 밖으
로 나오기 시작했다.

　"닭을 왜 내몰아요?"

　"이렇게 해야 살아. 양계장 온도가 너무 높아 다 쓰러지겠어."

　남편은 더위에 지쳐 구석에서 졸고 있는 닭까지 마구 밖으로 내몰았
다. 밖으로 나온 닭들은 그때서야 탈출구를 발견한 것처럼 일제히 산으
로 올랐다. 녹음이 짙은 산으로 들어간 닭들은 감쪽같이 자취를 감추었

다. 남편은 그제서야 안도의 한숨을 내쉬었다. 불볕더위 때문에 이렇게 하지 않으면 며칠 만에 닭이 몰살될 거라고 했다. 지독한 불볕더위였다. 그때 주머니에 넣어둔 핸드폰이 쉴새없이 울었다. 전화를 받자 치킨 주문이 들어오기 시작했다. 나는 가게로 가기 위해 차에 올라 급히 시동을 걸었다. 그때까지도 남편은 내가 내려놓은 얼음물과 김밥에 눈을 주지 않고 있다.

"저, 저 여자가."

차가 마을을 지나 가게가 보이는 곳에 이르자 가게 앞에 검은색 승용차가 멈추고 나이 많은 여자가 차에서 내려서 가게 앞에 세워진 바람개비를 바라보고 있다. 멀리서 보아도 여자는 고급스러운 차림에 기사까지 딸려 있다. 여자가 무엇인가를 기억하는 듯 바람개비를 바라보다 가게의 간판을 유심히 바라보았다. 아, 그리고 여자는 천천히 가게의 출입문을 밀고 안으로 들어갔다. 나는 그 여자를 보며 어머니가 분명하다고 생각했다.

벽 속의 너

벽 속의 너

1

아내가 집을 나갔다. 사소한 다툼이 있었던 것도 아닌데 아내가 집을 나갔다. 아내는 가출한다는 흔적을 집안의 어디에도 남기지 않은 채 홀연히 사라졌다. 나는 아내가 가출한 것을 집에 와서 알았다. 아파트 주차장에 차를 세우고 고개를 들어 올려보자 평소와 다름없이 아파트는 육중한 몸을 지탱하며 서 있었다. 평소와 다름없는 퇴근이었다. 나는 주차된 차의 문을 잠그고 아파트 현관으로 들어갔다. 복도식 아파트라 현관에 들어가면 문이 많이 보였다. 101호, 102호, 103호…… 엘리베이터는 15층에 매달려서 내려올 기미를 보이지 않았다. 누군가가 물건을 운반하는 모양이다. 나는 계단을 밟아 4층으로 오른다. 내가 사는 곳이 4층이다. 이럴 때는 집이 높지 않은 곳에 있어서 좋다. 이곳으로 이사를 올 때 아내가 낮은 층을 고집해서 4자가 재수 없는 숫자라는 것을 알면서도 4층으로 이사를 왔다.

"집이 이렇게 낮아야 계단으로 오르내릴 수 있어 운동도 되고 좋잖아

살아 있는 돌

요.”

아내가 선택한 집은 15층 건물에 총 250세대가 입주할 수 있는 아파트에서 4층의 남향이다. 아파트의 구조가 L자로 되어 있는데, ㅣ쪽은 동향이고 ─쪽은 남향이다. 그러나 아파트의 구조가 복도식이라 ㅣ쪽이나 ─쪽이 다 통한다. 게다가 아파트가 언덕 위에 있어서 4층이라고 해도 전망이 좋았다. 읍내와 멀리 들판까지 시원하게 보였다. 아내는 아파트의 구조나 평수와 관계없이 일단 이사를 오는 것만으로도 만족해했다. 아파트도 시골이지만 전형적인 농가에서 탈출한, 행복감을 느끼는 모양이다.

“후, 이제야 삶이 삶인 것 같아요.”

아파트는 맨 위층의 동향만 빼고 다 25평이었다. 시골에서는 그 평수가 작다면 작고 크다면 큰 평수였다. 도시에서 전셋값만도 못한 돈으로 아파트를 구입하고 이삿짐을 옮기자 아내는 제일 먼저 햇살이 마음에 든다고 했다. 농가의 우중충한 방에서 지내다 이사를 오자 그 흔한 햇살까지도 소중해 보인다고 말했다.

이사를 했다고 해서 생활이 더 나아진 것은 아니다. 아파트는 지은 지 십 년이 넘은 낡은 건물이고 그 건물에 맞게 이사를 하면서 쓰던 가재도구를 들여놓아서 집은 벽지만 새것이었다. 벽지는 햇살이 잘 드는 거실은 밝게, 그리고 햇살이 들지 않는 복도 쪽 방은 약간 어두운 것을 선택해서 은은한 분위기를 만들었다. 아내는 꾸미는 것을 좋아하는 성격이었다. 시골집에 있을 때도 밑에 구멍이 난 양은 냄비나 플라스틱 용기에 꽃을 심었었다. 대문에서 몇 발짝만 나가면 지천으로 널려 있는 것이 들꽃인데 아내는 그 흔한 들꽃이 보물이라도 되는 양 애지중지 키웠었다.

베란다에는 아내가 심은 들꽃들이 이십여 종이나 있다. 할미꽃, 엉겅퀴, 제비꽃, 둥굴레, 바위취, 은난초, 쥐오줌풀, 개갓냉이, 개쑥부쟁이,

앵초…… 아내가 키우는 들꽃은 전부 시골집에서 이사 올 적에 가지고 온 것들이다. 흔한 들꽃이므로 버리든지, 아니면 들이나 산에 다시 심어 주든지 하면 될 것을 아내는 하나도 버리지 않았다. 다만 변한 것이 있다면 화분뿐이다. 대충 이삿짐이 정리되자 아내는 화원에 나가 화분을 스무 개나 주문하고 돌아왔다. 시골집에서는 그냥 아무 용기에나 심어도 보기가 좋았는데 아파트는 모양이나 질서 따위가 필요하다고 했다.

"가서 함지박에 흙 좀 퍼 와요. 낙엽 썩은 흙이면 더욱 좋고요."

내가 가지러 가도 되는데 화원 주인이 화분을 배달해 오자 갑자기 아내는 바빠졌다. 남이 살던 집이라 베란다도 나무무늬 타일을 사다 다시 깔아서 바닥이 마루 같은 느낌이 드는데, 아내는 그곳에 넓은 비닐을 깔고 분갈이를 하고 있었다. 나는 아내를 위해 낙엽이 썩은 흙을 함지박에 가득 퍼 왔다. 분갈이는 쉬웠다. 화분에 흙과 퇴비를 넣은 다음 다른 용기에 심어진 식물을 옮겨 심고 물을 주면 끝이었다. 아내는 그렇게 심어진 들꽃들을 보며 꽃들도 목마름을 알고, 미움이나 사랑을 안다고 했다. 그러나 내가 보기에는 그냥 평범한 들꽃이었다. 할미꽃과 엉겅퀴와 바위취, …… 들꽃들이 아직 꽃이 피지 않고 잎만 내밀고 있다. 이럴 때는 들꽃이 아니라 잡초만 같다. 들꽃을 다 옮겨 심고 아내는 화분에 물을 흠뻑 주었다. 아내가 준 물이 화분 밑으로 흘러내렸다. 분갈이할 때는 이렇게 물을 충분히 주어야 한다고 아내가 말했다.

아내가 비운 용기들을 나는 아파트 놀이터 옆의 분리수거함에 버린다. 경비실에서 관리하는 분리수거함은 제때 치워서 냄새도 없고 깨끗하다. 음식물 수거통이 다 차기도 전에 개 사육하는 업자가 잔반을 수거해 가서 분리수거장에는 냄새가 나지 않는다. 나는 용기를 고철과 플라스틱으로 분리하여 버리고 놀이터의 벤치에 몸을 맡긴다. 일요일 한낮임에도 놀이터는 텅 비어 있다. 까치가 다녀갔나? 벤치의 가장자리에는 새똥이 묻어 있다. 마른 똥이다. 아무도 닦지 않아서 새똥은 페인트처럼 말라 있다. 나는 15층 건물의 아파트를 올려다본다. 이렇게 지상에서 살 때가 있었나 싶다. 도시의 고층빌딩보다도 이 아파트가 더욱 소중하게 느껴진다.

"또 새똥을 깔고 앉았어요."

도시에서 살 때도 벤치에 새똥이 많이 묻어 있었다. 잃을 거 다 잃고 아내와 연립주택의 반지하로 들어오자 무엇보다도 견디기 힘든 것이 어둠이었다. 햇살이 들지 않는 그 방에는 낮이나 밤이나 어둠이 고여 있었다. 이 고요와 어둠들, 차라리 감옥이었다면 마음이 더 편했으리라. 나는 어둠에 익숙하지 못해서 자주 밖으로 나왔다. 밖은 지하와는 달리 햇살이 온 세상을 헤집고 다녔다. 지하에서 나오면 눈이 부셨다. 연립주택 주변은 숲처럼 나무가 많았다. 지은 지 이십 년이 넘는 연립주택은 가동, 나동, 다동, 라동. 이렇게 네 동이 서로 마주 보고 있는 건물인데, 좌측과 우측에 녹지 공간이 조성되어 있고 낡은 벤치가 듬성듬성 놓여 있었다. 나는 그 벤치에 앉아 명상하는 것을 좋아했다. 지하의 방에서 나와 벤치에 앉아 있으면 잊음이 있어 좋았다.

아이들이 흘리고 간 팝콘을 비둘기가 내려와 쪼아 먹었다. 비둘기는 야생에서 생활하지만, 먹이를 먹는 방법만큼은 이미 길들어 있었다. 잘 도망도 가지 않았다. 집에서 키우는 비둘기도 아닌데 비둘기는 사람을 무서워하지 않았다. 나는 집에서 갖고 나온 좁쌀 한 줌을 비둘기에게 뿌렸다. 순간, 두세 마리에 불과했던 비둘기가 어디서 날아왔는지 떼를 지어 주차장으로 몰려들었다. 나무 위에서 눈치를 보고 있었던 모양이다. 비둘기들은 전나무 속에서 낮은 포물선을 그리며 모이가 있는 곳으로 사

뿐히 내려앉았다.

"어머, 어머, 이러다가 밟아버리겠네."

3층에 사는 여자가 비둘기가 내려앉은 곳을 지나며 하는 말이다. 비둘기는 사람이 곁을 지나가도 조금 옆으로 피할 뿐이다. 야생에서 산다는 게 믿기지 않았다. 비둘기는 3층에 사는 여자가 지나가도 먹이를 쪼고 있다. 나는 그 여자에게 가볍게 묵례했다. 그녀는 오늘도 가게에 나가는 모양이다. 연립주택 입구의 상가에 있는 레코드 가게가 그녀의 일터다. 나는 그녀의 가게가 오래가지 않으리라는 것을 잘 알고 있다. 백화점이나 대형 할인점에서도 사라진 점포를 그녀는 바보처럼 붙들고 있다. 컴퓨터에서 마우스로 클릭만 하면 쉽게 내려받을 수 있는 음악인데 그녀는 지금까지도 테이프나 CD가 먹히는 줄 알고 있었던 것이다. 나는 그녀에게 레코드 가게를 접고 통닭집이나 분식집을 해보라고 말했다.

"어떻게 닭을 식용유에 넣고 튀겨요? 전 치킨은 먹어도 튀기지는 못해요."

3층에 사는 여자는 먹는 것 말고는 아무것도 할 수 없다는 듯이 혀끝을 세웠다. 나는 그녀가 지금까지 가게를 접지 않고 버티고 있는 것은 건물이 그녀의 남편 것이라 가능하다는 것을 잘 알고 있다. 3층 집만 한 건물인데 2층과 3층은 세를 주고 1층을 그녀가 사용하고 있었다. 2층은 영어학원이고 3층은 미술학원이다.

3층에 사는 여자가 지나가자 비둘기들은 이제 아무도 방해하는 사람이 없다는 듯이 마냥 모이를 쪼아 먹는다. 나는 주머니에서 좁쌀을 한 줌더 비둘기에게 뿌려주었다. 더 많은 비둘기가 몰려들었다. 사람들은 저렇게 몰려든 비둘기를 싫어했다. 똥 때문이다. 비둘기들은 배설하고 싶으면 때와 장소를 가리지 않고 똥을 누었다. 시내로 가기 위해 버스 정류소로 가거나 동과 동을 옮겨 다닐 때 지름길이 전나무 밑이라 사람들은 전나무 밑으로 지나다녔다. 비둘기는 바로 그 전나무 위에 앉아서 아무 때나 똥을 떨어뜨렸다.

─어머, 어머, 어떻게 동창 모임이라 세탁소에서 금방 찾아다 입은 옷인데.

─아, 미치겠네. 머리에다 똥을 쌌어.

사람들의 불평만큼이나 비둘기의 숫자는 늘어만 갔다. 다른 조류와는 달리 알을 두 개만 낳아서 부화하는데도 비둘기는 자꾸만 숫자가 늘어갔다. 천적이 없는 탓이다. 도심이라 매나 부엉이 따위의 맹금류가 없었고, 고양이는 비둘기가 앉아 있는 전나무까지 올라갈 수 없었다. 그 때문에 비둘기는 겨우 알을 두 개밖에 안 낳아도 개체 수가 늘어만 갔다. 사람들은 그런 비둘기가 싫다고 투덜거렸다.

일단 비둘기에게 똥을 맞으면 다시 집으로 돌아가는 수밖에 없다. 머리에 똥을 맞았으면 샴푸를 많이 묻혀 머리를 감아야 한다. 그것도 한 번보다는 두 번 세 번을 감아야 새똥의 냄새도 없어지고 분비물이 깨끗이 빠져나간다. 문제는 옷이다. 옷에 새똥이 묻으면 천생 갈아입고 외출을 해야 하므로 입고 있던 옷 말고 마땅한 옷이 없으면 낭패다.

그 무렵 나는 비둘기만도 못한 삶을 살고 있었다. 빚 보증 때문이었다. 비가 오는 어느 오후의 늦가을 날, 고향 친구가 나를 찾아왔다. 김세구. 별로 친하지 않은 친구였다. 지방대학을 졸업하고 제법 잘나가는 섬유공장에서 경영관리 간부를 맡고 있다고 했다. 그러나 원자잿값 폭등과 인건비 상승으로 중국에 공장을 다시 짓고 있다고 했다. 그는 그 덕에 중국을 오가며 생활하고 있다고 했다. 첫날은 그것으로 그와 헤어졌다. 저녁을 간단히 먹고 서로의 안부만 묻고 그가 먼저 약속이 있다며 악수를 해왔다. 가야 할 사람은 가야 한다. 어차피 더 있어도 서먹할 뿐이었다. 같은 고향이지만 읍 단위 마을에서 성장했으므로 서로에게 깊은 우정은 키우지 못했었다. 막연하게 이름만 듣고 '아, 쟤가 내 동창이었구나' 하는 식의 친구였다. 그가 간다며 명함을 내밀자 나는 그에게 핸드폰 번호를 알려주었다. 내가 일하는 곳을 그는 시골집의 아버지께 물어서 알았다고 했다. 동창들도 아니고 시골집으로 직접 전화를 해서 내가 다니고 있는 직장의 전화번호를 알아냈다는 게 좀 찜찜한 생각도 들었지만 나는 대수롭잖게 여겼다.

아버지는 나름대로 내 친구가 전화번호를 묻자 당연히 회사 전화번호를 가르쳐주었으리라. 핸드폰이 있으므로 집 전화가 필요 없어졌다. 언제 어디에 있든 벨이 울려서 폴더만 열면 통화가 되는 세상에 집 전화가 무슨 필요가 있으랴 싶어 나는 집 전화를 끊었다. 그리고 핸드폰의 번호가 기분 나쁘게 4자가 두 개나 들어 있어서 나는 핸드폰 번호도 바꾸고 미처 시골집에 알리지 않았던 것이다. 딱 한 번 회사로 아버지가 전화해왔는데 그때는 회의 중이었고, 회의가 끝나고 여직원이 아버지한테서 전화가 왔었다고 얘기했는데 나는 그냥 외출했었다.

그가 내게 보증을 부탁한 것은 그를 처음 만난 후로 꼭 한 달이 지난 어느 날이었다. 그 한 달 사이에 계절이 바뀌어 있었다. 처음 그를 만났을 때는 철 늦은 가을비가 쓸쓸히 흩뿌렸는데 한 달 사이에 눈이 오고 바람이 매섭게 돌아다녔다. 처음 그와 만난 후로 한 달 동안 세 번을 더 만났는데 그때마다 그가 밥과 술값을 내주었다. 음식점에서 내가 계산을 하려고 카드를 내밀면 카운터에 앉아 있는 여자가 벌써 계산이 끝났다고 말했다. 나는 여자의 말에 처음에는 귀를 의심했다. 내가 먼저 음식점에 들어왔고, 그는 함께 저녁을 먹는 동안, 그리고 소주잔을 기울이는 동안

　　　　　　　　　　　　　　　　　　　살아 있는 돌

한 번도 자리에서 일어나지 않았기 때문이다.

"그럼 또 오세요."

음식점을 나서려는데 카운터의 여자가 그에게 신용카드와 계산서를 내밀었다. 그는 이곳에 들어올 때 이미 신용카드를 카운터에 맡겼던 것이다. 그는 매번 그런 식으로 나를 접대했다. 한 번도 내가 밥값을 치르지 못하자 나는 괜히 그에게 미안해졌다. 그는 언제나 그렇게 호의를 베풀었다. 밥값도 술값도 그가 언제나 도맡아서 지불했다. 그와 그리 많이 만난 것은 아니었지만 하도 내게 호의를 베풀자 나는 그를 슬슬 피하고 싶어졌다. 친구도 어느 정도 평행선이 유지되어야 관계가 오래가는 법인데, 그가 일방적으로 밀어붙이며 내게 계산할 기회를 주지 않자 나는 불현듯 답례로 그에게 무엇인가를 해주고 싶었다. 18년산 위스키나 고급 넥타이, 혹은 그가 지출했던 만큼의 상품권 따위로 그의 호의에 대해 답례를 하고 싶었다. 실제로 나는 혼자서 백화점에 가서 그에게 줄 선물을 고르기도 했었다. 그러나 나는 백화점에서 빈손으로 나왔다. 내가 그에게 선물을 하면 '친구 간에 쪼잔하게 뭘' 하고 그가 핀잔을 줄 듯해서 나는 남성용 지갑과 넥타이 따위를 만지작거리다 그냥 나오고 말았다.

"보증 좀 서줄 수 있냐?"

그를 만난 지 한 달이 지난 어느 날이었다. 평소처럼 저녁을 먹고 반주로 술을 마시는데, 그는 여느 날과 달리 표정이 경직되어 있었다. 벽에 걸린 달력에는 크리스마스가 다가오고 있었다. 나는 아무 생각 없이 그에게 물었다.

"보증이라니?"

"아내가 옷가게를 오픈하는데 인테리어비가 좀 모자라서."

그도 아무 걱정 없이 말하는 듯했다. 그는 나보다 십여 년이나 일찍 결혼해서 아이들이 성년이 되어 있었다. 도심에 있는 상가라 권리금과 보증금이 만만찮아서 여윳돈을 다 집어넣어도 모자랐다고 했다.

"아내가 의상 디자인을 전공했어. 애들도 크고 했으니까 이제 자기 일을 해보고 싶다고 해서 가게를 얻었는데, 인테리어만 끝나면 곧 오픈하거든."

"그래."

나는 그에게 선뜻 보증을 서주었다. 그의 아내가 옷가게를 한다는데 설마 무슨 일이 있을까 싶었다. 게다가 그가 은행에서 빌리는 돈도 인테리어비 일부가 모자라서 겨우 이천만 원만 빌린다고 했다. 이천만 원이면 내게도 여윳돈이 있어 그것을 무이자로 빌려주려고 했는데 그가 은행에서 빌리면 된다며 극구 사양하는 바람에 나는 보증만 서주었다. 내가 보증을 서주자 그가 답례한다며 회를 사주었다. 겨울이라 그런지 횟집도 장사가 잘 안되는 모양이었다. 제법 규모가 크고 깨끗한 곳임에도 손님이 별로 없었다. 칸막이가 세워진 작은 방에서 그는 소주잔을 연거푸 들었다. 나는 그가 빨리 술을 마시는 것을 보며 막혔던 돈줄이 풀려서 그러는 줄 알았다. 서빙을 하는 여자가 회를 내오기도 전에 소주 한 병이 바닥을 드러냈다. 나도 밖에서 떨다 들어오자 소주가 당겼다. 취기는 생각보다 빨리 돌았다. 꿈틀거리는 낙지 한 가닥은 이십 도의 알코올이 담긴 소주잔을 이기지 못했다.

"하, 나도 잘만 되면 마누라 덕 좀 보며 산다 이 말이야."

두 번째 소주병이 비워지자 그는 말이 많아졌다. 서빙을 하는 여자가 우럭을 내오자 그가 그녀에게 술을 권했다. 여자가 술을 마시지 못한다며 그냥 나갔다. 파트타임으로 일하는 모양이었다. 그는 여자가 나간 뒤에도 그 여자에 대해 말했다. 얼굴이 편안해 보인다, 눈이 크고 예쁘게 생겼다, 유니폼이 잘 어울린다, 처녀 때 남자 꽤 울렸겠다. 그가 말을 끝내고 웃었다. 이럴 때는 그가 한없이 측은해 보였다. 그는 내가 언짢아하는 마음도 모르고 다시 술잔을 들었다. 조용하고 쓸쓸한 것을 좋아하는 나와는 달리 그는 소란스럽고 어수선한 분위기를 좋아하는 듯하다.

"저 여자 데리고 노래방 갈까."

그는 여전히 헛소리하고 있었다. 우럭회가 절반도 넘게 남았는데 나는 그만 수저를 놓았다. 물론 매운탕도 들어오지 않도록 했다. 돈이 돌아서 기분을 내는 것은 좋은데, 그가 너무 횡설수설해서 술맛이 떨어졌다. 게다가 몸이 술을 받아주지도 않았다. 소주 세 병과 맥주 두 병을 비우고 자리에서 일어나는 그를 내가 부축했다. 그는 소주를 마시고 나서 극구 말렸음에도 입가심을 해야 한다며 맥주를 한 병 반이나 비웠다. 몸을 제대로 가누지 못하는 그는 그래도 노래방을 가야 한다고 헛소리를 했다. 그만큼 그는 취해 있었다. 그 정신으로는 노래방은 고사하고 집도 못 찾아갈 성싶었다.

횟집을 나오자 추위가 어둠에 묻혀 있었다. 숨을 내쉴 때마다 일부러 그러는 것처럼 입김이 뽀얗게 묻어나왔다. 그는 이미 취해 있었으므로 나는 그를 위해 대리운전기사까지 불러주었다. 물론 회 값도 그가 치렀고, 취해서 내민 카드조차 다시 지갑에 넣을 수 없을 만큼 휘청거려서 내가 대신 카드를 받아 그의 지갑에 넣어주었다. 그리고 카운터에 부탁해서 대리운전기사 한 명만 보내달라고 말했다.

"이 찹니다. 집 앞에서도 깨어나지 않으면 집까지 내려다 주세요."

그의 주머니에서 차 키를 꺼내 대리운전기사에게 주며 나는 웃돈까지 쥐여주었다. 술에 취한 사람을 목적지까지만 데려다 놓고 나 몰라 식으로 돌아오면 그가 집을 못 찾고 헤매다 얼어 죽을지도 모른다는 생각에 나는 그를 잘 데려다주었나 확인하기 위해 대리운전기사의 핸드폰 번호까지 내 핸드폰에 저장해두었다. 그러나 내 생각은 정반대였다. 그의 차를 출발시킨 지 삼십 분쯤 지나서 대리운전기사에게서 전화가 왔다. 차를 지하 주차장에 잘 주차했고 그가 너무 취해서 집까지 데려다주고 차키는 사모님께 드렸다고 정중하게 말했다. 나는 그 남자에게 수고했다고 말하고 핸드폰 폴더를 덮었다.

그게 그와의 마지막 만남이었다. 그는 그 후로 한 번도 내게 연락해오지 않았고, 나도 바쁜 일상 때문에 그에게 연락하지 않았다. 게다가 그는 그가 다니는 회사가 중국에도 신규 투자를 해서 중국에서 체류하는 시간이 많았다. 중국에 공장을 세워서 그가 한국에 자주 올 수 없다고 말했는데, 나는 그 말을 믿고 그에게 연락하지 않았다. 그도 내가 연락하지 않는 시간만큼 길게 내게 연락해오지 않았다.

그 무렵 나는 아버지가 시골의 땅을 팔아 마련해준 돈으로 아파트 한 채를 사서 아내와 살고 있었다. 결혼한 지 팔 년이 지나도록 아이는 생기지 않았고, 아내도 이제 아이 갖는 것을 단념했다. 아버지도 체념하고 있었다. 손이 귀한 집이라 빨리 손자 보기를 기대했던 아버지는 이제 다 틀렸다며 날마다 술을 마셨다. 그리고 술기운이 돌면 어김없이 내게 전화였다. 아이 소식은 아직도 없냐? 병원에는 가봤냐? 호시탐탐 물어올 때마다 나는 야멸차게 한마디 던졌다.

"그만 좀 하세요."

그때서야 아버지가 수화기를 내려놓았다. 나는 멀리서 걸려온 전화가 그렇게 힘없이 끊기는 것을 느끼며 불효를 하고 있다고 생각했다. 그러나 어쩔 수 없는 일이었다. 마흔이 다 되어가던 나이에 결혼해서 일찍 아이를 가지려고 아내가 한약까지 지어다 먹었지만 허사였다. 문제는 아내보다 내 탓인 듯했다. 심한 조루증에 정자까지 생성되지 않는 희한한 체성(體性)을 띠고 있었다. 아내의 권유로 진찰을 받고 의사와 면담을 했지만, 별문제가 없는 것으로 나타났다. 의사는 내게 여자에 대해, 특히 아내에 대해 자신감을 가지라고 말했다. 나는 그러겠다고, 아내가 아이를 가지면 제일 먼저 알리겠다고 말하고 병원 문을 나왔다.

그게 오 년 전의 일이다. 결혼을 하고 삼 년 동안 아이가 생기지 않아 내가 병원에 가서 진찰을 받은 것이 오 년 전이다. 그러니까 우리에게는 결혼하고 팔 년이 지난 지금까지도 아이가 없는 것이다. 아버지는 내 대(代)에서 대가 끊겼다고 푸념하며 술을 마시는 날이 더 많아졌다. 할아버지도 독자였고 아버지도 독자였고 나도 독자였다. 아버지는 술에 취한 음성으로 고향에 있는 내 친구는 애가 벌써 대학교에 들어갔다고 한숨을 내쉬었다. 나는 아버지의 전화를 받을 때마다 고개를 떨어뜨렸었다. 아내도 옆에서 숨소리를 죽이고 통화 내용을 듣고 있었다. 아버지에 대한 예의는 아니지만 이럴 때는 어디서 양자라도 데려오고 싶은 심정이었다.

2

비밀번호를 누르고 현관문을 열자 아내는 보이지 않았다. 평소와 다름없는 퇴근이다. 아침 여섯 시에 일어나서 출근했다가 오후 여섯 시에 퇴근하는데 요즘 같은 계절에는 퇴근해도 햇살 때문에 퇴근하는 것 같지 않았다. 오후 여섯 시면 어둠이 내려오던 겨울과는 달리 퇴근해도 해는 서녘 하늘에 걸려서 넘어갈 줄을 몰랐다. 겨우내 어둠에 익숙해 있던 출퇴근 시간이 환해지자 나는 지각인 줄 알고 몇 번씩 핸드폰 폴더를 열어 시간을 확인했었다.

놀이터에 앉아 있다 들어왔으므로 이제 실내에도 어둠이 고인다. 어둠은 밀물처럼 조용히 밀려왔다. 소리 없이 천천히 다가와 주위를 잠식하는 어둠 때문에 실내는 조금씩 어두워지고 있었다. 거실로 들어오자 인기척도 없고 아내가 보이지 않았다. 평소에는 아내가 먼저 와서 식탁에 밑반찬을 놓고 찌개나 국을 끓이고 있었다. 나는 안방부터 살핀다. 어둠이 조금씩 밀려들어 실내는 침침해진다. 벽에 붙은 실내등 스위치를 올리자 실내등에서 밝은 빛이 쏟아졌다. 안방은 대낮처럼 환했다. 침대와 옷걸이, 하다못해 방바닥까지 깨끗하게 정리되어 있다. 모든 것이 익숙한데 아내만 보이지 않았다.

거실에도 불을 켜자 벌레처럼 스멀거리며 밀려왔던 어둠이 화들짝 놀라며 창문 밖으로 달아났다. 이제 실내에는 어둠이 보이지 않았다. 모든 것이 그대로였지만 그대로가 아닌 것도 있었다. 우선 평소와는 달리 식탁에는 아무것도 놓여 있지 않았다. 반찬과 수저가 나란히 놓여 있어서 언제라도 밥과 국만 놓으면 식사를 할 수 있는 상차림이었는데, 오늘따라 식탁이 텅 비어 있고, 싱크대와 진열장이 마치 몇 년 동안 한 번도 건드리지 않았던 것처럼 정갈하게 정돈되어 있었다. 나는 베란다에도 아내가 없는 것을 확인하고 핸드폰 폴더를 열어 아내의 핸드폰 번호를 눌렀다. 아내가 핸드폰을 받으면 어디에 있는지 금방 알 수 있으리라. 그러나 아내의 핸드폰은 집에서 울리고 있었다. 급히 나가려다 깜박했는지 핸드폰은 현관 옆 신발장 위에서 여치처럼 가늘게 울고 있었다.

아내는 어쩌면 계획적으로 핸드폰을 놓고 나갔는지도 모른다. 오후 한 시부터 작은 도서관에서 사서 일을 보고 여섯 시에 퇴근하는데, 처음부터 핸드폰을 가지고 나가지 않았거나 집에 들렀다가 놓고 나갔거나 둘

살아 있는 돌

중의 하나일 것이다. 나는 핸드폰 폴더를 덮고 아내의 핸드폰을 집어 들었다. 통화 내용을 조회하자 부재중 전화가 온 것은 방금 내가 한 것밖에 없었다. 나는 아내의 핸드폰을 제자리에 놓고 아내의 일터로 전화를 걸었다. 받을 리가 없다. 특별히 강좌가 있는 날 말고는 여섯 시면 아내는 업무를 마감하고 퇴근을 한다. 바깥문이 잠긴 안에서 혼자 울어대고 있을 전화기를 생각하며 나는 다시 핸드폰 폴더를 덮었다. 이제 밖은 어둠이 완전히 내렸다. 주차장 주변에는 가로등이 켜지고, 하나둘씩 들어온 차들이 잠을 자고 있다. 나는 거실에서 창밖을 바라보다 베란다로 나갔다. 아내의 메모나 가출 흔적이 있나 해서였다.

베란다도 그대로였다. 도서관에 가기 전에 세탁기를 돌렸는지 빨래건조대에 빨래가 널려 있고, 물기가 없는 바닥에는 반쯤 마른 고사리가 널려 있었다. 그리고 그 옆으로는 두 줄로 길게 화분이 들어차 있다. 나는 화분과 베란다를 살피다 문득 어둠을 본다. 창밖에서 밀려온 어둠이 베란다에도 어둡게 돌아다니고 있었다. 베란다의 실내등을 켜지 않고 들어온 탓이다. 다시 나가서 불을 켜려다 그냥 화분 옆에 쪼그려 앉았다. 이렇게 어둠 속에 혼자 있는 것도 언제였나 싶다.

"여보, 여보, 큰일 났어요."

집에 들어오자 아내가 우편물을 내보이며 호들갑을 떨었다. 낮에도 내게 전화를 해서 아내는 자신도 모르게 은행에서 돈을 빌렸냐고 물어와서 '무슨 쓸데없는 소릴' 하며 아내의 말을 무시했었다. 아내는 내게 은행 상호가 인쇄된 봉투를 내밀었다. 이미 개봉된 봉투였다. 나는 내용물을 펼쳐보면서도 별반 동요하지 않았다. 그에게 보증을 서준 이천만 원에 대한 이자가 걷히지 않으니 대신 내달라는 안내문이었다. 이천만 원에 대한 월 0.7%의 금리가 적용되었으므로 십칠만 원만 내주면 되는 일이다. 그게 일 년이라고 해도 이백사만 원이면 충분하다. 게다가 그 안에 그가 원금을 갚을 것이다. 나는 은행에서 날아온 안내문을 아무렇잖게 여겼다.

"정말 괜찮을까요."

"그래. 당신도 알잖아. 김세구라고, 내 고향 친구. 그 친구의 아내가 옷 가게를 개업하는데 인테리어비가 좀 모자란다고 해서 보증을 서줬는데 떼어야 이천이야."

"떼어야 이천이라뇨. 이천만 원이 적은 돈이에요?"

"내 얘기는 그만큼 떼일 염려가 없다는 뜻이야. 큰 회사 상무고 아내가 운영하는 가게도 보증금과 권리금을 합치면 몇억이라는데 설마 십칠만 원을 못 내겠어."

"십칠만 원이 아니라 이천만 원이잖아요."

"그 참. 그 친구네 회사에서 중국에 공장을 신축하고 있대. 중국에 출장 중이라 그럴 거야. 사람을 그렇게 못 믿어서 어떻게 살려고 그래."

나는 오히려 아내에게 면박을 주었다. 은행에서 보내온 안내장 하나에 아내는 너무 신경이 곤두서 있었다. 아내는 더는 말하지 않았다. 겨울 도시는 어둠이 빨리 내렸다. 일곱 시가 조금 넘었을 뿐인데 밖은 칠흑처럼 어두웠다. 이따금 서 있는 가로등 불빛 사이로 눈이 내리기 시작했다. 함박눈이었다. 아내가 식탁에 저녁을 차리다 창밖을 보며 '어머 눈이 오네' 말했다. 나는 아내가 식탁에 저녁을 차리는 것을 보면서도 진열장에서 양주 한 병을 꺼내 들고 베란다로 나왔다. 그리고 안주도 없이 병마개를 따서 한 모금 마셨다. 속이 찡하게 울려왔다. 나는 차가운 바닥에 주저앉아 다시 양주를 들이켰다. 부서 회식 자리를 마련했다며 참석해달라는 김 과장의 말에 나는 좀 있으면 연말이라 송년회도 있으니 이번에는 젊은 사람들끼리 하라고 말하고 집으로 왔다. 회식이란 게 그렇듯이 잘 해보자고 저녁식사나 하는 자린데, 나처럼 나이 많은 사람이 끼면 어딘 가 모르게 부자연스럽고 꼭 아양을 떠는 친구가 있어서 나조차도 부담스 럽다.

아내가 저녁을 먹으라고 말하는데 나는 생각이 없다고 했다. 아무것도 아닌 은행에서 보내온 안내문 때문에 기분이 잡쳤기 때문이다. 아내는 혼자 식탁에 앉아 저녁을 먹었다. 아이들도 없이 혼자 수저로 밥을 떠서 입안에 가져가는 아내의 모습은 겨울처럼 쓸쓸해 보인다. 나는 다시 양 주병을 움켜쥐고 한 모금 삼켰다. 이럴 줄 알았으면 회식 자리에 참석해 서 이차로 삼차로 돌아다니다 올 것을 그랬다는 후회도 들었다.

"이봐. 죽었잖아. 죽었어."

베란다에는 고무나무와 베고니아, 팔손이, 선인장 같은 열대 식물들 이 화분에 심겨 있는데 모두 잎이 말라 있었다. 나는 열대식물의 잎사귀 를 손으로 만지다 화들짝 놀랐다. 싱싱하게 살아 있어야 할 잎이 가랑잎 처럼 바스락거리며 부서져 내렸다. 화분에 심어진 식물들이 모두 죽어 있었다. 나나 아내나 늦가을에 화분을 거실로 옮겨놓지 않은 탓이다. 베 란다에 있는 식물들이 기온이 영하로 떨어지자 동해(凍害)를 입어 죽고 만 것이다. 죽은 식물들은 뿌리에서 수분과 양분을 공급해주지 않아 생 장이 멈추었고, 생장이 멈춘 식물들은 몸에 남아 있던 수분을 날마다 흡 혈귀처럼 스며들어온 햇살에 빼앗겨 간신히 몸을 지탱하고 있었다. 바람 이 불지 않는 공간이라 식물들이 온전히 몸을 지탱하고 있었지, 바람이 부는 들녘이었다면 이미 다 부러지고 잎이 날아가 흔적도 없이 사라졌을 것이다. 나는 말라버린 식물들을 보며 내 살이 말라버린 것처럼 심한 갈 증을 느꼈다. 그러나 속이 타들어 가는 것은 비단 나무 때문만은 아니었다. 다시 양주를 한 모금 삼키고 그에게 핸드폰을 걸자 연결이 되지 않았다. 그의 전화번호를 누르고 몇 번이나 통화 버튼을 눌러도 '고객님, 지금 거신 전화번호는 없는 번호입니다. 전화번호를 확인하시고 다시 걸어주시기를 바랍니다'라는 코멘트만 흘러나왔다. 귀신이 곡할 노릇이었다.

다음 날 아침, 나는 회사에 도착하자마자 그의 명함부터 찾았다. 그의 핸드폰이 끊겨 있어서 회사로 전화를 해볼 생각이다. 그가 준 명함을 지갑에 넣고 다니다 그의 핸드폰 번호가 내 핸드폰에 저장되어 있어서 나는 무심코 그의 명함을 꺼내 책상 서랍에 아무렇게나 넣었었다. 그의 명함은 한참을 찾아도 보이지 않았다. 상 · 중 · 하, 세 개의 서랍을 샅샅이 뒤져도 그의 명함은 나오지 않았다. 나는 이참에 서랍을 정리하려고 세 개의 서랍 속에 들어 있는 내용물을 바닥에 쏟아놓았다. 서랍에서 우르르 쏟아져 나온 내용물을 보며 나는 뭐가 이렇게 많은가 생각했다. 손톱깎이, 치약과 칫솔, 귀이개, 볼펜과 해(年) 지난 다이어리와 하다못해 산이나 낚시 따위의 잡지까지 쏟아져 나왔다. 그러나 그의 명함은 어디에도 보이지 않았다. 명함철과 서랍을 통째로 들어내도 그 작은 명함은 발달린 벌레처럼 어디로 숨었는지 나오지 않았다. 쓸 것과 쓰지 않을 것을 분류해서 버리고 서랍을 다시 정리하자 가지고 있던 물건이 절반이나 줄었다.

"부장님, 뭐 찾으세요? 서랍까지 홀라당 뒤집어놓으시고요."

책상 밑에까지 들어가서 그의 명함을 찾는 것을 보고 여직원 김은미가 물었다. 나는 명함 하나를 찾는다고 그녀에게 말했다. 그녀가 고개를 끄덕이고 제자리로 돌아가려다 내게 다시 물었다.

"명함이라면 혹시, 책갈피에 꽂혀 있는 거 아니에요?"

"책갈피라니?"

"실은 부장님께 말씀도 안 드리고 부장님 책상 위에 있던 책, 제가 읽으려고 가져갔거든요. 그 책갈피에 명함이 한 장 꽂혀 있던데, 혹시 그게 부장님께서 찾는 게 아닌지 해서요. 책도 고리타분하던데."

그녀가 내게 책 한 권을 내밀었다. '경제를 알면 인생이 아름답다'라는 내 책이었다. 그녀는 그 책을 읽다 말았는지 명함은 책의 절반쯤에 꽂혀 있었다. 재테크 관련 책이라 흥미가 없었으리라. 이십 대에 안정된 직장을 잡고 삼십 대에 허리띠를 졸라매야 사십 대가 편하고, 자기개발에 힘써서 사십 대에 직장에서 잘려도 언제든 자신에게 맞는 일을 해야 노년이 편하다는 얘기가 들어 있는데, 김은미처럼 다른 분야에 관심 있는 사람에게는 저자가 직접 알려줘도 흥미가 없을 것이다. 게다가 그녀는 요즘 회사 생활이 적성에 맞지 않는지 야간에는 간호학원에 다니고 있다. 대학은 남들 다 다니는 평범한 곳이라 싫다고, 앞으로는 대학에 들어가려는 사람이 대학 정원보다 적어서 아무나 대학에 들어가고 쉽게 졸업할 텐데 뭐 하러 대학에 가느냐고 그녀가 말했다. 그녀는 병원에서 환자를 간호하며 나이팅게일처럼 살고 싶다고 했다. 물론 그녀가 가장 존경하는 인물도 나이팅게일이고, 병원에서 아픈 사람들을 보면 마치 자신이 아픈 것 같아 몇 번이나 가슴이 철렁했다고 말했다.

"간호사도 다 대학을 나와야 해. 간호학과 나와서 간호사 시험에 합격해야 한다고."

"알아요, 저도. 전 그렇게 전문적인 거 말고 그냥 아픈 사람들 곁에서 있고 싶어요. 왜 그런 거 있잖아요. 어떤 사람이 불쌍하면 곁에서 같이 울어주고 싶고, 참, 테레사 수녀님이 그러셨잖아요. 모든 사람의 두 눈에서 흐르는 눈물을 닦아주는 것이 내 평생소원이라고요. 저도 그렇게 살고 싶어요. 눈물은 사치가 아니라 아픔이거든요. 아버지는 매일 눈물만 흘리다 돌아가셨어요. 암이었거든요. 담배를 많이 피운 것도 아니었는데 재수 없게 폐암에 걸려서 이 년 동안 병원에 있다 돌아가셨어요."

"안되었구나."

"그렇게 위로하지 않아도 돼요. 항암제를 맞고 머리칼이 소복이 빠진 아버지의 손을 잡고 꼭 나을 거라고, 희망을 버리면 안 된다고 했는데, 그냥 돌아가시데요. 죽을 때는 당신도 임종이 가까워짐을 아시는지 말도 못 하고 온종일 눈물만 보였어요."

"정말 안되었구나."

"정말 그렇게 위로하지 않아도 된다니까요."

그녀가 무엇인가 중요한 할 일이 있다는 듯이 '어머, 내 정신 좀 봐' 하고 뒤돌아서 자신의 자리로 돌아갔다. 나는 그때서야 책갈피에서 명함 한 장을 꺼내 들었다. 금화방직주식회사 상무이사 김세구. 부장에서 이사로 진급할 연수가 이 년이나 지나도록 말년 부장을 달고 있는 나와는 달리 그는 두 계단이나 높은 직위에서 잘나가고 있는 모양이다. 그를 만나기 전에는 그가 다니고 있는 회사의 상호가 생소했었는데 그의 명함을 받고 얼마나 큰 회사인가 인터넷으로 검색해봤었다. 그의 회사는 지방에 제1공장과 제2공장이 있고 본사는 마침 서울에 있었다. 그리고 주식도 상장된 제법 건실한 회사였다. 나는 수화기를 들고 그의 명함에 적힌 전화번호의 숫자대로 버튼을 눌렀다. 잠시 신호음이 가고 여직원이 앵무새처럼 전화를 받았다. '감사합니다, 금화방직입니다.' 그녀는 이 말을 하루에 몇 번이나 할까? 여직원의 음성이 송수화기에서 흘러나오자 나는 어처구니없게도 그 생각을 했다.

"하루에 그 말 몇 번 하세요?"

"네?"

그 말을 하지 않으려고 했는데 나도 모르게 그 말이 불쑥 튀어나왔다. 그녀가 당황해하며 짧은 반응을 보였다. 이럴 때는 뭐라고 둘러대야 할지 생각하는데 그녀가 '뭐라고 하셨어요'라고 물어왔다. 글쎄 내가 뭐라고 했더라. 갑자기 방금 내가 말한 말을 잊었다.

"아니에요. 김세구 상무라고 자리에 계신가요?"

"아뇨, 안 계시는데요."

"중국에 출장을 가셨군요."

"아뇨, 회사 그만두셨는데요."

"예?"

여직원의 말은 뜻밖이었다. 나는 언제 그가 사표를 냈냐고 다시 물었고, 그녀는 이제 말하기가 귀찮은지 그냥 전화를 끊었다. 나는 그때서야 그가 핸드폰을 받지 않는 것을 알았다. 여직원에게조차 하찮은 존재로 여겨졌다면 필시 무슨 일이 있을 것이다. 그가 상무라는 직함으로 근무하고 있을 때는 상무님, 상무님, 하며 깍듯이 대했을 여직원은 그가 회사를 떠나자 아예 모르는 사람을 찾는 전화처럼 일방적으로 수화기를 내려놓은 것이다. 나는 그녀의 이면성에 울화가 치밀었지만, 함부로 전화를 끊은 것을 따지는 것보다 그의 안부가 더 궁금해 다시 수화기를 들고 버튼을 눌렀다. 이번에는 남자가 받았다.

"김세구 상무와 어떤 관계시죠?"

그에 관해 묻자 남자는 의외로 경직된 음성으로 물어왔다. 나는 그의 고향 친구라고 말하고 핸드폰이 불통이라 회사로 전화를 했다고 용건을 간단히 밝혔다. 그리고 그 사람 부인이 의류점을 개업하는데 인테리어비가 부족하다고 보증을 서달라서 해줬는데 은행에서 내게 이자를 갚으라는 안내문이 왔다는 것까지 덧붙였다. 남자는 한숨을 내쉬었다.

"당하셨습니다. 저희도 당해서 지금 경찰에 수사를 의뢰해놓은 상태입니다."

순간, 둔탁한 흉기로 머리를 얻어맞은 것처럼 머리가 멍해 왔다.

"무슨 말이신지."

"회사 공금을 횡령했습니다. 1/4분기 회계처리 과정에서 드러났는데, 중국 공장에 기계를 들여놓지도 않고 들여놓은 것처럼 속이고 이중으로 장부를 만들어서 자그마치 사십오억 원을 빼돌리고 잠적했습니다. 경찰이 수배를 내렸으니까 잡히겠지만 우리도 돈을 회수할 방법이 없습니다."

"저…… 저…… 그럴 사람이 아닙니다."

나는 신음처럼 간신히 말하고 수화기를 내려놓았다. 여전히 머리가 멍하고, 가슴이 방망이질을 하고 있었다. 나는 간신히 자리에서 일어나 복도로 나왔다. 절름발이처럼 잠깐 자리에서 일어서며 휘청거리자 김은미가 '어머, 부장님 왜 그러세요? 어디 아프세요?'라고 말했다. 그녀의 깔끔한 음성 때문에 직원들의 시선이 일시에 내게 쏠렸다. 나는 그녀에게 괜찮다고, 잠시 빈혈이 있었다고 말했다. 그녀도 송수화기 저편의 여자처럼 내가 회사를 그만두면 똑같이 대하리라. 지금은 부장님, 부장님, 하지만 사퇴하고 나를 찾는 전화가 걸려오면 퇴사했다고 쌀쌀하게 내뱉으리라. 그게 사람의 심리다.

흡연실로 들어가 나는 담배부터 피워 물었다. 어차피 사람의 속마음은 모른다지만 그는 그 많은 돈을 어디에 쓰고 내게 보증을 서달라고 했던 것일까. 사십오억이면 내가 평생 벌어도 모을 수 없는 큰돈이다. 동그라미가 여덟 개나 되는 그 큰돈을 그는 어떻게 빼돌려서 어디에다 쏟아부은 것일까. 그의 얼굴을 떠올리자 내면에 감춰진 허욕 때문에 치가

살아 있는 돌

떨렸다.

"부장님, 그런데요. 암이 유전인가요."

막 흡연실을 나와 자리로 돌아와 앉으려는데 김은미가 물어왔다. 나는 암이 유전인가 생각했다. 언젠가 아버지가 속이 아파서 못 일어나고 있다는 어머니의 전화를 받고 나는 혹시 암일지도 모른다는 생각에 덜컥 겁을 먹었었다. 가끔 가슴이 뛰고 몸에서 열이 나더니 어제는 토하기까지 했다는 연락을 받고 대학병원에 가서 한번 진찰을 받아보겠다고 말하고 인터넷에서 암에 대해 검색을 해보았다. 암은 순수하게 유전이 차지하는 비중은 위암 28%, 대장암 35%, 유방암 27%, 전립선암 42%라고 한다. 그만큼 암이 유전적으로 차지하는 비중은 적고 생활 습관이나 환경 영향이 주된 요인이라고 한다.

"글쎄, 유전적인 요인보다는 환경적인 요인이 더 크지."

"아, 그렇구나."

"왜 그러는데."

"아버지가 암으로 돌아가셨는데 고모가 암에 걸렸대요. 초기에 발견해서 수술하면 낫는다는데 암이 유전인 것 같아서 기분이 찜찜해요."

"걱정하지 않아도 될 거야. 요즘은 의술이 좋아서 조기에 발견했다면 백 퍼센트 다 고쳐. 문제는 병명이 암인 환자가 아니라 멀쩡한 사람이 사회에 암과 같은 존재로 남아 있다는 것이지."

"무슨 뜻이에요?"

"아냐."

나는 그를 떠올리며 다시 어금니를 악물었다. 그가 보증을 서준 것을 악용하여 내게도 엄청난 빚의 올가미를 씌웠을지 모른다는 생각에 입술이 타들었다. 제발 이천만 원으로 끝나야 할 텐데. 갑자기 마음이 조급해졌다. 그를 찾아야 한다는 생각이 들었다. 금융권에서 빚 독촉이 오기 전에 그를 찾아서 내가 보증을 서준 것에 대한 변제를 받아야 했다. 그러나 행방이 묘연한 그를, 더구나 지명수배까지 받는 그를 어디서 찾는단 말인가.

"부장님, 점심 드시러 가야죠."

그의 행방을 머릿속에서 쫓는데 김은미가 점심시간임을 알렸다. 벌써 시간이 이렇게 되었나. 그의 아내가 운영한다는 옷가게를 찾아가 봐야겠다는 생각이 들었다. 언젠가 얼핏 그에게서 서초구 방배역 근처의 매장이라는 얘기를 들은 적이 있다. 방배역 근처의 옷을 파는 매장을 찾아가면 그의 아내를 만날 수 있으리라. 나는 시험시간에 지각한 사람처럼 초조하게 사무실을 나섰다. 그를 만나지 못하면 그의 아내라도 만나서 어떻게 된 사건인지 알아볼 생각이다. 나는 밖으로 나가기 위해 엘리베이터 버튼을 눌렀다.

"부장님, 나가서 식사하실 거예요?"

어느새 뒤따라왔는지 김은미가 1층에서 내리는 나를 보며 짧게 물어왔다. 지하에 구내식당이 있음에도 많은 사람이 밖으로 나가고 있다. 그녀는 괜찮다면 나가서 함께 식사하고 싶은 눈치다. 나는 식사가 아니라 어디 좀 다녀올 곳이 있다고, 그리고 늦을지도 모른다고 말하고 엘리베이터에서 내렸다. 방배동에 가서 그의 아내가 운영하는 매장을 쉽게 찾는다면 점심시간 내에 돌아올 수 있을 듯했다. 나는 다시 시간에 쫓기는 수험생처럼 발걸음을 재촉했다. 한꺼번에 쏟아져 나온 사람들 때문에 빨리 갈 수가 없음에도 나는 무작정 달리기 시작했다. 지금 같아서는 그가 있는 곳이면 어디라도 쫓아갈 듯했다.

3

밤이 되자 바람이 서늘하게 불어왔다. 바람이 구름을 몰고 와서 하늘에는 먹구름이 덮여 있다. 하늘이 어두워지자 어둠이 더욱 무섭게 내렸다. 시계는 벌써 아홉 시를 알리고 있었다. 아내의 핸드폰 폴더를 열어 몇몇 친하게 지내는 사람들의 전화번호를 메모하고 핸드폰 폴더를 닫았다. 아내의 행방에 관해 물어볼 생각이다. 몇몇 아는 사람에게 전화하면 아내의 행방을 알 수 있을 듯했다. 어쩌면 아내는 민가도 없는 곳에서 헤매고 있을지도 모른다. 핸드폰을 두고 나가서 연락할 수 없는 처지리라. 나는 갑자기 초조해졌다.

"글쎄요. 오늘은 도서관 문도 안 열었던데요. 그래서 어디 갔나 했죠, 저도."

답변은 다 비슷하게 돌아왔다. 아내의 행방에 관해 물으면 은근히 상대방도 걱정된다는 투로 말을 끊었다. 네 명의 여자에게 같은 말을 들은 다음에야 나는 핸드폰으로 아내의 행방을 찾는 것이 부질없는 것임을 알았다. 핸드폰을 끊고 돌아서자 낯익은 눈동자가 나를 내려보았다. 미미다. 미미는 아내가 만든 발도르프 인형이다. 한때 아내는 발도르프 인형 만들기에 빠져 있었다. 발도르프 학교는 루돌프 슈타이너가 1919년 9월에 설립했는데, 지금은 50여 개국에 약 640개의 학교가 있다. 발도르프 교육은 슈타이너가 추구한 인지학을 기초로 하는데, 인지학(anthroposophy)은 그리스어 anthropos(인간)과 sophia(지혜)에서 온 말로, 인간에 대한 지혜를 의미한다. 발도르프 인형은 처음부터 끝까지 수작업으로 이뤄지고, 유해 물질이 전혀 없는 친환경 소재와 천연섬유를 사용하며, 눈, 코, 입, 팔, 다리 등을 단순화시켜 아이들에게 상상력의 기회를 극대화한다고 PR하고 있다.

"마냥 먹고 놀 수는 없잖아요."

어느 날인가 퇴근을 해서 집에 돌아오자 아내가 말했다. 아내는 헝겊, 솜, 구슬, 자, 가위, 리본, 별의별 물건들을 거실 바닥에 풀어놓고 있었다. 나는 아내가 쏟아놓는 물건을 보며 혀를 내둘렀다. 벌써 네 번째였다. 처음 아내가 손을 댄 것은 종이접기였다. 색종이로 새나 딱정벌레, 강아지, 잠자리 따위를 접는 일인데, 아내는 종이접기 자격증을 따면 지역 학교에 취미반 강좌 강사로 나갈 수 있다고 했다. 그러나 오래가지 못했다. 삼 개월 정도 종이접기에 애착을 보이다가 해보니까 전망이 없다며 그만두었다.

아내가 다시 일손을 잡은 것은 책이었다. 독서지도사 자격증을 따서 아이들 독서와 논술 강의를 하겠다고 책을 많이 사들였다. 그러나 나는 도시도 아니고 작은 면(面)에서 책 읽는 사람이 몇이나 되고, 논술을 공부할 학생이 몇이나 되는지 아느냐고 말했다. 그만큼 인구가 적은 면 단위 지역에서 농업이 생계인 사람들이 책을 읽고 논술을 배우기란 어려운 일이었다. 내가 예측한 대로 아내는 독서지도사 자격증 시험을 한 번도 치르지 않았다. 그리고 아내가 세 번째로 시작한 것은 한식 조리사 자격증이었다. 조리사 자격증을 따놓으면 다음에 음식점을 낼 수 있고, 학교나 공공기관 기업체에 조리사로 취업할 수 있다고 했다. 나는 도마와 칼, 그릇 따위를 준비하는 아내를 보며 이번에도 오래가지 못하리라 생각했다. 아내는 뭐든 시작은 잘 하는데 쉽게 포기하는 버릇이 있었다. 나는 그것이 어떤 초조함에서 오는 습관이라고 단정 지었다. 이를테면 어떤 공포감 때문에 아내는 자신도 모르게 우왕좌왕하며 히스테리를 일으키고 있는 게 분명했다. 무엇인가에 쫓기듯 서둘러 결정하고 서둘러 포기했다.

아내는 한식 조리사 필기시험에 두 번 응시해서 두 번 다 떨어지고 그
것도 포기했다. 조리사 시험만큼은 자신 있다고 큰소리친 것이 고작 육
개월 전이었다. 그 육 개월 사이에 아내는 거짓말처럼 조리사 자격증을
단념하고 말았다. 그리고 아내가 다시 선택한 것이 발도르프 인형 만들
기였다. 종이접기에서 독서와 논술 지도로, 다시 한식 조리사와 인형 작
가로 옮겨오는 사이에 이 년이란 시간이 지나가버렸다. 집착했다 언제
그랬냐는 듯이 지워버리고 다시 다른 것에 집착하는 아내를 보며 나는
내가 서준 보증이 잘못되어 받은 충격 때문이라고 생각했다. 충격은 내
게도 왔고, 우리를 도시에서 이곳으로 내몰았다. 나는 그때 보증이 얼마
나 무서운지, 그리고 친구가 얼마나 무서운지 알았다.

"이 가게가 김윤지 씨 가게 맞나요."

방배역 근처의 옷가게에 들러 나는 점원에게 물었다. 이십 대 후반으
로 보이는 점원은 남색 유니폼을 입고 있었다. 그녀는 여성 전용의 매장
에 들어서는 나를 보며 의아해하지도 않았다. 아마도 옷을 사서 누군가
에게 선물하려고 온 손님으로 생각한 모양이다.

"아닌데요."

그녀의 대답은 간단했다. 내가 생각해도 이곳은 아닌 듯했다. 7층짜리
건물도 아니고 매장도 겨우 이십여 평 정도 되어 보였다. 그녀는 점원이
아니라 지신이 주인이라고 했다. 옷가게마다 이런 식이었다. 7층 빌딩은
커녕 삼사 층짜리 건물의 1층에 옷가게 두 곳이 있었지만, 그의 아내가
운영하는 가게와는 거리가 멀었다. 게다가 한 곳은 아동복 전문 매장이
었다. 방배역 주변을 한 시간가량 돌다 나는 그에게 속았다는 것을 알았
다. 그의 아내가 운영하는 옷가게는 처음부터 없었던 것이다.

벽 속의 너

"부장님, 식사하러 멀리 갔다 오셨어요?"

이미 점심시간은 삼십 분이나 지나 있었다. 김은미가 초췌한 모습으로 들어오는 내게 물었다. 나는 대답 대신 의자에 몸을 맡겼다. 그 사이에도 그녀는 내게 다가와 말을 걸어왔다.

"댁에서 전화 왔었어요."

"집에서?"

"네, 급한 일인가 봐요, 두 번이나 왔었어요."

그때 다시 전화벨이 울렸다. 나는 수화기를 집어 들었다. 아내였다. 특별한 일이 아니면 아내는 회사로 전화를 하지 않는데 무슨 일일까? 나는 잔뜩 긴장하며 숨을 죽였다.

"여보, 큰일 났어요. 이번에는 다른 은행에서 빚을 독촉하는 안내문이 왔어요. 제2금융권까지 안내문이 다섯 개나 돼요."

"뭐야?"

나는 하마터면 수화기를 떨어뜨릴 뻔했다. 갑자기 둔탁한 흉기로 머리를 얻어맞은 것처럼 어지러웠다. 나는 집으로 가려고 다시 자리에서 일어섰다. 그때 갑자기 다리에 힘이 빠지고 어지럼증을 느끼며 나는 바닥에 쓰러졌다.

"어머, 부장님!"

누군가가 외치는 소리를 느끼며 정신을 차리자 나는 김은미의 부축을 받고 있었다. 그녀의 큰 앞가슴이 내 얼굴에 와 있었다. 그녀가 큰 소리로 말하자 주위에 직원들이 모여들었다. 나는 괜찮다고, 잠시 빈혈이 있었다고 말하고 바닥에서 몸을 일으켰다. 직원들이 하나같이 병원에 가봐야 한다고 입을 모았다. 나는 다시 괜찮다고 말하고 회사를 나왔다. 근무할 기분이 아니었다. 그가 내 신분증과 인감도장을 이용해서 은행마다 얼마나 돈을 빌렸는지 알아야 했다. 만약에 그가 빌린 돈이 수억에 이르면 나는 끝장이었다.

집으로 가기 위해 차에 오르자 조수석에 놓인 핸드폰이 벨 소리를 쏟아냈다. 가게를 알아보기 위해 방배역 주변을 배회하는 동안 핸드폰을 차에 그냥 놔두고 내렸는데, 아내는 핸드폰을 받지 않자 회사로 전화를 건 듯하다. 액정에 뜬 번호를 보자 집이다. 나는 지금 가고 있다고 짜증을 냈다. 그사이를 못 참고 전화를 하는 것을 보면 일이 커지긴 커진 모양이다. 나는 서둘러 주차장을 빠져나갔다.

"이것 봐요. 안내문이 다섯 개나 되잖아요. 이러다 집이 넘어가는 거 아니에요?"

"그 방정맞은 소릴."

현관문을 열고 집에 들어가자 아내가 기다렸다는 듯이 은행에서 보내온 안내문을 내밀었다. 그것을 받아들며 나는 손을 부르르 떨었다. 안내문은 시중은행에서 세 개, 제2금융권에서 두 개를 보내왔다. 원금이 전부 오억이 약간 넘었다. 이 돈을 막지 못하면 나는 신용불량자로 추락할 것이다. 내게는 비자금도 없고 모아놓은 돈이 이천만 원이 전부였다. 집을 사느라 있는 돈 다 밀어 넣었고, 그나마 아버지가 땅을 팔아서 삼억을 주셔서 겨우 집을 장만했다. 그런 내게 그는 오억이라는 올가미를 씌우고 잠적한 것이다. 내가 신용불량자가 되지 않으려면 아파트를 담보로 맡기고 은행에서 오억을 빌려야 했다. 아니면 로또복권에 당첨되든지, 그가 그랬던 것처럼 나도 누군가에게 보증을 서달라고 해서 똑같은 방법으로 은행에서 돈을 대출받고 잠적하든가 말이다.

"어떻게 할 거예요?"

"기다려봐야지."

"기다려도 안 되면요."

"어떻게든 되겠지."

아내의 말을 자르고 나는 베란다로 가서 담배를 한 개비 피워 물었다. 햇살이 들어옴에도 거실 밖은 추위가 엄습해왔다. 햇살이 드는데도 이렇게 추운데 밤에는 얼마나 추울까. 나는 동해를 입고 죽어 있는 열대식물을 보며 한숨을 내쉬었다. 고무나무와 베고니아, 팔손이를 보며 아내에게 화를 내려다 꾹 참았다.

─화분 하나 간수하지 못하니까 집안이 이 모양이지.

그 말이 목덜미까지 넘어오는 것을 몇 번이나 되삼켰다. 담뱃불을 끄고 나는 몇 번이나 죽은 나무들을 만져보았다. 미라처럼 아주 오래전부터 죽었던 나무들을 나는 버려야겠다고 생각했다. 생명이 없는 나무들 때문에 베란다는 더욱 쓸쓸해 보였다.

"정말 우리 집에 파산은 없는 거지요?"

다시 거실로 들어오자 아내가 쪼르르 와서 물었다. 나는 그렇다고 말하며 아내를 안심시켰다. 그러나 파산은 보름도 안 되어 찾아왔다. 그를 찾아서 내용을 확인한 다음 급한 것부터 막아보려고 미적거린 사이에 은행이 먼저 손을 써왔다. 은행에서는 우리가 위장 이혼을 하고 집을 아내 앞으로 돌려놓을 것을 우려해서 가압류부터 시작했다. 회사에서 근무하면서도 전화벨 소리만 울려도 가슴이 방망이질했는데 그날따라 핸드폰 벨 소리가 유난히도 크게 울렸고, 폴더를 열자 아내의 울음소리가 흘러나왔다.

"사람들이 우리 집을 압류했어요. 압류했다고요."

아내의 전화를 받고 집으로 달려가자 집은 이미 우리 집이 아니었다. 압류딱지가 장롱과 텔레비전, 냉장고, 에어컨, 컴퓨터와 침대, 하다못해 베란다에서 동사한 화분에까지도 압류딱지가 붙어 있었다. 나는 그것을 보며 아연실색했다. 갑자기 피가 거꾸로 솟는 듯했다. 냉장고를 열어 물병부터 찾아 물부터 마셔댔다. 그사이에 사람들이 주차해놓은 내 차에도 압류딱지를 붙였다. 보증을 서준 돈이 다 회수될 때까지 내 급여도 압류될 것이다. 재산이 하루아침에 동결되고 빼앗기는 게 믿어지지 않았다. 어떻게든 여기서 빠져나가야 하는데 구멍이 없었다. 몰락의 길은 그만큼 깊고 멀었다. 아내는 연신 눈물만 흘렸다.

"당신들, 대체 누구야. 왜 이러는 거야. 주거침입죄로 다 고소할 거야."

"잘 아시면서 왜 이러십니까."

그들 앞에 내가 대들었지만, 그들은 너무도 태연하게 말했다.

"지급할 능력도 없으면서 보증은 왜 섰습니까."

"……."

그것뿐이었다. 체격이 제법 건장한 사내가 내 어깨를 다독였다. 소란 피우지 말라는 뜻이었다. 그 돈을 갚지 못하면 아파트가 경매로 넘어갈 것이라고 했다. 그들은 압류딱지를 곳곳에 붙이고 더 붙일 곳이 없는지 집 안을 살피다 돌아갔다. 아침에 출근하려고 나갔던 집이 불과 몇 시간 만에 내 집이 아니었다. 장롱도 컴퓨터도 냉장고와 에어컨도, 하다못해 버려야 할 말라빠진 열대식물조차도 내 것이 아니었다. 아내와 나는 하루아침에 거리로 나앉게 되었다. 아파트를 담보로 대출을 받는다고 해도 이자 갚기에 헐떡거릴 것이다. 그럴 바에야 삶을 포기하고 싶었다. 버리는 것보다 빼앗기는 것이 더 아프다는 것을 안 나는 모든 것을 체념하고 싶었다.

"이렇게라도 살아야지 어떡해요."

다행히 이천만 원은 아내의 통장에 있었다. 아내는 그 돈으로 지하의 방 한 칸을 얻었다. 연립주택의 지하에 있는 방인데 낮에도 어둠이 고인 방이다. 게다가 작은 세면대만 있을 뿐 화장실이 없었다. 집주인은 1층도 자기가 사서 세놓았으니 1층의 사람들이랑 1층의 집 안에 있는 화장실을 같이 사용하라고 했다. 나는 그게 마음에 안 들었다. 오십 대 초반으로 보이는 여자는 대수롭잖게 말했지만, 당사자로서는 여간 곤욕스러운 일이 아니다. 배설할 때마다 급하게 1층으로 올라가 초인종을 누르고 배설을 하러 왔다고 하면 1층에 세를 들어 사는 사람들도 민망할 것이다. 나는 그 민망함을 무릅쓰고 이사를 오자마자 1층 집의 초인종부터 눌렀다.

"지하에 사는 사람인데 화장실 좀 쓰려고요."

"이쪽이에요."

문을 열어준 여자는 인사도 받지 않았다. 겨우 십오 평짜리 연립이었다. 식탁이 놓여 있는 거실과 방 두 칸이 전부인 실내는 지하처럼 좁고 어두워 보였다. 아내보다 훨씬 어려 보이는 여자는 고생을 많이 했는지 일부러 그린 것처럼 눈가에 잔주름이 많았다. 화장실은 수세식임에도 역한 냄새가 났다. 아무렇게나 걸려 있는 타월과 때밀이 천, 양동이와 칫솔, 비누, 샤워기까지 걸려 있다. 장소에 익숙하지 않아 나오려던 배설물이 다시 들어갈 듯했다. 이렇게 남의 집에서 볼일을 봐야 한다는 게 서글펐다. 욕실이 두 개나 있는 집에서 쫓겨나 뻐꾸기처럼 배설물을 처리할 때마다 남의 집에 들어와야 한다는 현실에 억울함이 들었다.

"거기요, 남자분이 우리 집에서 볼일 보시는 건 좀 그렇거든요. 그냥 사모님만 우리 집 화장실을 이용하시고, 남자분은 안 오셨으면 좋겠어요. 서로가 어색하잖아요. 그리고 집주인한테도 남자분은 우리 집에 들여보낼 수 없다고 분명히 말했거든요."

　　　　　　　　　　　　　살아 있는 돌

세 번째 초인종을 누르자 1층의 여자가 본색을 드러냈다. 이제 화장실도 마음 놓고 이용할 수 없는 처지가 되었다. 나는 마지막으로 1층에서 배설을 한 다음 새로운 화장실을 찾았다. 1층에서 배설을 할 수 없으므로 배설을 할 수 있는 다른 곳을 찾아야 했다. 그러나 주위는 연립주택과 나무가 우거진 언덕뿐이었다. 길을 건너서 한참을 걸어가야 작은 시장이 나왔는데 그곳에 시장 사람들이 이용하는 화장실이 있었다. 지하의 방에서 무려 백오십 미터나 떨어진 곳이다. 나는 배설을 위해 백오십 미터를 걸어갔다 걸어와야 했다.

─빌어먹을, 비둘기만도 못한 인생.

아침에 일어나면 비둘기 떼가 주차장에 모여들었다. 전나무에 앉아 구·구·구·구 울음소리를 내다 지상으로 내려와 모이를 주워 먹었다. 한두 마리도 아니고, 주차장의 바닥에서 벌레처럼 스멀거리며 기어 다니는 비둘기는 새가 아니라 두더지나 족제비 같았다. 나는 아침마다 비둘기를 쫓았다. 함부로 주차장에 배설하는 것을 막기 위해서였다. 비둘기는 쫓으면 종종걸음을 하며 약간 물러서거나 날개를 펴고 가까운 곳으로 날아올랐다 내려앉았다.

"어머, 어머, 비둘기 때문에 지나가지도 못하겠네."

3층에 사는 여자였다. 그녀는 온종일 가게에 앉아 있어도 테이프 한 개도 안 나간다고 푸념을 늘어놓으면서도 아침마다 가게로 나간다. 그무렵 나는 사직서도 제출하지 않고 회사에 나가지 않았다. 이미 급여가 압류된 상태이므로 일할 맛이 나지 않았다. 무단결근 이틀째 되던 날 오전에 김은미에게 안부 전화가 왔는데 나는 대신 사직서를 작성해서 제출해달라고 했다. 그녀가 그런 게 어디 있냐고, 그렇게는 못 하겠다고 말했다. 나는 곧 들르겠다고 그녀에게 말하고 핸드폰 폴더를 덮었다.

"비둘기 좀 멀리 쫓을 수 없나요. 아무 데나 똥 싸고, 보행에도 방해되고 해서요."

3층에 사는 여자는 비둘기를 쫓아야 하는 당위성을 내게 말했다. 나는 비둘기를 쫓아야 헛수고라고 말했다. 꼭 3층에 사는 여자만 트집을 잡았다. 1층에 사는 여자와 2층에 사는 여자는 비둘기가 스멀스멀 기어 다녀도 못 본 체하고 그 옆을 지나갈 뿐이었다. 무관심하게 지나가는 사람들은 비둘기도 무관심하게 대했다.

"쫓아도 소용없어요. 사람을 무서워하지 않아요."

"하기야 비둘기보다 못한 사람도 있던데요, 뭐."

"무슨 말이죠?"

"저 나무 밑에다 누가 자꾸 똥을 싸놓아요."

"……."

3층에 사는 여자가 그 말을 하는 바람에 나는 잠깐 움찔했다. 그녀가 나를 지목하는 듯해 가슴이 철렁했다. 나도 전나무 밑에 아무렇게나 드러난 인분을 보았다. 내 것이었다. 1층의 여자가 자기 집의 화장실을 못 쓰게 하는 바람에 나는 대변을 보려면 휴지를 챙겨서 백오십 미터나 떨어져 있는 시장의 작은 화장실로 뛰어가야 했다. 그러나 그것도 하루 이틀이지, 배탈이 나서 금방이라도 배설물이 나오려고 할 때는 어쩔 수 없었다. 그날도 저녁에 라면을 끓여서 먹고, 전이 있어서 안주 삼아 막걸리를 마셨는데, 전이 문제였는지 아니면 막걸리가 문제였는지 설사가 나왔다. 아랫배가 부글부글 끓고 내장이 뒤집히는 소리가 났다. 휴지를 챙겨 들고 밖으로 나왔지만, 백오십 미터는 고사하고 십여 미터도 못 가서 배설물이 쏟아질 듯했다. 그때 보이는 곳이 전나무 밑이었다. 어둠이 감싸고 있는 전나무 밑은 고요한 침묵뿐이었다. 더는 지체할 시간이 없어 나는 그곳으로 가서 볼일을 보았다. 막힌 구멍이 뚫리듯 아랫배가 시원해지고 고약한 냄새가 진동했다. 바로 그때였다. 무엇인가 빗물 같은, 그러나 빗물보다 굵은 것이 머리와 등으로 떨어졌다. 나는 그것을 손으로 훔쳤다. 빌어먹을, 그것은 똥이었다. 내가 밑에서 배설을 하는 동안 비둘기들이 나무 위에서 배설하고 있었다. 나는 서둘러 자리를 뜨고 말았다.

"그러게요. 나쁜 사람이네요."

"누가 그랬는지 잡아서 경범죄로 처넣어야 한다니까요."

"비둘기도 같이 처넣어야 할 거예요."

"잡을 수가 있어야지요."

3층에 사는 여자가 자리를 떴다. 그녀는 인분보다 비둘기 똥이 더 많은데도 사람만 경범죄로 처벌해야 한다고 토를 달았다. 나는 그녀가 떠난 뒤에도 나를 지목한 듯해서 기분이 씁쓸했다. 처음에는 딱 한 번만 배탈이 나서 어쩔 수 없이 그곳에서 볼일을 보려고 했는데, 그게 익숙해지자 나는 밤마다 전나무 밑으로 가는 것이 습관이 되었다. 그리고 그곳에서 볼일을 볼 때면 우비나 신문으로 머리와 등줄기를 가려야 한다는 것도 알았다. 그것은 공존의 방식이었다. 신문이나 우비를 쓰고 배설을 해야 하는 이곳을 나는 떠나야겠다고 생각했다. 겨우내 놀았다. 매번 끼니를 라면으로 해결하니까 황달에 걸린 것처럼 얼굴이 부어올랐다. 겨울이라 일을 하려고 해도 일거리가 없고, 무엇보다도 있던 재산을 다 날리자 무기력만 늘어갔다. 오전 내내 누워 있다 밖으로 나와 비둘기와 놀다 내가 살았던 그 아파트까지 걸어가서 집에 누가 이사를 오나 살피다 다시 지하의 방으로 돌아오는 것이 일과였다. 나는 하루도 빠뜨리지 않고 두 정류장쯤 되는 옛집을 찾아갔다가 힘없이 돌아왔다. 그게 내 하루였다. 가서 한 시간쯤 아파트 주위를 배회하고 경비실에 들러 내가 살던 아파트에 누가 이사를 왔나 확인하고 조용히 돌아왔다. 경비원은 매일 오지 말고 누군가가 이사를 오면 알려준다고 연락처를 남겨달라고 했지만, 핸드폰이 이미 끊긴 지 오래였다. 나는 오늘도 그 집에 가려고 천천히 주차장을 벗어났다.

4

미미는 여전히 나를 바라보고 있다. 이제 시간은 열 시가 넘었다. 아내가 이 시간까지 돌아오지 않는 것은 극히 드문 일이다. 하기야 열 시면 그렇게 늦은 시간도 아니었다. 다만 시골이라는 특수성 때문에 밤 열 시가 새벽 한두 시로 느껴질 뿐이다. 공단이 들어섰지만, 인근 시와 인접해 있어서 출퇴근 차들이 이곳을 경유하지 않고 막 바로 인근 시로 빠지기 때문에 경제효과는 없다. 사람들은 그게 불만이었다. 공단이 조성되면 생활이 좀 나아질 줄 알았는데 전과 똑같았다. 저녁 여덟 시만 되면 죽은 도시처럼 인적이 끊기고 저마다 생계가 막막한 줄을 알면서도 서둘러 가게 문을 닫았다. 물론 나처럼 도시에서 살다 내려와서 재기에 성공한 사람도 몇몇 있었다. 직장을 그만두고 농촌으로 내려와 학원을 차린 친구와 영농후계자가 되어 묘목을 재배하는 후배, 토종닭을 키우며 음식점을 하는 선배, 몇몇은 도시에서 봉급생활하는 것보다 더 많은 소득을 올리며 살고 있었다.

"예, 저야 그렇죠. 그럼 안녕히 계세요."

처가에 전화를 걸었지만, 안부만 묻고 서둘러 전화를 끊었다. 아내가 그곳에 가지 않았냐고 물으려다 건강은 어떠시냐, 한번 찾아뵙겠다는 마음에도 없는 말만 하다 핸드폰 폴더를 덮었다. 그리고 아버지가 계신 시골집에도 전화를 걸어 역시 같은 말만 하고 전화를 끊었다. 아이는 원래부터 낳지 않아 없었지만, 아내가 집을 나가자 점점 초조해졌다. 이쯤 해서 경찰에 실종신고를 해야 한다는 생각도 들었다.

미미에게 눈을 주다 옆에 있는 양주병을 집어 들었다. 할인매장에서 몇만 원만 주면 살 수 있는 것이다. 나는 그것을 들고 싱크대로 가서 소주잔에 따라 입안에 떨어 넣었다. 속이 찡하게 울리고 입안으로 더운 기운이 확 올라왔다. 대체 어딜 간 것일까. 핸드폰은 집에 있고, 아내가 들고 다니는 핸드백만 없어졌다. 아이만 없을 뿐, 아내가 가정생활에 충실해서 전혀 가출을 할 만한 단서가 나오지 않았다.

양주는 벌써 절반밖에 남아 있지 않았다. 소주병보다 작은 병이었다. 나는 점퍼를 걸치고 양주병을 주머니에 넣고 현관문을 나왔다. 직접 아내를 찾아볼 생각이다. 아파트는 복도식이라 찬바람이 가슴에 와락 달려들었다. 점퍼의 깃을 목덜미에 당기고 몸을 움츠리며 나는 계단을 내려밟았다. 한기 속에서 술 냄새가 풍겨 나왔다.

"저기요, 낮에 혹시 집사람 외출하는 거 못 보셨어요."

"전, 야간근무라 일곱 시에 교대해서 모르겠는데요."

경비실 앞에서 혹시나 하는 생각에 아내의 행방을 물었지만, 경비원은 모른다고 대답하며 자신이 야간근무자임을 강조했다. 나는 낮에 근무했던 사람의 전화번호를 물으려다 그만두었다. 집에서 쉬는 경비원에게 아내의 행방을 물어봐야 귀찮아서 모른다고 할 것이 뻔하다. 경비실을 지나 아파트 입구의 마트에 들러 담배 한 갑을 샀다. 술은 주머니에 있고, 필요한 물건도 없어서 담배가 아직 반 갑이나 남아 있지만, 아내의 행방을 묻기 위해 들른 것이다.

"아뇨, 오늘은 우리 집에 안 왔었는데요."

마트라야 생필품만 진열해놓은 가게다. 주인 여자는 오히려 내게 아내가 어디 갔냐고 물어왔다. 괜한 질문을 했다고 후회가 들었다. 장은 농협에서 운영하는 하나로마트나 읍이나 인근 시로 나가 홈플러스와 이마트에서 봐 왔다. 장을 보다 깜박하고 빠트린 물건이나 라면, 담배, 소주 같은 간단한 물건을 사는 데만 동네 마트를 이용했다.

"외출하는 것도 못 보셨어요?"

"네, 못 봤어요."

그녀는 담배 한 갑을 판 것으로 거래가 끝났다는 듯이 짧게 말했다. 나는 더 묻지 않고 마트를 나왔다. 마트 앞에는 테이블 한 개와 의자가 네 개 놓여 있다. 비를 피하게 아치형으로 아크릴 지붕이 설치되어 있어서 손님들이 마른안주에 막걸리나 맥주를 마시게끔 주인이 배려한 곳이다. 나는 그곳에 앉아 담배를 피워 물었다. 아파트가 언덕 위에 있어서 운치는 좋지만, 읍내까지 걸어 다녀야 하는 불편이 있다. 기차역이나 버스 승차장까지 도보로 육칠 분 정도니까 그렇게 먼 거리는 아니다. 언덕 위로 승용차가 올라왔고, 누군가가 걸어서 올라왔다. 아내인가 싶어 올라오는 사람을 바라보자 모르는 여자였다. 나는 다시 시선을 창유리 쪽으로 돌렸다. 지나가는 사람을 빤히 쳐다보면 상대방이 무슨 오해라도 할 듯해서였다. 창유리에는 빛바랜 광고물이 한 장 붙어 있었다. 아내가 붙인 안내문이었다.

─발도르프 인형 만들기 수강생 모집. 발도르프 인형은 천연섬유와 친환경 소재를 사용해서 유아들의 건강에 전혀 해롭지 않으며, 눈·코·이·귀 등을 단순하게 처리해서 아이들에게 상상력을 키워줍니다. 배우실 분은 아래의 연락처로 문의하세요.

A4용지 한 장에 인형의 사진을 넣고 아래에 아내의 이름과 핸드폰 번호가 적혀 있었다. 나는 그 광고지를 조용히 떼었다. 이게 언제 적 일인데 지금까지 붙어 있을까. 이곳에서 술을 마신 사람들도 광고물만큼은 존중했나 보다. 누렇게 퇴색된 광고지가 지금까지 붙어 있는 것을 보면 술을 마셔도 얌전히 마신 게 분명했다. 아니면 자신들과는 거리가 먼 광고물이라 아예 시선을 주지 않았으리라.

누가 또 이사하였나. 쓰레기장 옆의 공터에는 장롱과 책장이 또 나와 있다. 공단에 있는 회사에서 아파트를 빌려 기숙사용으로 쓰는 집이나 이사를 할 때 아예 새것으로 장만한 사람들이 쓰던 물건을 버리고 가는데 가끔은 새것과 똑같아서 아까운 것도 있었다. 버려진 가구들은 대부분이 재활용업체에서 가져가고 많이 파손된 가구는 관리사무실에서 폐품 처리했다. 나는 이곳을 지나다가 버려진 가구만 나오면 유심히 그것들을 살폈다. 내 물건인 것만 같았기 때문이다.

"정말 우리 장롱이 밖에 나와 있단 말이죠?"

"그렇다니까. 빨리 용달차를 불러서 옮겨야겠어."

아침에 일어나자 나는 일요일임에도 내가 살던 아파트로 가보았다. 오늘은 누군가가 우리가 살던 집으로 이사를 올 것 같은 예감이 들었다. 마침 아침마다 주차장에서 비둘기와 노는 것도 싫증을 느끼고 있던 차였다. 이사를 오는 사람은 뭐가 그리 급한지 아침부터 일꾼을 불러 살림살이를 쓰레기장으로 옮기고 있었다. 장롱과 책장, 텔레비전과 냉장고 따위가 아스팔트 바닥에 무질서하게 놓여 있었다. 나는 이사를 오는 사람에게 보증을 선 것이 잘못되어 쫓겨났다고 말하고 내놓은 물건을 가져가겠다고 부탁했다. 경매에 낙찰돼서 시중가보다 싼 가격에 집을 구했으므로 그것만으로도 큰 이익을 봤으므로 집 안에 있었던 물건들은 관심이 없다고 이사를 오는 사람이 말했다. 삼십 대 후반의 남자는 내게 안됐다는 말까지 덧붙였다. 나는 지하의 방으로 달려가 아내에게 마침내 우리가 살던 집이 팔렸고, 살림살이가 밖에 나와 있다고 말했다. 아내도 우리 물건이 압류딱지가 붙여진 채 밖에 나와 있다는 말에 반신반의하며 반겼다. 오 톤 트럭을 불러서 살림살이를 시골집의 아버지 댁으로 보낼 생각이었다.

"벌써 많이 없어졌어요."

집에 와서 아내와 함께 다시 장롱이 있는 곳으로 가자 의류와 컴퓨터, 가스레인지 따위는 이미 손을 타서 없어졌다. 그 짧은 시간에 중고시장에 내다 팔려는 속셈이었는지 분명히 있던 물건들이 감쪽같이 사라졌다. 경비원이 순찰하는 사이에 승용차를 대고 가져간 모양이다. 잠시 후, 화물차가 도착해서 운전기사와 둘이서 장롱을 싣고, 책장과 책상, 의자와 식탁까지 싣고 나자 그때서야 물건들이 내 것이 되었다. 이미 없어질 것은 다 없어졌지만, 아내가 장만해온 장롱과 화장대 따위는 건져서 그나마 위안이 되었다. 시골집의 약도와 전화번호, 운반비를 건네자 운전기사가 고개를 숙여 인사를 꾸벅하고 차에 올랐다. 나는 트럭이 시야에서 멀어질 때까지 시선으로 트럭을 쫓다 고개를 돌렸다. 남은 것은 쓰레기통에 버리면 되는 일이다. 누군가가 옷장까지 열어서 오리털 파카나 양복까지 털어간 뒤라 트럭에 살림살이를 실어 보냈어도 몽땅 도둑을 맞은 것처럼 마음이 허전했다.

"이것도 버려요, 아깝게."

"죽은 게 뭐가 아까워."

아내는 동해를 입은 열대식물이 아깝다고 했다. 나는 십여 개나 되는 화분들을 분리수거함 옆에 일렬로 줄을 맞춰 세웠다. 식물은 죽었지만,

화분이 새것이라 필요한 사람이 있으면 골라서 가져갈 수 있게 일렬로 정리하고 나자 아내가 괜히 심술을 부렸다.

"혹시, 식물이 살아 있을 수도 있잖아요."

아내는 트럭에 화분까지 실어 보내지 않은 것이 탐탁잖은 모양이었다.

"이 사람이 정말."

"왜요. 뿌리는 살아 있을지도 모르잖아요."

누군가가 화분을 가져갈 때는 식물을 뽑아서 버리고, 흙을 비울 것이다. 아내는 화분이 탐나는지 한동안 화분에서 눈을 떼지 않았다. 종이와 걸레, 깨진 그릇과 헌책까지 분류해서 버리는 동안에도 아내는 화분만 유심히 바라보았다. 나는 더는 버릴 게 없자 발걸음을 돌렸다. 이제 이 아파트에는 다시 올 일이 없을 듯했다. 아내는 그때까지도 화분을 바라보고 있었다. 나는 다시 지하의 방, 비둘기 똥을 맞으며 볼일을 봐야 하는 곳으로 가기 위해 발을 돌렸다. 그때, 순찰하고 돌아오는 경비원과 시선이 마주쳤다. 그가 '안되셨다'라고 짧게 말했다. 나는 묵례만 하고 그의 곁을 스쳐 지났다.

반응은 빨리 왔다. 그날 트럭이 아버지의 집에 도착하자마자 아내의 핸드폰이 쉴 새 없이 울려댔다. 아내는 핸드폰을 받지 않았다. 받아봐야 뻔했기 때문이다. 갑자기 트럭이 도착해서 장롱이며 책상, 화장대 따위를 내려놓는 광경을 보고 아버지는 지금쯤 할 말을 잃고 입을 딱 벌리고 연신 아내의 핸드폰 번호만 누르고 있을 것이다. 나는 아내의 핸드폰이 울리는 것을 보고 자리를 피했다. 아내는 핸드폰을 꺼버릴 것이다.

회사를 안 나간 지 한 달이 지났다. 아내가 가지고 있던 돈으로 지하의 방을 얻고 생필품 몇 개밖에 산 게 없는데 수중에 남아 있는 돈이 없었다. 이제 벌지 않으면 쓸 수 없는데 할 일이 없었다. 넥타이나 매고 사무실에서 근무하던 내가 공사판에 가서 일할 수도 없는 노릇이었고, 마트나 택배회사에서 물건을 배달하는 일도 힘에 부칠 듯했다. 가진 게 없어 사업은 엄두도 못 내고, 파지나 빈 병을 주워 고물상에 넘기려 해도 손수레 장만할 돈조차 없었다. 게다가 그것도 이미 남들이 구역마다 새벽부터 돌고 있어서 신통한 게 아니었다. 따라서 내가 할 수 있는 일이란 연립주택의 주차장이나 벤치에 앉아 비둘기에게 모이나 주며 노는 게 전부였다. 비둘기와 놀면서 나는 비둘기만도 못한 인간이라고 자학하며 학대했다. 오죽 못났으면 비둘기 똥을 맞으며 볼일을 보고 앉아 있을까.

3층에 사는 여자는 내가 전나무 밑에서 볼일을 보는 것을 알고 있는 듯했다. 벤치에 앉아 비둘기에게 모이를 주고 있으면 이상한 눈빛으로 나를 바라보곤 했다. 분명히 무엇인가 말을 하려다 마는 표정이었다. 비둘기들은 3층에 사는 여자가 지나가도 잠깐 종종걸음만 할 뿐 모이를 쪼아 먹기에 여념이 없었다. 비둘기들은 마치 내가 모이를 주지 않으면 굶어 죽기라도 한다는 듯이 모이를 쪼고 있다.

"저기요, 오늘도 전나무 숲에 갔었어요?"

3층에 사는 여자가 아무래도 그냥은 못 가겠다는 듯이 몇 발치 앞에서 돌아서서 물었다. 그녀의 얼굴에는 수심이 차 있었다. 누가 자꾸 전나무 숲에서 배설하는지 밝혀내고야 말겠다는 의미심장함이 얼굴에 그려져 있었다.

"아뇨, 안 갔는데요."

"그런데 왜 등에 비둘기 똥이 묻어 있어요."

"예, 비둘기 똥이요?"

3층에 사는 여자는 그 말을 하고 얼굴을 붉히며 자리를 떠났다. 순간, 나는 비둘기 똥이 등에 묻었을지도 모른다고 생각했다. 나는 점퍼를 벗어보았다. 3층에 사는 여자의 말대로 언제 묻었는지 엄지손톱만 한 비둘기 똥이 묻어 있었다. 검은색 점퍼에 묻은 비둘기 똥은 금방 눈에 띄었다. 점퍼를 세탁소에 맡겨야 할 듯했다.

"아버님한테서 또 전화가 왔어요."

점퍼를 갈아입으려고 지하의 방으로 들어가자 아내가 말했다.

"다 말씀드렸어요."

"다?"

"네, 당장 쫓아 올라오기 전에 내려오래요."

차라리 잘 된 일이었다. 아내는 하루에도 수십 번씩 울려대는 핸드폰 벨 소리에 노이로제에 걸릴 것 같다고 했다. 나는 이제 도시의 생활을 정리해야겠다고 아내에게 말했다. 알거지가 되어 지하의 방에서 지내는 것을 아버지가 안 이상 도시에 머무를 이유가 이젠 없었다. 아내의 핸드폰을 들고 밖으로 나와 비둘기가 내려앉은 주차장 앞에서 나는 아버지에게 전화를 걸어 아내가 밝힌 것을 똑같이 말했다. 내가 잘못한 게 아니라고, 친구가 일을 저지르고 잠적하는 바람에 집이 경매로 넘어갔다고, 장롱과 책장 따위는 새로 이사 오는 사람이 밖에 내놓아서 시골집으로 보냈고 지금 지하의 방에서 살고 있다고 말하자 아버지가 한숨을 깊이 내쉬었다. 그 한숨 속에는 농토를 팔아서 서울로 올려보낸 아버지의 돈이 묻어 있었다. 나는 곧 도시의 생활을 정리하고 시골로 내려가겠다고 말했다.

"어머, 부장님. 어떻게 되신 거예요?"

회사로 들어가자 김은미가 해맑게 인사를 해왔다. 꼭 한 달 반 만에 나는 회사를 나왔다. 그 한 달 보름가량의 시간은 매우 짧으면서도 끝이 보이지 않는 터널이었다. 그 짧은 시간에 아파트가 경매로 넘어갔고, 전나무 밑에서 비둘기 똥을 맞으며 나도 똥을 누며 살아야 했고, 우리 것을 중고품 취급업자가 가져가기 전에 장롱과 책장을 지키며 트럭에 실어 보내야 했었다. 그 짧은 시간 동안 영영 가지 않을 것 같았던 일월이 지났고, 이월도 중순을 넘고 있었다.

"부장님, 아직 사표 수리 안 됐어요."

사무실은 내 자리만 공석으로 남아 있을 뿐 변한 게 아무것도 없었다. 인사과에서 임의로 사표를 작성해서 수리하려고 결재를 올렸는데 사장님이 보류를 시켜서 나는 휴직 상태라고 김은미가 다시 말했다. 그러나 나는 직장생활을 할 수 없을 듯했다. 아파트가 경매로 넘어가서 채무는 변제되었어도 그만큼의 재산을 모을 만한 힘도, 자신도 없었다. 게다가 사람도 믿기가 싫었다. 자리에 앉아 컴퓨터를 켜자 컴퓨터 자체가 낯설었다. 한 달 반의 공백이 이렇게 컸었나. 꼭 일손을 잡으려고 앉은 것은 아닌데 그동안 해왔던 문서들이 갑자기 낯설어 보였다. 메일을 열어 그동안 온 것들을 살폈다. 거래처와 스팸메일까지 이백여 통이 넘게 날라와서 열어달라고 기다리고 있었다. 즉석만남, 섹스 파트너는 이곳에, 화상채팅에서 모텔까지 한 번으로, 끝내주는 비아그라, 포커와 바둑이 짝짝, 쓸데없는 메일이었다. 나는 거래처에서 온 메일만 골라 개인 사정으로 회사를 그만두게 됐다고 메일을 보내고 메일을 전부 삭제시켰다.

"그동안 핸드폰도 안 받으시고 어디 계셨던 거예요?"

김은미는 의자에 앉아서 내게 물었다. 내가 회사를 안 나온 한 달 반 동안 무척이나 궁금했던 모양이다. 나는 컴퓨터의 화면을 보며 서울에 있었다고 말했다. 그러나 지하의 방에서 살며 비둘기 똥을 맞으며 살았다고는 말하지 않았다.

"정말 서울에 있었던 거예요?"

"응."

"저, 부장님 댁에 갔었어요. 문도 잠겨 있고, 경비원이 그러는데 이사 갔다고 하던데요. 아파트가 경매로 넘어갔다면서요. 가끔 옛집이 그리워서 아파트 주변을 맴돌다 간다고 경비원이 그랬는데, 전 멀리 이사를 한 줄 알았어요. 그런 줄 알았으면 그 아파트 앞에서 기다리고 있었으면 부장님을 만날 수 있었을지도 모르겠어요."

"나를?"

내가 살던 곳으로 김은미가 나를 찾아왔었다는 것은 의외였다. 내가 과장이던 때 그녀가 입사했으니까 그녀가 이곳에서 근무한 지도 벌써 십 년이 지났다. 그 십 년 동안 한 부서에서 지냈으니까 그녀는 나를 큰오빠나 아버지같이 여기며 연민을 느꼈으리라. 아버지가 일찍 돌아가셔서 외로움을 많이 탔다는 얘기를 언뜻 들었는데, 그게 내게 기대고 싶은 말인지는 몰랐었다.

내 문서를 클릭해서 가끔 쓰던 일기와 잡문을 지우고 사직서를 작성해서 출력했다. 종이 한 장으로 회사와는 마지막이라는 생각을 하자 마음이 씁쓸했다. 결국 사직서라는 종이 한 장을 남기려고 이 회사에서 십오 년을 야근까지 하며 고생했나 싶었다. 대충 주변을 정리하고 사직서의 본인 확인란에 서명하고 인사과에 제출했다. 사장님께 인사를 드리려고 했는데 외출 중이고 임원진도 지방 출장 중이었다. 어차피 떠나면 그뿐이었다. 한번 떠난 회사는 다시 돌아오기 힘들 것이다. 더 나은 곳으로 가는 것도 아니고, 초라한 모습으로 초라하게 떠나면 더욱 회사에 들르기가 힘들 것이다. 나는 주변 사람들에게만 간단히 인사를 하고 사무실을 나왔다.

"부장님, 정말 가시는 거예요?"

김은미는 내가 떠나는 것이 몹시 서운한 모양이었다. 사무실에서 다른 직원들과 함께 인사를 하고 나왔음에도 언제 내려왔는지 현관까지 내려와 있었다. 나는 그녀에게 그만 들어가라고 나지막이 말했다. 그녀와의 인연은 여기까지인 모양이다. 그녀나 나나 떠나면 그뿐이고, 잠시 마음이 뒤숭숭할 뿐이다. 그리고 언제 그런 일이 있었냐는 듯이 일상으로 돌아갈 것이다. 나는 그녀와 차라도 한잔할까 하다가 이내 발걸음을 돌렸다. 십오 년 동안 생활해온 직장에서 이렇게 홀가분하게 떠나는 것도 처음이다.

"부장님 꼭 전화하셔야 해요."

회전문에 막 몸을 밀어 넣으려는데 그녀가 뒤에서 마지막 인사라는 듯이 말했다. 나는 그러겠다고 대답했다. 그러나 그녀에게 꼭 전화할지는 확답할 수 없었다. 인사치레로 가볍게 받아주는 것이 떠나는 사람이 해야 할 예의라는 생각에 나는 가볍게 한 손을 들어주었다. 그녀는 그것으로 자신이 받아야 할 인사를 다 받았다는 듯이 먼저 돌아서며 등을 보였다. 잘해준 것도 없었는데, 그녀는 왜 나를 끝까지 배웅하는지 알 수 없었다.

밖은 여전히 추위가 기승을 부리고 있었다. 이월의 중순이 아니라 마치 겨울이 처음부터 다시 시작되는 듯했다. 이미 차도 경매로 넘어간 뒤라 나는 택시를 잡으려고 주변에서 서성거렸다. 채무가 변제되는 동안한 번도 택시를 타지 않았었다. 월급까지 압류당한 줄 알았는데, 은행에서 퇴직금만 압류해서 근무는 안 했어도 한 달 치 급여가 통장에 들어 있었다. 지금부터 다시 직장에 다니며 이를 악물고 살면 못 살 것도 없지만 나는 도시가 싫어졌다. 도시에는 김은미처럼 착한 사람들만 있는 것도 아니고, 무엇보다도 지하의 방에서 살며 볼일을 볼 때마다 일백오십여 미터를 달리기하는 것도 곤욕이었다. 택시를 기다리며 참았던 담배를 피

위 물자 눈발이 흩날리기 시작했다. 눈발은 가느다랗게 휘날리다 온 세
상을 뒤덮을 듯이 쏟아지기 시작했다.

5

슈퍼 앞에서 망연히 앉아 있다 언덕을 내려왔다. 오십여 미터의 언덕
을 내려오는 동안에 아무도 올라오는 사람이 없었다. 아파트에서 언덕을
내려오면 개천이 있고, 다리를 건너면 슈퍼와 종묘 가게, 수도 설비와 치
킨집이 있다. 거기서 백여 미터만 가면 버스 정류소와 학교, 다닥다닥 붙
은 가게와 신협, 농협, 파출소와 기차역이 있다. 그러나 기차는 하루에
여섯 번만 정차하고 나머지는 논스톱이었다. 그 때문에 이 시간에는 정
차하는 기차가 한 대도 없다. 버스도 이미 끊겼으므로 기차역과 버스 정
류소에는 가보나 마나였다. 나는 언덕을 내려와서 다리 위에서 다시 양
주를 한 모금 삼켰다. 여전히 속이 찡하게 울려왔다. 그러고 보니 여태까
지 저녁도 못 먹고 있었다. 아내의 행방을 찾는 사이에 벌써 시간이 열한
시로 도망치고 있었다. 술에 취한 사람이 노래를 부르며 지나갔다. 종묘
가게와 수도 설비 가게는 일찌감치 문을 닫았고 슈퍼도 셔터를 내리고
있었다. 좀 있으면 치킨집도 문을 닫을 것이다. 나는 버스가 끊긴 것을
알면서도 버스 정류소까지 갔다 오던 길로 뒤돌아섰다. 거리는 아무도
없었다. 이십사 시간 편의점과 몇몇 가게와 가로등만이 빛을 밝히고 있
었다. 가끔 기차가 지나는 소리도 들렸다. 아내는 어디에 있는 것일까?
초조한 마음에 나는 다시 남은 양주를 입안에 털어 넣었다. 양주는 이제
바닥을 드러내고 있고 나는 다리가 조금씩 풀려갔다. 그새 치킨집도 문

을 닫았다. 주위는 소름이 끼치도록 조용하기만 했다. 내가 도시에서 살다 무작정 시골로 내려왔을 때처럼 공허하기만 했다.

"여기서 사는 거예요?"

용달차에 짐을 싣고 시골집으로 오자 아내가 푸념했다. 이미 명절 때마다 시골집을 방문해서 집의 구조나 특성을 잘 알고 있으면서도 아내는 새삼스럽게 그 말을 했다. 아마도 지하의 방이었지만 서울에서 생활하는 것이 더 낫다고 생각한 모양이다.

"땅 팔아서 대학 가르치고 집 사주니까 결국 빈손으로 돌아오는 거냐."

아버지는 나를 보며 다시 한숨을 내쉬었다. 마흔의 나이에 도시에서 빈손으로 돌아온 내가 아무래도 이해가 가지 않는 모양이었다. 아버지는 용달차에서 짐을 내려놓는 일도 도와주지 않았다. 지하의 방에서 쓰던 비키니 옷장과 이불, 전기밥솥과 그릇 따위를 내려놓자 용달차는 그것으로 제 임무는 끝났다는 듯이 쏜살같이 마을 길을 벗어났다. 나는 용달차의 뒷모습을 바라보다 이내 시선을 돌렸다. 아내는 그때까지도 나처럼 용달차를 시선으로 쫓고 있었다. 그러나 그뿐이었다. 용달차가 떠나자 갑자기 분주해졌다. 지하의 방을 비울 때 버릴 곳이 마땅찮아서 시골집으로 싣고 내려온 물건까지 정리해야 했다. 아버지는 내게 사랑채를 쓰라고 했다. 집이 옛날 집이라 안채는 안방과 윗방이 벽으로 막혀 있어서 좁고 갑갑했다. 나도 그게 좋겠다고 했다. 사랑채는 아궁이에 불을 지피는 온돌방인데 방이 하나지만 안방보다 크고 갑갑하지 않았다. 다만 지붕과 벽이 조립식이라 겨울에는 외풍이 세고 여름에는 찜통이라는 것은 감수해야 했다.

짐을 방에 풀어놓고 정리를 하자 비로소 마음이 차분해졌다. 비둘기도 없고 재래식 화장실이 두 개나 있어 급할 때 백오십 미터까지 달리기하

살아 있는 돌

지 않아도 되었고 전나무 밑에서 비둘기 똥을 맞지 않아도 되었다. 그것만으로도 나는 자유를 얻은 기분이었다. 주차장 옆의 벤치에 쪼그려 앉아 비둘기에게 모이를 주며 3층에 사는 여자의 눈치를 살피지 않아도 되었고, 무엇을 하며 살아야 할까 걱정하지 않아도 되었다. 시골집은 그만큼 편안했고, 내게 위안을 주었다. 지하의 방이 빠지면 전세금을 계좌로 넣어주겠다고 주인이 아내의 통장 계좌번호를 적어 가서 이번에는 돈도 떼일 염려가 없었다.

"군불을 때도 새벽녘에는 추울 거예요, 그렇죠?"

짐도 다 정리하지 않고 아내는 추위부터 걱정했다. 나는 굵은 통나무를 아궁이에 밀어 넣으면 천천히 오래 타서 새벽에도 춥지 않을 거라고 했다. 사랑채는 예전에 토담집이었는데 아버지가 창고로 쓰려고 새로 지었다. 온돌이 깔린 구들장을 허물려다 혹시 손님이라도 오면 묵게 하려고 온돌을 고치고 조립식으로 창고 겸 방을 만들었다. 그 방에는 마른 고추와 감자, 안 쓰는 그릇 따위가 보관되어 있었는데 우리의 살림 때문에 모두 윗방으로 옮겨졌다. 아내가 짐을 정리하는 동안 나는 장작으로 군불을 지폈다. 이월의 하순이라지만 추위는 방 안 곳곳에 묻어 있었다. 아내는 시골에서의 삶이 어색하고 초조한지 자주 대문 밖을 바라보았다. 시골이라도 이젠 놀러 오는 사람이 없었다.

짐을 정리하고 무쇠솥에 물을 길어다 붓고 나는 군불을 지폈다. 마침 울타리만 넘으면 산이고 고사(枯死)한 나무가 아무렇게나 쓰러져 있어 땔감을 구하기도 쉬웠다. 게다가 우리가 내려올 것을 생각하고 있었는지 아버지가 이미 장작을 처마 밑에 수북하게 쌓아놓아서 겨울을 나는 데 지장이 없을 듯했다. 군불을 지피고 알불만 남자 어머니가 고구마를 가져왔다. 아궁이에 고구마를 넣고 알불로 덮으면 군고구마가 만들어졌다.

어머니는 김장도 넉넉하게 해서 김치 걱정도 없고, 논농사를 지어서 양식 걱정도 없다며 남의 속도 모르고 잘 내려왔다고 싱글거렸다. 아마도 시골집에서 두 분만 사시는 게 적적했던 모양이다.

그러나 시골에서의 생활은 그리 오래가지 못했다. 한 달 반가량을 생활하는 사이에 겨울이 지나가 있었다. 이월 말부터 사월 초순까지, 한 달 열흘가량은 아무 생각 없이 쉬기만 했는데 봄이 되어도 할 일이 없었다. 봄은 만물을 소생시키고 농부가 씨를 뿌리는 계절이라지만 내게는 반대의 계절이 되었다. 아버지가 이미 농토를 다 팔아버렸고 논만 천여 평 있는데, 그마저도 위탁영농해서 집에서는 시골이지만 할 일도 없고 소득도 없었다. 게다가 아내도 불만을 토로하기 시작했다.

"여보, 처음에는 몰랐는데 아버님이 점점 이상한 눈으로 저를 쳐다보고, 아이를 왜 갖지 않느냐고 물어봐요. 이제 내 나이가 사십인데 아직도 손자에 집착하는 것 같아요. 불편해서 더는 못 살겠어요."

아내의 불만은 그것부터 시작했다. 방에 있을 때는 의식하지 못했는데 집 안에서 아버지와 마주치면 아버지가 유심히 아내의 아랫배를 쳐다보거나 아이에 대해 말을 걸어와서 몹시 불편하다고 했다. 그 무렵 나는 춘곤증에 시달리고 있었다. 도시에서의 생활이 끝나자 머리가 텅 비워지는 느낌이 들었고 잠이 비 오듯이 쏟아졌다. 초저녁부터 잤음에도 다음 날 오전 열 시가 넘어야 눈이 떠졌다. 잠은 그렇게 잤어도 또 밀려오고 마치 몹쓸 병을 앓고 있는 것처럼 수면이 훈풍을 타고 몸으로 파고들었다. 나는 밥을 먹고 배설을 하고 잠을 자는 것밖에 하지 않았다. 어느 때에는 열 시에 밥을 먹고 다시 잠들었다 저녁에 깨어나고, 다시 잠들어서 꼬박 스무 시간을 잔 적도 있었다.

"곰도 아니고, 뭐든 해서 살 궁리를 해야지."

사월이 지나자 아버지의 핀잔이 쏟아졌다. 시골에서 살려면 그만큼의 부지런히 노동해야 한다고, 농토가 없으면 남의 땅이라도 빌려서 농사를 짓든지 나가서 품이라도 팔라고 성화였다. 땅 팔아서 서울로 올려보냈더니 빈털터리가 되어 돌아왔다고 한숨 섞인 말만 하였다. 시골에서 대학까지 보냈고, 잘 살라고 땅까지 팔아 보내줬는데 다 말아먹고 사랑채에서 밤낮없이 잠이나 자는 아들을 동네가 창피해서 더는 못 봐주겠다고 했다. 그때서야 정신을 차리자 사월이 내 기억에서 사라지고 말았다. 잠만 잤는데 사월이 지나간 것이다. 나는 그때부터 취업하려고 이력서를 작성해서 산업단지의 공장마다 찾아다녔다. 나이도 많고 경력이 화려해서 채용하려 해도 부담이 된다는 말만 듣고도 여러 곳의 회사를 나다녔다. 제조업이란 게 다 그렇듯이 자동차 유리공장, 화장품공장, 식품공장, 가구공장, 전자와 플러그 공장, 업종도 다르고 규모도 다르지만, 산업단지라 공장은 저마다 담장을 맞대고 모여 있었다. 나는 공장마다 돌아다니며 열심히 이력서를 돌렸다.

"우리 회사는 아직 채용 계획이 없습니다. 공장을 완공하려면 아직도 일 년은 더 공사를 해야 하고, 전문직이나 관리 파트는 본사에서 내려오거든요. 아무튼 방문해주셨는데 도움을 드리지 못해서 죄송합니다."

대부분 공장이 입을 맞추거나 한 것처럼 같은 말만 했다. 어느 회사는 공손히 이력서를 돌려주었고, 어느 회사는 사장님이 안 계셔서 다음에 연락 드린다고 했다. 공장이 많아서 이십여 통의 이력서를 다 돌렸는데도 그만큼의 공장이 남아 있었다. 나는 공단의 벤치에 몸을 맡겼다. 서울에서 내려온 지 두 달이 되었지만 그게 꼭 이틀만 같았다. 차라리 서울에서의 생활을 좀 더 일찍 접었더라면 아버지의 땅이라도 남아 있었을 것이다. 나 하나를 위해 땅까지 팔아서 올려보냈는데, 나는 귀소본능처럼 시골로 내려와 죽음 같은 잠만 자고 있었다. 공장이 돌아가는 소리, 공장을 짓기 위해 공사하는 소리, 나는 문득 그 소리를 들으며 살아야겠다고 생각했다.

"여보, 서울에 있는 지하의 방이 나갔대요. 오늘 보증금 이천만 원 보내왔어요. 그리고 아직 당신의 통장에 육백만 원이나 남아 있으니까 읍내에 있는 임대아파트는 얻을 수 있을 거예요. 몇 가구밖에 안 남아서 서둘러야겠어요."

공장마다 돌며 이력서를 돌리고 돌아오자 아내가 갑자기 입이 함박만 해졌다. 시골집으로 들어와 사는 게 아내에겐 감옥보다 더한 구속이었던 모양이다. 아버지가 이상한 눈으로 아내의 아랫배를 자주 내려다보는 것만으로도 아내는 참을 수 없는 모욕감을 느꼈으리라. 아내의 결단은 빨랐고 이사도 서둘렀다. 아파트 관리사무소에 찾아가 빈집의 전망과 내부 구조를 확인하고 계약을 했다. 나는 다시 이삿짐을 날라야 했다. 서울에서 트럭으로 싣고 왔던 장롱과 책장 따위를 아내가 계약한 아파트로 옮기기 위해 나는 다시 용달차를 불렀다. 아버지는 우리가 짐을 싸는데도 거들기는커녕, 아예 대문을 나가버렸다. 아버지는 그게 오히려 편한 모양이었다. 동면하는 짐승처럼 온종일 방에서 나오지 않으니 차라리 지식이 없는 게 낫다는 식이었다.

아파트로 이사를 오자 행운이 오는 듯했다. 언덕 위에 아파트가 우뚝 서 있고, 남향이라 전망이 좋았다. 아내는 이제야 숨통이 트인다는 듯이 집안을 꾸미기 시작했다. 아파트를 짓고 오래 비워둔 집이라 먼지를 닦는 데에도 꼬박 세 시간이나 걸렸다. 먼지를 닦고 가구들을 들여놓자 아내가 가구들의 배치 장소를 알려주었다. 안방에는 장롱과 화장대, 텔레비전 받침대를 놓고 작은 방에는 옷걸이와 안 쓰는 주방용품 따위를 들여놓았다. 그리고 거실에는 책장과 장식품들을 놓았다. 사이판으로 신혼여행을 가서 사 온 장신구들이 아직도 남아 있었다. 인디언이 만든 야자 열매 조각품과 산호초 몇 점이 전부였다. 나는 그것들을 책장의 앞에 올려놓았다.

"이렇게 가구들이 배치되니까 이제야 집이 된 것 같아요."

내가 생각해도 집다운 집이 된 듯했다. 아내는 베란다로 화분을 옮기기 시작했다. 내가 사월 내내 잠만 자고 있을 때 아내가 들녘에서 뽑아다 옮겨 심은 야생화였다. 아내는 시골집에서 못 쓰는 양은 냄비와 플라스틱 용기 따위에 흙을 넣고 자신이 캐 온 식물을 심었다. 엉겅퀴, 할미꽃, 제비꽃, 애기나리, 민들레, 들바람꽃, 벌노랑이, 아내는 화원에 가서 화분을 사다 베란다에서 옮겨 심었다. 아내는 흙이 솜처럼 부드럽다고 했다.

"나 내일부터 출근해."

"어머, 잘됐네요."

아내가 들꽃을 심은 지 사흘 만에, 그러니까 아파트로 이사를 온 지 일주일 만에 지금 다니고 있는 회사에서 연락이 왔다. 인천에 있던 공장을 이곳으로 이전하며 함께 오기로 했던 관리부장이 돌연 사표를 내는 바람에 마침 마땅한 사람을 찾던 중이라고 했다. H-빔이나 철판을 가공해서 건설 현장에 납품하는 회산데 종업원이 팔십여 명 되는 중소기업이었다. 나는 그곳에서 관리와 회계까지 한 부서를 책임지는 업무를 맡았다. 내가 취업을 하자 아내도 바빠졌다. 명절 때나 가끔 오가던 시골에 아주 눌러앉아 살게 되자 아내는 주변 사람들과 쉽게 친해졌고, 아파트 부녀회나 같은 취미를 지향하는 모임에 가입하여 활동하기 시작했다. 짧은 시간에 아내는 많은 사람을 알기 시작했다. 아이가 없는데도 초등학교에 나가 자원봉사를 하거나 작은 도서관의 운영위원이라는 직함까지 달고 다녔다.

"이 많은 것을 다 뭐 하려고?"

"이것도 모자라요, 수강생이 몇 명인 줄 아세요?"

아내는 종이로 동물이나 꽃, 곤충, 집, 등을 만든다며 색종이를 한 아름 들고 들어왔다. 종이접기 자격증을 따서 학교나 관공서에서 주관하는 취미반의 강사를 맡고 싶다고 했다. 돈을 많이 벌지 못해도 잘하면 교통비와 일당은 건진다고 했다. 집에 있으면 답답해서 우울증에 걸릴 것 같다고 아내는 종이접기를 시작한 타당성도 얘기했다. 나도 그게 좋다고 생각했다. 집에서 청소와 설거지와 빨래를 하며 베란다에 나가 들꽃이나 보며 생활하는 것보다 무엇인가 창의적인 일을 하며 사는 게 더 바람직하다고 생각했다. 아내는 종이접기 자격증을 딴다며 여러 가지 작품을 만들었다. 아내가 만든 종이접기 작품들이 나날이 늘어만 갔다. 아내는 특별히 외출하는 것 말고는 종이접기에만 매달렸다. 가끔 택배로 재료가 날아오고 그런 날에는 아내는 더욱 종이접기에 열을 올렸다.

"생각해보니까 종이접기는 전망이 없는 것 같아요."

아내는 풀이 죽어 있었다. 아내는 종이접기를 그만둬야겠다고 했다. 생각했던 것보다 전망도 없고, 이미 강사로 활동하고 있는 사람들이 많아서 자격증을 따도 경쟁력이 되지 않는다고 했다. 방에는 아내가 접어놓은 학들이 수북이 쌓여 있었다. 아내는 그것들이 이젠 필요 없다며 종이상자에 담았다.

"한식 조리사 자격증을 따볼래요, 아무래도 요리에 솜씨가 있는 듯해서요."

아내는 종이접기용 재료들을 아파트 분리수거함에 다 버렸다. 물론 자신이 만든 작품들도 더는 미련이 없다는 듯이 쓰레기봉투에 넣었다. 집 안에 아무 데나 돌아다니던 종이들이 거짓말처럼 치워졌다. 아내는 버릴 때만큼은 흔적을 남기지 않았다. 집 안에는 언제 종이접기를 했었냐는 듯이 그 흔한 종이학 한 마리도 남아 있지 않았다.

　아내는 한식 조리사 자격증 시험도 세 번 치르고 시험에 응시한 횟수만큼 고배를 마시자 그만두었다. 이유는 간단했다. 널린 게 식당이라 전망이 없다고 했다. 나는 그런 아내에게 뭐든 끈기를 가져보라고 했다. 아내가 두 번이나 꿈을 바꾸는 사이에 다시 겨울이 되었다. 시골은 도시보다 눈이 많이 오고 쉽게 녹지도 않았다. 아파트의 정원수에도 가끔 멧비둘기가 찾아왔지만, 도시에서처럼 주차장 바닥을 기어 다니지 않았다. 나는 베란다에서 멧비둘기를 볼 때마다 지하의 방을 떠올렸다. 볼일을 보기 위해 백오십여 미터나 되는 시장의 공동화장실까지 달려가야 하는 수고와 너무 급해서 전나무 밑에서 비둘기 똥을 맞으며 배설을 해야 했던 기억이 뇌리에서 눈처럼 소복이 쌓이곤 했다.

　도시에서 내려온 지 일 년이 지나는 동안 김은미에게 딱 한 번 전화가 왔었다. 시골 생활은 어떠냐는 간단한 안부였다. 그녀는 내가 회사에 있을 때 잘해줘서 고마웠다는 말도 했다. 처음에는 적막했고 동면하는 짐승보다 더 많이 잠만 잤었다고, 지금은 살아보니까 시골도 그렇게 불편한 것만은 아닌 듯하다고 그녀에게 말했다. 그녀는 마침 지방에 있는 남자와 맞선을 봐서 중앙과 지방을 자로 재는 중이라고 했다. 그녀는 언제 한 번 시간을 내서 내가 근무하고 있는 회사나 집으로 찾아온다고 말하고 전화를 끊었다. 나는 아내에게 그녀에게서 전화가 왔다고 말했다. 문득 전 직장의 여직원에게 연락을 받으니까 지하의 방에서 살던 때가 생각났다. 아내는 인생에서 그 시간만큼은 지우고 싶은지 꽤 부정적으로 말했다. 단순히 옛날 직장 상사가 어떻게 지내나 보고 가겠다는 것뿐인데 아내는 그것마저도 시기하는 모양이었다.

"글쎄, 한번 떠나오면 그만이라니까요. 그 여자가 뭐가 아쉬워서 이곳까지 당신을 만나러 내려오겠어요. 더구나 그 여자도 이제 나이가 서른셋이라면서요."

"지방에 있는 남자와 선을 본 모양이야."

"그래서요?"

"지방에서도 살 만한지 알아보고 싶은가 봐."

아내는 그녀가 이곳에 오지 않을 것이라고 했다. 아내의 말이 옳았다. 그녀는 내게 딱 한 번만 전화할 계산이었는지 겨울이 오도록 전화도, 내려오지도 않았다. 하기야 그녀가 내려와도 나는 아무것도 해줄 게 없다. 시골의 평범한 집과 공장, 산과 들녘이 전부인 풍경을 보려고 일부러 그녀가 시간을 내지도 않으리라.

아내는 발도르프 인형을 만들기 시작했다. 우연히 광고를 보고 시작했다고 했는데 아내는 또 발동이 걸린 모양이다. 발도르프 인형 만들기 자격증을 따서 아내는 중고등학교 방과 후 특별활동 강의와 관공서에서 하는 취미활동 프로그램에 강사로 나서겠다고 했다. 이미 앞에서 발도르프 인형에 대해 말했듯이 인체에 해가 없는 천연재료를 쓰는 대신에 재료비가 터무니없이 비싸고, 온종일 수작업으로 인형을 만들어서 인형 한 개에 몇만 원씩 하므로 나는 아내의 설명을 들으며 이것도 오래가지 못하겠다고 생각했다. 적은 비용으로 대량생산을 하는 것이 경제의 원리인데, 아내는 고비용으로 적게 생산하고 있다. 게다가 자격증 심사할 작품부터 시작해서 심사에 합격할 때까지 근 여섯 달 동안 만든 인형이 무려 일백여 개나 되었다. 책장과 테이블, 하다못해 천장에 줄을 달아서 인형을 모빌처럼 공중에 달아놓기도 했다. 아내는 그 인형 값이 오백만 원어치는 된다고 했다. 그러나 한 개도 판 일은 없다. 주위 사람들은 인형이 독특하다고 입을 모았지만, 값을 말하자 모두 혀를 내둘렀다.

"아마 잘될 거예요."

아내는 발도르프 인형 수강생을 모집한다는 전단을 아파트 현관이나 전봇대, 상가건물과 게시판, 하다못해 관공서의 화장실에까지 붙였다. 그러나 효과는 없었다. 전단 대부분이 찢기고 함부로 떼어졌다. 전단까지 붙여도 별반 반응이 없자 집 안에 있던 인형들이 하나둘 자취를 감추기 시작했다. 책장에도, 테이블에도, 모빌처럼 매달려 있던 인형들도 하나둘 자취를 감추었다. 아내는 또 돈만 날린 것이다. 자격증 심사비와 재료비, 재봉틀 구매비까지 삼백만 원이 넘었다. 아내는 인형을 팔고 수강생을 모집해서 수강료를 받으면 투자한 돈을 뺄 수 있다고 했지만, 그게 처음에 생각한 것처럼 잘 안 되는 모양이었다. 아내가 만든 인형은 책장에 여자아이 인형 하나만 남아 있었다. 그런데도 아내는 집 안의 아무 곳이나 돌아다니며 말했다.

"오늘은 햇살이 맑다, 그치."

나는 처음에는 잘못 들은 줄 알았다. 일요일 오전이라 나는 거실에서 책을 보고 있었다. 경영철학이 담긴 에세이였다. 아내는 주방에서 행주를 헹구고 혼자서 말했다. 나는 환청인가 생각했다. 분명히 아내가 한 말이었다. 아내의 말대로 창유리 밖은 햇살이 들어오고 있었다. 아내는 나를 의식하지 않은 게 분명했다. '일요일인데 산책이라도 할까? 아니지, 들꽃에 물부터 주어야겠다. 세상에나, 며칠 전에 물을 흠뻑 주었는데 또 말랐네. 너희들도 갈증이 나니? 아니지, 갇혀 있으니까 갑갑하지.' 아내는 혼자서 말하며 집 안을 돌아다녔다. 우울증이나 치매가 온 게 아닌가 싶어 나는 덜컥 겁이 났다. 아내는 벽장을 바라보며 혼자 중얼거렸다. 나는 아내의 곁으로 다가가 벽장문을 힘껏 당겼다. 순간, 벽장 속에서 인형들이 우르르 쏟아져 나왔다. 여자아이 인형, 흑인 인형, 꿀벌, 기린, 난쟁이, 아내가 그동안 만들었던 일백여 개의 인형들이 한꺼번에 쏟아져 나와 자유를 달라고 방바닥에서 아우성치고 있었다. 아내는 그 인형들을 커다란 플라스틱 상자에 담기 시작했다.

"이제 마음이 홀가분하네요. 꼭 움켜쥐고 있는 것보다 나눠주는 게 훨씬 보람이 있는 것 같아요. 저 내일부터 작은 도서관에서 일할 거예요. 마침 사서가 갑자기 그만두는 바람에 면접을 봤더니 내일부터 출근하라잖아요."

아내는 인형을 다 나눠주고 홀가분하다고 했다. 아이가 있는 집과 유치원까지 돌며 그동안 만든 인형들을 아내는 무료로 나눠주었다. 그때서야 아내는 헛소리하지 않았다. 우울해하지도 않았고 혼자서 중얼거리지도 않았고 시키지 않아도 자신이 심은 들꽃에 물을 주었다. 그리고 아내는 취미생활에는 미련이 없다는 듯이 면 소재지에 있는 작은 도서관으로 출근을 했다. 오후 한 시부터 여섯 시까지, 하루에 다섯 시간 근무하지만, 생각보다 책이 많고 아이들이 얌전해서 어려운 게 없다고 했다. 그런 아내가 가출했다.

다리를 건너 아파트로 올라오는 언덕을 나는 힘없이 오른다. 주위는 여전히 죽음처럼 어둠만 고여 있다. 막차도 끊겼고, 지나가는 사람이 아무도 없다. 나는 마지막 남은 양주를 입안에 털어 넣었다. 언덕으로 올라가는 아파트 입구에는 영업하지 않는 고물상이 있다. 일반주택인데 마당에 고물을 쌓아놓아서 미관상 좋지 않다며 민원을 제기해서 지금은 마당에 빈 병만 쌓여 있는 집이다. 나는 빈 양주병을 그곳에 살짝 던졌다. 유리가 부딪치는 소리가 났지만 깨지는 소리는 들리지 않았다.

주차장에 올라와 나는 아파트를 올려다보았다. 내가 나올 때 불을 켜고 나왔으므로 창가에서 불빛이 어둠과 싸우고 있었다. 나는 천천히 아파트로 들어갔다. 오늘은 아내의 행방을 알아내지 못할 모양이다. 아무런 단서도 없이 행방을 감춘 아내를 찾기 위해 나는 퇴근을 해서 무려 네 시간을 주위만 배회하고 있었다.

"당신, 어디서 오는 거예요?"

엘리베이터를 타고 4층으로 올라가 현관문에 붙은 도어록의 비밀번호를 누르고 안으로 들어서자 아내가 볼멘소리로 말했다. 나는 화들짝 놀라며 아내를 바라보았다. 아내는 집에 있었다. 작은 방에서 한숨 자고 일어나니까 거실에 불이 켜져 있어서 내가 온 줄 알았는데, 없어서 기다리고 있었다고 했다. 믿어지지 않았다. 아내는 작은 도서관이 개관 3주년 기념일이라 휴관을 해서 아침부터 밀린 빨래와 청소를 했다고 했다. 베란다 정리와 신발장, 수납장까지 정리하고 오후에 목욕했는데 몸살 기운이 있어 감기약을 먹고 작은 방에서 누워 있었다고 했다. 감기약인 줄 알고 먹은 약이 수면제였는지 깜박 잠이 들었는데 깨어보니 열 시가 넘어 있었다고 했다. 아내는 내가 아내를 찾으러 나간 사이에 잠에서 깬 모양이었다. 벽 하나를 사이에 두고 아내를 찾아 나선 것이 아직도 믿기지 않았다.

"다, 당신. 정말로 작은 방에서 자고 있었던 거야?"

"그래요. 핸드폰은 왜 두고 나갔어요?"

아내가 내 핸드폰을 내밀었다. 나는 핸드폰을 받아 폴더를 열었다. 아내의 말대로 아내의 핸드폰 번호가 찍혀 있었다. 아내는 내가 집에 들어왔다 볼일을 보러 다시 나간 것으로 알았으리라. 나는 아내를 찾으려고 버스 정류소까지 갔었다는 것을 말하지 않았다. 아내는 내가 돌아왔으니 됐다고 말했다. 내가 아내의 행방을 찾아다닌 게 아니라 아내가 내 행방을 수소문한 것 같았다. 그때서야 취기가 와락 올라왔다. 창유리에는 어둠이 짙게 달라붙어 있었다. 아내는 별일 아니라는 듯이 다시 작은 방으로 들어갔다. 아마도 몸살이 심한 모양이었다. 나는 식탁에 앉아 아내가 차려놓은 저녁을 물끄러미 바라보았다. 이미 찌개와 국과 밥은 식어 있었다. 아내는 잠에서 깨자마자 저녁상을 본 모양이다. 나는 아내가 들어간 작은 방과 식탁을 한동안 바라보았다.

살아 있는 돌

살아 있는 돌

살아 있는 돌

요양원의 내부는 아침임에도 늦가을에 서리를 맞은 고추잠자리의 날개처럼 활기가 없었다. 노인들이 생활하는 곳이라 실내는 공기마저도 노인의 냄새가 났다. 아침식사를 끝낸 노인들을 일일이 찾아가 배식판을 치우고 물수건으로 입을 닦아주면 아침 일이 끝났다. 오늘도 나는 일곱 시에 출근해서 노인들에게 배식하고 식사를 끝낸 노인들의 배식판을 거두는 중이다. 내부에서만 지내는 노인들이라 식사량을 지극히 소량으로 배식했음에도 배식판을 비우는 노인은 몇 안 되었다. 먹고 자고 먹고 쉬는 일만 하는 노인들이라 배가 나올 법도 한데 이곳의 노인들은 하나같이 왜소하고 말라 있었다.

아침을 먹은 노인들은 각자 세면장으로 가서 이를 닦고 머리를 감거나 세수를 하는데, 거동이 불편한 노인은 휠체어에 태워 머리를 감기고 얼굴과 이를 닦아줘야 한다. 어느 노인은 잠자리에서 일어나면 알아서 세면장에 가서 머리를 감고 세수를 하지만 대부분 노인은 아침을 먹고 나서 이를 닦고 세수를 했다.

"일어나세요. 세수하러 가셔야죠."

나는 거동을 못 하는 노인을 침대에서 일으켜 휠체어에 앉혔다. 노인은 앙상한 뼈만 남아서 깃털처럼 몸이 가벼웠다. 알아서 손수 몸을 씻는 노인들은 그나마 생활이 나은 편이었다. 실내에서는 자유롭게 다닐 수 있으므로 식사를 끝낸 노인들은 세면장에 갔다 와서 텔레비전을 보거나 휴게실에 삼삼오오 모여 담소를 나누었다. 모두 환자복을 입은 노인들이라 멀쩡한 노인도 환자처럼 보였다.

이곳에는 총 사십여 명의 노인이 요양하고 있다. 그중에 아버지도 포함되어 있다. 여든여섯이나 된 아버지를 시골집에 혼자 있게 할 수 없어서 요양원으로 모셨는데, 아버지는 거동이 불편함에도 다시 집으로 보내 달라고 시도 때도 없이 성화였다. 아버지는 거동이 불편해도 지팡이를 짚으면 생활하는 데 아무 문제가 없다고 했지만, 그것은 순전히 당신의 고집이었다.

"가끔 정신이 나가는데, 어떻게 혼자 있게 할 수 있어요?"

집에서 아버지의 뜻을 아내에게 말하자 아내는 대뜸 말도 안 된다고 했다. 아버지를 처음부터 요양원으로 모시자고 한 것도 아내였다. 장을 봐서 시골에 계신 아버지께 다녀온 아내가 아무래도 아버지를 요양원으로 모셔야겠다고 했다. 나는 아내의 말에 '그 쓸데없이' 하고 혀끝을 세웠다.

"쓸데없이가 아니에요. 치매 증상이 보여요."

"뭐, 치매?"

아내의 말에 나는 바싹 긴장을 했다. 혼자 사는 노인에게 치매가 온다면 감당하기 힘든 고통이 따를 것이다. 나는 아내에게 아버지의 증상이 어떠시냐고 물었다. 전에는 그런 일이 없었는데 오늘은 김치를 담그고

장을 봐서 찾아가 보니 장롱의 서랍을 다 열어서 빛바랜 사진들을 방바닥에 펴놓고 혼자 뭐라고 흥얼거렸다고 했다. 그것이야 혼자 사는 노인이 외로워서 그럴 수 있는 일이라고 내가 말했지만, 아내는 아무래도 치매의 초기 증상 같다고 했다. 아내는 그것 말고도 이상한 일이 또 있었다고 했다. 전에는 시골집에 가면 아버지가 '왔냐?' 하며 반겼는데 오늘은 멍하니 하늘만 바라보며 사람이 온 줄도 모른다고 했다.

"아버지, 정말로 기억이 왔다 갔다 하세요?"

아내의 말을 듣고 내가 시골집에 가보자 아버지는 정말로 마당에 서서 하늘을 바라보고 있었다. 고목처럼 뻣뻣이 서서 구름 낀 하늘을 올려다보는 아버지의 모습은 마치 학처럼 허공으로 올라가 구름을 타고 멀리 떠날 것처럼 보였다.

"정말로 치매가 온 거예요?"

아버지께 다시 물었지만, 아버지는 여전히 하늘만 올려보고 있었다. 아내의 말대로 아버지는 사람이 온 것조차 인지하지 못하는 듯했다. 나는 방으로 들어가보았다. 아내의 말은 거짓이 아니었다. 안방에 들어가자 무엇보다도 먼저 느껴지는 것은 노인의 냄새였다. 창문을 닫고 커튼까지 내려놓고 어두침침한 방에서 아버지는 무엇을 하고 있었는지 지독한 냄새가 코끝을 찔렀다.

"아니, 이런."

형광등 스위치를 올리자 방바닥에는 온통 사진들이 놓여 있었다. 나는 커튼을 걷고 창문을 열어 환기를 시킨 다음 바닥에 앉아 사진들을 주워보았다. 눈 속에 아버지와 어머니, 우리 형제가 박혀 있었다. 사진은 아주 어릴 적의 것이라 흑백이고 변색하여 희미하게 보였다. 내가 초등학교에 입학하기 전의 사진이니까 사십 년 전의 것이었다. 그때 찍은 사진들을 아버지는 방바닥에 놓고 활동사진이 돌아가듯 그것을 감상하고 있었던 모양이다.

나는 사진들을 모조리 거두어 장롱의 서랍에 넣었다. 사십여 년 전에 민철이를 안고 웃고 있는 어머니, 아버지와 어머니가 논둑에서 새참을 먹는 모습, 초가집을 배경으로 찍은 가족사진과 우물가에서 손빨래하는 어머니의 모습이 담긴 사진이었다. 사십 년이라는 세월이 흘러서 이제 잊을 때도 되었지만 아버지는 아직도 어머니를 잊지 못하는 모양이었다. 하지만 나는 어머니에 대한 기억은 그리 좋지 못했다.

"남의 것을 따 먹으면 이다음에 도둑놈이 되는 것이여. 잘될 나무는 떡잎부터 알아본다고, 어릴 때 확 잡아놓아야 커서 똑바로 살아."

마을에 수박밭이 있었다. 한여름 밤에 형과 나는 그것을 노렸다. 달덩이처럼 큰 수박이 밭에 널려 있는데, 형과 내가 한 통씩만 따다 개울가에서 멱을 감으며 먹자고 수박밭으로 들어갔다. 마을에 있는 밭이라 원두막도 없고 주인도 보이지 않았다. 수박밭으로 기어가서 각자 수박을 한 통씩 들고 나왔다. 무더운 여름밤이라 형과 나는 개울로 가서 수박을 물에 담가놓고 멱을 감았다. 얼마 동안 물에서 놀았을까. 속이 출출해서 형과 나는 돌을 주워가 수박을 내리쳤다. 수박은 냉큼 갈라지지 않고 버티다가 여러 번 내리치자 겨우 금이 가면서 갈라졌는데 덜 익어서 속이 하얗게 보였다.

"에이, 안 익었어."

"이런, 괜히 따 왔네."

형도 돌로 수박을 내리쳐서 갈라놓자 속이 하얗게 드러났다. 익지도 않은 것을 달콤한 수박이라고 믿고 따 온 것이다. 형과 나는 수박을 개울가에 내동댕이치고 집으로 돌아왔다. 문제는 그다음 날 터졌다. 개울가

에 아무렇게나 버려둔 수박 조각을 읍내에 갔다 오던 어른이 보고 수박
밭 주인에게 이른 것이다. 익지도 않은 수박이 빠개져 아무렇게나 내동
댕이쳐진 것을 보고 수박밭 주인이 악다구니를 써대며 범인을 찾겠다고
날뛰었고, 형과 나는 용의자로 쉽게 지목되었다. 밤에 냇가에서 걸어오
는 형과 나를 봤다는 목격자가 있었기 때문이다. 결국, 아버지가 나서서
두 통의 수박 값을 물어주고 사태는 일단락되었다.

"이놈의 새끼들, 커서 뭐가 되려고 벌써부터 도둑질이여."

사태가 일단락되고 안도의 한숨을 내쉬기가 무섭게 어머니가 형과 내
가 있는 방으로 들어와 다짜고짜 방망이를 휘둘렀다. 아버지가 다 해결
했는데 뒤늦게 어머니는 나와 형을 향해 방망이질이었다. 머리가 끊어지
듯 통증이 왔고 어깨와 가슴, 팔, 다리, 온몸이 어머니가 휘두르는 방망
이의 표적이 되어 형과 나는 울음을 터뜨리며 주저앉았다. 어머니는 그
래도 매질을 멈추지 않았다. 무식하고 독한 여자였다. 손버릇을 고쳐야
한다고 매를 들었지만 실은 어머니는 계모(繼母)라 제 자식만 편애하는
여자였다.

나는 계모가 왜 우리 집에 왔는지 모르고 있었다. 나를 낳고 그 이듬
해 어머니가 병으로 죽어서 나는 어머니의 얼굴을 기억하지 못했다. 다
만 벽에 걸린 빛바랜 사진이 어머니구나 하며 지냈다. 어머니에 대한 기
억이 없어 애정도 없었다. 그렇게 내가 클 무렵, 형이 초등학교에 입학하
고 내가 여섯 살 때 계모가 우리 집에 들어왔다. 커다란 가방을 들고 다
른 손으로는 남자아이의 손을 잡고 대문을 들어서는 여자를 아버지가 반
갑게 반겼다.

"너희들 엄마고 이 아이는 너희들 동생이다."

아버지가 여자와 아이를 소개하자 이번에는 여자가 나섰다.

"안녕, 아버지한테 얘기 많이 들었다. 네가 동수고 너는 동준이지? 앞으로 엄마라고 부르거라. 그리고 얘는 민철인데 너희들 동생이니 잘 데리고 놀아야 한다. 알았지?"

형과 나는 대답하지 않았다. 둘 다 마당에 뻣뻣하게 서서 여자를 바라보고 있었지만, 대답은 하지 않았다. 아버지가 여자에게 애들이 숫기가 없어서 그렇다고 했다. 하지만 나는 그게 아니라고 생각했다. 갑자기 애하나 데리고 나타나서 엄마라고 부르라는 여자를 형과 나는 따를 수 없었다. 아버지가 형과 나를 보며 말했다.

"엄마라고 해봐라."

"……."

"어서."

"싫어. 엄마는 죽었어."

"뭐야, 이놈의 자식이 어디서 버르장머리 없이."

아버지가 내 뺨을 후려갈겼다. 그러나 계모가 방망이로 때리는 것보다 아프지는 않았다. 나는 여자에게 엄마라고 하지 않았다. 여자는 내 엄마가 아니었고, 민철이도 내 동생이 아니었다. 나는 눈물을 글썽이며 밖으로 나왔다. 뒤에서 여자의 앙칼진 목소리가 들렸다.

"저런 저 싸가지 하고는."

계모는 그렇게 우리 집에 눌러앉았다. 형과 나는 그 여자를 투명인간처럼 대했다. 여자는 있어도 없는 여자였다. 여자도 서서히 형과 나를 압박하기 시작했다. 아버지가 없을 때는 여자와 민철이가 같이 고깃국을 먹었고, 형과 내게는 삶은 고구마를 주었다. 그리고 아버지가 있을 때는 다 같이 둥그런 밥상에 둘러앉아 밥을 먹었는데 유난히도 보리가 많이 섞인 밥에 김치만 넣은 국이 나왔다. 찍어 먹을 것이 없는데도 상 위에는 고추장이 놓여 있었고, 콩자반이나 장아찌가 전부였다.

"엄마라고 부르고 나를 따르지 않으면 앞으로 밥도 주지 않을 거다."

"어차피 굶는 게 더 편해요."

"뭐, 저런 싸가지 하고는."

여자는 형과 내게 버릇을 고친다며 밥도 주지 않았다. 그래도 형과 나는 여자에게 복종하지 않았다. 배가 고프면 샘에서 물을 퍼마시고, 부엌에 들어가 손수 밥을 찾아 먹었다. 여자가 밥을 차려주지 않아도 형과 나는 오뉴월의 나무처럼 무럭무럭 자랐다. 여자가 집에 온 지 일 년이 되고 이 년이 되고 삼 년이 되어도 형과 나의 태도는 변하지 않았고, 여자는 여자대로 형과 나와 민철이를 편애편증(偏愛偏憎)하고 있었다. 그사이에 나는 초등학교 삼 학년이 되었고 형과 민철이는 각각 오 학년과 일 학년이 되어 있었다. 여자는 그때까지도 민철이만 돌보았다.

환자복을 입은 노인들이 힘없이 간이침대에서 일어났다. 그 바람에 조용하던 실내가 약간의 생동감이 돌았다. 다시 점심때가 되어 배식할 시간이었다. 이른 아침을 먹어서 벌써 배가 고프다고 하는 노인과 아침만 먹고 내리 잠을 자는 노인까지 일일이 점심을 챙겨줘야 했다. 아버지는 아침에 잠깐 거동을 하다 내리 잠만 자고 있었다. 간이침대에서 반쯤 옆으로 누워서 한 치의 미동도 없이 잠든 아버지의 모습은 마치 송장이 누워 있는 듯했다. 배식판을 다 나를 때까지 아버지는 미동도 없이 누워 있었다. 나는 아버지를 깨우려고 간이침대로 다가갔다.

"그만 일어나세요. 점심식사 할 시간이에요."

아버지는 냉큼 일어나지 않았다. 꿈을 꾸고 있었던 모양이다. 입술에 침을 하얗게 묻히고 혼자서 해죽거리는 것으로 봐서 어머니를 만나고 있는 모양이었다. 다시 아버지의 어깨를 흔들어 깨워도 아버지는 여전히 잠을 자고 있을 뿐이다. 다행히 숨을 쉬고 있어서 나는 다음 사람에게 다가갔다. 잠을 자는 노인을 깨우는 것처럼 섬뜩한 것은 없다. 아주 드물게 곱게 잠을 자는 노인을 흔들어 깨웠는데, 노인이 이미 죽어서 몸이 뻣뻣하게 굳은 경우가 있었다. 아무도 모르게 노인이 혼자서 운명을 한 것이다. 어느 노인은 연로할 대로 연로해서 죽음이 서서히 온다는 것을 직감할 수 있지만, 어느 노인은 아무 증세도 없이 돌연 급사(急死)를 하기도 했다. 자는 줄 알고 무심코 노인이 어깨에 손을 댔다가 손끝에서 느껴지는 시신의 촉감 때문에 아침부터 기분이 꺼림칙하고 무서움마저 들었다. 그 때문에 나는 아침에 깊이 잠든 노인을 깨울 때는 손으로 노인을 만지지 않고 숨을 쉬고 있는지부터 살폈다.

"아버지, 그만 일어나세요."

"여기가 어디냐?"

"어디긴 어디예요, 요양원이지."

"허, 아름다운 꽃길이었다."

아버지는 눈을 뜨자마자 꽃 타령이었다. 꿈속에서 꽃길을 걸은 모양이었다. 나는 아버지가 하도 아쉬워하기에 맞장구를 쳐줬다. 그래야 아버지가 기력을 찾고 점심을 먹을 듯해서였다.

"꿈속에서 어머니를 만나셨지요."

"그렇단다. 꽃길이 융단처럼 펼쳐져 있는데, 네 엄마가 그곳에서 나를 기다리고 있더구나. 여전히 예쁜 얼굴이었다. 만나는 꿈은 길몽인데 혹시 아냐. 네 엄마가 나를 찾아올지. 죽기 전에 한 번만이라도 만났으면 소원이 없겠는데."

아버지의 그 소리는 어제오늘의 일이 아니었다. 요양원으로 오기 전부터 아버지는 망연히 마당가에 서서 하늘을 올려다보고 있었으니까. 아니, 그 이전에도 아버지는 방바닥에 어머니가 찍힌 사진들을 펴놓고 하염없이 바라보았으니까.

"날로 기력이 쇠약해지는 듯해요. 식사부터 하세요."

"안 먹어. 네 엄마 찾아와."

"아버지!"

밥을 억지로 떠먹인다고 될 일도 아니었다. 아버지는 한 번 밥을 거부하면 입에 떠 넣어도 크게 바람 소리를 내며 후루루 내뱉었다. 그 바람에 배식판이 엎어지고 사방으로 튄 밥풀과 간이침대를 덮고 있던 이불에 쏟아진 국물과 반찬들을 치우느라 곤욕이었다. 몇 번 아버지께 그런 일을 당하고부터는 나는 배식판을 들고 아버지께 가지 않았다. 언제 심통을 부릴지 몰라 아버지께 식사할 거냐고 미리 여쭌 다음에 배식판을 가져갔다. 아버지는 어머니를 생각하지 않을 때는 배식판을 싹 비웠다.

오늘은 아버지가 아침과 점심을 내리 걸렀다. 노인을 면회 온 가족들이 전복죽을 사놓고 갔는데 그것을 드려도 아버지는 고개만 저었다. 아버지의 옆 침대에 부인과 딸이 면회를 와서 과일과 음료수를 내려놓고 도란도란 이야기를 나누다 돌아갔는데, 아버지는 그게 부러웠는지 또 심통이 나 있다. 하지만 그것은 부러울 것도 심통이 날 것도 아니었다. 면회를 왔다 돌아가면 노인은 삶이 더욱 허탈했고 언제 또 만나나 싶어 망연히 돌아가는 사람의 뒷모습을 오랫동안 쳐다보다 눈물을 흘렸다. 그나마 아버지는 내가 여기서 근무를 하므로 덜 외로움을 타고 있었다.

방바닥에 흩어진 사진들을 모아 장롱의 서랍에 넣고 형광등 스위치를 내리고 밖으로 나오자 아버지는 그때까지도 마당에 서서 하늘을 보고 있었다. 하늘에는 구름 몇 조각이 지나고 있는데 아버지의 시선은 아마도 그것을 쫓고 있는 듯했다. 아버지는 내가 다가가도 여전히 하늘을 올려보고 있었다. 나는 아버지께 그만 방으로 들어가라고 말하려는 참이었다. 아버지의 바짓가랑이를 타고 오줌이 흘러내리고 있었다. 아버지는 오줌이 흘러나오는 것도 모르고 서 있는 것이다.

"아버지?"

아내의 말대로 아버지는 치매가 온 것이다. 순간, 나는 아버지를 이대로 두면 안 된다는 생각이 들었다. 이미 오줌을 싸고 있으므로 대변도 참지 못하고 항문에서 그냥 흘려보낼 것이 뻔했다. 아버지를 욕실로 모시고 가서 씻기고 새 옷으로 갈아입혔음에도 언제 또 오줌을 쌀지 초조해졌다. 혼자 사는 노인이라 치매가 온 상태에서 똥오줌을 싸면 집 안이 온통 똥으로 범벅이 될 게 뻔했다.

"아무래도 아버님을 집으로 모셔와야겠어."

"나더러 아버님 수발을 들라고요? 난 못 해요."

"그럼 어떡해. 대소변도 못 가리는데."

"모셔오기만 해봐요. 그날로 이혼이니까."

"뭐야. 이 여자가 정말."

아버지를 집으로 모셔오겠다고 하자 아내가 의외로 펄쩍 뛰었다. 하기야 아내의 심정을 이해 못 하는 것은 아니었다. 정신이 멀쩡한 사람도 아니고, 치매로 대소변도 못 가리는 노인을 아내가 집에서 보호하기란 버겁고 비위가 상해서 독한 마음을 먹지 않고서는 할 수 없을 듯했다.

"그럼 어떻게 하라고."

"요양원으로 모셔요. 당신이 요양원에서 근무하니까 더 잘 알겠네."

아내가 말하지 않았어도 나도 그 생각은 하고 있었다. 하지만 자식이 셋씩이나 있는데 굳이 요양원으로 모실 필요도 없었다. 아무에게도 의지할 수 없는 노인들이 들어와서 여생을 보내다 죽음을 맞이하는 곳이 요양원이다.

"아니면 형님한테 모시라고 하든가?"

형님도 치매가 온 아버지를 모실 형편이 안 되었다. 정년을 앞둔 고위 공무원이라 근무와 행사, 출장으로 바쁘게 지냈고, 형수는 남편과 보조를 맞추는지 여성의용소방대 대장, 태양산악회 회장, 범국민 잘살기 운동본부지회장, 맡은 직함만 다섯 개가 넘었고, 언제나 집보다 밖에서 보내는 시간이 많은 여자였다. 그런 형님네의 실정을 뻔히 알면서도 아내는 자신은 절대로 아버지를 모실 수 없으니 요양원으로 보내든가 형님댁으로 보내라고 잘라 말했다.

나는 동생도 생각해보았다. 그러나 배다른 동생이라 정이 안 갔고, 고등학교를 졸업하고 공장과 공사판으로 전전하며 아직도 자리를 못 잡고 결혼도 못 한 동생에게 아버지를 모시라고 할 수 없었다. 더구나 동생이 안정적으로 자리를 잡았다 해도 피 한 방울 섞이지 않은 아버지를 모실지도 의문이었다.

"싫다, 이놈아. 내가 왜 거기에 가냐?"

"다들 그렇게 해요. 거기 가면 친구가 많아서 적적하지 않을 거예요."

"이놈아, 내가 이곳을 떠나면 네 엄마가 찾아와도 몰라."

"오지 않은 여자예요."

아버지를 설득하여 요양원에 모시자 이번에는 형이 불만이었다. 지방에서 고위직 공무원으로 근무하는 형은 정년으로 퇴임하면 기초단체의원에 출마하려고 미리 인맥을 쌓고 있는데 아버지가 요양원에 계시면 흠이 잡히리라 생각하는 모양이다.

"꼭 그랬어야 했냐? 요양원이 현대판 고려장 아니냐?"

퇴근하고 거실에 앉아 텔레비전을 보며 맥주 한 잔 기울이는데 형에게 전화가 왔다. 형은 상의도 없이 아버지를 요양원에 모셨다고 핀잔부터 했다. 나는 형에게 그동안 있었던 아버지의 증상을 얘기하며 어쩔 수 없었다고 했다.

"고려장이라니, 지금이 어떤 시댄데 그런 해괴한 소리를 해."

"아니면 뭐냐? 한번 들어가면 죽어서야 나오는 곳이 아니냐?"

"그럼, 형이 아버지를 데리다 모시면 되잖아."

"뭐야, 지금이 얼마나 중요한 시긴데 아버지를 요양원에 모셔? 됐어."

형이 함부로 전화를 끊었다. 나는 신경질적으로 핸드폰을 바닥에 던지고 맥주를 급히 마셨다. 구시대적인 사고(思考)를 하고 있으면서 무슨 일을 한다고. 나는 혼자서 푸념하며 맥주를 무려 다섯 병이나 비웠다. 그래도 분이 풀리지 않아 진열장에서 양주 한 병을 가져다 글라스에 얼음을 채우고 양주를 따라 마셨다. 입안에서 뜨거운 바람이 나왔다. 아버지를 요양원에 모시지 않고 집에 요양보호사를 들여도 잠깐 방문해서 수발을 들다 돌아가므로 별 도움이 안 되었다. 아버지와 함께 지내며 밤낮없이 아버지의 수발을 든다면 요양원에 모시지 않아도 되지만 그럴 사람을 구하기도 어렵고 돈도 만만찮게 들어갈 것이다.

"삼촌, 내일 당장 아버님을 요양원에서 모셔와요. 형님이 올해 정년으로 퇴임하고 내년에 기초단체의원에 출마하려고 하는데, 아버님이 요양원에 계신다고 소문이 나면 표밭 다지기가 어려워요. 형님이 낙선하면 삼촌이 책임질 거예요?"

이번에는 형수였다. 양주를 한 잔 더 따르려는데 거실의 바닥에 던져버린 핸드폰이 울려서 받자 형수님이 혀끝을 세웠다. 형수의 입에서 왜 시키지도 않은 일을 했냐는 원망의 목소리가 흘러나왔다.

"그게 어때서요? 그럼 형수님이 시골집에 들어앉아 아버님 병시중을 들어요. 그럼 되잖아요."

"뭐예요?"

"왜요. 위대한 여성의용소방대장이라, 자랑스러운 산악회 회장님이라, 운동본부 지회장이라 그건 못 하시겠죠?"

"뭐예요. 그럼 아버님을 고려장 지낸 게 잘한 짓이에요?"

"고려장이라뇨?"

"그럼 그게 현대판 고려장이 아니고 뭐예요?"

"말이면 단 줄 알아요? 에이."

나는 다시 핸드폰을 바닥에 던졌다. 형수까지 염장을 지르고 있었다. 나는 다시 양주 한 잔을 따라 마시고 취기 탓에 소파에 고꾸라졌다. 혼미하게 무엇인가가 보이는 듯했다. 꿈도 꾸지 않는데 망막에 무엇인가 고여 왔다. 흰옷을 입은 노인을 누군가가 지게에 지고 산으로 들어가고 있었다. 이상한 일이었다. 꿈도 아닌데 망막 속에 깊은 산이 보이고 노인을 짐 진 사내가 점점 깊은 산속으로 들어갔다. 그리고 지게의 뒤에는 꼬마가 따라가고 있었다. 나는 망막에 고여 오는 풍경을 보며 조용히 눈을 감았다.

이천 오백 년 전 인도 지방의 기로국(棄老國)에서는 칠십 세가 넘은 노인들은 내다 버리는 국법(國法)이 있었다. 기로국의 기로산이 노인을 내다 버리는 곳이었는데, 그 입구에는 노인들의 안녕을 빌며 이별하는 가족들 때문에 연일 울음바다였다. 대신도 아버지가 일흔이 넘어 아버지를 내다 버려야 하는데 차마 버릴 수 없어 뒤란에 토굴을 파고 아버지를 극진히 모셨다. 그 무렵 이웃 나라 강대국이 호시탐탐 기로국을 노리며 문제를 보내와 맞히지 못하면 나라를 내놓으라고 협박을 하고 있었다.

첫 번째 문제는 두 마리의 뱀이 든 상자를 보내와 암수를 구별하라는

살아 있는 돌

것이었다. 이 문제를 아무도 맞히지 못하자 고민에 빠진 대신이 아버지께 물었다. 노인은 부드러운 담요 위에 뱀 두 마리를 놓아두면 가볍게 뛰고 움직이는 것이 수컷이고 가만히 있는 것이 암컷이라고 말했다. 강대국에서 두 번째 문제를 보내왔다. 커다란 코끼리 한 마리를 보내와 무게를 정확하게 맞추라는 것이었다. 역시 아무도 답을 알아내지 못하자 대신이 아버지께 도움을 청했다. 노인은 연못에 배를 띄우고 코끼리를 태운 다음 배가 수면 아래로 얼마큼 내려갔는지 보고 돌의 무게를 달아 그만큼 채우면 된다고 했다. 세 번째 문제는 한 움큼의 물이 큰 바다의 물보다 많다는 것을 설명하라는 것이었다. 비록 한 움큼의 물이라도 늙은 부모나 병든 이에게 주면 그 공덕이 큰 바다의 물보다 크다고 하였다. 네 번째 문제는 아래위가 똑같은 방망이를 주며 아래위가 어딘지 맞춰보라는 것이었다. 노인은 방망이를 물에 띄우면 뿌리 쪽이 반드시 가라앉는다고 알려주었다. 다섯 번째 문제는 똑같은 암말 두 필 중에서 어미 말이 어느 것인지 맞혀보라는 것이었다. 노인은 말에게 먹이를 주면 덜 먹고 다른 말에게 양보하는 것이 어미라고 대신에게 알려주었다. 다섯 번째 문제마저 다 맞히자 강대국은 기로국에는 훌륭한 인재가 많다고 여기고 다른 나라를 도모하였다. 왕이 대신에게 누가 답을 가르쳐주었냐고 묻자 국법을 어긴 줄 아오나 차마 아버님을 버릴 수 없어 집 뒤란에 숨겨두고 모셨는데, 아버님께서 문제를 다 풀었다고 고하였다. 왕이 무릎을 치면 노인에게도 현명한 지혜가 있는 것을 몰랐노라고, 노인을 버리는 국법을 철회하였고, 노인을 자신의 스승으로 추대하였다. 그 후로 기로국에서는 노인을 버리는 일이 없었고 기로산 입구에서의 통곡 소리도 멈추었다.

　꿈을 꾸고 있나. 망막에는 아직도 희고 이상한 것이 고여 들었다. 젊은 이가 지게에 노인을 얹어 지고 가는 모습, 그 뒤를 말없이 따르는 어린아이. 지게를 타고 가는 노인은 할아버지였다가 흰 머리칼을 길게 늘어뜨린 할머니가 타고 있기도 했다. 어디로 가고 있는 것일까. 나는 망막에 들어온 풍경을 시선으로 쫓고 있었다. 순간, 지게를 짐 진 사람이 나로 변해 있었고, 지게에 탄 사람은 아버지였다. 어디가 어딘지 가늠할 수 없는 산속에 나는 지게를 내려놓고 토굴을 팠다. 사람 한 명이 겨우 웅크리고 있을 정도의 토굴이 완성되자 나는 아버지를 그곳으로 들여보내고 약간의 물과 음식을 넣어주었다. 아버지는 필시 물과 음식이 떨어지면 굶주려 죽을 것이다. 아니면 그 이전에 늑대에게 물려 죽을지도 모른다.

"얘야, 내가 죽는 것은 괜찮다. 네가 길을 잃을까 해서 내가 오며 솔가지를 꺾어놓았으니 그걸 보고 찾아가거라."

"아버지."

아버지의 손을 보자 손등에 송진이 묻어 있고 소나무 가지를 꺾느라 할퀴어서 피가 흐르고 있었다. 그때 뒤따라온 아들이 빈 지게를 지었다. 이제 쓸모가 없어서 버리고 가려던 지게였다.

"애, 지게는 왜 짊어지니?"

"이다음에 아버지가 늙으면 저도 아버지를 버리려고요."

"뭐, 뭐야?"

지게를 내려놓으라고 두 팔을 허우적거리다 꿈에서 깨었다. 이마가 땀으로 흥건히 젖어 있고, 취기 탓에 두통이 일었다. 나는 잠에서 깨어서도 지게를 내려놓으라고 헛소리를 하고 있었다.

"지게, 지게를 내려놔. 어서."

"당신 뭐 하는 거예요? 아파트에 지게가 어디 있다고."

어느새 아내가 와 있었다. 지독한 꿈이었다. 나는 아내가 가져온 냉수를 벌컥 들이켰다. 아내도 나와 같은 소리를 했다. 형수님이 아내에게도 전화한 모양이었다. 형님네가 아버지를 모시지도 않으면서 아버지를 요양원에 데려다 놓았다고 화를 냈다고 했다. 아내는 그러면서 그럼 나더러 어떻게 하라는 거냐고 말했다. 형과 형수의 전화 때문에 열 받아서 양주를 마시고 꿈을 꾸었는데 아내까지 그놈의 전화에 시달린 모양이었다.

"그렇다고 아버님을 다시 시골집으로 모셔오면 누가 수발을 들어요? 형님은 요양원이 고려장이라고, 불효막심한 짓이라고 하는데, 우리는 그러고 싶어서 그러나. 안 그래요."

"그러게 말이야. 기초의원이 뭐 그리 대단한 거라고."

"국회의원 출마한다면 난리가 났겠네요."

"그럴 위인도 못 돼."

침실로 들어와 다시 잠을 청했지만 잠도 오지 않았고 꿈도 꾸어지지 않았다. 불을 끄고 있어서 방 안은 몹시 어두웠지만, 꿈에서 보았던 지게가 또렷하게 떠올랐다. 왜 하필이면 그런 꿈을 꾸었을까. 아내는 내가 누웠던 소파에서 잠들었다. 이렇게 생활한 지도 여러 해였다. 아내는 그게 편한 모양이었다. 밤늦게까지 일하고 들어오면 내가 자다가 깰까 봐 혼자서 소파에 누워 잠을 잔다.

오후가 되어서도 아버지는 간이침대에서 잠만 자고 있다. 점심도 거르고 계모만 찾는 아버지 때문에 나는 혹시 민철이는 계모와 연락이 되나 싶어서 전화해보았다. 그도 어릴 때 생모가 집을 나간 후로 소식을 모른다고 했다. 이 공장에서 저 공장으로 이직을 하며 쎄빠지게 일을 해도 형편이 나아지지 않아 어머니를 찾을 시간도 없다고 했다. 혼자 살면서도 생활이 매우 힘든 모양이었다. 하기야 공장 생활이란 게 힘들다고 빠지고, 아프다고 빠지고, 부도 나서 실직자 되고, 다시 몇 개월 백수로 생활하다 공장에 들어가고, 적성에 맞지 않는다고 퇴사를 밥 먹듯이 한 사람이라 돈을 모으지 못했을 것이다. 고졸이라도 소방관이나 우체국의 집배원에 시험 쳐서 근무하면 정년이 보장되고 먹고살 만하다고 권했지만, 그는 이 나이에 무슨 공부냐며 거들떠보지도 않았다.

오후에도 노인의 가족들이 이따금 면회를 왔다. 거동을 못 하는 노인에게는 간이침대 앞에서 건강을 묻고 불편한 것은 없냐는 형식적인 말만 하고 돌아갔고, 거동하고 정신이 또렷한 노인에게는 일상적인 대화로 집에서처럼 화목한 모습을 보였다.

이곳은 노인성 질병을 앓는 사람이 장기요양 인정신청을 내서 1~2등급을 받아야 오는 곳이다. 3~5등급을 받은 사람은 동일세대 가족 구성원으로부터 수발이 곤란한 경우나 주거환경이 열악한 경우에 입소할 수 있다. 아버지는 치매 증상에다 가족 구성원으로부터 수발 받기가 곤란해서 쉽게 입소할 수 있었다. 요양원은 요양병원과 달리 의료진이 상주하지 않고 외부에서 촉탁 의사가 한 달에 두 번 방문하여 노인들의 상태를 살핀다. 물리치료사와 간호사가 배치되어 있지만 근력 운동이나 시키고 가벼운 상처만 치료할 뿐이다.

면회객이 놓고 간 전복죽을 아버지께 다시 내밀었지만 한 손을 내저으며 사양했다. 아예 단식할 모양이었다. 치매가 있다고는 하지만 아버지는 점점 말수가 적어지고 혼자 잠들거나 간이침대에 멍하니 앉아 있는 것이 하루의 일과였다. 나는 그런 아버지를 위해 세면장으로 가서 샤워도 시키고 밖에 나가 산책도 했다.

밖은 계모가 떠날 때처럼 단풍이 짙게 물들어 있었다. 담장 옆에 서 있는 늙은 은행나무가 잎을 노랗게 쏟아놓고 있었다. 앞산의 갈참나무와 자작나무, 신갈나무와 밤나무도 잎이 붉게 물들어 있었다. 아버지는 노랗게 쏟아진 은행잎을 보며 참았던 눈물을 보였다. 다시 계모를 생각하고 있는 게 분명했다.

　형과 나를 편애하던 계모는 우리 집에 탁란하듯이 민철이를 남기고 떠났다. 여느 때와 같이 학교에서 돌아오자 계모가 보이지 않았다. 동네 구경하러 갔거나 장에 간 줄 알았는데, 도둑이 든 것처럼 장롱이 열려 있고 장식장의 서랍이 다 열려 있었다. 그리고 계모가 들고 들어왔던 커다란 가방과 계모의 옷이 다 없어졌다. 그때서야 나는 계모가 떠난 것을 알았다. 계모가 우리 집에 들어온 지 사 년 만이었다. 그게 내가 초등학교 삼학년 늦가을 때였으니까 열 살, 형은 열두 살, 민철이는 여덟 살 때였다. 계모는 민철이가 초등학교에 입학한 그해 늦가을에 자신이 낳은 아들까지 내버리고 집을 나간 것이다. 민철이는 제 엄마가 없어도 울지 않았다. 어린 것이 악다구니가 있어서 잡초처럼 커나갔다.

　"네 엄마는 도망갔다."

　"아니다. 다시 올 거다."

　마당 앞의 은행나무가 노란 잎을 멍석처럼 넓게 쏟아놓았다. 나는 민철이에게 계모가 도망가서 영영 오지 않을 것이라고 했고, 민철이는 제 엄마는 도망가지 않았다고, 꼭 돌아올 것이라고 우겼다. 하지만 형과 나는 한번 떠난 여자는, 더구나 자신이 낳은 아이까지 버리고 간 여자는 절대 돌아오지 않는다는 것을 알고 있었다. 계모는 그만큼 독하고 무서운 여자였다.

　그 무렵 아버지는 소작하던 남의 땅을 내주고 읍내로 나가 집 짓는 일과 이삿짐을 운반하는 허드렛일을 하고 있었다. 어느 날에는 읍내 사람들과 함께 타지로 일하러 가서 며칠씩 있다 돌아오기도 했다. 계모는 아버지가 며칠 동안 집을 비운 사이에 돈이 될 만한 것은 다 가지고 나갔다. 살아생전에 할머니가 끼던 가락지와 은비녀, 죽은 어머니가 해 온 패

물까지 계모가 다 쓸어갔다.

"고얀 것, 사람 뒤통수를 쳐도 유분수지. 이래놓고 도망가면 애들은 누가 키우라고. 없는 것 뻔히 알면서 들어와서 인제 와서 줄행랑치면 어떻게 살라고."

계모가 떠나자 아버지는 연일 술이었다. 형과 나를 낳고 살다 죽은 어머니보다 고작 사 년 살고 떠난 계모가 더 정이 들었는지 아버지는 이 년을 폐인처럼 살았다. 전처럼 읍내에 나가 일을 하지 않았고, 타지로 나가 며칠 동안 있다 들어오는 일도 없었다. 아버지가 술만 마시고 계모를 찾는 날이 길어지자 형과 나는 차라리 아버지가 없으면 좋겠다고 생각했다. 쌀이 떨어진 지 오래였고 새 옷을 구경한 지도 이 년이나 지났다. 넝마처럼 너울너울 찢어진 옷을 겨우 바늘로 꿰매어 입고 다녔다. 배가 고파서 샘에서 물을 바가지로 떠서 벌컥벌컥 마셨고, 이웃집에 가서 동냥을 얻어 민철이와 셋이서 저녁을 먹었다.

"이 옷으로 갈아입어라."

아버지의 폐인 생활은 딱 이 년으로 족했던지 장에 가서 새 옷을 사 오고 쌀과 반찬도 사 왔다. 아버지는 다시 소작했고, 날품을 팔아 생활비를 마련하기 시작했다. 조금만 더 열심히 하면 아버지는 땅을 가질 수 있다고 했다. 돈을 많이 벌면 계모가 다시 돌아올 거라고 했다. 하지만 나는 우리가 풍족하게 살아도 계모가 다시 돌아오지 않았으면 좋겠다고 생각했다. 계모가 없으니까 혼나는 일도 없고 매 맞는 일도 없었다. 아버지는 조금씩 땅을 사들였다. 한 마지기가 이백 평인데 두 마지기 세 마지기 자투리땅부터 시작해서 점점 큰 땅을 사들였다. 그래도 계모는 오지 않았다. 아버지는 가끔 일하다가도 허공을 올려보곤 했다. 어느 하늘 아래서 잘 살고 있는지 얼굴이라도 한번 보면 소원이 없겠다고 했다.

어느새 퇴근 시간이 되었다. 당직자가 있어서 야간에도 별문제가 없지만 나는 아버지가 온종일 굶은 것이 안타까워 다시 전복죽을 데웠다. 간호사와 경리가 인사를 하고 퇴근을 했고 나도 전복죽만 아버지께 드리고 퇴근을 할 참이었다. 이른 저녁까지 먹은 뒤라 노인들은 일찌감치 침대에 누워 잠을 자고 몇몇은 휴게실에서 볼륨을 낮추고 텔레비전을 보고 있었다. 당직자가 오면 노인의 상태를 확인할 수 있게 나는 낮에 있었던 것을 일지에 기록했다. 특별한 것은 없었다. 다만 아버지가 오늘은 이상하게 수저를 들지 않은 것뿐이다. 전복죽을 데워서 아버지가 누워 있는 침대로 가자 아버지는 그때까지도 돌아누워 있었다. 나는 아버지께 전복죽을 먹어야 한다며 어깨를 잡고 몸을 바로 뉘였다. 아버지의 손에는 낡은 사진이 꼬옥 쥐어져 있었다. 언젠가 나와 형, 민철이와 계모가 함께 찍은 사진이었다. 나는 아버지의 손아귀에서 그것을 빼내 살폈다. 어릴 적에 탁란처럼 제 자식마저 놓아두고 떠난 여인은 단 한 번도 찾아오지 않았고, 아직도 아버지의 가슴에 남아서 음식도 못 넘기게 앙금처럼 가라앉아 있었다. 나는 다시 낡은 사진을 아버지의 손에 옥죄어주었다.

전생에서의 하루

전생에서의 하루

내가 전생이라는 말을 떠올린 것은 순전히 '여
진'이라는 여자 때문이었다. 그녀가 갑자기 파혼만 선언하지 않았어도
나는 전생 요법이나 전생에서의 환생 따위를 믿지 않았을 것이다. 종교
가 없는 것도 문제였지만 삶을 무슨 방정식을 풀듯이 고리타분하게 살지
않기로 작정한 것도 문제라면 문제였다. 사람은 삶이 두려워 사회를 만
들었고, 죽음이 두려워 종교를 만들었다고 했던가. 그러나 나는 그녀가
그 말을 하지 않았다면 후자의 죽음 같은 것은 생각하지 않았을 것이다.

─수(水), 생(生), 화(火)하니 맺을 수도 맺어서도 안 될 인연이구나.

점을 보러 오자, 보살이 하는 말이었다. 마흔 줄이 훨씬 넘어 보이는
그녀는 처음부터 그럴 생각이었는지 내 기부터 죽이고 있었다. 열두 살
때 신이 내려 보살이 됐다는 그녀는 내가 봐도 용한 면이 있었다. 방으로
들어가자 근심이 있어서 찾아왔다는 암시를 준 것도 아닌데, 보살은 내
가 올 줄 알고 있었다는 말투였다. 아무래도 신이 내리기는 내린 모양이
다.

─흐르는 물을 막을 수 없듯이, 지나는 바람을 잡을 수 없듯이, 사람이 인연을 맺는 것도 억지가 없어야 하는데, 물과 불이 만났으니 악연 중의 악연이구나.

보살은 어느새 요령까지 흔들고 있다. 그녀가 흔드는 요령 때문에 방 안은 더욱 엄숙하고 위엄 있는 분위기였다. 세 개의 불상이 불좌(佛座)에 앉아 방을 내려보고 있고, 불상이 아니더라도 단상에 켜놓은 촛불과 향, 천장에 매달린 연등 따위가 엄숙한 분위기를 자아냈다.

"전, 인연 때문에 온 게 아니라 전생에 대해 알고 싶어서 왔습니다."

보살의 말을 내가 잘랐다. 보살이 그다음에는 무슨 말을 할 것인가를 나는 잘 알고 있다. 보살은 인연은 흐르는 물부터 시작해서 바람으로만 끝나지 않고 삼재(三災)가 끼었다, 문중에 장가 못 간 총각이 객사했는데 그 원귀가 따라다닌다느니 말할 것이다. 그리고 다음에는 원귀를 달래기 위해 굿을 해야 한다고 말할 것이다.

실제로 어머니도 그랬었다. 집안에 안 좋은 일이 있을 적마다 어머니는 이곳저곳에 보살을 찾아다녔고, 보살을 만나고 온 다음부터는 꼭 굿을 해야 한다고 성화였다. 내가 그녀를 만날 때에도 어머니는 그랬다. 당신의 먼 친척에게서 들어온 중맨데 어머니는 그새를 못 참고 궁합을 보러 갔던 모양이다.

"네게 살이 끼었다는구나. 이종사촌이 스물둘에 객사했는데, 그 혼백이 너를 붙잡고 놔주질 않는다는구나. 망할 놈의 혼백 같으니. ……게다가 네 할아버지 혼백까지 너를 붙잡고 있다지 뭐냐. 그 양반 내가 시집올 때부터 꽤 못마땅해하더니만 결국 집안을 이렇게 망치는구나."

서른아홉의 나이에도 아직 결혼을 못 하는 나를 보며 어머니는 집안을 망친다고 말했다. 나도 어머니의 말에는 할 말이 없다. 없는 집안에서 태

전생에서의 하루

어나 없이 자랐지만 그래도 대학을 나왔고, 지방에서 직장 생활을 하고 있다. 물론 서른이 넘어서 잡은 직장이지만 나름대로 나는 자력으로 생활하고 있다. 그러나 내가 생각해도 정말 이해할 수 없는 것이 인연이었다. 옷깃만 스쳐도 인연이라고 하는데 나는 그 숱한 인연을 만났고 만들었으면서도 인연다운 인연을 만들지 못했다.

어머니가 집안을 이렇게 망친다는 것도 따지고 보면 일리가 있다. 오 남매를 똑같이 키워오고 출가시켰는데 미운 오리 새끼처럼 나만 집에 눌러앉아 있다. 약속이나 한 것처럼 한 해에 한 명씩 차례로 결혼하던 형이나 동생들의 예식을 지켜볼 때마다 가슴의 어느 한구석이 내려앉는 충동에 나는 축복보다는 묘한 배신감을 느꼈었다.

"다섯 손가락 깨물어 안 아픈 손가락이 어디 있겠냐. 이번만은 내 말대로 해라."

맞선을 보기로 한 그 전날, 어머니는 한복을 곱게 차려입고 말끝을 높였다. 어머니의 말은 무당이 시킨 것을 그대로 하라는 것이다. 나는 요즘이 어떤 세상인데 미신을 믿느냐고 말했다가 꾸중만 들었다.

결국, 어머니가 시키는 대로 나는 목욕을 하고 마당으로 나가 동, 서, 남, 북에 각각 두 번씩 절을 올리고 탁주를 따라 뿌렸다. 그렇게 해야 얼굴도 이름도 모르는 이종사촌의 혼백이 내게서 떨어진단다. 그러나 나는 아무 감정도 느껴지지 않았다. 자정이 넘은 시간이지만 바깥 등이 대낮처럼 훤하게 밝히고 있고, 무엇보다도 마음에 없는 의식이었으므로 귀찮다는 생각밖에 들지 않았다.

"그렇게 성의 없이 제를 올려서 혼백이 떨어져 나가겠냐. 다시 해라. 돗자리도 깔고, 정화수도 떠놓고, 향도 피우고, ……촛불도 켜놔야지."

어머니는 아예 제를 올리기로 했는지 필요한 제물들을 마당으로 내왔다. 나는 또 어머니께 말대답하려다 꾹 참았다. 어머니는 무당의 계시를 받고 있으므로 내가 말대답을 하면 곧 화를 낼 것이다.

어머니의 말대로 마당에 돗자리를 깔고, 제상을 받아 차리고 제를 올리고 나자 자정이 넘었다. 동, 서, 남, 북으로 대충 절을 하던 전과는 달리 마음을 가다듬고 제를 올리고 나자 이번에는 감정이 느껴지는 듯했다. 생면부지의 이종사촌이 뇌리에 그려지는 듯했고, 내세를 배회하던 영혼 하나가 눈앞에서 휙 지나가는 듯했다.

"어머니, 갔어요. 어머니도 보셨지요?"

"뭐가 말이냐."

"방금 영혼 하나가 지나갔어요. 어머니가 말한 이종사촌의 혼백인가 봐요."

"얘가 귀신에 씌기는 씌었구나."

반가워할 줄 알았던 어머니는 오히려 깊은 한숨을 내쉬었다. 괜한 말을 한 모양이다. 분명히 제를 끝내고 눈을 감았을 때, 낯선 얼굴이 떠올랐었다. 그 얼굴을 시선에 가두고 있는데, 망막 속에서 무엇인가 빠르게 지나가는 듯했다. 착시였으리라.

그날 밤, 나는 오래도록 잠을 이루지 못했다. 어머니는 내가 귀신에 씌었다고 했지만, 그래서만은 아니었다. 다음 날 정오에 약속한 맞선과 그 자리에 나올 여자에 대한 상상, ……무당의 말을 너무 믿는 어머니. 그리고 제가 끝난 다음에 나타난 착시. 지나간 영화를 감상하듯 하나둘 떠오르는 옛날의 기억들이 뒤엉켜 잠을 못 이루고 나는 이부자리를 뒤척였다.

*

"전생을 알기 전에 이생(－生)부터 알아보세."

보살은 처음부터 다시 시작하려는 계산인지 아까 말해준 생년월일을 다시 물었다. 나는 어차피 파혼된 뒤이므로 전생이나 알아보려고 왔을 뿐인데, 보살은 그런 내 심정을 이해하지 않고 엉뚱한 말만 늘어놓고 있었다.

－보살님, 보살님, 그저 이런 중생 나무라지 마시고, 삼라만상 보살피 듯이 굽어살펴주시고, 무례하나 성내지 마시옵소서.

다시 요령을 흔들며 보살이 혼자서 말한다. 내게는 자신이 보살이라고 말해놓고 보살은 불좌에 앉은 불상을 보며 보살님이라고 부르고 있다. 불가(佛家)에서 부처님이라고 부르는 불상을 보살은 편의상 보살님이라고 부르는 모양이다.

－보살님께서 시(時)가 잘못됐다는구나.

보살은 여전히 혼자서 말하고 있다. 그녀의 말은 내가 태어난 시간이 나쁘다는 것이다. 나도 그것은 알고 있다. 범띠라 저녁 무렵(戌時)에 태어났으면 활발한 생활을 할 텐데, 새벽녘(卯時)에 태어나서 범이 활동을 끝내고 잠자는 시간이라 내 성격이 양띠처럼 온순하고 소심하다나. 물론 어머니가 신년 운세를 보고 와서 알려준 것이지만 나는 그것조차 믿지 않았다.

"네가 시만 잘 타고 태어났다면 큰 인물이 됐을 텐데 말이다. 그놈의 시 때문에 인생 버렸나 보다."

신년 운세를 보고 온 다음이면 어머니는 꼭 그 말이었다. 어머니는 신년 운세를 본 다음 장래의 운세까지 보고 온 듯하다. 그러나 어머니가 본 운세는 해마다 달랐다. 어느 해에는 월마다 운세를 말해주고 어느 해에는 사계에 따라 운세를 알려줬는데 실은 그게 그것이었다. 이를테면, 봄에는 만물이 생동하는 것처럼 운세가 좋고, 여름에는 물을 조심해야 한

다고 타이르시고, 가을에는 풍성한 만물처럼 운세가 또 좋았다가 겨울에
는 불을 조심하라고 타이르셨다.

그녀를 만날 적에도 그랬다. 간밤에 잠을 설친 탓에 아홉 시에 일어났
는데 열두 시에 약속했음에도 어머니는 벌써 한복을 입고 방에 서 있었
다. 나는 어머니의 모습을 보며 저승에서 온 손님이라는 생각을 했다. 간
밤에 이종사촌의 혼백을 달래는 제를 올렸는데, 그것 때문에 환상이 온
모양이다.

"자라 보고 놀란 가슴이 솥뚜껑만 봐도 놀란다더니, ……네가 이젠 어
미를 보고도 놀라느냐."

어머니는 그러면서 이젠 혼백이 떠났으니 마음을 차분히 가지라고 타
일렀다. 나는 어머니의 말을 들으며 정말로 혼백이 와서 나를 감싸고 있
었나 생각했다. 혼이 있다면 아마 그랬을 것이다. 내 마음속의 어느 깊은
곳에 잠식해서 이 나이를 살아오는 동안 함께 기생하다 간밤의 제로 홀
연히 떠나지 않았을까 싶다. 이상하게도 어머니의 말을 듣고 나자 마음
이 한결 가벼워지는 듯했다.

*

밖은 무더위가 한층 기승을 부리고 있다. 아침임에도 숨이 헉헉 막힐
지경이다. 이 무더운 날씨에 선을 본다는 것이 짜증이 났다. 그러나 어머
니는 나이 서른아홉의 아들이 선풍기 바람 앞에서 무료하게 낮잠이나 잘
여유를 주지 않았다. 나는 그런 어머니의 심정을 잘 알고 있다. 당신도
아버지를 만날 적에 당신의 문중에 출가를 못 하고 객사한 처녀가 있었
는데, 그 혼백이 당신을 따라다녀 제를 올리고 아버지를 만났단다. 아버

지 역시 이곳저곳에서 들어오는 중매를 다 감당할 수 없을 만큼 수없이 중매에 응했는데 단 한 번도 마음에 드는 여자가 없어서 낙심하고 있던 참이었단다.

내가 그녀를 만난 것도 그런 유형이었다. 어머니가 아버지를 만날 때와 바뀐 게 있다면 혼백을 달래는 일이 이번에는 어머니 쪽이 아니라 내 편에서 이뤄졌다는 것뿐이다. 그다음은 모두 똑같다. 당신이 아버지를 만났을 때처럼 지하다방의 눅눅한 구석 자리에서 그녀를 만났을 때, 나는 아, 이 여자다. 혼자서 탄성을 질렀다. 마치 그녀를 만나기 위해 서른 아홉 해를 기다려 온 것이 아닌가 싶었다. 나중에 물어서 안 일이지만 그녀도 같은 생각이었다. 그러나 서로에게 장애는 많이 놓여 있었다. 그녀는 여고를 졸업하고 서울에서 한 직장을 팔 년째 다니고 있고, 나는 지방에서 머물고 있다. 중앙과 지방의 문화 편중과 우리가 살아온 성장 배경도 장애라면 장애였다. 그녀는 나를 만나기 삼 개월 전에 어머니가 지병으로 세상을 떠났는데, 그때의 슬픔을 지금까지 간직하고 있는지, 눈빛에 슬픔이 고여 있었다.

"저…… 우리 그만 만났으면 좋겠어요."

맞선을 본 후로 꼭 오 개월이 지나 있었다. '샹들리에' 2층의 커피숍 창유리 밖에는 눈발이 휘날리고 있었다. 그녀는 많이 생각하고 고민해 온 것을 이제야 결단이 섰다는 듯이 잘라 말했다.

"우린 성격도 맞지 않고, ……아무튼 서로가 맞지 않아요. ……그리고 이상하게도 이한길 씨만 만나면 내 갈비뼈가 아파요."

나도 예측은 하고 있었다. 가끔 먼저 전화를 해 오던 그녀의 음성이 어느 날부턴가 뚝 끊겼고, 내가 전화를 하면 그녀는 한숨부터 내쉬었다. 맞선을 본 지 두어 달가량의 찬란했던 시간이 일순에 무너지고 있었다. 그

두 달간의 연애 시절은 내 일생에서 가장 행복한 나날이었다. 물론 매일 만난 것도 아니었고, 매일 전화를 하고 전화가 온 것도 아니었지만, 나는 그때 나이답지 않게 인생의 기쁨을 느꼈고, 정신없이 그녀에게 편지를 쓰기에 바빴었다. 그녀는 토요일이면 어김없이 서울에서 지방으로 내려왔고, 나는 그때마다 그녀를 인근 저수지나 사찰로 안내했었다.

'샹들리에' 2층의 커피숍 분위기가 갑자기 정지한 듯하다. 그녀는 자신이 헤어지자고 말해놓고 자신도 믿어지지 않는지 슬픈 표정을 짓고 있었다. 크리스마스 캐럴에 나오는 사슴의 눈망울이 아마 그녀의 눈빛과 같았으리라. 그리고 그녀는 내가 뭐라고 말할 사이도 없이 자리에서 먼저 일어났다. 출입문을 벗어나는 그녀의 뒷모습을 눈으로 쫓다가 나는 그만 고개를 떨구었다.

*

그 후, 그녀와의 관계는 아무 일 없이 일 년이 흘렀다. 결혼하겠다고 양가를 한 번씩 방문한 것이 언제였나 싶게 일 년이 지나간 것이다. 그 일 년이 지나는 동안 나는 그녀를 우연히 지방에서 한 번 만났다. 그녀는 힘없고 초췌해 보였다. 그녀의 집이 지방이라 잠깐 다니러 온 줄 알았는데, 실직하고 아주 지방으로 내려온 것을 나는 그녀와 차 한잔을 마시며 알았다.

"참, 인연도 질긴 인연이네요. 전 아직도 이한길 씨와 결혼하지 않겠다는 생각은 변함이 없어요. 괜히 저 때문에 상처받지 마세요."

초췌하고 지친 모습이었으나 그녀는 여전히 냉랭하게 나를 대했다. 우연이지만 이렇게 만나니까 반갑다고 내가 말하기가 바쁘게 그녀가 그렇게 말했다. 하기야 그녀의 말대로 질기기는 질긴 인연인 모양이다. 그녀와 헤어진 이후로 나는 두 번의 맞선을 봤고, 그녀 역시 두 번의 맞선을 봤다는데 똑같이 이뤄지질 않았다. 인연이 없었던 것보다 서로가 찾는 이상형을 만나지 못해서였으리라.

그녀는 여전히 나를 경계하고 있다. 그녀도 예전의 좋지 않은 감정을 가슴에 안고 있겠지만 일 년이 지난 지금은 나도 그런 감정이다. 물론 내게는 그녀에 대한 후회나 미련 같은 것이 남아 있지만, 그녀와의 인연이 꼭 갈라서야 할 관계라면 나는 이제 보내야 한다는 마음으로 그녀를 대했다. 그녀에게는 정말 미안한 일이지만 나도 이쯤 해서 마음이 흔들리고 있었다. 어떻게 보면 그녀나 나나 성격이 맞지 않았고, 예전의 그 아리따운 얼굴이 지금은 초라한 모습으로 내 앞에 앉아 있다.

"……그리고 이한길 씨와의 궁합을 봤는데 수(水) 생(生) 화(火)의 관계래요. 어쩐지 성격의 변덕이 심하더니."

그게 그녀와의 마지막 만남이었다. 그녀는 그 말을 끝내고 내가 가소롭다는 듯이 '치─' 소리를 내고 밖으로 나갔다. 나는 그녀가 나간 다음에도 한동안 자리에 앉아 있었다. 그녀는 나와 헤어진 후에도 미련이 있었던지 궁합을 본 모양이다. 아니다. 어쩌면 나와 한창 만날 때, 그러니까 그녀와 맞선을 본 얼마 후에 그녀는 궁합을 보고 왔는지도 모른다. 그 궁합 때문에 그녀의 마음이 변했던 것일까. 그동안 그녀를 만나오고 지켜봤지만, 그녀에게 그런 면이 있는 줄은 미처 몰랐다.

─수(水) 생(生) 화(火)라.

나는 손가락으로 엽차 잔의 물을 묻혀 테이블에 그 글씨를 쓰며 넋 놓고 있었다. 왜 하필이면 나와 그녀와의 인연이 물과 불이 만나는 상극이었을까. 나는 물 수 자를 테이블에 다시 쓰며 그녀의 자리에 불 화 자가 아니라 나무 목이나 쇠 금 자가 있었다면 얼마나 좋을까 생각했다. 만약

살아 있는 돌

에 그녀의 자리에 목(木)이나 금(金)이 있다면 궁합은 천생연분으로 돌아섰을 것이다. 나무는 물이 필요하고, 금은 물이 있어 더욱 찬란하게 빛나기 때문이다.

나는 물 수 자를 쓰다가 아차, 하고 놀란다. 그녀가 말한 성격이 변덕스럽다는 것이 떠올랐기 때문이다. 정말 그래서였을까. 물 수 자의 세로같이 곧은 성격을 갖고 있는데, 그 성격이 세로의 양옆으로 갈라지고 있다. 굵은 물줄기처럼 곧은 성격이 세류로 갈라지는 형상을 하고 있으므로 변덕이 심하다는 것을 나는 그때서야 느꼈다. 어쩐지 그녀의 성격도 불처럼 확 달아오르곤 사위고, 사위다 다시 확 달아오르곤 했는데, 그녀의 자리에 하필이면 불(火)이 들어앉아서 그런 모양이다.

―이 이치가 맞는다면, 그렇다면 나는 전생에 무엇이었을까. 그리고 그녀는 전생에 무엇이었을까.

나는 문득 전생이라는 말을 떠올렸다. 음양오행이나 사주팔자와 십이지간이 맞는다면 전생을 확인하는 길도 있을 듯한 예감이 들었다. 그러나 어떻게 전생을 확인할 수 있을까가 의문이었다. 영혼이 되어 전생을 찾아갈 수도 없는 일이고, 억지로 꿈을 꿔서 전생과 만날 수도 없는 일이다. 그렇다면 어떻게 전생이라는 수수께끼의 세계로 갈 수 있을까.

"여보세요. 할 일이 없으면 가만히 앉아 있기나 하지 왜 테이블에 물을 퍼붓고 난리예요, 난리는."

차 나르는 아가씨였다. 전생을 생각하는 내게 그녀가 다가와 다짜고짜 고함을 질렀다. 나는 그때서야 정신을 가다듬었다.

"동쪽에서 뺨 맞고 서쪽에서 분풀이한다더니."

내 손가락은 불 화 자에서 멎어 있다. 그녀가 악을 쓰는 것은 어쩌면 당연한 일이다. 손가락으로 엽차 잔의 물을 찍어 물 수 자와 불 화 자를 쓰고 있었는데, 그게 전생을 생각하고 있었기 때문에 나는 무의식적으로 물만 찍어 테이블에 옮기고 있었다. 그것을 보고 참다가 아가씨가 쫓아 와 면박을 준 것이다. 아가씨도 알고 있었으리라, 내가 그녀에게 실연을 당하고 넋 놓고 앉아 있는 것을.

아가씨에게 면박을 당하고 나자 더는 자리에 앉아 있고 싶은 생각이 싹 가셨다. 게다가 아가씨는 그렇게까지 얘기했는데도 그냥 앉아 있느냐는 눈초리를 내게 보내고 있었다. 그녀도 서른은 족히 넘어 보였는데, 사람 들에게 시달리는 직업이라 그런지 성깔이 사나워 보였다. 나는 아가씨의 눈치를 보며 자리에서 일어나 찻값을 치르기 위해 카운터 앞으로 갔다.

"아, 이거다."

다방 주인이 불교 신잔가. 카운터 옆에 작은 불상 하나가 놓여 있다. 나는 그것을 보며 짧은 탄성을 올렸다. 부처의 힘을 빌려 전생으로 들어 가면 된다는 확신이 선 것도 바로 그때였다. 부처님께 예불을 올리고 영 감을 얻어 전생을 찾아간다면 내가 전생에 무엇이 되어 있었고, 그녀의 전생은 무엇이 되어 있었는지 알 수 있지 않을까 싶었다. 만약에 전생으 로 들어가는 길에 성공한다면 이승에서의 삶도 변화가 있으리라. 잘못된 전생이라면 바꿔놓으면 되니까 말이다.

"이거긴 뭐가 이거예요? 찻값이나 내지."

내가 또 실수했나. 내게 면박을 줬던 그 아가씨는 아직도 감정이 풀리 지 않는지 다시 면박을 주었다. 그러나 나는 거기에 개의치 않았다. 다방 의 카운터 앞에서 전생으로 들어가는 문의 진리를 알았으니까 면박을 먹 어도 싸다는 생각이 들었다.

다방을 나오자 눈발이 휘날리고 있었다. 변덕이 심하다는 말을 끝으로 먼저 나간 그녀는 어디로 갔는지 보이지 않았다. 실직을 당하고 집으로 내려왔지만 다시 서울로 올라가야겠다고 그녀가 말했는데 나는 귀담아 듣지 않았었다. 어차피 화합할 수 없는 인연이라면 그녀가 서울로 가든 부산으로 가든 내가 알 바가 아니었다.

*

"이젠, 이쪽을 보고 앉게. 무릎을 꿇고 머리를 이렇게 내밀고, 숨을 깊이 들이마시고, 내쉬고, 단전호흡을 열 번 반복해서 하고."

보살의 긴 주문이 끝났다. 나는 보살이 시키는 대로 불상에서 돌아앉아 무릎을 꿇었다. 그리고 심호흡을 깊게 열 번 하고 머리를 앞으로 내밀었다. 보살이 내 이마에 손을 얹고 눈을 감으라고 말하자 나는 눈을 감고 전생이라는 단어만 뇌리에 떠올렸다. 이제 전생으로 들어간다는 생각이 들자 문득 두려움마저 들었다.

─전생에서 나는 무엇이었을까. 그리고 전생에서 나는 어떤 모습으로 그녀를 만나고 있었을까.

불빛이 차단된 망막 속에는 아직 아무것도 보이지 않는다. 무상(無想)의 상태가 바로 이런 모습을 두고 하는 것일까. 상념은 전생으로 날아가 있는데 아무것도 보이지 않는 상태를 나는 어떻게 표현해야 할지 모르겠다.

"눈을 감았으면 이제부터 마음을 비우고 내 말에 순응해야 하네. 전생을 본다는 게 보살님의 영지(靈地)가 없으면 이룰 수 없으며, 사자(死者)와의 만남이기 때문에 전생으로 들어가면 절대 순응을 해야 하네."

그 말을 끝내고 보살이 짧은 질문을 시작했고, 나는 '예', '아니요'의 간단한 긍정과 부정의 말만 했다.

─살아오면서 고민이 많았냐.

－예.

　－죽고 싶을 만큼 고민이 많았냐.

　－예.

　보살의 질문은 그렇게 시작되었다. 나는 보살이 질문을 할 때마다 기억을 보살의 말에 맞추었다. 그러니까 보살이 '살아오면서 고민이 많았냐'고 물으면, '예' 하고 대답을 한 다음 기억을 유년부터 지금까지의 성장으로 돌렸다. 아니다. 기억이 먼저 날아가 있었다. 보살이 물으면 '예'라는 대답이 나오기도 전에 기억은 성장의 아픈 나날로 돌아가 상처를 핥고 있었다. 기억 속에서 나는 병으로 신음하는 아버지의 모습을 보았고, 슬프게도 내 곁을 떠나려는 그녀의 모습을 보았다. 보살이 두 번째로 '죽고 싶을 만큼 고민이 많았냐'고 물었을 때는, 더욱 아버지의 신음하는 모습이 선명하게 보였고, 떠나려는 그녀의 모습이 망막에 고여 왔다.

　그다음은 어떻게 되었는지 모른다. 죽은 아버지와 그녀를 기억에서 그리고 있을 때, 보살이 다시 심호흡을 크게 하라고 했고, 심호흡하고 나자 무엇인가 주문(呪文)을 외웠는데―아마도 천수경(千手經)인 모양이다―나는 그 소리를 들으며 '이제 전생으로 들어가는구나' 생각했다. 그러나 '전생에서 나는 무엇이 되어 있을까'는 생각하지 않았다. 타임머신을 타고 과거로 날아가듯 이쯤 해서 어느 순간에 나는 전생 속으로 날아갈 수 있으리란 강한 믿음이 가슴속에서 용솟음치고 있었다. 바로 그때였다. 보살이 '전생으로 들어갈 마음의 준비가 됐냐'고 물었고, 내가 '예'라고 짧게 대답하는 순간 이상한 소리가 들렸고 빛 한 가닥이 망막에 고여 왔다. 처음에는 먼 하늘에서 희미하게 보이는 아주 힘없는 빛이었는데, 점차 망막이 환한 발광체에 싸였고, 그 발광체가 다시 한 개의 빛으로 모여 망막 속에서 떠나려고 했다.

　　　　　　　　　　　　　　　　살아 있는 돌

"무엇이 보이느냐."

"빛, 빛이 보입니다. 힘없는 빛이 커다란 발광체가 되어 망막 속에서 머물다 다시 하나의 빛이 되어 지금 떠나려고 합니다."

"그 빛을 쫓아가, 어서."

보살의 말이 떨어지기가 무섭게 빛이 망막 속에서 강하게 벗어났다. 어디였을까. 암흑 속에서 빠르게 지나는 빛을 따라가자 갑자기 낙원처럼 평화로운 시골 마을이 나타났다. 어둠 속을 찰나에 지나온 빛은 어디로 갔는지 보이지 않았고, 망막 속에 하얀 세상이 보인다고 생각했는데 나는 어느새 전생으로 들어와 있었다. 그리고 나는 어처구니없게도 전생에서 소가 되어 있었고, 그녀는 나의 주인이 되어 있었다. 정말 어처구니없는 일이었다. 나는 풀과 여물과 쌀겨를 먹고, 목에는 멍에를 지고 논밭을 갈기도 하고 달구지를 끌었으며, 그녀는 늘 채찍을 들고 '이러', '워' 하며 나를 다스리고 있었다. 내가 뭐라고 말을 하면 기껏 나오는 소리가 '음매ー'였으며, 이상하게도 그녀의 말은 잘 들렸다.

*

그러던 어느 날이었다. 몸이 아파 누워 있는 내게 그녀가 다가와 팔아야겠다고 고삐를 낚아챈다. 며칠 동안 아무것도 먹지 못하고 내가 외양간에서 누워 있는 동안 그녀는 줄곧 그 생각만 한 모양이다. 그날이 마침 장날이었나. 눈은 내리지 않았지만 추운 겨울날이다. 올봄에 멍에를 쓰고 갈았던 앞 논에 얼음이 얼어 있고, 뒤란의 대나무 잎이 스산하게 바람 소리를 내고 있다. 고삐를 낚아채 병든 나를 일으키는 그녀. 가지 않겠다고 울고 있는 나. 그러나 음매ー, 소리만 하는 나. 코가 뚫려 있어 마지못해 끌려가는 나. 대문을 넘어 동구 밖까지 시종일관 앞에서 고삐를 움켜쥐고 나를 끌고 가는 그녀. 또 울고 있는 나. 등에 봇짐을 메고 장터로 가는 사람들. 몇몇은 담배를 피우며 나를 보고 있지만, 아무도 말려주는 사람이 없는 시골길. 바람은 왜 이렇게 불어대고 있을까. 앙상한 미루나무 위에서 까마귀가 울고 있다. 팔려 간다는 것이 곧 죽음을 의미한다는 것을 까마귀는 알고 있을까.

장터로 가는 길목의 느티나무에 나는 매어져 있다. 그녀가 잠시 쉬어 가려고 나를 그곳에 매놓고 쪼그려 앉아 담배를 피워 물고 있다. 여기까지 끌려오면서도 채찍이 무서워 나는 별반 반항도 하지 못했다. 그러나 이제 결정을 내려야 했다. 어차피 팔려 가면 도축된다는 것을 나는 알고 있으므로 도망을 쳐야 살 수 있는데 몸이 생각처럼 움직이지 않았다. 게다가 그녀가 묶어놓은 고삐도 너무 옭매어져 있다. 나는 이쯤 해서 그녀를 죽여야겠다고 생각한다. 소가 되어 살아오는 동안 나는 그녀에게 모든 것을 해주었는데, 그녀는 이렇게 나를 배신하고 있다.

그녀가 담배를 다 피우고 일어서서 고삐를 풀고 있다. 나는 이때가 기회다 싶어 고삐가 풀리자 돌아서서 뒷발로 그녀를 힘껏 걷어찼다. 내 뒷발질은 그녀의 갈비뼈를 정확히 강타했다. 그녀가 차인 곳을 움켜쥐며 나가떨어졌다. 나는 그녀를 보며 통쾌함을 느꼈다. 이제 팔려 가도 좋다. 그러나 내 몸도 말이 아니었다. 며칠 동안 앓아오던 몸을 더는 지탱할 수 없어 나는 바닥에 덜컥 주저앉았다.

얼마나 그렇게 있었을까. 정신을 차려보니 사람들이 내게 사정없이 채찍을 휘두르고 있다. 나는 다시 몸을 일으켰다. 어느새 몰려왔는지 사람들이 떼로 와 있었다. 장에 가던 사람들이었다. 그녀는 사람들의 부추김을 받으며 집으로 돌아가고 있고, 나도 이번에는 힘깨나 쓰는 장정에게

　　　　　　　　　　　　　　　　　살아 있는 돌

고삐가 맡겨져 집으로 끌려갔다.

　어차피 나는 전생에서 죽어야 할 목숨인가 보다. 집으로 돌아온 그녀는 갈비뼈가 두 개나 부러져 있었고, 팔려는 마음을 바꿔 자신의 손으로 나를 도축해서 고기를 마을 사람들에게 나눠주겠다고 설치고 있었다. 그녀의 고집은 완강했으며 처음에는 그녀를 설득하던 사람들이 자청해서 가마솥에 군불을 지피고, 숫돌에 도끼의 날과 부엌칼을 갈고 있다. 겨울이라 그런가. 어둠이 벌써 내리고 칼을 갈던 사람들이 참나무 장작으로 모닥불을 활활 피우고, 내가 반항할 것을 염려했는지 네 다리에 올가미를 씌워 밧줄을 댓 명이 붙어서 당기고 있다. 나는 네 다리가 묶이고 앞에서 고삐를 당기고 있으므로 꼼짝없이 죽음을 기다리고 있다. 고삐를 잡고 집으로 끌고 왔던 건장한 사내가 도끼를 다 갈았는지 내게 다가오고 있다. 아마도 그 사내가 도축을 맡은 모양이다. 그 사내가 다가오는 동안 나는 소로 살아온 나날을 기억에 떠올리며 눈물을 흘리고 있다. 뒤란의 대나무 잎이 더욱 스산하게 바람 소리를 내고 있다. 이윽고 사내가 다가와 날이 선 도끼를 허공에 쳐들었고 나는 사내의 모습을 보며 눈을 감았다. 바로 그때였다. 망막 속에서 가느다란 빛이 저 멀리 끝에서 다가와 환하게 발광체를 이루다 강한 힘이 되어 어디론가 날아가려고 한다. 그때 보살의 말이 들렸다. '그 빛을 어서 쫓아가, 어서.' 나는 그 빛을 따라 광활한 어둠 속으로 날아갔다.

＊

　환상이었나. 아니, 환생이었나. 어둠 속을 날아가던 빛이 사라지자 보살의 방이었다. 보살은 여전히 내 머리에 손을 얹고 있었으며, 눈을 뜨자 이마와 등줄기에 굵은 땀방울이 흐르고 있었다. 보살이 뭐라고 주문을 외우고 머리에서 손을 내려놓았다. 나는 그때서야 내가 전생을 다녀왔다는 생각에 몸을 떨었다.

"전생을 다녀오니까 어떤가."

"무섭고 두렵습니다."

보살은 자신도 그 빛을 따라 내 전생에 함께 갔었으며 만약에 그 사내가 도끼를 치켜들 때, 그 빛을 따라 이승으로 오지 않았다면 나는 지금쯤 이 방에서 시신이 되어 있을 것이라고 말했다. 그리고 전생에 대해 더는 알고 싶지도, 기억하고 싶지도 않다고 말했음에도 보살은 내가 다녀온 전생의 뒷얘기를 해주었다.

— 소가 도축되어 고기가 마을 사람들에게 나눠진 다음에도 주인은 화가 풀리지 않아 쇠머리를 고으려고 부엌의 가마솥에 물을 붓고 장작을 지핀 것이라. 소는 소대로 야속하겠지만 주인은 소가 병들어 제값도 못 받는 처지에 갈비뼈를 차여 두 개나 부러졌으니 주인도 소가 야속하겠지. 원한은 거기서 끝났어야 했는데, 소도 원한이 풀리지 않았던지 하필이면 그 집의 외아들을 가마솥으로 끌어들였네. 가마솥 뒤에 작은 방문이 있었는데, 주인의 세 살배기 외아들이 방에서 기어 다니다 쪽문을 열고 떨어졌는데, ……악연일세, 악연이야. 전생을 거슬러 올라가니까 젊은이의 아버지는 포수였고, 아가씨 아버지는 멧돼지였네. 총에 맞은 멧돼지의 신음이 들리지 않나.

보살의 말을 듣고 나자 가슴 한구석이 아려오는 서글픔을 느꼈다. 그녀는 그래서였을까. 전생에서 내게 고삐를 잡고 한없이 채찍질하며 끌고 다니던 죄목 때문에 이승에서는 자꾸만 도망치려고 하는 것일까. 나는 불상과 보살에게 감사의 절을 하고 밖으로 나왔다. 밖은 어느새 땅거미가 밀려오기 시작했다. 그녀는 지금쯤 서울행 버스에 몸을 실었을까.
곁에 있다면 나는 그녀에게 '내가 네 갈비뼈를 두 개나 부러뜨렸어' 하고
말해주고 싶었다.

미늘의 눈

미늘의 눈

오늘도 물건을 팔기는 틀린 모양이다. 아침에 문을 열었지만 오후 내내 손님의 그림자도 보이지 않는다. 불경기 탓보다는 계절의 영향이 더 크다. 도시 인근에 큰 저수지와 강이 있어서 한철에는 낚싯대, 족대, 투망, 짭짤하게 재미를 봤지만 지금은 영 아니다. 아무리 할 일이 없는 사람도 추위에 낚싯대를 물가에 드리우고 앉아 있으려면 지독한 인내가 필요하니까 말이다.

나는 이 가게를 처음부터 인수하지 말았어야 했다고 생각한다. 장사는 아무나 하나, 라는 말이 있듯이 장사에도 법도가 있고 계절의 흐름이 있다는 것을 아버지는 몰랐던 것이다. 처음 아버지가 낚시 가게를 인수하겠다고 했을 때, 나는 반신반의했다. 아버지는 낚시와는 무관하게 살았고 낚시에 대한 지식도 없었다.

"마침 좋은 가게가 나와서 계약을 했다."

아버지의 입에서 술 냄새가 풍겼다. 갑자기 가게를 계약했다는 아버지의 말에 나는 잘못 들었나 했다. 한 번도 장사해보겠다는 말을 안 했는데

살아 있는 돌

무슨 뚱딴지같은 말인가. 그러나 아버지는 특별한 결정을 한 것이다.

벌써 삼 년을 놀았다. 정부에서 12부 2처 2청과 산하기관 23개를 지방으로 옮긴다며 토지 보상을 해주고 원주민을 우선으로 도시 개발 사업에 취업시켜준다더니 지금은 태도가 백팔십 도 바뀌었다. 오십만 명 규모의 행정중심복합도시에서 대학과 기업을 유치시키는 자족도시로 변경하려고 총리를 내세워 수정 계획하고 있다. 정부에서 그렇게 나오자 도시는 음흉하게 현수막이 내걸리고 세종시 원안대로 처리하라는 궐기대회가 열리고 군수가 단식하는 사태까지 벌어졌다.

"아무러면 소 키우는 것보다 낫겠지."

토지 보상이 이뤄지자 마을은 한둘씩 비워졌다. 옆집은 친척이 부산에 있어 그곳으로 이사를 하였고, 윗집은 전라도로 내려가 농지를 구입하여 다시 농사를 짓는다고 했다. 마을이 이빨 빠진 옥수수처럼 띄엄띄엄 비워지자 아버지도 그동안 하던 축사를 접었다.

그러나 갈 곳이 없었다. 평생 소 키우는 법밖에 몰랐던 아버지는 그 돈으로 다른 곳에서 소를 키워보려고 수소문했지만 이미 주변 지역 땅값이 터무니없이 올랐고, 주민들이 토양 오염과 쇠똥 냄새가 난다며 적극적으로 반대하는 바람에 그나마 싼 땅이 있었지만 그만두었다. 요즘은 돈이 있어도 주민들이 반발하면 사업을 단념할 수밖에 없다. 게다가 아버지는 소 키우는 일에 서서히 싫증을 느꼈다. 소는 잘 키워도 쇠고기 개방이나 과잉 출하되면 제값을 못 받기 때문에 이제 선뜻 소를 키우고 싶지 않은 모양이다. 아버지는 사룟값이 폭등하는 바람에 소를 키워도 별 재미를 못 봤다.

아버지는 인근 도시에 연립주택 한 채를 샀다. 집만 있으면 신행정도시가 들어서니까 그곳에서 파지만 주워다 팔아도 먹고살 수 있다고 장담

했다. 아버지는 실제로 도시가 건설되면 현장 근로자로 일하려고 철근 엮는 법이나 거푸집 떼는 법, 콘크리트 타설하는 법, 건설 현장에서 하는 일에 소정의 교육도 받았다. 그러나 교육으로 끝이었다. 도시는 좀처럼 건설되지 않았고, 아버지는 애써 배운 기술을 한 번도 써먹지 못했다.

"사람은 흙을 밟고 살아야 하는데, 흙이 없으니까 갑갑하고 사는 거 같지 않네."

연립주택으로 이사를 오자 어머니는 늘 불만이었다. 집이 갑갑하다, 3층밖에 안 되는데도 계단 오르기가 벅차다, 아는 사람도 없고 온종일 뭐 하며 살라고. 어머니는 끝내 울음을 터뜨렸다. 어머니의 생각은 항상 집은 넓은 마당이 있고 뒤란에는 감나무나 은행나무가 서 있어야 했다. 그리고 텃밭이 있어서 상치와 배추, 파, 무, 쑥갓, 시금치, 마음대로 심어서 뜯어 먹는 그런 집이 있어야 했다. 개와 닭과 토끼를 키우며 심심하면 언제나 대문이 열려 있는 이웃집으로 놀러 가는 동네가 어머니는 필요했다.

"나 다시 옛날 집으로 가야겠다."

어머니가 무겁게 말했다. 그러나 갈 수 없는 집이었다. 보상이 끝나고 마을이 비워지자 굴착기가 그 큰 이빨로 집을 다 부수었다. 매일 중장비의 소음이 배고픈 맹수처럼 울어대고 덤프트럭이 떼를 지어 폐기물과 흙더미를 날랐다. 변화는 마을만 찾아온 게 아니었다. 그 푸른 산이 민둥산이 되고, 집도 논도 밭도 축사도 다 사라지고 말았다. 어머니는 그 벌판에 아직도 집이 있다고 생각하는 모양이다.

"집이 없어졌어요. 벌판이 되었어요."

"없긴 왜 없어, 어제도 봤는데."

어머니는 꿈을 꾼 모양이다. 꿈속에서 어머니는 넓은 마당이 있고 뒤란에는 감나무와 은행나무가 있는 집에서 생활하다 아침에 온 모양이다. 나는 어머니께 찬찬히 옛집과 논밭이 벌판이 되었다고 알려준다. 어머니는 그래도 믿지 않는다. 어머니의 머릿속에는 언제나 옛날 집이 그려져 있다.

신문을 내려놓고 미끼로 쓰는 지렁이가 담긴 용기의 뚜껑을 연다. 언제 들여놓았더라. 지렁이는 벌써 죽어서 냄새가 난다. 한때 잘 팔리던 미끼가 죽어서 썩은 것을 아버지가 지금까지 방치한 것이다. 한두 통도 아니고 이걸 다 버리면 얼마나 손해를 보는 걸까. 죽은 지렁이를 반품할 수도 없고, 장사는 가끔 이렇게 손해를 감수해야 한다. 나는 미련 없이 쓰레기 봉지에 죽은 지렁이를 담는다. 들여놓을 때는 곧 나가겠지 했던 물품들이 날씨가 추워질 때까지 그곳에 방치됐던 것이다.

삼십여 개의 지렁이 통을 버리자 아까움보다는 썩은 지렁이를 지금까지 곁에 두고 있었다는 것에 기분이 찜찜했다. 버릴 것은 미련 없이 버리고 새것으로 채워야 한다. 그래야 물건이 순환된다. 아버지는 물건을 무조건 많이 쌓아놓으면 장사가 잘되는 줄 알았던 모양이다.

"봐라, 이 가게다."

아버지가 계약했다는 가게에 들어서자 나는 금방 돈을 벌 수 있겠다고 생각했다. 조그마한 가게에 웬 사람들이 그리 많은지 발 디딜 틈도 없었다. 우리를 보며 주인이 사람들을 소개했는데 이쪽은 대어낚시회 회장, 저쪽은 출어낚시회 회장, 그쪽은 민물낚시회 회장, 회장만 해도 다섯 명이었다. 한 낚시회에 딸린 회원이 스무 명 정도라고 했으니까 회원 관리만 잘해도 고객이 백여 명이다. 그 백여 명이 한 달 동안 낚싯대를 한 개씩만 사가도 백 개를 팔 수 있고, 낚싯바늘, 찌, 어망, 기타 부자재까지 팔면 금방 돈을 벌 수 있다는 생각을 한 것이다.

그러나 그것은 주인의 계략이었다. 우리는 주인이 파놓은 함정에 똑같이 빠진 것이다. 가게가 잘 되고 있다는 것을 보여주려고 주인은 일부러 사람들을 불러 모은 것이다. 나는 그것을 가게를 시작한 지 며칠 만에 알았다. 첫날 가게 문을 열자 그 많았던 사람들이 썰물처럼 빠져나가고 돌아오지 않았다. 그리고 둘째 날에도 셋째 날에도 그들은 돌아오지 않았다. 나는 그때서야 주인에게 우리가 속은 것을 알았다. 아버지는 필요 이상으로 많은 돈을 주인에게 주었다.

"아버지가 속은 거예요. 처음부터 낚시회 회장은 존재하지 않았어요. 이 많은 물건을 다 어떻게 할 거예요."

아버지는 그때까지도 그 사람들이 돌아올 거라고 믿고 있었다. 낚시회 회원들이 바다낚시 한 번만 떠나면 가게에 진열된 물건들이 다 비워지는 줄 알았던 모양이다. 하지만 세상은 그렇게 호락호락 넘어가지 않았다. 대어도, 출어도, 민물도, 명함에 적힌 핸드폰 번호를 누르면 다 없는 번호였다. 가게를 비싸게 팔려고 계획한 것임을 알면서도 나는 마지막으로 주인의 핸드폰 번호를 눌렀다. 꺼져 있다. 이런 제기랄. 나도 모르게 욕설이 튀어나왔다. 보상받은 돈을 연립주택 한 채 사고 고스란히 가게와 바꾼 것이다. 축사와 논, 밭, 집이 겨우 연립주택 한 채와 사십 평짜리 가게 하나라는 것이 너무 어처구니가 없다. 아버지는 아무도 모르게 보상받은 돈을 빼내 그 작자에게 준 것이다. 이제 가게가 안 되면 우리는 살 길이 막막해진다. 그런데도 아버지는 그 작자를 찾아 나서지 않는다.

가게가 아주 안 되는 것은 아니었다. 인근 저수지에 배스를 풀어놔서 주말이나 휴일이면 손님들이 그놈을 잡겠다고 릴을 사 갔다. 물론 저수지의 슈퍼에도 릴과 낚싯대를 들여놔서 타격을 받지만, 시내에서 낚싯대를 사들고 가는 사람도 많았다.

"배스를 잡으려면 어떻게 해요."

무더위가 한층 기승을 부렸다. 한낮에는 가만히 앉아만 있어도 등줄기로 땀이 흘러내리고 숨이 막혔다. 대학생 두 명이 가게로 들어와 나를 본다. 방학이라 낚시를 해보려는 모양이다. 나는 배스 잡는 법을 자랑스럽게 알려준다. 배스는 열대지방에 사는 외래어종이며 무단 방류를 해서 토종 물고기가 멸종될 위기에 처해 있다. 이 물고기는 육식성이므로 움직이는 것을 보면 무조건 물어버리는 습성이 있다. 그 때문에 미꾸라지나 벌레 모형의 가짜 미끼를 바늘에 걸고 릴의 손잡이를 살살 돌려주며 유인하면 덥석 물어버린다. 낚시 중에 제일 쉬운 낚시다.

"하, 재미겠네요."

그들이 릴 두 개와 미끼를 사 갔다. 그리고 단골도 조금씩 생겼다. 직장에 다닌다는 사십 대의 남자는 낚시광이다. 남자는 평일에도 퇴근하면 강가에 앉아 밤낚시를 하는데, 꼭 잡은 물고기를 몇 마리 내놓고 간다. 잉어, 붕어, 메기, 어느 때는 자라를 잡았다며 그것까지 내려놓았다. 물론 몇 마리였지만 살아서 꿈틀대는 메기를 보자 아버지는 참았던 식욕이 돋는지 그것을 보며 마른침을 삼켰다.

"이거 술안주로 끝내주겠다."

아버지는 그 물고기를 들고 인근 식당으로 갔다. 그곳에서 아버지는 몇몇 친구를 불러 거나하게 술을 드시고 집으로 오셨다. 처음부터 가게를 운영할 생각이 없었던 모양이다. 가게를 계약하고 개업할 때는 자리를 지키고 앉아 마른 수건으로 먼지가 뽀얗게 내려앉은 낚싯대도 닦고, 찌와 낚싯바늘, 어망, 통발, 등을 정리하고 거래처도 이곳저곳 알아보며 전화하더니 이제 가게에서 완전히 마음이 떠났는지 잠시도 가게에 앉아 있지 않는다. 아버지가 가게를 돌보지 않아 할 수 없이 내가 가게를 보고 있지만 나 역시 적성에 맞지 않는 듯하다. 좁은 공간에 앉아서 온종일 오지도 않는 손님을 기다리고 있으니 무료함과 장래의 불투명 때문에 영 바늘방석에 앉은 것처럼 초조하고 종아리가 아리다.

"나더러 낚시 가게 마누라나 하라고, 피 - 난 못 해."

정혜도 내가 못마땅한 모양이다. 대학을 졸업하고 삼 년 동안 7급 공무원 시험을 치르다 그만두자 그녀는 '하늘이 무너지는 듯하다'고 말했다. '나'라는 사람에 대해 더는 기대할 게 없다는 말도 했다. 그녀는 내가 공무원 시험에 합격만 하면 신행정도시에 건설될 정부청사에서 근무하는 것으로 믿었다. 내가 그렇게 뻥을 쳤기 때문이다. 그러나 나는 중앙에서 시행하는 공무원 시험은 물론 지방에서 시행하는 시험조차 내리 삼 년을 미역국만 먹었다. 운이 없었다기보다는 실력이 없었다. 나는 매번 시험에서 커트라인보다 십여 점이나 낮은 점수를 보이면서도 삼 년 동안 미련을 버리지 못하고 질질 끌어온 것이다. 그사이에 나는 나이만 먹었다. 군대와 졸업, 삼 년 동안 시험 준비하는 사이에 나는 서른이 된 것이다. 물론 그녀도 서른이다. 그녀는 나를 군대 삼 년과 무직 생활 삼 년을 기다려준 것이다.

어쩌면 아버지는 나를 위해 이 가게를 장만했는지도 모른다. 서른이 되기까지 변변한 직장을 잡지 못하자 아버지는 은연중에 한숨을 내쉬었다. 축사에서 아버지와 함께 소나 키워보려는 생각도 안 해본 것은 아니다. 그러나 같이 축사를 돌보기란 규모가 턱없이 작았다. 대략 한 사람이 소만 키울 때 분담할 수 있는 수가 일백여 마리인데, 아버지가 키우는 소는 고작 이십 마리뿐이다. 게다가 축사 주변이 남의 땅이라 증축할 처지도 못 되었다. 요즘은 소값이 좋아 그 정도만 해도 혼자 키운다면 일반 직장의 봉급쟁이보다 낫지만, 소값이 메뚜기처럼 널뛰고 사룟값이 폭등

해서 미래를 보장받기란 쉬운 일이 아니다. 게다가 그녀는 어머니와 반대로 흙을 밟고는 살지 못할 여자다.

"나 선봤어. 집에서 외동딸 시집 못 갈까 봐 걱정이 이만저만이 아니고, 자기는 아직 희망이 없잖아. 나 군대까지 칠 년 기다렸으면 많이 참았어."

"뭐? 어떤 작잔데."

"알 필요 없잖아."

"알아야겠어."

"중학교 선생이야. 인물은 별론데 안정적이잖아."

여자는 그렇게 떠났다. 잡을 필요도 없고, 잡는다고 안 갈 여자가 아니었다. 서른의 여자와 선을 본 남자도 그리 잘난 게 없다고 생각하며 나는 어금니를 악물었다. 어차피 떠날 사람은 보내야 한다. 여자는 시내버스처럼 언제든 온다. 다만 배차 간격이 다를 뿐이다. 나는 혼자서 위로하며 그녀를 아주 보냈다. 그리고 그녀의 핸드폰에 내가 낚시 가게를 한다고, 다시 만날 수 있냐는 문자를 보냈는데, 그녀의 답이 바로 그 말이었다.

— 나더러 낚시 가게 마누라나 하라고, 피— 난 못 해.

내가 공무원이 못 되면 어차피 돌아오지 않을 여자다. 나는 그녀에게 받은 문자와 보낸 문자를 다 지웠다. 물론 그녀의 전화번호도 지웠다. 그녀를 마지막으로 본 지 석 달이 지났다. 그 삼 개월 내내 그녀는 거짓말처럼 내게 단 한 번도 전화해 오지 않았다.

늦은 오후로 접어들자 하늘이 갑자기 어두워진다. 한동안 따스한 햇볕을 풀어놓더니 그새 심통이 난 모양이다. 멋쩍게 앉아 있기도 그렇고 해서 나는 걸레에 물을 묻혀 먼지가 뽀얗게 내려앉은 수족관을 닦는다. 수족관에는 물고기가 없다. 남자가 오지 않은 날부터 수족관의 물고기는 숫자가 차츰 줄어들다 마침내 제로에서 그대로 있다. 남자가 가끔 낚시를 다녀왔다며 물고기를 들고 올 때, 나는 수족관이 있으면 물고기도 키우고 홍보 효과도 있으리라 생각했다. 물론 아버지도 물고기가 먹고 싶으면 언제든 수족관에서 꺼내 가면 되는 일이다.

그러나 내 생각은 빗나갔다. 남자가 잡아 온 물고기를 수족관에 넣자 아버지는 도마 위에 놓인 생선을 본 고양이처럼 식당으로 가져갔다. 메기 세 마리와 붕어 다섯 마리가 이틀 만에 다 없어졌다. 아버지는 인근에 사는 두 명을 친구로 두고 시도 때도 없이 술이었다. 셋 다 직업도 없고, 사는 것도 어려웠다.

"그만두세요, 낚시는 아무나 하는지 아세요?"

남자는 한 달째 물고기를 잡아 오지 않았다. 그러니까 수족관이 한 달째 비어 있는 것이다. 나는 남자가 가게에 오지 않자 그가 낚시에서 손을 완전히 뗀 줄 알았다. 아니면 단골 낚시점을 다른 곳으로 옮겼거나 말이다. 아무튼 남자가 물고기를 잡아 오지 않자 이번에는 아버지가 직접 물고기를 잡아 오겠다고 낚싯대를 찾았다. 나는 아버지가 낚시할 수 없다는 것을 잘 알고 있다. 낚시는 기다릴 줄 알아야 한다. 미끼를 물에 담그고 찌의 움직임을 예의주시하며 기다리다 물고기가 입질하면 기회를 놓치지 않고 낚싯대를 채어야 한다. 아버지는 낚싯대를 챌 만큼의 순발력도 없고, 물고기가 입질할 시간을 기다리는 성격이 아니었다.

"식당에서 매운탕을 사 먹으면 영 그 맛이 안 나. 사료 냄새가 나는 것 같고 그래. 그리고 난 쇠고기보다 매운탕을 더 좋아하잖아."

아버지의 혀가 별난 것인지 식당에서 양식 물고기를 팔아서 그런지 알 수 없지만, 아버지가 낚시하겠다는 이유가 맛이 없어서였다. 맛이 없어서 직접 물고기를 잡아다 요리를 하겠다고 아버지는 낚싯대를 골랐다.

낚시가 생각처럼 쉬운 게 아니라고 분명히 말했음에도 영 들을 기미가 없었다. 낚시하려면 우선 물속의 깊이를 찌로 맞춰야 하고, 미끼를 달아 던질 때 바늘이 손이나 옷에 걸리지 않게 조심해야 한다. 그리고 낚싯대를 여러 개 펴면 낚싯줄이 서로 엉켜 낭패를 본다. 아버지는 한 번도 낚시를 해보지 않아서 낚싯바늘이 나뭇가지나 옷에 쉽게 걸릴 것이다.

"낚시하지 말고 족대를 써봐요."

나는 아버지께 족대를 권했다. 족대는 바늘이 없어 옷에 걸릴 일도 없고, 낚시처럼 인내하지 않아도 된다. 다만 물에 직접 들어가야 하는 수고가 따르지만, 여름에는 더위도 식히고, 제격이다. 그리고 사용 방법이 무척 간단하다. 족대의 양쪽 손잡이를 잡고 물고기가 있을 만한 물가로 다가가 발로 구르고 뜨기만 하면 된다. 발로 수초를 밟으면 물고기가 놀라 도망치다 족대 안으로 들어가는 단순한 원리다. 나도 몇 번 이곳으로 이사를 오기 전에 냇가에서 족대를 써봤는데 재수가 좋으면 붕어, 메기, 잉어, 모래무지, 한 바구니를 잡는다.

"내 실력을 뭐로 보고 그러나?"

아버지는 기필코 낚시를 고집했다. 나는 낚싯대 두 개와 찌, 지렁이, 어망 따위를 챙겼다. 저수지로 갈 줄 알았는데 강가로 간다고 했다. 언젠가 아버지가 남자와 식당에서 술을 마셨는데 그곳에서 남자가 아버지를 세뇌한 모양이다. 그렇지 않고서야 갑자기 아버지가 낚시하겠다고 할 리가 없다.

아직도 손님이 한 명도 오지 않는다. 우리나라 낚시 인구가 오륙백만 명이라고 하는데 그 많은 사람이 다 어딜 간 것일까. 이럴 때는 낚시 가게를 접고 짜장면집이라도 하는 게 백번 낫다는 생각이 든다. 밀가루 반죽을 잘하는 주방장 한 명 두고 나는 배달을 하고 아버지가 바쁜 시간대만 나와서 카운터를 봐주면 지금보다 나을 듯하다. 겨울이라 족대도 투망도 낚싯대도 팔리는 게 없다. 그런데도 내가 가게 문을 닫지 못하는 것은 인근에 실내낚시터가 있기 때문이다. 어쩌다 손님들이 실내낚시터에 간다며 바늘과 떡밥을 사 간다. 물론 공치는 날도 있지만, 평일에도 손님들이 들르곤 한다.

"난, 자연산이 아니면 쳐다보지도 않아."

남자에게 넌지시 묻자 그가 실내낚시터는 질색이라는 듯이 말한다. 실내낚시터에 들어가면 훈훈한 공기와는 달리 물이 탁하고 비린내가 풍긴다. 난방비를 아끼려고 연탄을 피워서 그 냄새도 만만치 않고, 고인 물에서 건져 올린 붕어는 중국산 양식을 써서 상처투성이다. 낚시꾼들은 잠깐 손맛만 보고 잡은 물고기를 놓아준다. 나는 남자의 말을 듣고 낚시도 손맛만 즐기려는 사람과 물고기를 가져가려는 사람이 있다는 걸 알았다. 물고기를 가져가면 손수 요리를 해 먹는 사람과 다른 사람에게 인심을 쓰는 사람도 있지만, 실내낚시터에선 아무도 물고기를 가져가지 않는다. 물고기의 상처를 치료해주는 항생제의 살포와 붕어가 어디서 왔는지 출처를 모르기 때문에 가져다 인심을 쓰는 사람도 없다. 남자도 처음 실내낚시터에 갔다가 삼십여 마리나 되는 붕어를 다 풀어주고 빈 어망만 들고 왔다고 했다.

"여보세요, 뭐 하고 있어요."

나는 핸드폰을 꺼내 집으로 전화를 한다. 어머니가 전화를 받는다. 다행이다. 나는 하루에 세 번씩 아무 때나 집으로 전화를 한다. 그리고 집에서 전화를 받지 않으면 가게 문을 닫고 집으로 달려간다. 어머니가 자살할지도 모른다는 생각 때문이다.

"정말 옛날 집이 다 사라지고 없냐."

살아 있는 돌

"그렇다니까요. 옆집도, 윗집도, 축사도 다 사라졌어요."

어머니는 점점 더 연립주택에서 사는 것에 적응을 못 했다. 멍하니 창밖을 바라보다 이불을 덮고 잠을 잤고, 잠에서 깨면 밖에 나가 동네의 이곳저곳을 기웃거리다 돌아왔다. 어머니의 생활은 그게 전부였다. 창밖을 보다 방에서 잠을 자다 밖에서 동네 한 번 돌고 오는 것이 하루의 일과였다. 나는 그런 어머니를 위해 손수 운전하며 옛날 집이 있던 곳으로 갔다. 그곳에 가서 직접 보면 어머니가 옛날 집에 대한 미련을 버리지 않을까, 해서였다.

"우라질 놈들, 전쟁보다 더 무섭네."

다 알고 있는 일이다. 산과 들이 벌판이 되고 동네는 감쪽같이 사라졌다. 어머니는 집이 있던 곳에서 내려 흙을 한 줌 주우며 그렇게 말했다.

─우라질 놈들…….

벌판 멀리에 신행정수도건설청이 보인다. 개발의 의미가 어머니에게는 삶의 터전을 빼앗기는 것으로 여긴 모양이다. 나는 어머니께 이만 돌아가자고 말한다. 어머니는 한동안 동네가 있던 자리를 망연히 바라보다 차에 오른다. 나는 벌판을 빠져나오며 다시는 이곳에 오지 않겠다고 어금니를 악문다. 이제 내 것이라고는 아무것도 없는 이곳에 다시 올 이유가 없다. 아버지는 칠십 년을, 어머니는 오십 년을 이곳에서 살았다. 그리고 할아버지, 증조할아버지, 고조할아버지 내외분이 모셔진 무덤은 달리 이장할 곳이 없어 화장하고 말았다.

"세상에, 내 세대에 어찌 이런 일이."

조상들의 봉분을 파헤쳐서 화장하고 나자 아버지가 하늘이 무너지듯 깊은 한숨을 내쉬었다. 옆에서 어머니가 가늘게 눈물을 보였다. 어머니는 집과 축사와 논밭만 잃은 게 아니었다. 조상의 무덤까지 잃고 이제 작은 연립주택에서 힘없이 살고 있다.

"어제는 꿈에 요단강이 보이더라. 계단을 밟고 높이 올라갔는데 갑자기 강이 있고, 문지기가 아직 강을 건널 때가 아니라며 돌아가라더라. 참 이상도 하지, 몇몇 남자가 그 강물 위를 신발을 신고 터벅터벅 걸어가더라."

"갑자기 이사를 와서 그런 모양이에요. 왜 그런 거 있잖아요, 남의 집에서 잠을 자면 밤새도록 잠이 안 오고 하는 거 말이에요. 좀 지나면 괜찮을 거예요."

어머니의 말에 별 관심 없이 말했지만 나는 저러시다 자살할지도 모른다고 생각했다. 특별히 어디가 아픈 것도 아닌데 꿈에서 요단강을 봤다면 어머니는 그만큼 죽음을 생각하고 있다는 얘기다. 어머니는 요즘 들어 더욱 말수가 적고 우울해 보였다.

"정신집착 같아요. 무엇인가에 심하게 집착하다 보면 자신도 모르게 거기에 빠져드는 일종의 히스테리 현상이죠."

어머니와 함께 정신과 병원에 들르자 젊은 의사가 소견을 말했다. 의사는 어머니가 과거에 집착해서 현실을 인정하지 않는, 과거에 집착하는 병이라고 말했다. 이런 경우에는 우울증으로 쉽게 연결되기 때문에 빨리 과거를 잊고 현실에 적응하는 것이 필요하다고 덧붙였다. 잊어야 하는 게 잃는 게 아님을 어머니는 알아야 했다.

거리는 조용히 어둠이 내린다. 핸드폰을 끊고 실내등 스위치를 올린다. 형광등이 몇 번 껌벅거리다 환하게 웃는다. 그러나 실내는 우중충하다. 거무칙칙한 낚싯대와 가방들, 통로에 총총히 세워진 족대, 천장부터 바닥까지 길게 내걸린 투망, 이 많은 물건을 깨끗이 정리해야 하는데 물건이 통 빠져나갈 기미가 없다.

　　　　　　　　　　　　　　살아 있는 돌

손님이 오지 않으리라는 것을 빤히 알면서도 나는 간판 불을 켠다. 이곳을 지나가는 사람들이라면 누구나 내가 켠 간판의 불빛을 볼 수 있다. '희망낚시점' 아버지가 가게를 인수할 때부터 붙어 있는 간판이다. 나는 가게를 개업할 때 이미 홍보가 되어 있고, 간판을 바꾸면 사람들에게 혼선을 줄 듯해 그대로 사용했다. 그러나 지금 생각해보면 간판의 이름과는 달리 희망이라고는 한 가닥도 보이지 않는다. 어머니는 우울증에 시달리고 있고, 아버지는 할 일이 없어서 개울가와 선술집만 오가고 있다.

"뭐 좀 잡으셨어요."

나는 아버지가 들고 있는 어망이 텅 빈 것을 보며 물었다. 아버지는 지쳐 보였다. 낚시가방을 메고 버스를 타고 삼십여 분을 달려가서 내리고, 다시 강가까지 걸어가야 하는 수고와는 달리 아버지는 물고기를 잡기는커녕 가지고 갔던 낚싯바늘을 다 부러뜨리고 온 것이다. 걱정한 대로 아버지가 낚싯대를 펴자마자 바늘이 옷에 걸렸고, 낚싯바늘에 미늘이 있어 그것을 빼느라 무진 애를 먹었다. 그리고 찌를 맞추기 위해 물가에 낚싯바늘을 던졌는데 이번에는 버드나무 가지에 걸려서 잡아당기자 낚싯줄이 핑 — 소리를 내며 끊어졌다. 이상하게도 잘 던졌다 싶었는데 던지는 족족 말뚝이나 돌에 걸려 아버지는 결국 두 번째 낚싯대를 부러뜨리고 강가를 빠져나왔다. 찌조차 한 번도 맞추지 못하고 낚시가방을 메고 돌아온 것이다.

"그러니까 족대를 써봐요."

"그게 좋겠지."

아버지가 회한의 미소를 지었다. 족대를 들고 버스를 타면 비린내 때문에 승객과 버스 기사가 싫어한다며 아버지는 자전거 한 대를 장만했다. 그것을 이용하면 쉽게 냇가에 갈 수 있기 때문이다. 아버지는 자전거

의 짐받이에 양동이와 족대를 싣고 틈만 나면 냇가로 갔다. 아버지가 할
수 있는 유일한 낙은 그것뿐이었다. 피라미, 붕어, 모래무지, 미꾸라지,
운이 좋으면 아버지는 메기도 잡아 왔다. 물론 몇 마리에 불과했지만, 아
버지는 그것을 깨끗이 손질을 해서 냄비에 양념해서 부르스타를 들고 밖
으로 나갔다. 그리고 슈퍼에서 소주 한두 병을 사들고 개울이나 작은 모
래사장에서 부랑인처럼 그것을 끓여 안주 삼아 술을 마셨다.

"자연과 벗하며 술 마시니까 세상이 부러울 게 없더라."

아버지가 그렇게 말했지만 나는 알 수 있었다. 아버지는 고향을 잃은
슬픔을 잊기 위해 날마다 술을 마시고 있는 것이다. 애수에 젖어 마음을
술로라도 달래지 않으면 아버지도 어머니처럼 우울증에 걸려 집에서 멍
하니 창밖을 바라보며 지냈으리라. 아니면 동네의 이곳저곳을 기웃거렸
으리라. 나는 그런 아버지를 모시고 정신과를 찾았을 것이고 젊은 의사
는 어머니의 병명과 똑같다고 소견서를 써줬으리라. 고맙게도 아버지는
고향을 잃은 슬픔을 혼자서 삭이고 있었다.

그러나 아버지의 그 생활도 오래가지 못했다. 날씨가 추워지자 아버지
는 어깨까지 올라오는 장화를 신고 물에 들어가 족대질을 했는데, 하루
는 갈대가 우거진 강 하구의 얕은 곳에서 족대로 물고기를 잡다가 익사
체를 발견했다. 모래밭에 양동이와 소지품을 놓고 물에 들어가 족대를
펴고 몇 번 물고기를 잡는데 눈앞에 이상한 물체가 보였다. 처음에는 쓰
레기 더미로 생각하고 그냥 지나치려는데 옷 밑으로 손이 나와 있고 머
리가 보였다. 아버지는 기겁하고 모래밭으로 나와 핸드폰 폴더를 열고
112를 눌렀다. 갑자기 말이 나오지 않고 심장이 멎을 듯이 몸이 떨렸다.

익사한 그 사람은 놀랍게도 아버지에게 물고기를 갖다준 그 남자로 밝
혀졌다. 근 한 달 동안 가게에 들르지 않아 어디 해외로 출장을 간 줄 알

았는데 남자는 차가운 물속에 누워 있었다. 시신이 심하게 부패하였지만, 점퍼의 안주머니에서 남자의 지갑이 발견되었고, 거기에 남자의 운전면허증과 만 원짜리와 천 원짜리 지폐가 고스란히 들어 있어서 유전자 검사를 하지 않아도 신원을 쉽게 밝힐 수 있었다. 그리고 경찰은 시신이 발견된 곳에서 강의 상류 오십여 미터 지점에서 남자의 것으로 추정되는 낚시가방과 낚싯대, 술병 등이 발견되었다. 경찰은 그 증거물들을 종합 분석해서 남자의 죽음을 실족사로 결론지었다. 남자가 밤낚시를 하다 추위 때문에 술을 마셨고, 술김에 발을 헛디뎌 강물에 빠진 것으로 사건을 종결했다. 신발과 옷을 입고 있어서 물에 빠지면 물이 금방 옷에 흡수되어 몸이 무거워져 익사자가 쉽게 빠져나오지 못했을 거라는 게 경찰의 수사 결과였다. 더구나 남자가 물에 빠진 장소는 수심이 이 미터가 넘었다.

"에이 더러워서, 그럼 지금까지 썩은 송장을 먹은 물고기를 잡아먹은 거야?"

집으로 돌아온 아버지는 욕실에서 헛구역질을 해댔다. 나는 아버지의 그 소리를 들으며 남자가 왜 죽었을까 생각했다. 한 달 동안 남자가 보이지 않았음에도 동네에는 그 흔한 사람을 찾는다는 전단 한 장도 나붙지 않았다. 결국 남자는 한 달 전에 실종됐었다는 얘긴데, 아무도 남자의 행방을 묻지 않았던 것이다. 왜 죽었을까. 경찰의 말대로 단순히 술을 마시고 실족을 한 것일까. 아니면 잠시 한눈을 파는 사이에 큰 물고기가 낚싯줄에 걸려 낚싯대를 끌고 가는 것을 잡으려다 물에 빠진 것일까. 남자가 죽자 강물은 말없이 물살의 힘으로 아버지가 물고기를 잡던 하구까지 밀어놓았을 것이고, 전생에 무엇이었기에 하필이면 물에 빠져 죽었을까.

"낚시에 미쳐 이혼하고 혼자 살더니만."

아버지는 이제 강가에 가지 않았다. 족대를 만지는 일도 없고 냇가에 가서 매운탕을 끓여 먹는 일도 없었다. 남자의 죽음을 확인한 이후 가장 먼저 변화가 온 것은 아버지의 생활이었다. 강으로 냇가로 오가던 아버지는 언제 그랬냐는 듯이 방에 멍하니 앉아서 한숨만 내쉬었다. 갑자기 겪는 일이라 나는 어머니처럼 아버지도 우울증이 오는 줄 알고 덜컥 겁이 났다.

"이분의 경우는 자신의 감정을 애써 감추고 있었던 것입니다. 어쩌면 무엇인가에 흥미를 느껴 자신도 모르게 지난날을 잊어버린 것이지요. 그 흥미가 끝나자 허전함이 찾아온 것입니다."

젊은 의사는 말을 빙빙 돌렸다. 의사의 말로는 아버지가 고향을 잃은 슬픔을 잊기 위해 물고기 잡기에 전념했고, 시신을 발견하고 그 충격으로 하던 일을 멈추자 망각의 세월이 되살아났다는 얘기다. 나는 이제 아버지와 어머니를 번갈아 가며 정신과 치료를 받게 해야 했고, 무작위로 하루에 세 번 집으로 전화하던 것을 여섯 번으로 늘렸다. 아버지도 어머니처럼 우울증에 시달리고 있기 때문이다.

"이건 우리 흙이 아니니까 그만 가져오세요."

집안이 잠시도 조용할 날이 없다. 아버지는 동네 어귀에서 흙을 주워서 방바닥에 놓았다. 어린애처럼 흙을 주머니에 담기도 했고 비닐봉지에 담아서 현관 앞에 뿌리기도 했다. 아마도 흙에 대한 애착심이 발동한 모양이다. 나는 그런 아버지를 보며 어처구니없게도 다음에는 어디서 소를 끌고 올지도 모른다고 생각했다.

"저리 가, 저리 가."

간밤에도 나는 꿈을 꾸었다. 꿈속에서 나는 수많은 소들 속에 앉아 있었다. 작은 방의 벽을 뚫고 들어온 소들은 이리저리 날뛰며 집 안을 쑥대

밭으로 만들었다. 미친 듯이 날뛰는 소들 때문에 연립주택이 마침내 우르르 무너져버렸다. 그 속에서 아버지는 태연하게 웃고 있었다. 나는 벽돌 더미에서 빠져나오려고 양손을 휘젓다가 꿈에서 깨었다. 꿈은 그렇게 시작되고 끝냈다. 꿈에서 깨어나면 이마와 등줄기로 식은땀이 흐르고 나는 냉장고를 열어 물부터 찾았다. 벽시계는 새벽 세 시를 알리고 있었다. 연달아 냉수 두 컵을 비우고 나자 그때서야 신음이 들렸다. 흐흐흐, 흐흐흐, 아버지의 방에서 나는 소리였다. 나는 조용히 귀를 기울였다. 아버지가 우는 소리였다.

"흐흐흐, 조상님들 무덤을 파내 유골을 화장해서 강가에 뿌린 제가 살아서 뭐 하겠습니까? 대대손손 내려온 조상님의 땅을 제 생전에 지켜드리지 못한 불효를 용서하십시오. 저도 이제 죽어도 묻힐 곳이 없습니다. 죄지은 것 없이 살았는데 고향 산천 다 사라지고 쪽방 같은 연립 하나 남았습니다."

아버지는 밤마다 혼자서 소리 죽여 울었던 모양이다. 다만 너무 깊은 새벽이라 그 울음소리를 내가 듣지 못했을 뿐이다. 나는 아버지의 울음소리를 들으며 언젠가 어머니가 한 말을 떠올린다. 우라질 놈들, 전쟁보다 더 무섭네. 정부에서는 나름대로 충분히 보상했다고 여기겠지만 실제 보상을 받은 원주민들은 대부분이 일억 원 미만의 돈을 가지고 고향을 등졌다. 그 돈으로 지방에서 아파트 전세 한 채 얻으면 남는 게 없었다. 일부 약삭빠른 사람들은 보상을 노리고 관상수와 과일나무를 심거나 버섯 재배용 비닐하우스를 설치해서 재미를 봤지만, 농사밖에 모르며 살아온 사람들은 남을 속일 줄도 몰랐다. 그렇게 힘없고 착하게 살아온 사람들이 고향을 떠나 우리처럼 살고 있다.

이제 가게 문을 닫아야겠다. 평소보다 나는 한 시간이나 가게 문을 더 열어놓고 있었다. 어제는 실내낚시터에 가는 사람들 때문에 떡밥과 찌, 낚싯바늘 따위를 팔아서 겨우 일당 정도는 벌었는데 오늘은 완전히 공쳤다. 겨울이라지만 이렇게 손님이 없을까 싶다. 시간은 벌써 아홉 시가 넘었다. 나는 가게 문을 닫으려고 문 쪽으로 걸어 나간다. 그때 무엇인가가 옆구리에 걸려 나를 건드린다. 나는 그것을 잡는다. 바늘이다. 어디서 떨어졌는지 한 가닥의 낚싯바늘이 옆구리의 점퍼에 박혀 나를 끌어당기고 있다. 나는 그것을 빼려고 애쓴다. 빠지지 않는다. 미늘 때문이다. 물고기가 먹이를 물면 놓치지 않게 낚싯바늘의 끝에 안으로 갈고리처럼 솟은 게 있는데 그게 바로 미늘이다. 미끼 속에 감춰진 미늘은 언제나 눈을 뜨고 먹잇감을 기다리고 있다. 한번 물면 절대로 빠지지 않는 미늘이 눈에 불을 켜고 내 점퍼의 옆구리를 잡아당기고 있다. 나는 가위로 바늘을 잘라버린다. 낚싯바늘이 두 동강이 나며 비로소 점퍼에서 분리되어 툭 떨어진다.

"나, 얘기 좀 할 수 있어?"

막 문을 잠그려고 실내등을 끄는데 정혜가 들어온다. 이미 끝났는데 그녀는 왜 왔을까. 나는 반신반의하며 그녀를 본다. 그녀는 얼굴이 매우 수척해 있다. 아마도 선을 본 남자와 잘 안 되는 모양이다.

"나, 캐나다로 이민 가. 돌아오지 않을 거야."

"갑자기 왜?"

"사는 게 그래. 선생이라고 해서 선을 봤더니 그 남자는 유부남인데 이혼도 안 하고 별거 중에 나와 맞선을 본 거지. 중매한 사람도 애도 없이 깨끗이 이혼한 줄 알고 날 소개했었나 봐. 남자가 낚시에 미쳐서 가정을 조금도 돌보지 않았대, 근데 더 웃기고 황당한 것은 그 남자가 강에서 실족해서 죽었대. 참 웃기는 세상이지."

　　　　　　　　　　　　　　　살아 있는 돌

그 말을 하고 그녀는 힘없이 걸어간다. 나는 말없이 그녀를 바라보다 가게 문을 닫는다. 그녀를 잡지 않을 생각이다. 그녀를 잡는다고 해도 지금은 그녀를 위해 아무것도 해줄 게 없다. 지금 그녀를 잡는 것은 그녀를 불행하게 하는 것뿐이다. 그리고 그녀가 들어올 공간도 없다. 연립주택에서 우울증으로 시름하는 부모님과 사는 것도 힘겹기 때문이다. 문득 고개를 들자 하늘에서 눈이 내리고 있다. 나는 눈송이를 보며 미늘을 떠올린다. 미늘이란 무엇인가가 걸리면 빠져나가지 않게 하는 것이 아니라 나 자신을 옭아매는 것이 아닐까. 순간 실내에 있는 수많은 낚싯바늘이 미늘의 이빨을 들고 나를 향해 날아오고 있었다.

─그 후 행정중심복합도시는 국회에서 원안 처리 가결되어 9부 2처 2청 등 36개 중앙행정기관과 16개 국책연구기관이 순차적으로 이전되었다.

묻어 있는 시간

묻어 있는 시간

1

한기섭. 그는 땅속에 묻힌 혼들 속으로 들어갔다. 그는 이제 이 세상에서 볼 수 없는 사람이 되었다. 나는 그의 죽음을 방금 전화로 접했다. 학원에서 막 수업을 끝내고 문단속을 하려는데 전화벨이 울렸다. 이 시간이면 으레 걸려오는 학부모 전화겠다 싶어 나는 부담 없이 수화기를 집어 들었다. 수화기 저편에서 들려오는 음성은 의외로 수학을 가르치는 정지숙 선생이었다.

"……아무 일 없으셨어요?"

그녀는 낮에 일이 있어서 학원에 못 나온다는 연락을 했는데 그게 궁금한 모양이다. 그녀의 연락을 받고 나는 그녀가 맡은 학년별 수학 시간을 자습으로 처리했다.

"조용히 자습을 시켜 잘 처리했습니다."

"그게 아니라…… 한기섭 씨 말이에요. 오늘 이상한 낌새 못 느꼈어요?"

그녀가 한기섭에 관해 물어오자 나는 무슨 일인가 싶어 경직된 소리로 되물었다.

“낌새라니, 무슨 일 있습니까?”

“……자살했대요.”

　그 말을 듣는 순간, 둔탁한 흉기로 얻어맞은 듯이 머리가 멍해 왔다. 오늘 여덟 시까지 중학 국어를 수업하고 돌아갔는데 갑자기 자살이라니, 더구나 그에게는 자살을 할 만한 이유가 하나도 없는데. 나는 그의 죽음이 도무지 믿기지 않았다.

“……여보세요. 듣고 있으세요?”

　그의 죽음을 생각하는 사이에 수화기 저편에서 정 선생의 목소리가 들려왔다. 나는 곧 가보겠다고 말하고 수화기를 내려놓았다. 전화를 끊고 나서도 그의 죽음이 도시 실감 나지 않았다. 그는 언제나 수업 시간보다 삼십 분 일찍 학원에 나왔고, 나는 그 삼십 분을 그와 담소를 나누는 데 할애했다. 오늘도 예외는 아니었다. 그는 오늘따라 산뜻한 봄 양복에 핑크빛 넥타이를 매고 나왔는데, 금이성(세종시 전동면에 있는 산성)에 갔다가 집에 들러 옷을 갈아입고 나오는 길이라고 했다. 하기야 그는 그러고도 남을 사람이다. 그는 학원에만 목매고 있는 게 아니었다. 무슨 유물을 발굴한다며 유적지를 찾아다녔는데, 나를 의식해서였는지 그는 강의를 나올 때면 옷에 신경을 많이 쓰는 듯했다.

　창유리 밖은 어둠이 짙게 물들어 있다. 다른 때 같으면 학원을 나와 집으로 갈 시간이지만, 방금 걸려온 전화 때문에 나는 의자에 몸을 맡기고 담배 한 개비를 찾아 문다. 어디선가 죽음의 냄새가 나는 듯하다.

“이 선배님, 아까 금이성에 가보니까 혼들이 땅속에서 막 일어나고 있더라고요. 하하, 수업 시간만 아니었다면 그 혼들하고 백주나 마시다 내려오는 건데. 참, 이 선배님도 혼에 대한 글을 써보고 싶다고 하셨죠. 잘됐습니다. 이번 주말에 함께 가보시죠. 작품을 쓰는 데 많은 도움이 될 겁니다."

아까 학원에 들러 그가 두서없이 하던 말이었다. 나는 그의 말을 들으며 무슨 해괴한 소릴 하고 있나 싶어 별반 귀담아듣지 않았다. 그가 지방의 국립대학 역사학과를 나왔고, 지역 유적, 그러니까 향토 유적에 관심이 많고 발굴 작업을 위해 알려지지 않은 유적지를 순례한다는 것은 알고 있었지만, 케케묵은 혼까지 들먹이자 왠지 소름이 끼쳤다. 그러나 내 언짢은 표정과는 달리 그는 혼들에 관한 얘기를 계속했다.

"혼들도 우리처럼 똑같이 살아요. 다만 계급이 뚜렷하게 존재한다는 것뿐이죠. 옛날 부족사회를 쏙 빼다 박았다고나 할까요."

"자네 지금 무슨 소릴 하는 건가?"

"……저, 지금 수업 들어가야 하거든요. 아무튼 이번 주말에 함께 가보는 거죠?"

내가 뭐라고 말할 사이도 없이 그는 강의실로 들어갔다. 그가 강의실로 들어간 지 십 분쯤 자리에 더 앉아 있다 나는 학부모와의 저녁 약속 때문에 학원을 나왔다. 그리고 내가 맡은 고3의 과학 수업을 위해 학원에 돌아왔을 때, 그는 벌써 수업을 끝내고 퇴근한 다음이었다.

장례식장으로 가봐야 한다고 생각하면서도 나는 자리에 앉아 있다. 결국 죽음이란 게 이런 것인가 싶어 나는 갑자기 술을 마시고 싶다고 생각한다. 아무래도 맨정신으로는 문상을 가지 못할 듯하다. 나는 캐비닛을 열어 그곳에 숨겨둔 양주와 종이컵을 꺼내 책상 위에 올려놓는다. 평소에도 귀가 시간이 늦을 때면 한두 잔 마시고 가는 버릇 때문에 술은 절반가량 남아 있다. 나는 그 술을 따라 입안에 털어 넣는다. 저녁을 먹은 다

　　　　　　　　　　　　　살아 있는 돌

음이지만 속이 싸ー 하게 울려온다. 나는 다시 한 잔 따라 입안에 털어넣는다. 이쯤 해서 정 선생이 문상을 함께 가자는 연락을 해올 줄 알았는데 아직 전화가 없다. 그녀에게 전화할까 하다가 나는 그만둔다. 문상이야 혼자 가면 어떻고 둘이 가면 어떨까 싶어서다. 문제는 그가 왜 자살했느냐다. 물론 그가 자살하지 않았다면 아무 일 없는 하루였을 것이다. 아무 일 없이 나는 집으로 돌아가 되지도 않는 글을 쓴다고 책상 앞에 쭈그려 앉아 천착을 떨고 있었을 것이다.

사실 글을 쓴다는 것 자체부터가 내게는 잘못이었다. 문예창작과나 국어국문과도 아닌 이과대학의 물리학을 전공한 내가 왜 글쓰기에 매료되었는지 나는 아직도 이해할 수 없다. 대학에 다닐 때 과(科) 친구가 학보사에서 기자로 활동하고 있었는데, 아마도 그의 영향을 받아서였으리라. 그의 이름은 김형동이었는데 고분자 실험을 끝내고 나는 우연히 학보에 실린 그의 콩트 한 편을 접하고 불현듯 글을 써보고 싶다는 충동을 느꼈다.

"벌써 물리학에 싫증을 느꼈다 그 말이시군."

서늘한 가을이었다. 교정에는 단풍이 물들고 있었다. 그날도 실험을 끝내고 나온 나는 교정에서 그에게 글을 써보겠다고 말했고, 별반 반응을 보이지 않던 그가 진지하게 말하는 내게 호감이 생겼는지 문학에 관해 얘기할 시간을 주었다. 그는 처음부터 물리학이 적성에 맞지 않았던지 문예 창작을 부전공으로 택해 잘나가고 있었다. 교지와 대학신문에 심심찮게 콩트와 에세이를 발표하고 있었고, 소설을 써서 교내 문학상에도 두 번이나 당선된 이력을 갖고 있었다. 교정에서 문학에 대해, 특히 소설에 대해 그에게서 들은 것을 나는 지금도 기억하고 있다.

ー글을 쓰려면 많이 읽고, 많이 생각하고, 많이 쓰는 수밖에 없다. 창작은 자신과의 싸움이며 지극히 큰 인내가 필요하다. 혼자서 창작하는 것보다 여럿이 어울리면 외로움을 견딜 수 있어 좋다. 한두 개의 문학회나 동호회에 나가면 큰 도움이 될 것이다.

'하나문학회'. 거기서 만난 사람이 한기섭이다. 물리학을 전공하며 글을 쓰겠다고 문학회에 들어온 나도 문제였지만 역사학을 전공하며 시를 쓰겠다고 문학회에 들어온 그도 문제였다. 김형동이 조언을 해준 대로 금요일 오후에 '하나문학회'를 찾아가자 정작 소개해준 그는 보이지 않았다. 나중에 안 일이지만 그는 문학회에 한 학기쯤 나오다가 창작은 혼자하는 예술이라며 탈퇴를 했단다.

"한기섭입니다. 앞으로 잘 부탁드립니다."

동아리 가입 신청서를 작성하고, 회장이 나를 짤막하게 소개하자 내 앞에 앉은 남자가 갑자기 인사를 해왔다. 그의 말에 여자 동인들이 까르르 웃음을 터뜨렸다. 나는 그때서야 내가 해야 할 말을 그가 선수 치고 있음을 알았다. 당황해하는 나를 보며 여자 동인들이 또 웃음을 보였다. 나는 괜히 문학회를 찾아왔다고 생각했다. 그러나 나는 곧 억울한 적의를 느꼈다. 내 소개가 끝나고 나를 위해 돌아가며 동인들이 자신의 소개를 했는데, 그는 큰 덩치에 비해 겨우 일 학년의 신출내기였다. 삼 학년에 적을 둔 나는 일 학년짜리가 버릇없이 군다는 생각에 그를 유심히 관찰했다.

그를 생각하는 사이에 또 전화벨이 울린다. 이번에도 정 선생이다 싶어 나는 전화를 받지 않으려다 수화기를 집어 든다. 그녀는 짜인 대본처럼 왜 여태까지 학원에 있냐는 것부터 시작해서 짜증을 낼 것이 분명했다.

"정말 문상 안 오실 거예요?"

역시 정 선생이다. 그녀는 죽은 그의 아내와 친구라는 인맥 때문에 벌써 문상을 간 모양이다. 하기야 장례식장은 학원에서 걸어서 십오 분 거리이므로 금방 갈 수 있다. 그러나 나는 그의 죽음이 너무 의외여서 망설이고 있는 참이다.

"……여보세요. 듣고 있는 거예요? 무서워 죽겠어요."

나는 또 곧 가겠다고 말하고 수화기를 내려놓는다. 아무래도 여자 혼자서 장례식장에 있는 것이 두려운 모양이다. 음흉한 장례식장에서 그녀는 내가 빨리 와주기를 기다리고 있다. 나는 다시 술을 따른다. 첫 잔을 삼킬 적에는 속이 싸ㅡ 하고 취기가 올라왔는데 그다음부터는 술병이 비워질 때까지 맹물처럼 맹송맹송하다. 아마도 그의 죽음을 생각하고 있어서 그런 듯하다. 나는 기억 속에 찾아드는 그를 조용히 떠올린다.

그는 나를 알고 있었다. 물론 그날 자리를 옮긴 다음에 안 일이지만 서클룸에서 내 소개를 끝냈을 때, 버릇없이 굴었던 것도 나를 잘 알기 때문에 편해서였다고 그가 실토하자 나는 말문이 막혔다. 그는 나와 이 년 터울인 C읍의 후배였다.

"왜 한진섭이라고 아시죠. 선배님하고 동창이잖아요. 제가 바로 진섭이 형 동생이에요."

그의 말에 나는 같은 지역의 후배라는 반가움으로 그의 손을 옥죄었다.

"그래, 네가 진섭이 동생이야?"

"이제야 사람 대우하시네요."

"미안하다. 진섭이 걔 재수한다더니 대학 들어갔냐?"

"아뇨. 삼수하다 창피하다고 포기하고 서울로 올라갔어요. 외삼촌 가게에서 일하는데 명절 때나 가끔 내려와요."

그는 처음 만날 때부터 모난 데가 있었다. 문학회의 합평회가 끝나면 으레 뒤풀이가 있듯이 그날 교정을 내려와 '할머니 집'이라는 선술집에 다시 모인 자리에서 그는 내게 반갑다는 말을 안주 삼아 막걸리를 몇 번씩 권했고 건배를 청했다. 자연히 나도 그와 만남이 반가워 분위기를 맞춰주었고, 점점 분위기가 무르익자 돌아가면서 노래가 시작되었다. 나는 평소에 노래는 영 질색이었고, 음치에 박자도 맞출 줄 모르며 끝까지 가사를 외우는 곡명(曲名)도 없어서 제발 내 차례가 돌아오지 않기를 바라며 전전긍긍하고 있었다. 그러나 차례는 잘도 돌아오고 있었다. 대부분이 대학가요제나 강변가요제의 수상곡이 축이 되어 불리고 있었고, 자기 차례가 왔는데도 어물거리고 있으면 가차 없이 이구동성으로 리듬 공격이 시작되었다. 쪼다 같은 게 노래도 못하고 분위기를 망쳐요. 병신 같은 게 노래도 못하고…… 각자 숟가락과 젓가락으로 장단을 맞추며 무안을 주면, 어물거리던 사람은 더욱 어쩔 줄 모르고 진땀을 뺀다. 그 수모가 곧 내게 닥칠 참이었다. 하기야 오늘 새로 들어온 신입회원이라고 처음부터 지명을 받지 않은 것만도 다행이었다. 옆에 앉은 국문과 이 학년 여자 동인의 〈내 하나의 사랑은 가고〉가 끝나고 이제 내 차례가 되었다. 동인들의 시선이 일시에 내게 쏠렸다. 실내는 갑자기 정지된 듯했다. 나는 숨이 콱 막혀 옴을 느꼈다. 좀 더 머뭇거리고 있으면 동인들의 입에서 쪼다 같은 게 노래도 못해요…… 나올 참이었다. 바로 그때 그가 나를 구해주었다.

─얼씨구씨구 들어간다. 절씨구씨구 들어간다. 작년에 왔던 각설이 죽지도 않고 또 왔네. 일자나 한자 들고 보니 일월이라 솔 광일세.

그는 자리에서 벌떡 일어나 각설이타령을 불러대기 시작했다. 그는 자신의 차례에서 〈광야에서〉를 목청껏 부른 다음이지만 아무도 말리는 사람이 없었다. 말리기는커녕 동인들이 하나같이 손뼉을 치거나 젓가락을 두드리며 '품바품바 잘도 한다'를 후렴에 넣어 따라 부르고 있었다. 그도 그럴 것이 그는 한쪽 바짓가랑이를 무릎까지 걷어 올리고 숟가락으로 냄비뚜껑을 두들기며 그럴싸하게 각설이타령을 뽑고 있었다. 게다가 그는 타령을 하다가도 구구절절이 여담을 삽입시켜 흥을 돋웠다.

─그리하여 삼천리강산에 꽃이 피고 새가 울더니, 어김없이 여름이 찾아와 더위에 지친 이 땅이 헐떡이다 해방을 맞았는데. ……얼씨구씨구 들어간다. 절씨구씨구 들어간다. 작년에 갔던 각설이 죽지도 않고 또 왔네.

─품바품바 잘도 한다.

그가 운을 띄우면 손뼉을 치던 동인들이 하나같이 후렴을 따라 했고, 그러면 그는 더욱 신이 나서 열창이었다. 그는 어느새 머리에 바가지까지 쓰고 있었다. 우리 일행 말고도 사십 대쯤 돼 보이는 남자 둘이 작은 테이블에 앉아 김치찌개에 막걸리를 주고받고 있었는데, 그들은 소란스러움에 별반 관심을 두지 않았다. 그러나 이상한 것은 그 집 주인인 할머니였다. 선술집의 간판이 '할머니 집'이듯이 주인 할머니는 일흔너덧쯤 보였는데, 그가 각설이타령을 하는 동안 장사는 뒷전이고 어깨춤을 덩실덩실 추었고, 그가 타령을 잠시 접고 여담을 끌어들이면 주인 할머니는 인생에 대한 회심을 떠올리는지 두 눈에서 눈물을 글썽이기도 했다.

─아이고, 이게 어인 일여. 왜놈들이 물러가니까 미국 놈 코쟁이들이 이 땅에 들어와서 제 나라 제 땅처럼 행세하고, ……어허, 어인 일여. 동해에서 서해까지 왜 우리 땅 한반도 허리를 분질러버려. 북쪽도 남쪽도 다 우리 땅, 우리 민족인데, 시팔 놈의 거 각설이타령이나 불러 보더라고 잉. 얼씨구씨구 들어간다. 절씨구씨구 들어간다. 작년에 왔던 각설이 죽지도 않고 또 왔네.

─품바품바 잘도 한다.

"여러분, 이게 뭐여?"

흥을 한참 돋우던 그가 이번에는 콜라 한 병을 집어서 불쑥 내밀며 말한다. 그의 질문에 후렴을 할 때처럼 동인들이 힘차게 말했다.

"코. 카. 콜. 라."

"아녀, 아녀. 우리말을 써야 하는 것이여. 꼴깍꼴깍이여."

그가 다시 분단부터 6·25까지의 역사를 여담으로 늘어놓기 시작했고, 동인들은 후렴을 '품바품바 잘한다'에서 '꼴깍꼴깍 잘한다'로 바꿔서 따라 하고 있었다. 그가 여담을 늘어놓다 각설하고, 각설이타령을 하다 뚝 멈추면 동인들은 하나같이 '꼴깍꼴깍 잘한다'로 분위기를 맞추었다. 그때마다 주인 할머니는 여전히 어깨춤을 덩실덩실 추거나 회심에 젖어 오는 인생의 뒤란을 생각하며 눈시울을 적셨고, 동인들은 잘 훈련된 병정의 군악대처럼 장단을 맞췄다. 얼마나 선술집에서 그렇게 난리를 피우고 있었을까. 그가 목이 타는지 막걸리를 병째로 들어 마시는 바람에 그의 각설이타령은 끝나고 말았다. 그때를 기다렸다는 듯이 벽시계가 열두 시를 알려왔다. 우리는 모두 미쳐 있었다. 돌아가며 부르던 노래가 내 차례에서 끊긴 것이 아홉 시였으므로 우리는 무려 세 시간 동안 그의 넉살에 놀아난 것이다. 시계가 열두 번의 종을 친 다음에야 동인들은 귀가하는 것을 까맣게 잊고 있었다는 듯이 서둘러 자리를 떨고 일어섰고, 나는 그와 같은 방향이므로 많이 취하진 않았지만 그를 부축했다. 어차피 버스가 끊어졌으므로 택시를 잡아타는 수밖에 없었다. 그러나 그의 말은 가관이었다.

"선배님도 참, 미쳤다고 택시를 타고 집에 들어가요? 잘 곳이 쌨는데."

그는 술을 마시면 아무 곳에서나 자는 모양이다. 서클룸이나 휴게실, 강의실, 벤치…… 그는 누울 곳만 있으면 개의치 않고 자는 기질이 있다.

살아 있는 돌

넝마가 되어도 시간에 구속받지 않는다는 것. 그게 그의 철학이었다. 자유분방한 얘기지만 그는 문학을 하려면, 시를 쓰려면 아무것에도 구속받지 말아야 한다는 생각으로 일관하고 있었다.

마지막 잔을 막 비우려는데 또 전화벨이 울렸다. 틀림없이 정 선생의 전화일 것이다. 그녀에게 두 번째 전화가 온 후로 이십 분이 지났다. 그 시간이면 장례식장에 도착하고도 남을 시간이다. 나는 전화를 받을까 말까 망설인다. 전화를 받자마자 그녀는 아직도 안 오고 뭐 하고 있냐고 버럭 화부터 낼 게 뻔하다. 나는 마지막 잔을 입안에 털어 넣는다. 그사이에도 전화벨은 기분 나쁘게 울려대고 있다. 나는 전화벨이 꼭 열 번째 울릴 때 수화기를 집어 든다. 정 선생이 보채는 전화인 줄 알았는데 수화기 저편에서 진섭이의 음성이 들려온다. 동생이 죽었다는 연락을 받고 서울에서 부랴부랴 내려온 모양이다.

"기섭이가 왜 자살했는지 알고 싶어서 전화했어. 무슨 낌새 못 느꼈니?"

그도 정 선생과 같은 질문을 해왔다. 나는 아무 낌새가 없었다고 말하고, 곧 가겠다고 전화를 끊었다. 오랜만에 그의 목소리를 듣지만 한 사람의 죽음 때문에 반갑지도 않았다. 동생의 죽음 앞에서 그는 무엇을 생각하고 있을까. 그와 정 선생은 내가 한기섭의 자살에 대한 열쇠를 쥐고 있다고 생각하는 모양이다. 그러나 나도 그의 죽음이 너무 뜻밖이었고 암담할 뿐이다. 학원에서 국어를 가르치는 것도 열심이었고, 향토 문화재 발굴 작업을 하는 것도 그렇고 시를 쓰는 일까지 그는 뭐든지 열성이었다. 다만 군내(郡內)에 흩어진 유적을 답사한다며 여기저기 쏘다니던 그가 언제부턴가 금이성에 집착하고 있다는 것밖에 그의 이상한 행동은 없었다.

금이성은 의자왕을 끝으로 백제가 멸망했을 때, 잔류세력들이 신라군에 끝까지 항쟁하기 위해 쌓은 성이다. 그러나 소수의 세력이었고 이렇다 할 전과도 없었을뿐더러 역사에 획을 긋는 부흥이 아니었으므로 잘 알려지지 않은 성터로 남아 있었다. 또한 차령산맥의 곁줄기지만 산세가 평범한 야산이나 다름없고 오지라 찾는 사람이 없었다. 때문에 지역 사람들도 금이성보다는 금이산으로 부르고 있었다. 금이산의 맞은편에는 해발 사백육십 미터의 운주산이 있고, 산과 산 사이에는 천안에서 대전을 잇는 국도와 경부선 철길이 뱀처럼 똬리를 틀고 이어져 있다. 오히려 백제의 잔류세력들이 부흥을 위해 항쟁을 한 규모는 운주산성이 더 컸고, 그곳에서 최후의 혈전이 벌어졌는데 왜 그는 금이성을 택해 발굴 작업에 열을 올렸을까? 아니, 그는 무엇을 복원하기 위해 그곳에 자주 갔었을까? 그의 자살에 대해 나도 차츰 의문이 일었다.

2

"여기예요, 원장님. 이제 오시면 어떡해요."

한기섭의 문상을 가기 위해 급히 발을 옮기는데 정 선생이 나를 반겼다. 그녀는 장례식장 근처의 골목에서 나를 기다리던 중이다. 학원으로 두 번이나 전화해 와서 먼저 문상을 간 줄 알았는데 그녀는 골목에서 여태껏 나를 기다리던 참이다. 그러나 그녀는 그의 부음을 내게 알려 오고도 슬픈 기색은 보이지 않았다. 그의 죽음을 미리 예감하고 있었다고나 할까. 아무튼 그녀의 표정은 도시 문상을 가는 것 같지 않았다.

"무서워서 죽는 줄 알았단 말이에요."

살아 있는 돌

그녀의 말을 듣자 골목에도 죽음의 냄새 같은 음흉한 기운이 퍼지는 듯했다. 아마도 장례식장을 간다는 기분 때문일 것이다. 전에도 몇 번 문중에서 장례가 있어 문상을 갔었는데, 나는 그때마다 조의금만 달랑 내고 도망치듯 장례식장을 나왔었다. 다른 뜻이 있어서가 아니었다. 생을 다해서였건 불의의 사고에서였건, 장례식장만 가면 음흉한 기분이 들고 죽은 사람의 혼백이 내게 달라붙는다는 이상한 생각 때문이었다. 실제로 어느 해인가 당숙이 병으로 시름시름 앓다가 세상을 떠나서 문상을 갔었는데, 하필이면 저녁녘이었고 마침 시장했던 참이라 장례식장에서 내준 동태찌개에 밥 한 공기를 다 비우고 소주까지 몇 잔 마시고 돌아왔다. 그날 자정 무렵이었다. 무슨 소리가 들리는 듯해 눈을 뜨자 아랫배가 요동을 치고 있었다. 저녁을 급하게 먹은 것도 아닌데 체하고 배탈이 나 있었다. 화장실을 여러 번 들락거리며 밤을 뜬눈으로 새우다가 새벽녘에 겨우 잠들었는데, 나는 또 개꿈과 싸우느라 곤욕이었다. 꿈속에서 당숙이 나타나 요단강을 같이 건너자고 잡아끄는 바람에 동이 틀 때까지 나는 땀으로 이부자리를 흠뻑 적셨다. 그리고 아침부터 열병을 얻어 사흘을 앓아누웠었다. 그때의 선입견 때문일까. 나는 지금도 문상이라면 질색하는 버릇이 있다.

"가시죠……. 가서 저승 가는 데 보태 쓰라고 노잣돈이라도 줘야지요."

정 선생도 문상을 가기가 꺼려지는 모양이다. 그녀는 내가 가자고 했음에도 발을 움직이지 않는다. 아무래도 여자라 비위에 거슬리는 듯하다. 삶은 어떻게 생각하면 죽음의 연장인 것을, 정 선생이나 나나 두려워하고 있다.

"글쎄, 수린이 연락을 받고 엉겁결에 나왔지만 내키지 않았어요. 죽은 사람도 문제지만 수린이도 문제예요. 다음 달이 산달인데, 게다가 지금 있는 딸도 두 살밖에 안 됐잖아요."

그녀는 그때서야 슬픔이 눈가에 맺힌다. 죽은 사람보다 산 사람이 더 걱정이라고 했지만, 분명한 것은 그녀의 눈빛에 비통한 슬픔이 고여 있다는 것이다. 골목에서 나를 반길 때는 문상 가는 것을 그냥 놀러 가는 것쯤으로 생각하는 줄 알았는데, 정 선생은 그게 아니었다. 그녀는 자신의 감정을 감추려고 일부러 아무 일 아닌 듯 나를 맞았으리라.

장례식장은 문상객이 많지 않았다. 자살이라는 불명예스러운 죽음과 서른을 갓 넘긴 나이 때문에 일부러 몇몇 친지 외에는 알리지 않은 듯했다. 하기야 그의 부모는 물론 할머니도 살아 계시는데 섣불리 죽음을 택한 것은 불효 중의 불효였다. 정 선생은 장례식장 문 앞까지 와서 무서워서 못 들어가겠다고 말하고 내게 얄팍한 봉투를 한 개 내밀었다.

"여기까지 와서 안 들어가면 죽은 사람에 대한 예의가 아니죠."

"……정말이에요. 못 들어가겠어요."

"그럼, 그냥 돌아가게요?"

"아녜요. 여기서 기다리든지 아니면 '세느강'에 가 있을게요."

그녀도 장례식장을 꽤 꺼리는 모양이다. 나는 될 수 있으면 빨리 나오겠다고 말하고 장례식장으로 들어간다. 열린 문으로 들어가며 문득 그녀를 보니까 그녀는 벌써 문에서 몇 발치 물러나 있었다. 나는 그녀에게 정 못 있겠으면 '세느강'에 가 있으라고 말한다. '세느강'은 장례식장 근처에 있는 주점이다. 읍의 변두리라 손님이 별로 없고 조용한 곳인데, 죽은 한기섭과 몇 번 들러서 나는 그곳을 잘 알고 있다.

혼자서 시신이 안치된 방으로 들어가자 그의 아내가 곡성(哭聲)을 한다. 상복을 입은 그녀는 몹시 야위어 보인다. 오늘 학원에서 국어 수업을 끝내고 아무 일 없이 돌아간 그가 시신이 되어 누워 있다니, 이게 무

슨 날벼락인가 싶었다. 불의의 사고라면 몰라도 아무 일 없이 학원을 나
간 그가 자살로 삶을 마감하다니, 사자(死者)에게 절을 올리고 조의함에
봉투를 넣고 나서도 그의 죽음이 영 실감 나지 않았다. 그녀는 내가 뭐라
고 위로의 말씀을 드려야 할지 모르겠다고 위로를 해도 마냥 울고만 있
다. 그녀의 곡성 때문에 나도 눈시울이 뜨거워진다. 그때 손님이 왔다는
얘기를 들었는지 진섭이가 방으로 들어왔다. 그도 상복을 입고 있는데,
그는 격식을 갖추기 위해 나를 보자 곡성을 했고, 나는 그와 맞절을 하고
방을 나왔다.

"미안하다, 이런 모습으로 만나서."

방을 막 나오자 그가 따라 나오며 말한다. 전화로 자신의 동생이 왜 자
살했는지 물었던 그는 그 열쇠를 내가 쥐고 있다는 듯이 대했다. 그러나
나도 그의 죽음을 이해할 수 없었다. 문화재 발굴과 터무니없이 혼에 집
착하고는 있었지만, 그의 집착증은 그리 심한 상태가 아니었다. 그는 금
이성에 갔다가도 수업 시간이면 어김없이 학원에 나왔고, 끝나면 곧장
집으로 갔다. 내가 수업 끝나고 술이나 한잔하자고 제의하면 그는 '다
음에요'로 일관하며 차일피일 미루기만 했었다.

"이게 무슨 뜻인지 알 수 있겠니? 그래서 전화를 했는데."

진섭이가 불쑥 주머니에서 종이 한 장을 꺼내 내밀었다. 겹겹이 접힌
종이다. 나는 그게 유서라는 짐작을 하며 받아든다. 그 종이에는 다음과
같이 쓰여 있다.

밤마다 일어나서 세상을 유희하는 혼들이 있다. 강물로도 씻지
못하는 우리. 죄목을 씻기 위해 혼들을 찾아가면, 혼들은 내가 한
낱 목숨 하나 부지하는 사람이라고 오지 말라네. 오늘도 금이성에

는 천년 적요만 고여, 젊은 보살 생을 버리고 혼들의 세상으로 오라 한다.

난해한 유서다. 그의 유서를 두 번이나 읽었지만 무슨 말인지 몰라 진섭에게 유서를 돌려주며 나는 모르겠다고 숙연히 말한다. 그가 이런 일이 아니면 소주나 한잔하고 싶다고 말했다. 나는 그에게 그것 말고는 유서가 없었냐고 말했고, 그는 그것뿐이었다고 가늘게 말했다.

"자살에 대한 특별한 동기는 없는 것 같아. 다만 자신이 죽으면 금이성에 묻어달라는 유언이 아닌가 싶어. 천년 적요만 고인 땅에서 자신도 적요하게 안식을 취하겠다는 뜻이 아닐까 싶어."

"내 동생이지만 참 이상한 놈이네. 죽었으면 왜 죽었다는 이유가 있어야 할 게 아니야."

술상을 봐놓았다는 그의 말에 나는 밖에서 기다리는 사람이 있다고 말하고 자리를 피했다. 음복을 한다는 것이 비위에 거슬렸고, 살아갈 날이 구만리 같은 사람의 죽음 앞에서 소주잔을 기울인다는 것이 영 탐탁지 않았다. 게다가 중학교 동창이라고는 하지만 세월이 지난 지금까지 진섭과 별로 친분이 없었던 탓도 있었다. 나도 한때 서울에서 직장에 몸담고 있었지만, 그와는 왕래는커녕 단 한 번의 연락도 없었다. 그만큼 서로가 바빠서였지만 사람을 편애하는 내 성격 탓도 있었다.

밖에 나오자 정 선생은 '세느강'에 갔는지 보이지 않았다. 아무래도 그녀는 밖에서 혼자 기다리는 것보다 주점에서 음악이나 감상하며 나를 기다리는 쪽을 택한 모양이다. 나는 천천히 '세느강'을 향해 발을 옮긴다. 어둠 속에서 한기섭의 얼굴이 영화의 장면처럼 떠오른다.

선술집에서 독무대를 펼쳤던 그와 만남은 짧게 끝나고 말았다. 그 무렵 내가 글을 써보겠다고 가입했던 '하나문학회', 그는 딱 한 번만이라고 약속이나 한 것처럼 매주 금요일이면 어김없이 모이던 문학회에 겨울방학이 될 때까지 단 한 번도 얼굴을 내밀지 않았다. 물론 나는 수시로 문학회에 드나들며 늦게 배운 도둑질 날 새는 줄 모른다고, 그 학기 내내 문학에 중독되어 있었다. 동아리방에 갈 때마다 그에게 특별한 볼일이 있었던 것은 아니지만, 나는 그를 찾았고 토론이 끝나고 선술집에 모여 막걸리로 거나하게 배를 채우고 헤어질 때도 그가 나타나지 않으면 나는 공연히 쓸쓸해지곤 했다. 같은 읍에서 살고 있으므로 버스나 기차를 타면 우연이라도 만날 법한데 그는 아주 완벽히 잠적하기로 한 사람처럼 끝내 모습을 보이지 않았다. 교정에서도, 식당에서도, 선술집에서도 그의 그림자는 어디에도 보이지 않았다.

기말시험을 며칠 앞둔 어느 날, 나는 교정을 걷다가 문득 그가 강의를 듣고 있나 해서 그의 강의실을 한번 찾아가 보기로 했다. 학교를 떠나지 않았다면 그는 계획적으로 모습을 드러내지 않는 게 분명했다. 그렇지 않고서야 한 학기 내내 모습을 드러내지 않을 리가 없었다. 만약에 그가 강의를 듣고 있다면, 그는 시 쓰기를 단념해서 문학회에 나오지 않았을 것이고 동인들을 피했으리라.

"네, 한기섭요. 그런 사람 우리 과에 없는데요."

그의 강의 시간을 알아내 강의실 앞에 서 있다 나는 막 강의실로 들어가는 여학생에게 한기섭에 관해 물었다.

"그럴 리가 있습니까. 분명히 역사학과 일 학년인데요."

"일 년씩이나 다녔는데 같은 과 남학생 이름을 기억 못 하겠어요? 분명히 우리 과엔 그런 사람 없습니다."

'없습니다'에 억양을 높이고 그녀는 강의실로 들어갔다. 나는 그녀의 말이 믿기지 않아 이번에는 강의실로 들어가는 남학생을 붙잡고 같은 질문을 했다. 그 남학생도 그녀와 같은 말을 했다. 나는 그래도 믿기지 않아 그의 생김새를 알려주며 그래도 모르겠냐고 덧붙였다. 그의 모습에 대해, 외모와 성격과 시를 쓰고 있다는 얘기까지 듣고 난 남학생이 이제야 생각이 난다는 듯이 짧게 탄성을 올렸다.

"아, 그 사람 말입니까? 그 사람이 한기섭이었습니까?"

남학생이 한기섭에 대해 아는 체를 하기에 이번에는 내가 의기양양하게 나섰다.

"이 사람 참, 일 년 동안 함께 강의를 들으면서도 같은 과 친구 이름도 모르고 있다는 게 말이나 돼?"

"그게 아니라 실은 그 사람은 얼굴은 있으나 이름이 없었습니다. 강의를 들을 때도 없다 싶으면 있고, 있다 싶으면 없어졌고, 교수님이 출석을 끝까지 다 부를 때까지도 그는 한 번도 대답한 적이 없었습니다. 언제나 출석을 부를 때는 머리를 숙이고 있었고, 하도 이상해서 저도 도강(수강 신청 없이 듣는 강의)을 하는 줄 알았습니다."

"……네, 그러셨군요."

의기양양하게 나가던 나는 금세 기가 꺾였다. 나는 남학생에게 실례했다고 말하고 서둘러 그 자리를 벗어났다. 그러나 그에 대한 의문은 거기서 끝나지 않았다. 출석을 다 부를 때까지도 그의 이름이 없었다면 그가 가명을 쓰고 있을지도 모른다는 생각에 나는 학생처로 찾아가 그의 행방에 대해 말하고 학적부를 의뢰해보았다.

"그런 학생은 입학한 적이 없는데."

의뢰는 헛일로 끝났다. 역사학과 일 학년은 휴학생이 아직 한 명도 없었고, 사십 명의 학적부를 넘기는 동안 그의 얼굴은 어디에도 붙어 있지 않았다. 확인해줘서 고맙다는 인사를 하고 학생처를 나오자 그에 대한 묘한 배신감이 들었다. 그에게 의구심이 든 것도 바로 그때였다. 그는 도대체 뭐 하는 사람인가. 아무 곳에도 적을 두고 있지 않으며, 당당하게 대학에 들어와 동아리까지 가입한 그의 대담함보다 우선 무엇을 하는 사람인가부터가 의문이었다. 게다가 그가 자신의 입으로 C읍 출신이며 한진섭의 동생이라고 했지만 나는 그것조차 믿기질 않았다.

그 후 나는 그를 까맣게 잊어버렸다. 삼 학년 기말고사를 끝으로 나는 군에 입대하기 위해 휴학을 했고, 그해 겨울에 훈련소에서 훈련을 마치고 전방부대로 차출되어 떠났다. 그리고 가끔 휴가를 얻어 C읍과 대학에 갔었지만 나는 일부러 그를 찾지 않았다. 그는 내 기억에서 서서히 잊혀지고 있었다.

'세느강'에는 정 선생이 혼자 앉아서 맥주를 마시고 있다. 그녀는 문상을 갔다가 문 앞에서 돌아온 것이 못내 가슴에 찔리는지 벌써 맥주 한 병을 비워놓고 있다. 그녀의 맞은편에 앉자 그녀가 그때서야 내게 눈길을 보낸다. 내가 문상을 다녀온 그 시간 내내 울고 있었는지 눈이 충혈되어 있다.

"왜 죽었대요? 유서는 나왔어요?"

그녀의 질문을 들으며 나는 맥주부터 따라 마신다. 학원에서 반쯤 남았던 양주를 비우고 나와서 술 마실 생각은 없었는데, 문상을 다녀오자 다시 술 생각이 난다.

"왜 죽었느냐보다, 유서가 있어서 읽어봤는데 무슨 내용인지 알 수 없었어요. 혼들이 밤마다 일어나서 세상을 유희한다나. 무슨 죄목인지 강물로도 씻을 수 없어 혼들을 찾아갔대요."

"그게 무슨 말이에요? 좀 더 천천히 말해봐요."

"천천히랄 게 뭐 있습니까. 혼들을 찾아가면 혼들이 너는 사람이니까 오지 말란대요. 그리고 젊은 보살은 생을 버리고 혼들의 세상으로 오라고 한다나요. 세상에 그런 허무맹랑한 유서가 어디 있어요?"

"무속에 빠져 있었거나 정신착란이 있었던 게 아닐까요."

"……."

오늘도 학부모와 저녁을 먹는 자리에서 그 얘기가 나왔었다. 상의할 얘기가 있다는 학부모의 전화를 받고 무슨 일인지 모르겠지만 전화로 말씀하시면 안 되겠냐는 내 질문에 김 여사는 전화로는 곤란하다고 말했다. 나는 할 수 없이 학부모와 저녁 약속을 했고, '윤미정'이라는 갈빗집에 갔을 때, 김 여사 혼자만 나온 줄 알았는데 세 명이 더 나와 있었다. 부담 없이 식사를 끝내고 나자 학부모들이 하나같이 하는 얘기는 국어 시간을 없애든가, 아니면 선생을 바꿔달라는 것이다. 어이가 없어 무슨 일 때문에 그러냐고 물었고, 학부모의 얘기를 들은 후에야 나는 아연해했다. 그가 수업 시간에 국어는 가르치지 않고 혼(魂)이나 귀신 얘기를 시종 했으며, 학원에서 집에 돌아온 아이들이 무섭다고 엉엉 울기까지 했단다. 나는 진상을 조사해보고, 사실이면 조치를 취하겠다고 학부모들을 진정시켰다. 만약에 그 말이 사실이라면 학생들 교과 진도도 엉망이 되었을 것이고, 학원도 이미지가 많이 훼손되었으리라.

그러나 그는 그 일 때문에 자살을 선택한 것은 아니었다. 저녁식사를 끝내고 학원으로 돌아오자 그는 벌써 퇴근했으므로 다음에 만나서 얘기할 생각이었다. 그런 그가 수업에 대해 문책을 할 기회도 없이 자살한 것이다.

"글쎄요. 오늘 학부모님과 저녁식사를 같이한 자리에서 들은 얘긴데, 한 선생이 수업 시간에 진도는 안 나가고 귀신 얘기만 했다나요. 학부모님께 질책을 받았는데, 그게 정신착란이라고는 생각 안 해봤습니다."

"학생들한테까지 귀신 얘기를 했대요?"

"왜요? 뭐 짚이는 거라도 있습니까?"

"아뇨. 언젠가 이곳에서 한 선생과 맥주를 마신 적이 있었는데, 갑자기 혼 얘기를 하지 않겠어요. 밖은 마침 비가 내리고 있었는데, 얼마나 소름이 끼치던지……. 동생을 불러내 집에 들어갔어요."

정 선생의 말을 듣자 나도 짚이는 것이 있다. 수업 시간보다 삼십 분 일찍 학원에 나온 그는 언제나 혼 얘기를 했다. 산에 올라가 가만히 명상에 잠겨 있으면 한낮에도 혼들이 몰려와 자신과 대화를 한다나. 나는 그의 말을 들으며 그가 이승 저편에 대한 동경과 영계(靈界)에 대한 호기심이 많다는 것으로만 받아들였다. 오늘도 그랬다. 그는 오늘도 금이성에서 혼들과 있다가 왔다고 했다. 수업만 아니었다면 혼들과 백주를 마시며 유희하다 오는 건데 못내 아쉬웠다나. 수업하러 들어가는 그에게 나는 어이가 없어 아무 말도 못 했다.

"저도 한 선생이 말한 혼 얘기를 들었습니다. 하지만 허무맹랑한 얘기라 한 귀로 듣고 흘렸지요."

"참 이상하지요. 살기가 힘들다거나 무슨 충격을 받아서 자살하면 몰라도 왜 아무 이유도 없이 목숨을 버릴까 싶어요."

주점은 시간이 늦은 탓인지 손님이 없다. 주인이 바뀌었나. 마담은 지난번에 보았던 여자가 아니다. 옛날 주인은 긴 생머리에 드레스 모양의 옷을 즐겨 입었고, 스스럼없이 손님들과 합석을 하곤 했는데, 지금의 여자는 음악을 듣거나 신문을 보는 것으로 소일하는 듯하다. 나는 그녀에게 맥주를 더 주문할까 하다가 둘이서 마신 술이 여섯 병이나 되고 시간도 늦어서 그만둔다.

"주인이 바뀌었습니까?"

카운터에서 계산을 치르며 내가 묻는다. 그러나 꼭 궁금해서 물은 것은 아니다. 어쩌다 들러서 목이나 축이고 나가는 정도의 주점이므로 주인이 바뀌건 안 바뀌건 내가 알 바가 아니다.

"아녜요. 일이 있다고 해서 오늘만 제가 봐주는 거예요."

그때 정 선생이 나를 쏘아본다. 그녀는 별걸 다 신경 쓰고 있다는 눈빛을 보낸다. 그녀와 눈이 마주치자 나는 그녀와의 첫 대면을 떠올리며 훅, 하고 웃음을 토해낸다. 학원을 개원하고 교사를 채용할 때, 한기섭이 일방적으로 그녀의 이력서를 들고 왔었다.

－정지숙. 28세. ○○대학교 수학과 졸업.

그가 대리 제출한 그녀의 이력서를 들고 면접을 볼 때, 몇 가지 질문을 하자 그녀는 몹시 경직되어 묻는 말에만 또렷이 말했다. 그런 그녀가 지금은 내 가슴의 한구석에 자리를 잡고 있다. 물론 나 혼자만의 바람이고 생각이지만 말이다.

"지금 웃음이 나와요?"

그녀는 여전히 그의 죽음을 떠올리고 있는 모양이다. 계단을 내려오자 밖은 가로등만 거리에 서서 희미한 불빛을 뿌리고 있다. 나는 그녀에게 그의 죽음을 생각하며 웃는 것이 아니라고 말한다.

"발인은 언제래요?"

"글쎄요. 내일 치른다는 말도 있고, 모레 치른다는 말도 있어요."

"그런 대답이 어디 있어요. 모르면 모른다고 할 일이지."

그녀가 불쑥 발인날을 물어옴과 동시에 골목으로 사월의 밤바람이 옷깃을 건드리며 지나간다. 그의 죽음 탓일까. 바람조차도 음흉한 냄새가 나는 듯하다. 나는 그녀를 집에 바래다주기 위해 천천히 발을 옮긴다.

3

    토요일이라 학원이 휴무이므로 나는 아침부터 금이산으로 가려고 배낭을 꾸린다. 비록 알 수 없는 말로 쓴 유서였지만, 유서가 나온 이상 그의 죽음에 대한 어떤 단서를 얻지 않을까 해서 나는 금이산에 가 볼 생각이다. 태어날 때부터 그의 명(命)은 거기까지였다고 생각하면 그의 죽음을 가볍게 여기고 말 일이지만, 혼들에게 외면당한 그에게 젊은 보살이 매개체가 되어 생을 버리고 혼들의 세상으로 오라고 했다면 필시 무슨 사연이나 단서가 있을 듯하다.

    배낭에 버너와 코펠, 라면, 물병, 믹스 커피, 타월을 넣고 나는 유사시를 대비해서 칼과 야전삽까지 챙긴다. 그럴 리야 없겠지만 산에서 지체하다 어둠 속에서 산짐승이 나와 나를 해치려고 하면 살길을 찾아야 하기 때문이다. 그만큼 나는 금이산으로 가는 일에 치밀하게 계획을 세운다. 그것은 사차원 세계 같은 혼이 무서워서가 아니다. 금이산의 맞은편에 부랑인을 수용하는 시설이 있는데, 그곳에서 가끔 원생들이 탈출하는 바람에 입산이 통제되고 경찰이 출동하곤 했다.

    실제로 이런 일이 있었다. 부랑인 수용시설은 연고가 없고 정신이상자로, 자력으로 살아갈 수 없는 사람들을 집단 수용하고 있는데, 그들은 정신이 가끔 오락가락하는 사람들이었다. 때리면 아픈 줄 알고, 고통을 주면 고통을 아는 사람들이다. 격리의 고통을 알고, 굶주림의 고통을 알고, 고문의 고통을 아는 사람들이다. 그 고통을 아는 원생 한 명이 지난 여름에 녹음을 틈타 금이산으로 탈출을 했다가 산에서 내려오는 아낙을 발견하고 신고할 것이 두려워 살해한 일이 있었다. 그리고 그 원생은 경찰이 포위망을 좁혀오자 자신도 허리끈을 풀어 소나무에 목을 매었다. 그 일이 있었던 후로 금이산에는 사람들이 거의 들어가지 않았다.

나는 마지막으로 배낭에 손전등을 넣고 지퍼를 닫는다. 이만하면 더 갖고 갈 물건도 없다. 암벽을 타는 일은 없을 듯해 밧줄은 갖고 가지 않기로 했고, 당일로 돌아올 것이므로 텐트나 침구류는 필요치가 않았다. 나는 준비한 배낭을 차의 뒷자리에 싣고 시동을 건다. 버스를 타고 갈까 했지만, 그곳까지 가는 버스의 배차 시간이 길고 버스에서 내려서 한참을 걸어가야 하는 불편함 때문에 나는 차를 가져가는 쪽을 택한다.

아침에 진섭에게 전화해서 알았지만, 그의 발인은 내일로 결정되었고, 장지는 금이산 근처의 삼밭이었다. 조모까지 살아 계시는데 자살을 해서 몇몇 친지에게만 알리고 쉬쉬했는데, 소문이 무섭게 번져나가 그의 친구를 위시한 문상객이 아침부터 발을 이었고, 나이 서른이지만 결혼해서 아이까지 있는 어엿한 가장인데 삼일장을 치러야 한다는 친지들의 원성에 발인을 하루 연기했다는 말을 진섭은 어제와는 달리 담담하게 했다. 그리고 장지(葬地)는 선산으로 가려고 했는데 그가 동생의 유서를 내보이며 금이산으로 가야 한다고 우겨서 마침 그 근처에 묵히는 밭이 있어 그곳으로 정했다고 했다. 나는 내일 장지에 꼭 가겠다고 말하고 핸드폰 폴더를 덮었다.

주말이라 그런지 도로는 아침부터 막힌다. C읍에서 금이산까지 자동차로 삼십 분이면 닿을 수 있는 거리인데 나는 십 분이 지나도록 C읍을 벗어나지 못하고 있다. 앞으로 나가려고 하면 신호에 걸렸고 신호를 벗어나면 앞차에 막힌다. 인근 시에서 시를 잇는 도로가 C읍을 관통하는 탓도 있지만, 계룡산으로 빠져나가는 상춘 차량 때문에 도로의 정체가 더욱 심한 듯하다. 겨우 C읍을 빠져나와 샛길로 들어서자 그때부터 속력을 낸다. 정체되어 짜증이 났던 C읍에서와는 달리 확 트인 도로를 달리

　　　　　　　　　　　　　살아 있는 돌

자 그때부터 그의 모습이 먼 기억 속에서 떠오른다.

　내가 그를 다시 만난 것은 군에서 제대하고 사 학년에 복학을 했던 그 해의 봄날이었다. 군에 있을 때 여러 편의 글을 써서 이곳저곳에 투고했다가 단 한 편도 발표되지 않아 나는 그때쯤에 글 쓰는 일을 단념하고 있었고, 문학회도 나가지 않고 있었다. 졸업반이라는 강박관념 때문에 취업시험 준비 외에는 나는 아무것도 생각하지 않았다. 바로 그 무렵에 나는 우연히 교정에서 그를 만났다. 아니다. 내가 그에게 발견된 것이다. 막 강의가 끝나고 도서관으로 가는데 누군가가 나를 불렀고, 뒤돌아보자 그가 웃고 있었다. 예전의 그 모습으로 그는 내게 다시 나타나 있었다. 나는 그를 보며 환시가 아닌가 생각했다. 군에 입대하기 전의 그 학기에 학적부까지 들춰가며 확인했던 그가 교정에 다시 서 있다는 게 믿어지지 않았다.

　"어, 기섭이 아냐? 맞지, 한기섭?"

　선술집에서 각설이타령을 부르던 예전의 그의 모습은 어디에도 보이지 않았다. 발랄하다 못해 짓궂기까지 했던 그의 행동이 삼 년의 시간이 지난 후에는 의젓하게 변모해 있었다. 나는 그의 모습을 보며 또 속고 있는 게 아닌가 생각했다. 그러나 그가 끄는 바람에 그와 선술집에 마주 앉자 그에 대한 의문은 쉽게 풀렸다.

　"어떻게 된 거야?"

　"뭐가 어떻게 돼요."

　"농담하기 말고 말해봐. 거미처럼 잠적했다 다시 나타난 저의가 뭐야?"

　"……네?"

　"왜 그렇게 놀라? 내가 군에 가기 전에 뒷조사를 해봤는데, 학적부에도 안 올라와 있었어. 그렇게 찾아도 행방불명되었다가 다시 학교에 나타난 이유가 뭐냐고."

"하, 형님. 뭔가를 오해하셨군요."

막걸리 몇 잔을 주거니 받거니 하다가 그가 자신의 얘기를 시작했다.

"형님께는 미안한 일이지만 저 실은 휴학도 안 했는데, 이제 이 학년입니다. 재수할 때 우연히 대학에 왔다가 문학회 동아리방에 들렀는데, 담당자가 어떻게 왔냐고 묻잖아요. 그래서 문학에 관심이 있어서 왔다고 했더니 그때부터 자동이었습니다. 회원 가입 신청서를 작성하고 나자 전 정말로 대학생이 됐다는 착각이 들었습니다. 역사학과 일 학년 한기섭. 주소와 전화번호까지 기재했었는데 아무도 확인하는 사람이 없더군요. 물론 문학회에 같은 과 학생이 한 명도 없어서 자연스럽게 넘어갔지만, 그렇게 되니까 제게도 책임 같은 것이 따르더군요. 각자가 과에 적을 두고 있었으므로 저도 회원 가입 신청서에 작성한 그 학과의 강의실을 찾아다니며 열심히 강의를 들었습니다. 형님이 문학회에 가입한 것이 가을이었지요. 공교롭게도 형님과 저는 그때 인연이 닿지 않았었나 봅니다. 마침 저는 그때 대입 수능이 코앞에 다가와 있었습니다. 벼락치기 해서 잘되는 것 없듯이 전 대입에 또 실패하고 말았습니다. 결국 삼수를 한 끝에 저는 대학에 들어올 수 있었고, 입학해서 당당하게 선배님을 찾아보니까 군에 입대하셨더군요."

그의 긴 얘기를 들은 후에야 나는 그에 대한 오해를 풀 수 있었다. 그러나 그와 만남은 또 오래가지 않았다. 내가 취업 준비에 열중하고 있을 때, 이번에는 그가 휴학계를 내고 입대를 했기 때문이다. 그 때문에 나는 그와의 관계가 악연이 아닌가 생각했다. 물론 몇 번은 C읍의 냇가에서 맥주를 마시며 그와 문학에 관해 얘기를 했지만, 그의 입대로 인해 그것도 끝이었다.

　그를 생각하며 오는 사이에 차는 어느새 금이성 입구까지 와 있다. 비포장 길이라 도로변에 차를 주차하고 걸어서 올라올까 했는데, 경사가 심하지 않아 나는 그대로 차를 몰고 오른다. 그러나 입구에서 삼십여 미터쯤 오르자 의외로 급경사가 나타나고, 기어를 일 단으로 넣고 오르는데도 차가 심하게 떨린다. 급경사를 좀 더 오르자 이번에는 길이 굴곡이 심한 난코스로 변해 있다. 나는 두 손으로 핸들을 움켜쥐고 조심스럽게 경사 길을 오른 다음에야 한숨을 내쉰다. 경사지를 오르자 저수지가 있고, 차가 들어가기는커녕 주차할 장소도 없는 줄 알았는데, 의외로 저수지에는 서너 대의 차를 주차할 만한 공터가 있다. 나는 차를 그곳에 주차하고 배낭을 꺼낸다.

　배낭을 꺼내놓고 나는 저수지에 손을 담가본다. 샘물처럼 깨끗해서 바닥이 훤히 들여다보이는 물의 투명함 때문이다. 사월임에도 물은 얼음처럼 차다. 흘러와 고이는 물이 아니라 땅에서 솟는 물인 모양이다. 그래서일까. 저수지에는 물고기가 보이지 않는다. 수심이 다섯 자쯤 돼 보이는데 바닥까지 보이는 투명함과 손이 시려오는 차가움 때문에 나는 문득 그가 말한 혼을 떠올린다. 나는 저수지를 보며 밤마다 혼이 나타나 물을 정제하지 않나 하는 어처구니없는 생각을 한다.

　저수지를 다시 둘러보고 나는 산을 오르기 시작한다. 차를 주차한 곳부터 길이 끊겼고 오솔길이 나 있다. 등산로인 모양인데 사람의 발길이 끊긴 지 오래된 듯하다. 오솔길은 흔적만 남아 있고, 제멋대로 자란 잡목이 길을 막고 있다. 칼을 꺼내 잡목을 치며 나가려다 나는 그냥 뚫고 나간다. 찔레나 아카시아 같은 가시가 있는 나무만 피해서 나가면 별로 어려움이 없을 듯해서다. 그나저나 그는 이곳에 왜 자주 왔을까. 적막함

뿐인 이 산에서 그는 무엇을 찾아 헤매었을까. 아직 그의 흔적은 어디에도 보이지 않는다. 오솔길은 케케묵은 낙엽이 쌓여 있고, 산은 화장을 하고 있다. 나무들이 저마다 잎을 키우고 진달래와 조팝나무가 꽃을 피우며 활짝 웃고 있다. 그러나 사월임에도 한낮의 날씨는 무덥다. 몇 발치 오르지 못했는데 숨이 헉헉 막힌다. 나는 오솔길을 오르다 계곡으로 들어가 배낭을 내려놓고 잠시 쉬기로 한다. 아직 오전이라 시간이 충분하므로 무리해서 산을 오를 생각은 아니다. 배낭에서 타월을 꺼내 계곡물을 적셔 이마를 훔치자 더위가 쉽게 가신다. 계곡물도 저수지의 물처럼 몹시 차다. 나는 계곡의 바위에 앉아 담배를 한 개비 꺼내 문다. 그의 죽음을 확인하러 산을 찾은 것이 어쩌면 무모한 발상이었는지 모른다. 산은 보통 산처럼 평범하게 엎드려 나무들을 키우고 있을 뿐이다. 계곡의 어딜 둘러보아도 영산(靈山)의 흔적은 보이지 않는다.

담배를 거의 다 피워가는데 핸드폰이 울린다. 산속에서 잃어버릴까 봐 차에 놓고 오려다 갖고 왔는데 그게 울리고 있다. 나는 핸드폰을 꺼내 발신자를 확인한다. 정 선생이다. 어젯밤에 '세느강'에서 맥주를 마시고 그녀를 집까지 바래다주고 왔는데 무슨 일일까. 나는 핸드폰을 받지 않는다. 핸드폰을 받아봐야 그녀가 하는 소리는 뻔하기 때문이다. 그녀는 그럴 것이다. 지금 어디냐고, 거기는 왜 갔냐고, 죽은 한기섭이처럼 되고 싶어서 그러냐고. 핸드폰 벨 소리가 곧 꺼진다. 다시 산을 오르기 위해 나는 담뱃불을 끄고 배낭을 어깨에 멘다. 그녀에겐 C읍으로 돌아가서 전화해줄 생각이다. 해발 사백여 미터 정도의 산이기 때문에 늦어도 다섯 시쯤이면 C읍에 도착할 듯하다.

오솔길은 산으로 들어갈수록 점점 길의 자취가 없어지고 있다. 계곡에서 올라와 오던 산길을 따라 앞으로 나가는데 길이 있다가 없어지고, 없어졌다 다시 나타나곤 한다. 하기야 길이라고도 할 수 없는 산길이다. 산짐승이나 사람들이 몇 번 지나간 듯한 흔적만 남아 있는 길이다. 그런데도 내가 그 길을 따라가는 것은 길이 산 정상으로 향하고 있기 때문이다.

길 앞에는 생명을 다한 고목들이 아무렇게나 쓰러져서 앞을 막고 있고, 나는 앞서 지나갔던 사람들처럼 이곳을 언제 또 지날지 몰라 쓰러진 고목들을 그대로 방치한 채 산을 오른다. 길 같지도 않은 길을 가는데 일일이 그것들을 치우며 나가면 언제 정상에 닿을지 모를 일이다. 게다가 산이 우거져 있어서 나뭇가지를 헤치며 나가는데도 일부러 그러는 것처럼 손등과 얼굴이 자주 긁힌다.

얼마쯤 그렇게 산을 올랐을까. 암흑 같던 숲이 끝나고 갑자기 시야가 확 트이며 돌무더기가 나타난다. 나는 그때서야 한숨을 길게 내쉰다. 오르막길이 있으면 내리막길도 있듯이 행로를 알 수 없는 오솔길을 헤쳐 나오자 길게 엎드린 돌무더기가 나타났고, 나는 그것을 보며 숲을 헤치며 오른 대가가 바로 이것이 아닌가 싶었다. 그러나 돌무더기는 길지 않다. 오십여 미터 정도가 깔려 있고 그 면적에는 풀도 나무도 자라지 않는 황량한 돌들의 보금자리다. 나는 돌들의 보금자리를 향해 천천히 발을 옮긴다. 지금까지 걸어온 길에 비해 돌의 머리를 밟으며 걷는 길은 한결 쉽고 발의 장단까지 맞출 수 있다. 그러다가 내가 발을 멈춘 것은 돌무더기를 절반쯤 걸어왔을 때다. 돌무더기에 제법 넓적한 돌이 누워 있고, 그 앞에는 작은 물줄기가 졸졸 흐르고 있다. 누군가가 이곳에 온 흔적이 있다. 물이 흐르는 곳을 돌로 막아 물이 고이게 했고, 물이 나오는 그 위에는 정화수가 놓여 있고, 반쯤 타다 남은 양초 두 개와 향을 피운 흔적이 있다. 나는 그곳에서 커피를 끓여 마실 생각으로 배낭을 푼다. 만약에 그의 흔적이라면 그는 이곳에 와서 무엇을 빌고 갔을까. 버너를 설치하고 코펠에 물을 받아 얹으면서도 나는 줄곧 정화수와 양초에 눈을 주고 있다. 정말 그의 흔적이라면 그는 이곳에서 혼들과 얘기를 하고 혼들의 유희를 보며 자신도 그 무리가 되어 있었던 것일까. 버너에 불을 붙이고 화력을 적당히 조절해놓은 다음 나는 주위를 살핀다. 숲을 헤쳐 나오는 동안 나무들 때문에 산 밑이 보이지 않았는데, 돌 위에 앉아 있으니까 차를 주차했던 저수지는 물론 반대편 산 밑의 민가까지 훤하게 보인다. 그때서야 산의 냄새가 나는 듯하다. 골짜기마다 형형색색으로 어울려진 나뭇잎과 꽃들의 냄새가 바람을 타고 짙게 풍겨온다.

커피를 마시는데 핸드폰이 또 울린다. 정 선생이다. 나는 이번에는 핸드폰을 받으려고 폴더를 연다. 그러나 통화권 밖이다. 핸드폰이 '삐리ㅡ' 소리를 내며 상대방의 음성이 들리지 않는다. 나는 홧김에 핸드폰을 배낭 깊숙이 넣어버린다. 하기야 내가 산에 있다는 것을 그녀는 알 리가 없다. 어제 문상을 갔다 나와서 그녀와 맥주를 마시며 느낀 것인데, 그녀가 내게 무엇인가 중요한 할 말이 있다는 눈치였다. 그녀는 집 앞까지 바래다줄 때까지도 내게 별다른 말을 하지 않았다. 그러나 나는 그녀에 대해 아직 아는 것이 없다. 학원에서 그녀를 채용하기 위해 면접을 봤던 그녀의 이력에서 조금 밝혀진 게 있다면 죽은 그의 아내와 친구이며 홀어머니와 단둘이서 C읍에서 살고 있다는 것뿐이다. 나는 그녀와 여섯 살의 터울을 지고 있어서 학원에서 같이 일하고 있지만 까마득한 동생뻘로 생각했고 조심스럽게 그녀를 대했다. 그녀도 예외는 아니었다. 죽은 그와는 꽤 친분이 있었던 탓인지 장난이나 농담도 곧잘 했지만 나와 단둘이 있을 때는 어려워하는 눈치가 역력했고 말수가 없었다. 나는 그녀의 행동이 나이 차이에서 오는 것보다 내가 미혼이기 때문에 어떤 선입관을 갖고 대하는 게 아닌가 생각했다.

살아 있는 돌

산속에서 혼자 커피를 끓여 마시는 것도 괜찮은 감상과 낭만을 만들고 있다. 산의 냄새와 커피 향이 어우러져 마음이 잔잔한 애수에 젖어 드는 듯하다. 버너를 끄고 커피를 마시고 그 물에 컵을 닦고 난 다음에도 커피 냄새는 향긋하게 고여 있다. 그때 내가 돌무더기로 들어왔던 숲에서 낙엽이 부서지는 발소리가 들린다. 나는 산짐승이 지나는 소린가 싶어 소리가 나는 쪽을 조심스럽게 바라본다. 그러나 모습을 드러낸 것은 일흔이 훨씬 넘어 보이는 촌로다. 그는 짚으로 짠 망태기를 어깨에 메고 있는데, 진작부터 내가 있는 것을 알고 있었다는 듯이 헛기침을 하며 내게 다가온다. 그의 출현으로 혼자서 만끽하던 산냄새가 어디론가 흩어진다.

"산을 파헤치면 못쓰는 법이여."

촌로가 내게 다가오자마자 하는 소리다. 나는 무슨 뚱딴지같은 말을 하는가 싶어 그를 올려다본다. 물론 안면이 있을 리가 없는 노인이다. 그도 나를 보고 있다. 그는 나와 시선이 맞닿자 왠지 무안한 표정을 짓는다.

"……내가 사람을 잘못 봤구먼. 먼젓번 젊은이가 아니네. 아무튼 산을 파헤치면 벌을 받아. 암, 천벌을 받지."

촌로가 횡설수설하고 있으므로 나는 커피를 끓여드리며 얘기를 듣기로 한다. 처음 보는 사람에게 말보다도 감정이 앞서 있는 것을 보면 필시 무슨 사연이 있을 듯했기 때문이다. 노인은 커피를 모르고 살았는지 한 컵을 다 마시고 한 컵 더 달라고 한다. 커피는 그렇게 마시는 게 아니라고 말하며 나는 다시 커피를 대접한다. 그는 이참에 쉬어 가려는지 그때까지 메고 있던 망태기를 돌 위에 내려놓는다. 망태기에는 이상한 풀들이 뿌리까지 담겨 있는데, 그는 그것을 약초라고 했다. 산더덕, 할미꽃 뿌리, 엄나무와 계수나무 순, 산마 뿌리, 어림잡아 대여섯 가지가 넘었는데 그는 그것들을 일일이 알려주며 이건 신경통에 좋고 이건 혈압에 좋고…… 약초의 효능까지 말해준다.

두 컵째 커피를 마시고 약초에 대해 말을 늘어놓던 그는 이번에는 산을 파헤치면 천벌을 받는다는 것으로 화제를 바꾼다. 물론 내가 먼저 왜 저를 보시고 대뜸 산을 파헤치면 못쓰는 법이라고 호통을 치셨냐고 점잖게 여쭙고서다. 그는 약초를 설명하느라 정작 해야 할 말을 못 하고 있었다는 듯이 다시 말한다.

"나흘 전인가. 약초를 캐러 왔다가 이곳에 들르니까 웬 젊은이가 산성을 파헤치지 않겠어. 그래, 왜 산성을 파냐니까 뭣이냐 백제 시대 유물을 발굴하는 중이라나. 에끼 고얀 것. 그게 언제 일인데 쓸데없이 산을 파냐고 야단을 쳤더니 그 젊은이가 되레 내게 호통을 치잖겠어. 영감님이 뭔데 남의 일에 참견이냐고. 그래, 내가 산에는 다 산을 다스리는 산신(山神)이 있고 땅에는 땅을 다스리는 지신(地神)이 있거늘 그걸 함부로 건드리면 재앙이 온다고 퍼붓고 돌아갔는데, 그 젊은이가 말귀를 알아들었는지 엊그제는 올라와 보니까 여기다 이렇게 정화수를 떠 놓고 빌고 있었어. 그래서 아무 소리 않고 내려갔는데, 오늘은 다른 젊은이가 이곳에 온 줄도 모르고……"

"정말로 산신과 지신이 있을까요?"

"실은 나도 모르겠어. 나이를 먹고 보니까 괜히 뭔가에 기대고 싶고 그럴 뿐이지. 이곳을 파헤치면 뼈밖에 더 나오겠어?"

"뼈라뇨?"

"젊은이는 어디서 왔어? 여기가 6·25 때 전지(戰地)였다는 것도 모르고."

"C읍에서 왔는데요."

살아 있는 돌

"하기야 알 리가 없지. 그게 벌써 언제 적 일인데. 6·25 때 남하하던 인민군하고 대전을 사수하기 위해 여기서 큰 전투가 벌어졌었지."

촌로는 그 말을 끝으로 자리를 털고 일어난다. 나는 노인의 말을 들은 후에야 이 돌무더기가 산성임을 알았다. 천사백 년의 세월이 흐르는 동안 산성은 풍우(風雨)로 허물어져 지금은 이렇게 돌무더기로 남아 있는 것이다. 나는 문득 산성의 잔해 속에 나도 묻혀가고 있다고 생각한다. 노인은 어느새 돌무더기를 지나 숲으로 들어가고 보이지 않는다.

4

촌로가 떠나자 주위는 침묵이 고여 온다. 하기야 산중에서는 노인의 말소리까지 침묵이었다. 사흘 밤낮의 전투가 끝나고 인민군이 남으로 내려간 후에는 시체가 산과 들을 덮고 있었다는 노인의 말을 듣고 나는 울컥하고 마신 커피를 토해낼 뻔했다. 노인의 말을 듣는 순간, 금방이라도 옆자리에 시신들이 보일 것 같았기 때문이다. 그러나 노인이 산에서 내려간 지금은 산성을 돌무더기로 알았던 처음의 상태로 돌아와 있다. 나는 노인에게 커피를 타주었던 컵을 씻어 배낭에 넣고 타월을 꺼내 얼굴을 훔친다. 돌무더기에 가만히 앉아 있어도 이마에 땀이 맺힌다.

다시 약초를 캐러 산으로 들어갔나. 내려가는 길을 살펴도 노인의 모습은 보이지 않는다. 하기야 물오른 나무에 가려 노인이 일부러 모습을 드러내려 해도 보이지 않을 것이다. 나는 노인이 보이지 않자 언제 노인이 왔었나 하는 착각이 든다. 그러나 노인은 분명히 왔었고, 이곳을 파헤쳐봐야 뼈밖에 안 나온다는 말과 케케묵은 6·25 얘기며 젊은이가 백제

시대의 유물을 발굴한다며 산을 파헤치고 있었다는 말까지 하고 떠나지 않았던가. 커피를 두 컵씩이나 마시고 내려간 노인이지만 나는 여전히 아무도 오지 않았던 것 같은 이상한 생각이 든다.

배낭을 돌 위에 놓고 돌무더기를 보자 노인의 말대로 산을 파헤친 흔적이 보인다. 산을 파헤쳤다기보다는 돌무더기의 돌들을 하나하나 들어낸 흔적이었다. 그 흔적을 보자 문득 한기섭, 그의 체취가 느껴지는 듯하다. 천사백여 년 전의 세월 속에 묻혀버린 유물을 찾겠다고 돌무더기를 들춰내던 그의 모습이 망막에 아련히 고여 온다.

나는 그가 그랬던 것처럼 돌무더기를 들춰내 본다. 꼭 무엇이 나온다는 것보다 그가 했던 행동을 따라서 해보고 싶은 충동에서다. 그러나 그것은 생각처럼 쉬운 일이 아니다. 큰 돌덩이를 일일이 손으로 들어내야 했으므로 겨우 네댓 개를 옮겼을 뿐인데도 팔이 아려왔고, 돌을 들춰내면 그 속에 또 돌이 있다. 게다가 돌을 들어내면 들어낼수록 힘은 몇 곱절 더 든다. 이런 곳에서 유물을 찾으니 차라리 해변에서 바늘을 찾기가 더 쉬울 성싶다. 또한 유물이 나온다 해도 천사백 년 동안 풍화되어 한 줌의 흙처럼 흔적만 남아 있을 것은 자명한 일이다.

허리춤까지 돌을 들춰내며 파고 들어가는데 꼬박 두 시간이 걸렸다. 물론 담배를 피워가며 쉬엄쉬엄 돌을 들춰냈지만 나는 두 시간 동안 겨우 허리춤까지밖에 못 파고 들어갔다. 그러나 나는 여기서 작업을 중단해야 했다. 바닥이 나오긴 나왔는데 하필이면 흙이 아니라 커다란 바위가 나를 기다리고 있었고, 허리춤까지 파고 들어간 사이에 육중한 돌들이 위에서 굴러 내릴 기미를 보이고 있었다. 바위를 관찰하다 돌들이 위에서 무너져 내리면 나는 암장(岩葬)될 것이다. 두 시간 동안 파 내려간 것이 결국 이렇게 끝나는가 싶은 아쉬움도 있지만 어쩔 수 없는 일이다.

게다가 바위는 사료(史料)가 될 만한 문자 하나 적혀 있지 않은 흔한 바위였다.

정화수가 놓인 곳으로 나와 물을 받아 세수하고 정상으로 올라가기 위해 배낭을 멘다. 그의 흔적이 있기는 했지만, 그가 자살을 결심한 동기는 없는 듯했다. 이곳에서 유물을 발굴하다 방금 내가 그랬던 것처럼 허탕을 치자 죽음을 선택한 것은 아닐 것이고, 노인의 말처럼 산을 파헤치다 천벌을 받아 자살한 것도 물론 아닐 것이다. 그가 자살한 동기가 무엇일까. 유서에서는 혼들을 들먹이고 있었는데, 아무리 둘러봐도 혼이란 혼은 어디에도 보이지도 느껴지지도 않는다. 그렇다면 정 선생의 말대로 정신착란증은 아닐까. 그것도 아니면 정말로 씻지 못할 죄목 때문에 자살을 했는지도 모를 일이다. 그가 자살하게 된 동기를 추측하자 문득 그가 살아 있던 때의 모습이 떠오른다.

내가 그를 다시 만난 것은 지난겨울에 C읍에서 우연이었다. 나는 그때 칠 년 동안 다니던 직장에 사표를 내고 C읍으로 돌아와 학원이나 운영해 보려고 자리를 물색하던 중이었다. 직장이란 게 다 그렇듯이 칠 년 동안 한 연구실에서 있다 보니까 싫증이 났고, 때마침 경영 악화로 감원 바람이 불어왔다. 물론 연구실도 예외는 아니었으며 나는 이때다 싶어 사표를 내고 미련 없이 C읍으로 내려왔다.

"어, 선배님 아니세요?"

그를 만날 때면 언제나 그가 먼저 나를 알아보았다. C읍의 사거리에서 신호등 때문에 발이 묶여 있다 신호가 바뀐 다음에 막 횡단보도를 건너는데 그가 내 앞을 막았다. 그러나 나는 그를 금방 알아보지 못했다. 이미 십 년이 지난 세월도 세월이었지만 그는 몰라보게 변해 있었다. 덥수룩한 머리에 수염까지 기르고 있었고, 승복을 개량한 듯해 보이는 솜옷을 입고 있었다. 나는 사람을 잘못 봤다는 생각에 앞을 막고 있는 그에게 누구냐고 되물었다.

"에이— 나야, 형. 한. 기. 섭."

내 반문에 그는 기분이 상했던지 '선배님'에서 '형'으로 호칭을 바꾸며 자신의 이름을 또렷이 댔다. 그가 이름을 밝히자 그때서야 그의 얼굴이 되살아났다. 한기섭. 꼭 십 년 만의 해후였고, 내가 '어, 그래' 하며 감탄조를 내뱉음과 동시에 신호를 기다리던 차들이 경적을 울려댔다. 신호가 어느새 바뀌고 나는 그와 함께 횡단보도에서 호들갑을 떨고 있었던 것이다. 직진 신호를 받은 차들이 그새를 못 참고 휙휙 지나갔다.

"그래, 어떻게 지냈어?"

오랜만의 만남이므로 근처에서 차나 한잔하자고 말하자 그가 앞장서서 안내한 곳이 '세느강'이었다. 그는 집 앞이라 술 생각이 날 때마다 들르곤 하는데 오늘은 나를 만나서 일부러 들렀다고 말했다. 그는 대낮부터 술을 마실 생각이었던 모양이다.

"뭐. 세월 가는 대로 살았지요."

그가 그 집에 대해 짧게 소개한 다음 침묵을 지키자 나는 멋쩍게 앉아 있을 수 없어 그에게 안부를 물었다. 그러면서도 나는 그의 남루한 옷차림과 이목구비까지 늘어뜨린 머리칼, 철사로 만든 솔처럼 뻣뻣하게 솟은 콧수염 때문에 괜한 질문을 한 게 아닌가 생각했다. 그의 초라한 모습이 생활을 말해주고 있다는 선입견 때문이었다. 그러나 그는 아무렇잖게 말하고 있었다.

"왜, 그런 거 있잖아요. 풍류를 즐기다 세월이 다 지나갔다고나 할까요. 이 산 저 산 떠돌다 보니까 그렇게 됐어요."

"입산을, 불도에 입문을 했었나 보군."

"하, 천만에요. 그냥 풍류를 즐겼을 뿐인걸요."

그때 마담이 맥주와 과일을 내왔고, 그가 나를 마담에게 소개했다. 나는 별반 술 마실 생각도 없었고 언제 이곳에 또 오랴 싶어 마담의 인사를 가볍게 받았다. 그런데도 그는 마담에게 합석하자고 했고, 마담이 스스럼없이 내 옆자리에 앉았다. 마담이 합석하자 나는 그 자리가 곧 불편해졌다. 오랜만에 그와의 해후이므로 허심탄회하게 얘기나 할 생각이었는데, 그는 자신의 사생활을 감추려고 일부러 마담을 끌어들인 듯했다. 그러나 그것은 괜한 걱정이었다. 그는 이미 오래전부터 마담을 알고 있는듯했고, 내가 묻지도 않았는데 자신이 살아온 세월을 얘기하기 시작했다. 그를 만나지 못했던 십 년의 세월을 그는 대략 이렇게 얘기했다.

"형님과 헤어진 것이 구 년인가 십 년인가 됐을걸요. 제가 입대할 때 형님이 졸업했으니까 아마 그쯤 됐을 겁니다. 제대하고 복학하고 졸업하고, 뭐 그때까지는 순조롭게 잘나갔지요. 또 누구나 할 수 있는 일이고요. 문제는 그다음부터였습니다. 졸업을 하고 나니까 갑자기 할 일이 없어지지 뭡니까. 취직 좀 해보려고 여기저기 이력서를 써서 디밀어봤는데, 거참. 역사학과가 그렇게 푸대접을 받을 줄은 미처 몰랐지요. 그래서 이참에 잘됐다 싶어 시를 써보려고 시 창작에 몰두했는데, 이번에는 집에서 성화지 뭡니까. 빨리 직장을 잡고 결혼하라고 말입니다. 그때부터 집을 떠나 사찰을 순례했었죠. 마곡사, 갑사, 수덕사에서 두루 있다가 그것도 싫증 나서 C읍으로 온 지 이 년쯤 됐습니다. 하지만 지금 생각해보니까 그 세월이 꼭 하루만 같더라고요. 형님은 어떻게 지냈어요? 글은 여전히 쓰시고요?"

그가 내 안부를 물으며 말을 끝냈을 때, 나는 아무 말도 할 수 없었다. 그의 유랑이나 방랑 생활은 결코 먼 거리를 떠돈 것은 아니었지만 나도 한때 그런 은둔 생활을 동경했었다. 연구실에서 화공약품이나 만지며 내내 그것이 그것인 실험을 할 적마다 직장을 이탈해서 어디론가 훌쩍 떠나서 명상하며 글이나 써보고 싶을 때가 있었다. 물론 그 뜻을 이루지는 못했지만, 수덕사 뒤란의 암자나 마곡사의 맑은 냇물을 내려다보며 요양을 위해 떠나온 사람처럼 살고 싶을 때가 있었다.

"땡추였네요, 그럼. 호호호."

내가 말이 없자 그의 말을 마담이 받았다. 마담이 그 말을 하자 그가 민감한 반응을 보였다. 분명히 마담은 아무 생각 없이 농담으로 그 말을 했는데, 그가 자신 앞에 놓인 맥주잔을 들어 마담의 얼굴에 확 뿌렸다. 순식간의 일이었다. 맥주 세례를 받은 마담이 고개를 숙이고 물수건으로 얼굴을 닦는데, 이번에는 그가 마담에게 욕설을 퍼부었다.

"뭐가 어째고 저째? 내가 너 같은 것 때문에 승천을 하다 떨어졌어, 알아?"

그의 돌연한 욕설과 행동 때문에 나는 아연해했고, 마담은 자리에서 일어나 얼굴을 두 손에 묻고 주방으로 피했다. 그가 취중에 한 행동은 아니었다. 맥주 두 병을 따서 마담까지 셋이서 한 잔씩 마시고 한 잔씩 따라놓은 상태였다. 나는 그가 저돌적으로 나와서 이만 일어서야겠다고 생각했다. 마담처럼 나도 그의 비위에 거슬리는 말을 했다가 무슨 봉변을 당할지 몰라 그와 앉아 있기가 몹시 불편했다. 십여 년 동안 그를 못 본 사이에 그의 성격이 이렇게 공격적으로 변했나 싶었다. 그러나 열 길 물속은 알아도 한 길 사람의 마음은 모른다고, 마담이 자리를 뜨자 그는 언제 그런 일이 있었냐는 듯이 표정이 밝아졌다.

"신경 쓰지 마세요, 형님. 실은 신이 내리려는데 귀신들이 방해하는 바람에 뜻을 못 이뤘어요. 그렇다고 불도에 입문하려고 했던 건 아니고, 왜

230   살아 있는 돌

그런 거 있잖아요. 어떤 진리를 터득하려고 명상에 잠기면 그것을 방해하는 것이 나오는 거 말이에요. 전 그래서 하산을 했는지도 모르죠. 참, 형님이 아주 C읍으로 내려왔다고요? 그럼, 자주 만나겠네요. 한잔 드세요."

그가 부드럽게 나왔으므로 나는 그의 빈 잔에 맥주를 따라주고, 가볍게 잔을 부딪쳐주었다. 그리고 그가 지금까지 내게 물었던 것들을 나는 천천히 말해주었다. 글을 쓰는 일은 늘 생각하고 있었지만, 다작(多作)은 고사하고 일 년에 단편소설 한두 편 쓰기에 바빴고, 어떨 때는 아예 글쓰기를 잊어버렸거나 단념했었다고 말했다. 어떻게 지냈냐는 그의 물음에 나는 서울에서의 생활을 간단히 얘기했고, 이제 이곳에서 학원을 운영해볼까 하고 장소를 물색 중이라고 내 입지를 밝혔다. 그는 내 말에 꽤 긍정적이었다. 내가 자신처럼 무위도식하며 지낼 줄 알았던 모양이다. 지금까지 무직으로 살아왔다면 용돈은 어떻게 충당하느냐고 내가 묻자 그는 쓴웃음을 지으며 아내가 벌고 있다고 말하고 머리를 긁적였다. 신이 내리면 하산을 해서 철학관이라도 운영해보려고 했는데, 그것이 여의치 않았고, 대학 때부터 자신을 따르던 후배가 공직에 몸담고도 계속 결혼하자고 조르는 바람에 엉겁결에 결혼을 했다고 그는 태연하게 말했다. 그리고 왜 마담에게 역정을 냈느냐고 내가 묻자 그는 '땡추'라는 말보다 잠시 헛것이 보인 것 같다고 말했다.

"수덕사에서 있을 때였어요. 암자에 혼자 앉아 명상하는데 갑자기 거인의 발소리가 나지 않겠어요. 밤 열두 시가 넘은 시각인데 터벅터벅하는 소리. 처음에는 참죽을 훑으며 지나는 바람 소린가 했는데, 분명히 거인의 발걸음 소리였어요. 놀라서 눈을 뜨고 사위를 둘러보는데 갑자기 문풍지 앞에 커다란 그림자가 나타나서 방 안을 둘러보고 다시 터벅터벅 발소리를 내며 돌아가지 않겠어요. 저도 모르게 밖으로 뛰어나가 봤는데요. 밖은 마침 눈이 발목까지 쌓여 있었는데, 이상하게도 문풍지 앞에서 방을 내려보고 돌아간 그 거인의 발자국은 어디에도 없더라고요. 헛것을 봤다고 생각하는데 그때부터 온갖 귀신들이 다 달라붙지 않겠어요. 여기서 깔깔거리고 저기서 낄낄거리고…… 아침에 눈을 뜨니까 눈은 더욱 퍼부어 무릎까지 차올랐는데, 간밤에 귀신들에게 시달려서 전 그 눈을 헤치며 하산을 하고 말았지요. 하산을 하고서도 전 몇 날을 개꿈에 시달려야 했습니다. 밤마다 귀신들이 찾아와 깔깔대고, 듣기 싫어서 밖으로 나오면 온갖 나무들이 귀신으로 보이고 했으니까요. 집에서도 발칵 뒤집혔지요. 객지를 떠돌다 돌아온 아들이 어디서 귀신에 씌여 왔다고 아우성쳤고, 몽유병까지 있다는 소문 때문에 전 한동안 외출도 못 했으니까요."

그가 얘기를 끝내며 갈증이 나는지 맥주를 단숨에 들이켰다. 나는 그의 말을 들으며 무슨 허무맹랑한 얘기를 지껄이나 했다. 그러나 그는 술을 마시고 있었지만 진지하게 말했다. 귀신에도 선한 귀신과 악한 귀신이 있는데, 자신이 수덕사에서 만난 귀신은 악한 귀신들뿐이었다나. 앞으로 어떻게 지낼 거냐고 내가 묻자, 그것은 삼 년 전의 일이었고 지금은 문학 공부와 C읍의 근교에 있는 사료를 발굴하는 일을 하고 있다고 했다. 그러나 그가 사료를 발굴한다고 해서 향토문화원이나 박물관 따위에 적을 두고 있는 것도 아니었다. 나는 그의 얘기를 대충 듣고 자리에서 일어났다. 마담은 그때까지도 화가 안 풀렸는지 모습을 보이지 않았다. 술값은 다음에 내면 된다고 그가 먼저 계단을 내려가므로 나도 그의 뒤를 따랐다. 계단을 내려온 다음 나는 그에게 C읍에 있으니까 언제든지 전화하라고 말하고 그에게서 등을 돌렸다. 그게 십 년 만에 그와의 첫 대면이

　　　　　　　　　　　　　　　　　살아 있는 돌

고 헤어짐이었다.

산의 정상으로 가기 위해 발을 막 내딛는데 내가 파고 들어갔던 구덩이가 돌의 무게를 견디지 못하고 우르르 무너져 내렸다. 나는 무너져 내린 돌을 멍하니 바라본다. 작업을 하던 도중에 돌이 무너져 내렸다면, 하는 생각보다 언젠가는 이곳을 천사백 년의 모습으로 복원시켜야 하지 않을까 생각한다. 성터의 잔해만 남아 있는 돌들과 사료의 어디에도 나타나 있지 않은 이 유적지를 복원하지 않는다면 영원히 사장되지 않을까.

오랜만에 산을 타서 그런가. 벌써 다리가 아려온다. 돌무더기를 벗어나 다시 오솔길을 찾아드는데 길은 처음 올라올 때보다 더욱 분간할 수 없다. 길인 것도 같고 아닌 것도 같은 그런 길이다. 그러나 길은 경사만 급하게 이뤄졌을 뿐, 돌무더기는 다시 나타나지 않는다. 아마도 이곳은 성문이 따로 있었던 것도 아닌 모양이다. 게다가 길은 헷갈리게 나 있다. 길을 따라 오르다 보면 절벽이 나오고, 절벽을 우회하면 길이 끊기곤 한다. 약초를 캐러 왔던 노인은 어떻게 이 산을 누볐을까 의심스러울 정도다.

겨우 길을 찾아 정상에 오르자, 정상은 의외로 평탄하고 사방이 확 트여 있다. 해발 사백여 미터밖에 안 되는 곳임에도 멀리 독립기념관이 보이고 남으로는 C읍이 한눈에 들어온다. 그리고 맞은편에는 운주산이 버티고 있고, 철길을 따라 기차가 지나고 있다. 나는 배낭을 내려놓고 기지개를 켠 다음 '야호—' 하고 외친다. 물론 대답할 사람은 아무도 없지만 몇 번을 그렇게 외치고 나자 정상까지 올라오느라 쌓인 피로가 금방 풀리는 듯하다. 돌무더기에서 숲으로 들어갔다 행방이 묘연했던 노인은 벌써 산 아래로 내려가고 있다. 저수지 쪽을 바라보며 함성을 지르다 차가 세워진 위치를 확인하는데 노인이 막 저수지 밑으로 내려가는 게 보인다.

정상에는 누군가가 불을 피운 흔적이 있다. 죽은 나무를 주워서 불을 피운 모양인데 급하게 내려가려고 불을 껐는지 타다 남은 나무들이 흩어져 있다. 그러나 오늘 놓았던 불은 아닌 듯하다. 나는 배낭에서 야전삽을 꺼내 땅을 파 화지(火地)를 만들고 흩어진 나무를 그곳에 모아놓는다. 아직 시간이 있으므로 좀 쉬었다 내려갈 생각이다. 이곳에도 그의 흔적은 보이지 않는다. 불을 피운 흔적은 있지만, 그가 한 것이라고 단정할 수 없는 일이다.

나는 라면을 끓이기 위해 버너를 설치하고 코펠에 물을 붓는다. 산을 오르고 나자 기다렸다는 듯이 시장기가 찾아왔고, 나는 여태껏 점심을 걸렀던 것을 알았다. 핸드폰 시간은 벌써 세 시를 알리고 있다. 산에서는 혼자 있어도 시간이 빠르게 지나는 듯하다. 돌무더기에서 커피를 끓여 마실 때는 해가 머리 위에 떠서 햇살을 풀어놓고 있었는데, 지금은 서녁으로 한층 다가가고 있다. 서녁으로 다가가고 있는 해를 보고 있는 사이에 물이 끓고 있다. 나는 라면을 넣고 화력을 조금 낮춘다. 그리고 C읍을 바라보며 정 선생을 떠올린다. 그녀는 지금까지도 내 전화를 기다리고 있을까.

나는 야전삽으로 만든 화지에 마른 솔잎을 한 줌 넣고 라이터를 당긴다. 불은 소리 없이 금방 붙었고 건조한 탓에 연기도 없이 타오른다. 누군가가 불을 놓은 자리에 내가 다시 불을 지피는 것이다. 그러나 목적은 아무것도 없다. 추위를 피하기 위해서도 아니고 봉화의 구실을 위해서도 아니다. 그냥 먼저 왔다 간 사람의 행적을 더듬듯 나도 흉내를 내보는 것이다. 앞서 왔다 간 그 누군가는 무슨 의미로 불을 놓았을까. 만약에 불을 놓았던 사람이 바로 한기섭이었다면, 그는 이곳에서 혼들과 어울렸던 것일까. 그러나 어디에도 보이지 않는 혼. 그는 어쩌면 혼자서 불을 피워놓고 무희를 즐겼던 것이 아닐까. 이를테면 혼은 어디에도 존재하지 않는데 혼자서 환상에 빠져 혼이 있다고 믿고 있었던 것이 아닐까. 그는 그러므로 유적을 발굴한다는 명목으로 이곳에 와서 자신도 모르게 불을 활활 피워놓고 착시로 보이는 혼들과 무희를 즐기지 않았을까. 나는 소리 없이 타오르는 불꽃을 보며 그렇게 생각하고 있다.

5

정상에서 산을 내려올 때는 벌써 땅거미가 밀려오고 있었다. 라면을 끓여 먹고, 코펠에 물을 담아서 다시 커피를 끓여 마시고, 담배를 피우고 사위어 드는 불꽃을 보고 마른 나무를 주워 불을 다시 활활 타오르게 하고 명상에 잠기다 보니까 벌써 해가 넘어가고 있다. 나는 산을 내려가기 위해 서둘러 배낭을 꾸려 어깨에 멘다. 산에 올라올 때 눈여겨봐서 알았지만, 돌무더기가 있는 곳까지는 급경사에 절벽까지 있어서 어두워지기 전에 빨리 내려가야 했다.

내가 왜 이렇게 정상에서 지체하고 있었을까. 시계는 벌써 일곱 시를 넘고 있다. 멀리 독립기념관과 남쪽의 C읍에는 불빛만 빛나고 있다. 나는 배낭에서 손전등을 꺼낸다. 아직 손전등을 켤 만큼 어두운 것은 아니지만 산에서는 어둠이 빨리 내려 미리 준비한 것이다. 그러나 산을 몇 발치밖에 못 내려왔는데도 어둠이 산을 삼키고 말았다. 한 치 앞도 분간할 수 없는 어둠 때문에 나는 덜컥 겁이 난다. 해발 사백여 미터밖에 안 되는 산이라 마음만 먹으면 금방 내려갈 줄 알았는데, 그게 뜻대로 되지 않는다. 올라올 때와는 달리 길이 보이지 않으므로 나무를 잡으며 더듬다시피 내려와야 했고 방향 또한 예측할 수 없다. 어둠이 짙어 나는 마침내 손전등을 켠다. 절벽을 우회해서 내려온다고 생각했는데 막상 정신을 차리자 절벽이 발밑에 있기 때문이다. 손전등을 켜고 나는 가까스로 절벽에서 멀어진 다음, 다시 내리막으로 방향을 튼다. 그러나 길은 이미 잃어버린 다음이다. 하기야 길도 아닌 길이기 때문에 있으나 마나 한 길이다.

나는 방향을 틀었다가 이쯤이 맞는가 싶어 산을 올려다본다. 내가 지핀 불은 그새 꺼졌는지 보이지 않는다. 씨앗불이 남아 있을 텐데 나무에 가려 그것조차 보이지 않는다. 그때 설상가상으로 손전등의 불빛까지 흐릿해진다. 방전되었던 모양이다. 건전지를 여분으로 넣고 오지 않은 것이 후회되었다.

얼마쯤 산에서 내려왔을까. 밤공기가 차가운데도 이마에서 식은땀이 흐른다. 분명히 이만큼 내려왔으면 돌무더기가 나올 듯했는데 계속 잡목들이 우거진 숲만 이어지고 있다. 발을 옮길 적마다 낙엽이 부서지는 소리가 기분 나쁘게 고막을 건드렸다. 여우가 제 꼬리를 보고 놀란다더니, 나는 내 발소리 때문에 몇 번이나 놀란다. 낙엽이 부서지는 소리를 들으며 언젠가 그가 수덕사에서 명상할 때 들었던 거인의 발소리를 떠올린 것이다.

어둠이 내린 산중에서 길을 잃은 것처럼 난감한 것도 없다. 돌무더기가 있는 곳으로 내려왔다고 생각했는데 잘못 내려온 모양이다. 올라갈 때 봤던 곳이 아니다. 소나무 숲을 지나면 곧바로 돌무더기가 나왔는데 내가 내려온 곳은 대나무 숲이다. 올라갈 때 못 보았던 대나무다. 아마도 절벽에서 우회할 때부터 방향이 바뀐 모양이다. 그러나 나는 방향을 바꾸지 않았다. 빨리 이 산을 벗어나고 싶을 뿐이다. 무작정 밑으로만 내려

살아 있는 돌

가면 민가와 도로가 나올 것이고, 그곳에서 차를 잡아타고 C읍으로 가면 되는 일이다. 저수지 옆에 주차한 차야 내일 찾으러 오면 되는 일이고 말이다. 처음부터 그의 자살에 대한 어떤 동기를 찾으려고 이 산에 왔지만, 어둠 속에서 산속을 헤매게 되자 나는 처음의 확신과는 달리 제발 이 산을 무사히 빠져나가기만 바라고 있었다.

그러나 대나무 숲을 빠져나가는 것도 곤욕이다. 자생하는 대나무라 제 멋대로 뻗어 있고 바닥은 돌들이 투박하게 박혀 있어서 손을 더듬어도 대나무 잎이 목덜미를 긋고 지나갔고, 발을 조심스럽게 옮겨도 돌부리에 자주 채었다. 게다가 바람이 불 적마다 대나무 잎이 소름이 끼칠 정도로 스르륵거린다. 그때 손전등마저 완전히 불이 나가고 말았다. 희미한 빛을 발산하던 손전등마저 수명을 다하자 사위는 먹물을 뿌려놓은 듯하다. 한 치 앞도 분간할 수 없는 어둠 속에 나는 문득 갇히고 말았다는 생각이 든다. 갑자기 천사백 년 동안 미라로 남아 있는 느낌이다.

한 가닥의 불빛을 발견한 것은 손전등을 배낭에 넣고 다시 대나무 숲을 십여 미터 헤쳐나가고부터였다. 불빛은 길 잃은 길손을 기다리고 있었다는 듯이 가물거리다 또렷이 빛난다. 이 산중에 웬 불빛인가 싶어 나는 사위를 둘러본다. 대나무 숲이 끝나 있고, 다음부터는 계곡이다. 정신없이 대나무 숲을 헤쳐 나온 사이에 나는 어느새 계곡의 앞에 서 있다. 불빛은 그 계곡에서 빛나고 있다. 그러나 계곡은 멀리 있다. 정상에서부터 내려온 산줄기가 몇 가닥씩 늘어져 있으므로 계곡도 그 산줄기와 같은 갯수로 자리를 잡고 있는데, 불빛이 빛나는 곳은 작은 산줄기 하나를 넘어야 하는 계곡이다. 무작정 산에서 내려가는 것보다 불빛이 있는 곳으로 가서 위치를 대략 확인하고 내려가는 것이 좋을 듯해 나는 불빛이 빛나는 곳으로 방향을 튼다.

다시 얼마나 산을 헤매었을까. 불빛이 보이는 곳까지 곧장 걸어갔다 싶은데, 의외로 작은 산등성이도 돌이 많아 오르기가 곤욕이었고, 산등성이를 오르자 불빛은 계곡의 절벽 밑에서 빛나고 있다. 산등성이를 오르는 동안 나는 내내 무슨 불빛일까를 뇌리에 그리고 있었다. 그의 유서처럼 혼들이 모인 자리인가 해서 덜컥 겁이 났지만, 나는 그런 것은 믿지 않기로 한다. 그러나 산중에서 불빛이 빛나고 있다는 것 자체가 이상한 일이다.

나는 산등성이에서 참았던 담배를 한 개비 피워 문다. 이마와 등줄기로 여전히 식은땀이 흘러내린다. 불빛은 이제 가까이에 있다. 계곡을 내려가서 절벽 밑까지만 오르면 불빛과 만날 수 있다. 그러나 누가 왜 불을 켜놨는지는 알 수 없다. 어쨌든 불빛이 있는 곳에 가보면 전말이 드러날 수 있다는 생각에 나는 피우던 담배를 끄고 다시 발을 옮긴다. 산등성이부터는 시야를 가리는 장애물이 없어 발을 옮길 적마다 불빛이 점점 가까워진다.

불빛은 절벽의 막사 앞에 켜놓은 등불이다. 계곡에서 절벽으로 오르자 등불 하나가 막사 앞에 매달려 있고, 절벽의 바위 밑에는 여러 개의 촛불이 켜져 있다. 그러나 바위에 가려 있어서 산등성이에서는 보이지 않는 촛불이다. 나는 이 산중에 웬 막사가—막사라야 텐트처럼 천막으로 사방을 막은 것이지만—있을까 생각하며 사위를 둘러본다. 막사 앞에는 등불만 켜져 있을 뿐, 안에는 사람이 없는지 불빛이 흘러나오지 않는다. 절벽의 바위 밑도 촛불만 타고 있을 뿐이다. 그렇다면 사람이 있다가 내려간 것일까. 나는 등불 앞에서 그동안 짐지고 있던 배낭을 내려놓고 핸드폰을 꺼내 시간을 본다. 벌써 아홉 시를 가리키고 있다. 꼬박 두 시간 동안 산을 헤맨 것이다. 정상에서 절벽을 우회해서 돌무더기만 찾았어도 나는 지금쯤 저수지 앞의 공터에 주차한 차를 끌고 C읍으로 가고 있었을 것이다. 그러나 길을 잘못 들어서는 바람에 나는 이렇게 낯선 등불 앞에 서 있다.

인기척이 없으므로 나는 배낭을 등불 앞의 돌 밑에 세워놓고 절벽의 바위 밑에 켜놓은 촛불로 발을 옮긴다. 정화수가 놓여 있고, 촛불은 양옆으로 네 개씩 켜져 있다. 그리고 정화수 위에는 석불(石佛) 하나가 놓여 있다. 아마도 무당이 굿을 했던 모양이다. 돌무더기에 그가 떠놓았던 정화수와 다를 바 없는 무속이다. 그렇다면 그가 이곳에도 왔을까. 나야 어차피 길을 잘못 들어서 이곳까지 왔지만, 그는 이곳에서 무엇을 빌고 염원을 했을까. 혼이 나타날 기미는 어디에도 보이지 않는데, 이곳에서 그는 죽음에 대한 어떤 동기를 얻은 것은 아니었을까. 문득 그런 생각이 들자 그의 모습이 촛불에 비치는 듯하다.

한기섭. 이번에는 그가 나를 찾아왔다. '세느강' 마담에게 맥주잔을 들어 뿌리고, 땡추도 아닌 것이 적나라하게 귀신 얘기를 늘어놓던 그가 학원으로 나를 찾아왔다. 나는 그 무렵 C읍의 도서관 옆에 있는 건물 2층을 얻어 막 학원을 개업하려던 참이었다. 당구장으로 쓰였던 곳이라 벽을 설치해서 강의실과 사무실, 휴게실을 만들고 책상과 의자, 칠판을 들여놓고 생활정보지에 강사와 학원생 모집 광고를 내놓고 기다리던 참이었는데, 그가 나를 찾아와 불쑥 이력서를 내밀었다. C읍에 있으니까 자주 만나자고 말하고 헤어졌는데 나는 그 후로 그에게 한 번도 전화하지 않았고, 그도 내게 연락해 오지 않았다.

나는 그가 내미는 이력서를 받아들면서도 그가 장난하는 것으로 생각했다. 그는 내게 늘 방종 같은 것만 보여줬으므로, 나는 이번에는 무슨 뚱딴지같은 일을 꾸미려고 그러냐고 되물으려다 그만두었다. 그러나 그는 몹시 진지해 보였다. 덥수룩한 머리와 수염은 깨끗이 손질되어 있었고, 승복 같은 솜옷 대신 넥타이를 산뜻하게 매고 있었다.

"형님도 참, 저도 이제 맘 잡고 살려고 그럽니다. 그 밑에 있는 이력서는 정지숙이라고 제 와이프 친군데 수학 하나는 똑소리 나게 합니다. 그리고 저는 시를 써온 실력으로 국어나 가르칠까 하거든요. 형님은 뭣이냐, 과학을 가르치면 되고…… 그럼 만사가 오케이네요."

그가 준 이력서 뒤에는 그의 말대로 또 하나의 이력서가 겹쳐 있었다. 나는 애초부터 학원을 영어와 수학만으로 운영해볼 생각이라 수학 선생은 검토해보겠다고 말하고, 그의 이력서는 돌려주었다. 그러나 그는 돌려받기를 완강히 거부하고 나섰다. 수능시험을 살펴보면 국어, 영어, 수학 배점이 다 똑같고, 오히려 논술이 추가되어 있어 국어가 얼마나 중요한데 제외하느냐, 내 실력을 못 믿어서 그러느냐, 그가 갑자기 감정적으로 나왔고 나는 국어는 학생들이 많이 모이지 않을 것 같아 그런다고 답변을 했다. 그러자 그가 되레 한술 더 떴다. 국어 과목에 학원생이 안 모이면 자신이 직접 모집해서라도 가르칠 테니까 그런 것은 걱정하지 말라는 바람에 나는 다시 검토해보겠다고 말했다.

그 후 나는 그의 강한 의지 때문에 국어 과목을 개설했고 그를 강사로 채용했다. 그는 몇 달간은 잘 해주었다. 그는 약속을 한 대로 자신이 담당하는 과목의 학생들을 모집했고, 중학 국어에서 고교 국어까지 가르치겠다는 야심이 있었다. 그러나 그것도 잠깐이었다. 잘해나가던 그가 갑자기 유적을 발굴한다며 틈만 나면 유적지를 돌더니, 끝내는 혼들의 세계에 갔다 왔다는 허무맹랑한 얘기를 늘어놓았고 가끔 학부모로부터 항의 전화가 걸려왔다. 나는 그때서야 그가 본색을 드러내고 있음을 알고 어떻게 할까 고심하게 되었다.

처음부터 그의 완강한 뜻만 믿고 그를 채용한 것이 잘못이었다. 강의
하겠다는 열의와는 달리 그의 의식은 이미 방랑이나 은둔에 잘 훈련되
어 있어서 내색하지 않아도 은연중에 그런 의식이 튀어나온다는 것을
나는 미처 깨닫지 못했던 것이다. C읍에서 처음 그를 만났을 때, 그의
입성과 외모, 어투와 행동에서 여실히 드러난 그의 성품을 내가 너무 쉽
게 받아들인 게 아닌가 싶다. 유독 그가 맡은 과목만 말썽이 많고 항의
도 많았다. 수업 도중에 여학생이 무섭다고 엉엉 울고 나오질 않나, 수
시로 학부모가 찾아와 선생을 바꿔주든가 그 과목을 없애든가 하라고
하질 않나. 나도 이쯤 해서 무슨 결단을 내려야겠다고 생각했다.

"한 선생님을 너무 나무라지 마세요. 따지고 보면 불쌍한 사람이에요."

그의 문제를 의논하려고 사무실에서 커피 한잔을 앞에 놓고 정 선생
과 마주 앉자 그녀가 대뜸 하는 얘기였다. 나는 그녀의 말을 들으며 학부
모의 항의가 빗발치는데 그래도 가재는 게 편이라고 그와의 안면 때문에
정 선생이 그를 감싸는 게 아닌가 생각했다. 그러나 그녀의 말을 마저 들
은 다음에야 나는 수긍할 수 있었다.

"안 그래도 그 문제 때문에 저도 수린이를 만났어요. 한 선생 부인 말
이에요. 출산 휴가를 얻어 지금은 집에서 쉬고 있는데, 자기도 미치겠대
요. 무엇인가에 빠진 사람처럼 낡은 기왓장이나 등잔 깨진 것 따위를 방
안에 들여다 놓질 않나, 멍하니 누워서 천장만 바라보질 않나, 밤에는 밖
의 정원에 촛불을 켜놓고 중얼거리질 않나, 아무튼 미치겠대요."

"……그렇다면 뭔가에 홀린 사람 아녜요?"

"그럴지도 모르죠. ……조금만 참아봐요. 곧 괜찮아지겠죠 뭐."

정 선생의 말을 들으며 나는 나도 모르게 고개를 끄덕였다. 무엇인가
에 집착하고 있다는, 이를테면 그의 집착증이 자신이 추구하는 것이 헛

된 것이었음을 깨달으면 곧 정상으로 돌아오지 않을까 하는 기대 때문이었다. 그러나 그는 내 기대를 저버리고 자살로 삶을 마감하고 말았다. 꼭 그의 자살에 대한 원인이 집착증이라고는 할 수 없지만 나는 문득 그런 게 아닌가 생각했다. 유물을 발굴하기 위해 여기저기 답사하다 우연히 낡은 기왓장이나 깨진 등잔 따위를 주웠을 것이고, 거기에 매료되어 무슨 보물찾기하듯 유물을 찾아 헤매지 않았나 싶다. 그러다가 병이 더욱 고조되어 환청이 들리고, 환시가 보이고, 영혼의 세계 같은 곳이 있다고 믿고 그러다가 섣불리 죽음을 선택하지 않았나 하는 상상이 뇌리에 그려졌다.

그의 모습이 여전히 촛불에 비치는 듯하다. 금방이라도 어디선가 그가 달려올 것 같은 예감이 든다. 그러나 그것조차 환시다. 나는 촛불에서 눈을 돌려 석불을 바라본다. 촛불과 등불이 켜 있는 것으로 봐서 누군가가 상주하고 있을 듯했는데 사람은 여전히 보이지 않는다. 사위는 불빛만 없으면 어둠 속에 묻힌 산중으로 남아 있었을 것이다. 불빛과 향내와 석불 때문에 엄숙한 분위마저 감돈다. 그때 사람의 말소리가 들린다. 여자의 음성이다.

"무리를 잃은 기러기 한 마리가 밤하늘을 헤매듯, 길도 없는 산중에서 어둠과 싸우느라 고생이 많으셨습니다."

나는 재빨리 소리 나는 쪽으로 시선을 돌린다. 언제 왔는지 내 앞에는 여인이 서 있다. 그녀는 짙은 눈썹에 머리칼을 허리까지 늘어뜨리고 있는데, 눈빛이 예리하게 빛나고 있다. 게다가 그녀는 흰 천을 두른 듯한 소복을 하고 있어서 나는 하마터면 정신을 잃을 뻔했다. 인기척은 없어도 촛불과 등불을 켜놓은 것으로 봐서 사람이 상주하고 있다는 것은 예측하였지만, 소복을 한 여자가 나타날 줄은 미처 몰랐다.

"……누, 누구시죠?"

그녀에게 누구냐고 물으면서도 나는 다리가 후들거린다. 그러나 그녀에게 누구냐고 물은 것은 잘못된 질문이다. 그녀는 주인이고 나는 길손이므로 오히려 그녀가 내게 누구냐고 반문해야 옳았다. 그녀는 내 질문에도 아랑곳없이 나를 정중히 맞는다.

"참선하느라 잠시 자리를 비웠는데, 그때 찾아오셨군요."

그 말을 하며 그녀가 두 손을 모아 합장을 하고 내게 인사를 한다. 손님이 찾아오면 그녀는 그렇게 인사를 하는 모양이다. 그녀가 인사를 하므로 나도 얼떨결에 가볍게 묵례한다. 그다음부터는 그녀의 손놀림이 빨라진다. 이미 켜져 있는 양초를 좌우에 한 개씩 더 켜놓았고, 향에 불을 붙여놓고 정화수를 다시 떠서 올린 다음 그녀는 석불에 합장한다. 이를테면 찾아온 손님에 대해 길흉을 점친다든지, 무사히 돌아가기를 기원하는 듯하다. 그러나 나는 아직도 그녀의 정체를 몰라 두려워하고 있다. 그녀가 석불에 합장하고 돌아서자 나는 움찔 놀란다. 그녀가 의외로 나를 빤히 바라보았고, 그녀와 시선이 마주치자 나는 처음의 그녀 모습에서 느낀 두려움 때문에 한 발 뒤로 물러난다. 그녀가 내 행동을 보며 살며시 미소를 보인다. 어리석게 살아온 중생이라고 비웃는 듯하다.

"사람이 사람을 만났는데 뭘 두려워하십니까? 그러잖아도 오늘쯤에는 손님이 찾아온다는 산신님의 계시가 있어서 등불을 켜놓고 기다리고 있었습니다. 자, 가시지요."

긴 머리칼과 입고 있는 소복한 옷 때문에 그렇게 느껴졌나. 두려워하고 있는 나와는 달리 그녀의 음성은 의외로 차분하고 진지했다. 어디로 나를 안내하려는 것일까. 촛불이 어둠을 밝혀주고 있어서 이곳에서 얘기해도 괜찮을 텐데 그녀는 무슨 긴요한 할 말이 있는지 앞서 걷고 있다.

나는 아무것도 할 말이 없고, 다만 길을 잃어서 이곳에 왔다고 말하려다 문득 그의 죽음이 떠올라 그녀의 뒤를 따른다. 그의 자살에 대한 동기를 그녀에게서 밝혀낼 수 있을지 모른다는 생각에서였다. 그가 유서에서 '젊은 보살은 생을 버리고 혼들의 세상으로 오라'고 한다는 여운을 남겼듯이, 그 젊은 보살이 바로 이 여자라는 확신이 선다. 그렇다면 이 여자가 그가 자살하게끔 충동질을 한 게 아닐까. 그런 생각을 하자 그녀에 대한 두려움에서 증오스러움으로 마음이 바뀐다. 도대체 이곳에서 무엇을 하는 여자일까. 산신의 계시를 말하므로 그녀가 산신을 모시는 여자라는 것은 알 수 있는데, 왜 멀쩡한 사람에게 자살하게끔 충동질을 했을까. 물론 그것은 내 추측이지만 그가 유서에서 언급했듯이 그의 자살에는 이 여자가 깊이 관여했다는 생각이 든다.

그녀가 나를 안내한 곳은 의외로 동굴이다. 등불이 있는 곳에서 절벽 쪽으로 난 돌계단을 따라 조금 오르자 동굴이 나온다. 자연히 생성된 동굴인데 그곳에도 촛불이 켜져 있고, 석불과 산신이 나란히 모셔져 있다. 나는 사위를 둘러보며 이런 곳에 아담한 동굴이 있다는 게 신비롭게 느껴진다. 입구는 사람이 겨우 몸을 구부려야 들어갈 만큼 비좁았지만, 내부는 십여 평 남짓한 공간이다. 석불과 산신이 모셔진 반대편에는 돗자리가 바닥에 깔려 있고, 담요와 베개까지 놓여 있다. 아마도 이곳에서 참선하다 늦으면 자는 모양이다. 그녀가 앉으라고 권하는 바람에 나는 돗자리에 앉아서 석불과 산신에 눈을 준다. 그때 그녀가 솔잎차를 내준다. 솔잎을 넣고 끓인 다음 떫은맛을 없애기 위해 설탕을 넣고 다시 끓여서 보온병에 넣어둔 것이라고 그녀가 말한다. 솔잎차를 받아들자 정말로 차에서 솔잎 냄새가 난다. 그녀는 내가 차를 마시며 안정을 취하면 얘기를 하려는 모양이다. 그녀도 솔잎차를 따라 천천히 입으로 가져간다. 동굴에서 보니까 그녀는 밖에서보다 더욱 앳되어 보인다. 그러나 눈빛은 여전히 예리하게 빛나고 있고, 긴 머리칼과 입성 때문에 요염하기까지 하다. 나는 서둘러 찻잔을 비운다. 빨리 산에서 내려가야 한다는 초조함 때문에 차 맛도 느껴지질 않는다.

6

"산신님께서 길손이 찾아온다는 계시를 내리신 것은 곧 생명을 잉태한다는 것입니다."

차를 마시고 이만 산에서 내려가야겠다고 생각하는데 그녀가 말문을 연다. 그녀는 그 말을 하기 위해 지금까지 뜸 들이고 있었다는 듯이 또 가볍게 미소를 짓는다. 나는 생명을 잉태한다는 말에 그게 무슨 말이냐고 되물으려다 그녀의 다음 말을 기다린다. 차령산맥의 어느 깊은 산골의 오두막집에서 할머니와 단둘이 살다가 열세 살에 신이 내려 그녀는 이곳으로 왔다고 했다. 그녀가 온 게 아니라 무엇인가가 그녀를 이곳으로 옮겨놓은 것 같았다. 할머니가 숙환으로 별세하여 혼자 땅을 파서 봉분을 만들고 사십구재를 지낸 그날 산신이 나타나 그녀의 머리에 손을 얹고 돌아갔는데, 그때부터 사람의 마음을 볼 수 있는 눈을 갖게 되었고, 멀리 있는 앞날까지 내다볼 수 있는 예지가 생겼으며, 산신의 뜻에 따라 산신을 섬기게 되었다고 했다. 그리고 그녀는 이 시대의 생애에 적을 두고 있지만 실은 천사백 년 전의 삶을 사는 것 같다고 했다. 가끔 한눈을 팔 때면 함성이 들려오고 어디선가 창과 칼이 부딪치는 소리가 났으며, 온갖 귀신들이 달라붙어 지성으로 산신을 모시지 않으면 그동안 일구어놓은 수행이 수포로 돌아간다. 간밤에도 산신께 공양하고 석불에 예불을 올리는데, 산신님이 내려오셔서 내일은 대를 이을 동자가 찾아올 것이니 잘 모시라는 명이 있었다. 산신의 말씀에 따르면 그녀는 생명을 잉태하여 여자아이를 낳고 그 아이가 대를 잇는다.

나는 그녀의 말이 끝나기도 전에 자리를 박차고 일어선다. 내가 그녀와 성교를 해서 그녀의 대를 이을 아이를 낳게 해준다는 말에 울화가 치민다. 사람을 농락하는 것도 분수가 있는 법, 그녀는 산신의 뜻이라고 했지만, 너무한다는 생각에서다. 그러나 내가 자리에서 일어났음에도 그녀는 놀라거나 잡으려 하지 않는다. 혼자서는 내려갈 수 없으며 내려간다 해도 반드시 되돌아온다고 믿고 있는 모양이다. 나는 그녀에게 길을 잃어서 이곳에 온 것뿐이라고 말한다. 그녀는 그것조차 부정하고 있다. 길을 잃어서 이곳에 온 게 아니라 산신님이 이곳으로 인도했으며, 자신도 산신의 지시로 몇 날 며칠을 산맥을 따라 걸어와 이곳에 안착하게 되었다고 말한다. 산마다 산신이 있는데 이곳에는 산신을 모시는 보살이 천 년 동안 자리를 비워서 산신을 모시는 데 애로가 많았다. 신라군이 백제의 잔류세력과 싸움을 하다 산신을 모시는 보살까지 쳐서 산신이 노하여 천 년 동안 잠을 자고 일어났다. 산신이 없는 그 천 년의 세월 동안 온갖 귀신들이 모여들어 혼들의 세상을 만드는 바람에 천 년 동안 누려온 귀신을 쫓기가 그렇게 힘들었다. 쫓으면 또 오고, 쫓으면 또 오고, 그때마다 산신님이 나타나 호통을 치셔서 지금은 산신님의 산이 되었다.

나는 다시 자리에 앉는다. 그녀가 대를 잇는다는 얘기에서 산신과 귀신으로 화제를 바꿨기 때문이다. 나는 이쯤 해서 그녀에게 한기섭에 대해 얘기를 해야겠다고 생각한다. 사실 내가 이 산에 온 것은 그의 자살에 대한 어떤 동기나 충동 같은 것을 찾기 위해서였고, 돌무더기를 파헤친 흔적과 정상에서 불을 피운 흔적이 있었지만, 그의 유서와 가장 근접하게 와 있는 것은 바로 지금이다. '밤마다 일어나서 세상을 유희하는 혼들이 있다. 강물로도 씻지 못하는 우리의 죄목들. 죄목을 씻기 위해 혼들을 찾아가면, 혼들은 내가 한낱 목숨 하나 부지하는 사람이라고 오지 말라네. 오늘도 금이성엔 천년 적요만 고여, 젊은 보살 생을 버리고 혼들의 세상으로 오라 한다.' 그렇다면 그녀는 귀신을 자신이 쫓고 있으며 그에게는 귀신의 세상을 권한 게 아닐까. 그녀가 잠시 말없이 앉아 있으므로 이번에는 내가 그녀에게 묻는다.

"어쩌면 당신이 그의 자살을 부추긴 게 아닌가 싶군요."

"그렇지 않습니다. 그 사람은 영혼의 세상으로 간 것뿐입니다. 어차피 태어나면 누구나 한 번씩 죽음이라는 문턱을 넘어야 하는 법, 먼저 간 사람들처럼 그렇게 간 것뿐입니다. 다만 아쉬움이 있다면 뜻을 이루지 못한 것이지요. 그러나 죽음이 있어야 이승의 멍에를 벗는 법이니 너무 미련을 갖지 마십시오."

그가 자살한 것을 말하고 그가 이곳에 오지 않았냐고 물었을 때, 그녀는 이미 그의 죽음을 예견하고 있었다는 듯이 말했다. 그녀의 말처럼 그의 죽음은 어쩌면 예견된 일인지도 모른다. 그는 백제가 멸망할 때 잔류의 세력들이 귀중한 문화재를 사비성에서 이곳으로 옮겨왔고, 그 문화재가 천사백여 년 동안 이곳의 어딘가에 묻혀 있다고 믿고 있었다. 실제로 그는 돌무더기도 들춰보고 정상에 올라가 보물이 묻혀 있을 만한 곳을 관망하기도 했다. 그러나 사료의 어디에도 그런 내용은 없고 어디까지나 그것은 그의 추측이었다.

문화재를 찾아내기 위해 고심하던 그가 착안해낸 것이 혼이었다. 영혼의 세계로 들어가 혼들에게 부탁을 하면 보물이 묻힌 곳을 쉽게 찾을 수 있다고 단정하고 그는 성터에 제단을 만들고 그곳에서 혼들과 얘기를 했다. 그러나 혼들은 사람에게 그것을 알려주는 것은 천기(天機)를 누설하는 일이므로 알려줄 수 없으며, 사람이 혼들의 세상으로 오는 것은 금기되어 있으니 어서 인간의 세상으로 돌아가라고 비아냥거렸다. 그가 매번 찾아와 혼들에게 사정을 해도 혼들은 똑같은 말만 했다. 할 수 없이 그는 혼자서 보물이 묻힌 곳을 찾으려고 산을 헤매다 이곳까지 오게 되었다.

이곳으로 오는 그를 보며 그녀는 그가 사욕으로 꽉 채워져 있음을 알았다. 오늘처럼 길손이 찾아온다는 산신님의 계시도 없었고, 찾아올 사람도 없어서 그녀는 그를 정중히 맞이하지도 않았다. 그는 혼들에게 했던 얘기를 똑같이 하며 그녀에게 보물이 있는 곳을 알려달라고 사정을 했고, 그것은 천기이므로 누설할 수 없으며 꼭 알고 싶으면 영혼이 되어야 한다고 알려주었다. 죽어서 영혼이 혼의 세상으로 들어가야 천기를 알 수 있으며, 살아서 그것을 찾으면 찾을수록 죄목만 늘어나는 법이라고 일러주었다.

나는 그녀의 말을 들으며 무슨 사차원의 세계로 빠져드는 듯했다. 그래서 그는 유서를 그렇게 남긴 것일까. 그녀의 말을 듣고 나자 난해했던 그의 유서를 대략 이해할 수 있을 듯하다. 그러나 아직도 의문은 남아 있다. 그녀가 말한 산신과 혼들이 정말 있는지, 그녀의 말만 믿고 그가 자살했는지, 천기라 누설할 수 없다는 보물은 정말 있는지 의문이다. 나는 그녀에게 의문 나는 것들을 다시 물어본다.

"밖에 나가보시면 혼들을 볼 수 있을 겁니다."

혼이 정말로 존재하느냐고 묻자, 그녀가 동굴 밖을 가리키며 말한다. 나는 동굴 밖으로 나온다. 아까와는 달리 밖은 달빛이 쏟아지고 있다. 산속을 헤맬 때는 한 치 앞도 분간할 수 없는 어둠뿐이었는데, 달빛 때문에 산의 윤곽이 뚜렷하게 보인다. 이 정도의 달빛이면 손전등이 없어도 산에서 내려갈 수 있을 듯하다. 내가 산을 헤맨 곳이 계곡의 위쪽이니까 이곳에서 계곡을 타고 내려가면 되지 않을까 싶다. 그러나 계곡 아래쪽은 다시 산으로 막혀 있다. 어쩐지 저수지가 보이지 않아 이상하다고 했는데 계곡은 산을 감아 돌고 있다. 아마도 저수지가 있는 반대편으로 내려온 모양이다.

"저것들이 혼입니다. 혼들이 영혼의 나라로 가야 하는데, 뭐가 그렇게 원통한지 천 년의 세월 동안 저렇게 떠돌고 있습니다."

어느새 그녀도 밖에 나와 있다. 나는 그녀가 가리키는 곳을 시선으로 쫓는다. 이상한 일이다. 내가 산을 관찰할 때는 아무것도 보이지 않았는데, 그녀가 가리키는 곳을 보자 무엇인가 희미한 것들이 빛나는 듯하다. 아니다. 그것들은 분명한 불빛이다. 너무 희미하고 쇠약한 빛이라 유심히 보지 않으면 눈에 잘 띄지 않는 작은 불빛이다. 마치 수백 마리의 반딧불처럼 보인다.

불빛은 가까이에도 있다. 그녀의 안내를 받아 올라올 때는 없었는데, 빛은 돌계단에도, 내가 서 있는 동굴의 입구에도 있다. 나는 그 빛을 가만히 들여다본다. 그것은 그녀가 말한 혼이 아니라 인(燐)이다. 인이 달빛을 받아 빛을 내는 것이다. 그녀처럼 그도 인을 혼으로 믿었던 것일까. 그러나 믿는 것은 자유다. 그가 이곳의 어딘가에 보물이 묻혀 있다고 믿고 있었던 것처럼 그녀도 산신의 존재를 믿고 혼이 저렇게 떠돌고 있다고 믿고 있다. 나는 그녀에게 저 빛은 혼이 아니고 인이라는 말을 하지 않는다. 그녀의 말대로 그녀는 산신을 매개로 하고 있으므로 내가 말해 줘도 믿지 않을 것이다. 이미 그녀의 의식은 바늘조차 들어갈 수 없을 만큼 산신으로 세뇌되어 있고, 그 세뇌를 깨뜨리지 않는 것이 오히려 그녀를 지켜주는 것이 아닐까. 그녀는 천 년 동안 떠도는 혼이 있고 산신이 있어야 이곳에서 삶을 영유해나갈 수 있고, 세뇌가 깨지면 그녀의 삶도 끝나는 것이 아닐까. 달빛을 받으며 서 있는 그녀의 모습은 마치 산신의 딸처럼 묘한 매력을 보인다. 처음 그녀가 나타났을 때의 두려움은 솔잎차 한 잔을 마시며 나눈 대화 때문에 씻은 듯이 가시고 어떤 연민 같은 것이 밀려온다. 그것은 정 선생에게서 느껴보지 못했던 이상한 연민이다.

그가 그녀의 이력서를 들고 왔을 때부터 나는 그녀에게 마음이 끌렸다. 서울에서 직장 생활을 할 때 몇 번 여자를 소개받아 만났었지만, 그때마다 마음이 끌리는 여자가 없어서 차만 마시고 돌아왔다. '결혼이야 뭐 천천히 해도 되지' 하는 낙천적인 성격 탓도 있었지만, 정말 마음이 끌리는 여자가 없었다. 그러나 지금은 처지가 바뀌었다. C읍으로 내려오자 당장 집에서 성화였고, 나도 결혼을 더 늦출 수 없는 나이가 되었다. 바로 그런 상황이었는데 그녀가 내 가슴을 헤집어놓았다. 나는 그녀의 이력서에 붙은 사진을 보며 학원 강사로보다 배우자감으로 호감이 갔었다.

그날, 그녀와 간단한 면접을 보고, 그녀가 학원으로 출강을 시작한 날부터 나는 혼자서 열병을 앓기 시작했다. 학원 회식이라는 명목으로 함께 저녁을 먹고 뒤풀이로 노래방도 갔었지만, 그때마다 열병은 더욱 악화되었다. 그런 날은 집에 돌아오면 더욱 허전함이 밀려들었다. 그녀도 스물여덟이라는 나이의 고리를 목에 걸고 있으므로 '결혼'이란 단어를 생각 안 해본 것은 아닐 텐데 전혀 눈치를 주지 않고 있었다.

그렇게 열병을 앓던 어느 날이었다. 나는 그녀에게 진지하고 긴 편지를 써 보냈다. 그러나 그녀는 무반응이었다. 분명히 편지를 받았다 싶은데 아무 반응이 없었다. 나는 두 번째 편지를 써서 보냈다. 그녀는 그래도 무반응이었다. 그녀는 사람을 초조하게 만드는 심리가 있는 모양이다. 그녀가 그렇게 나오자 나는 그녀를 대하기가 더욱 어려웠고, 이왕지사 이렇게 된 거 밀어붙여야 한다는 생각에 세 번째, 네 번째…… 열 번째 편지를 써 보냈고 열한 번째 편지를 쓰려는데 그녀가 반응을 보였다. '편지 좀 그만 보내세요. 저도 생각할 시간이 필요하잖아요.' 그게 그녀의 반응이었다. 나는 그녀의 말대로 그녀에게 시간을 주기 위해 편지를 보내지 않았다. 그녀는 별 이상한 프러포즈도 다 있다고 생각했을 것이다. 곰곰이 생각해보니 나는 그녀가 편지를 못 받은 줄 알고 열 번 다 같은 내용의 편지만 보냈던 것이다. 그리고 그녀가 생각할 시간을 보내는 사이에 한기섭, 그가 자살했다. 그에게 문상을 다녀와서 그녀를 집까지 바래다주며 손목을 잡았는데, 그녀는 이제 생각을 다 했는지 내게 두 번이나 전화를 해왔고, 나는 아직 그녀에게 전화를 못 해주고 있다. 핸드폰 배터리가 다 되어서 확인을 못 했지만, 그녀는 또 전화했거나 음성을 남겼을 것이다. 나는 이쯤 해서 산에서 내려가야겠다고 생각하면서도 선뜻 내려가지 못하고 있다.

"그 사람은 제 말을 믿고 자살한 게 아니라 그만큼만 사는 운명을 타고 태어난 것뿐입니다. 사주팔자가 그렇게 돼 있으므로 막을 수 없지요."

다시 동굴로 들어와 그의 자살에 대한 의문을 묻자 그녀는 당연하다는 듯이 말한다. 사주에 따르면 그는 서른한 살의 사월에 죽는다는 사일(死日)을 갖고 태어났으며 그 운명에 따라 죽은 것뿐이라고 그녀가 덧붙이자 나는 그의 죽음에 대해 더 이상 묻지 않는다. 그런데도 그녀는 십이지간을 얘기하며 그의 띠와 생년을 조합시키고 죽음이 예견되어 있었다고 말한다. 그녀가 덧붙인 말에 나는 나도 모르게 고개를 끄덕인다. 그의 죽음이 예견된 것이었다면 내 죽음 또한 예견된 것이 아닌가 싶어 나는 그녀에게 내 죽음은 언제쯤이냐고 물어보려다 그것을 알고 나면 살아갈 엄두가 안 날 듯해 그만둔다. 나는 몇 년 몇 월 며칠에 죽는다는 사실을 받아놓았을 때, 차츰차츰 죽음이라는 운명이 다가오는 것을 보고 어떻게 살 수 있을까 싶었다.

"이 소리 좀 들어봐요. 혼들의 소리지요."

환청이었나. 그녀가 말을 멈추고 내게 소리를 들어보라고 한다. 가만히 귀를 기울이자 그녀의 말대로 무슨 소리가 들리는 듯하다. 그 소리는 '호— 호—'로, '우— 우—'로 또는 정확히 발음할 수 없는 이상한 소리로 고막에 들려온다. 그러나 그 소리는 모기가 우는 소리처럼 아주 가늘게 들렸으며, 들려오다 멈추곤 한다. 그녀는 그 소리가 혼들이 말하는 소리라고 한다. 그러나 그 소리는 동굴 밖에서 힘 잃은 바람이 나뭇가지를 핥으며 지나는 소리였다. 아니면 등불을 보고 날아온 곤충들의 가벼운 날갯짓 소리였으리라.

"혼들은 이맘때면 저렇게 유희하다 사라집니다."

나는 그때서야 그녀의 의식이 어떤 틀에 짜여 있다는 것을 안다. 그녀는 뭐든지 산신이나 혼들에 비유하고 있다. 산신의 뜻으로 바람이 불고 비가 오고 밤과 낮이 찾아오고, 해와 달이 뜨고 불이 나고 나무가 자라고 땅이 제자리를 지키고 있으며, 그 땅에서 만물이 살고 있다는 의식이 그녀를 지배하고 있다. 그러므로 그녀는 영혼의 세계에는 산신이 있고, 산신에게 버림받은 혼들이 구천에서 저희끼리 어울려 유희하고 있으며, 혼들이 회개해야 영혼의 세계로 들어갈 수 있다는 터무니없는 논리를 갖고 있다. 그녀는 풀벌레가 우는 소리나 나무 끝을 지나는 바람 소리만 들어도 그게 혼들의 노랫소리라고 믿고 있다.

내가 마지막으로 그가 그토록 발굴하려고 했던 백제의 유물에 대해 말하려고 할 때, 그녀가 살며시 일어나 옷을 벗는다. 그녀의 행동에 나는 적이 놀란다. 내가 이곳에 올 때 나를 정중히 맞으며 산신의 계시로 생명을 잉태한다고 했는데, 그녀는 정말 그러려는 모양이다. 그녀는 겉옷을 벗고 속옷 차림이다. 허리까지 늘어뜨린 머리칼과 유독 빛나는 눈, 그리고 우윳빛 살갗과 공처럼 부풀어 있는 그녀의 앞가슴을 보며 나는 마른침을 삼킨다. 갑자기 그녀가 여자로 보이기 때문이다. 그녀는 산신의 계시에 따라 오늘 목욕을 하고 참선을 했다고 말하고 소리없이 담요를 깔고 얇은 이불을 편다. 어떻게 된 일일까. 갑자기 환청처럼 들려오던 소리도 멎고 사위는 침묵만 적요하게 고여 있다. 제 몸을 다 태워가며 빛을 토해내는 양초와 향불만 사위를 지켜주고 있다. 나는 온종일 산을 헤맨 탓에 피로가 쌓여 자리에 눕고 싶은 충동을 느낀다. 그때 그녀가 속옷마저 벗어놓고 거칠게 숨을 몰아쉰다. 나는 성난 짐승처럼 와락 그녀를 끌어안는다.

얼마나 깊은 잠이었을까. 눈을 뜨자 밖은 날이 훤히 밝아 있다. 꿈을 꾸었나. 간밤에 오랫동안 그녀와 깊은 관계를 맺었는데, 그녀는 보이지 않는다. 나는 몸을 일으켜 사위를 살핀다. 간밤을 밝히던 양초는 밤새도록 자신의 몸을 태우고 바닥에 굳은 촛농만 남긴 채 꺼져 있고, 석불과 산신의 형상만 쓸쓸하게 놓여 있다. 분명히 그녀와 함께 잠자리에 들었는데 어딜 간 것일까. 간밤에 그녀를 와락 끌어안았을 때, 그녀는 스물여섯 해 동안 나를 기다려온 여자처럼 금방 온몸이 불덩이처럼 뜨거워졌으며, 그녀의 긴 머리칼을 감싸며 온몸을 애무했을 때, 그녀가 내 입술에 뜨거운 입김을 불어 넣었고, 나도 그녀처럼 몸이 달아올랐었다. 그리고 그 몸은 오랫동안 식지 않았었다.

밖으로 나오자 해가 떠오르고 있다. 동굴에서 내려다보는 세상은 하나도 달라진 게 없다. 시선 멀리 냇물과 도로가 보였고, 나는 그것을 보며 간밤에 길을 잃은 것은 정상에서 반대편으로 산에서 내려온 것이 아니라 산등성이 하나를 사이에 두고 산을 헤맨 것임을 알았다. 그러니까 절벽에서 저수지 쪽으로 내려갔어야 했는데 샛길의 산등성이로 내려와 이곳에 머무른 것이다. 이제 산에서 내려가려면 계곡을 따라 내려가다 우측으로 돌기만 하면 된다. 우측으로 돌면 곧 저수지가 있는 산의 입구다. 어제 등불의 빛에 이끌려 이곳으로 오지만 않았어도 나는 쉽게 저수지를 찾을 수 있었을 것이다. 그러나 지금은 후회해도 지나간 시간이 되고 말았다. 그녀의 말대로 산신의 계시가 있어서 내가 이곳에 왔는지, 아니면 어둠 속에서 불빛을 만나 허겁지겁 이곳에 왔는지는 이제 논할 때가 아니다. 내가 혼자서 이곳에 왔던 것처럼 혼자 이곳을 떠나면 되는 일이다.

"잠자리가 불편하진 않으셨는지요."

그녀는 절벽의 바위 밑에서 정화수를 떠놓고 산신께 아침 예불을 올리는 중이었다. 돌계단을 내려와 어제 벗어놓은 배낭을 어깨에 메려는데 그녀가 내게 다가오며 말한다. 그녀는 어제 입었던 흰옷 차림이고, 머리는 금방 감았는지 물기가 촉촉하다. 나는 간밤의 일을 떠올리며 그녀를 가볍게 안아주려고 한다. 그러나 그녀는 돌아서며 등을 보인다. 그녀의 몸에 생명을 잉태시키는 것으로 내 임무는 끝났다는 태도다. 그녀의 말대로 이제 그녀의 몸에 한 생명이 잉태되어 그녀의 대를 이을 것이다. 돌아가면 나는 그녀와의 관계를 까맣게 잊으며 살아갈 것이고, 몇 년이 지난 어느 날 우연히 이곳에 왔을 때는 한 소녀와 그녀가 산신을 모시며 살고 있을 것이다. 나는 배낭을 메고 산에서 내려가기 위해 천천히 발을 옮긴다. 그녀는 내가 내려가는 모습을 망연히 바라보고 있다.

계곡을 돌아 나오자 저수지는 눈앞에 엎드려 있다. 물론 내가 어제 타고 왔던 차도 주차되어 있다. 저수지와 차가 눈 앞에 보이자 나는 깊은 안도의 한숨을 내쉰다. 마치 오랫동안 먼 곳을 다녀온 그런 기분이다. 그녀의 곁을 떠나 산에서 내려오기 전에 그 보물에 관해 물었을 때, 그녀는 천기를 누설할 수 없으므로 말할 수 없다고 했고, 땅(土)이 금(金)을 감싸고 있어 이미 땅이 되었다는 귀띔만 해주었다. 결국 허(虛)이고 공(空)이고 무(無)인 것을 그는 발굴하려고 애썼던 것이 아닌가 싶다. 그리고 그의 자살은 그녀의 말대로 그의 운명인지 모른다. 아무튼 그는 땅속에 묻힌 혼들의 세상으로 들어갔다. 나는 혼이 있다면 그의 혼은 천사백 년 전의 시대로 날아가 있으리라 생각한다. 묻혀 있는 하나의 유산을 위해 그는 천사백 년 동안 자신도 묻혀 있으며 깨어날 시간을 기다리고 있으리라. 호곡 소리가 들리는 듯해 시선을 들자 꽃상여가 오고 있다.

망각의 세월

망각의 세월

『남도일보(南道日報)』 편집국은 월요일 오전임
에도 한가한 편이다. 편집회의가 끝난 오전 10시, 김석호(金石湖) 기자는
사내의 복도 앞에 서 있는 자판기에서 커피 한 잔을 뽑아 들고 망연히 서
있다. 김설원(金雪圓)이라는 미지(未知)의 작가를 찾기 위해 고심하는 중
이다. 그 작가는 원래 얼굴을 내밀지 않는 사람이다. 십 년 전이던가, 중
앙 문예지에 단편소설 「호곡」이 당선된 이래 통 작품을 발표하지 않다가
최근에 「요천에서의 하루」라는 중편소설이 춘추문학상을 받으면서 이름
이 드러난 작가다.

그는 종이컵에 담긴 커피를 마시고 담배를 한 개비 피워 문다. 김설원
이란 작가 때문에 편집회의에서 된통 혼나고 나온 중이라 담배 맛이 후
련하게 몸에 배어온다. 도대체 그 작가를 어디서 찾는담. 길게 담배 연기
를 내뿜으며 그는 혼자서 투덜거린다. 문화부장이 그 작가를 찾으라고
한 것은 나흘 전의 저녁 술자리에서였다. 문화부 몇몇 직원과 저녁을 끝
내고 자리를 옮겨 술자리에 앉았을 때, 정작 남은 사람은 문화부장과 자

신뿐이었다.

"자네 혹시 김설원이라는 작가 들어봤나."

맥주 한 잔을 쭉 들이킨 문화부장이 의외로 긴장된 말로 물었다.

"금시초문인데요."

그는 얼떨결에 대답했다. 문화부장이 다시 맥주 한 잔을 들이켠 다음 단호하게 말했다.

"그 작가를 잡아야 해."

밑도 끝도 없이 무슨 소린가 싶었는데, 문화부장의 말을 들은 후에야 그는 자신도 모르게 머리를 끄덕였다. 요즘은 너도 나도 신문을 창간해서 남도(南道)에만도 일간지가 세 개나 되고 인근 시(市)에서 일간지를 창간하려는 움직임까지 보이는 시점에서 살아남기 위해서는 그 작가를 잡아서 연재소설을 맡게 한다는 전략이다.

문화부장의 말은 일리가 있다. 지금 『남도일보』에 소설을 연재하고 있는 작가는 남도여고에서 교편을 잡고 있는 지방 작간데, 이번 달로 연재가 끝난다. 근 이 년 가까이 연재했지만, 그의 작품은 긴 연재 횟수와는 달리 잦은 대화와 성적 묘사의 난발로 평판이 나쁘게 나 있다. 여기에 반발한 문화부장은 이번에는 신선한 연재소설로 『남도일보』의 이미지를 회복하려는 계산이다. 다른 신문사는 연재소설을 중앙에서 활동하는 문인에게 청탁해서 재미를 톡톡히 보는 중이다.

―그 작가를 어디서 찾는담.

그는 피워 물던 담배를 종이컵에 비벼 끈 다음 휴지통에 밀어 넣고 화장실로 들어가 세수를 한다. 찬물이 피부에 닿자 정신이 확 든다. 아무래도 요즘의 운세는 계속 헤맬 모양이다. 그날 술자리에서 김설원이란 작가를 잡아야 한다고 말한 문화부장은 그 말이 빈말이 아니었다는 듯이 아침부터 만사를 제쳐놓고 그 작가를 찾으라고 말했다. 그는 문화부장의 직선적인 지시에 당장 그 작가를 찾아낼 의향으로 자리를 박차고 밖으로 나왔다. 지방신문이지만 문화부 경력 십 년의 이력으로 그는 그 작가를 쉽게 찾을 수 있다는 확신이 섰다.

타월로 대충 얼굴을 문지른 다음 그는 화장실을 나와 밖으로 나온다. 그 작가를 찾아 수소문할 생각이다. 벌써 며칠째 허탕 치고 반복되는 생활이다. 이제 열흘 후면 그동안 끌어오던 조문현 씨의 「밤의 늪」이 연재가 끝나고 그가 찾는 김설원 씨의 소설이 연재된다. 그는 조급함을 느낀다. 그 작가를 못 찾으면, 그리고 찾는다고 해도 그가 연재를 거절한다면 낭패였기 때문이다. 만약 그렇게 된다면 다음 달 연재에 차질이 있을 것이다. 이쯤 해서 문화부장은 다른 작가를 물색해야 할 텐데 김설원이란 작가를 찾아내라고 계속 지시하고 있다.

그는 그 작가를 찾는데 원점으로 돌아가 다시 남도문인협회에 들른다. 첫날 그곳에 들르자 마침 『남도일보』에 연재를 맡은 조문현 씨가 와 있었다. 조 작가는 수업이 빈 시간을 틈내 이곳에 들른 모양이었다.

"자네 혹시 김설원이라는 작가 들어봤나?"

언젠가 술자리에서 문화부장이 불쑥 물었듯이, 그는 자신도 모르게 조 작가에게 그렇게 말을 던졌다. 그러나 실수는 아니었다. 그나 조 작가나 이제 마흔 줄을 바라보고 있었고, 연재소설과 문화면 기사 때문에 종종 만나서 여담을 주고받던 그였다.

"금시초문인데."

조 작가 역시 반말로 받았다. 조 작가는 남도문인협회에서 주관하는 『남도문학』 25집에 실을 원고를 들고 온 모양이었다. 80매 분량의 단편소설인데 청탁에 쫓겨 교정을 못 했는지 소파에 앉아 자신의 원고에 눈을 주며 그의 말을 되받고 있었다.

"금시초문이라니, 그럴 리가 있나. 춘추문학상까지 받은 작가라는데."

"글쎄 난 모른다니까. 김설원인가 눈 속의 동산인가 하는 그 작가를 찾으려고 출판사에서도 난리를 치는 모양인데, 그 작가 웬 놈의 배짱이 그렇게 두둑한지 통 얼굴을 내밀어야지."

조 작가의 시선이 그를 응시하곤 다시 원고로 돌아갔다. 그는 문인 주소록을 펼쳐 들었다. 분명히 문인 주소록에 김설원이란 작가의 이름이 있을 듯했는데 없었다. 그는 소설가 외에도 시인과 평론가 주소록까지 펼쳐 들었다. 역시 없었다. 김설원이란 이름은 문인 주소록의 어디에도 보이지 않았다.

"문인 주소록에도 없으니 찾을 길이 있나. 잡지사에선 뭐라나?"

그는 적이 실망하며 조 작가에게 시선을 돌렸다.

"궁금하면 서울로 올라가 보게."

조 작가는 여전히 원고지에 시선을 박은 채 말했다. 그는 문인 주소록을 책장에 꽂아놓고 김설원 씨의 작품이 기재된 문예지를 펼쳐 들었다. 김설원 씨는 정말로 자신을 철저히 숨기기로 했는지, 작품이 발표된 문예지에는 작가의 사진은 물론 약력이 하나도 기재돼 있지 않았다. 그는 문인협회에서도 김설원 씨를 모르자 출판사로 직접 찾아가 보기로 했다.

그는 당일로 서울에 올라왔다. 출판사에 가볼 생각이었다. 강남에 있는 출판사는 문예지까지 발행하며 춘추문학사로 통하는 출판사다. 베스트셀러 소설을 종종 출간하며 인문사회과학 총서를 출간하여 중앙 일간지의 문화면에 심심찮게 오르내리는 출판사다. 게다가 그 출판사는 『춘추문학』을 매월 발간하며 신인 작가의 배출은 물론 장편소설 공모까지 내걸고 있으며, 매년 그해에 발표된 중·단편소설을 대상으로 춘추문학상을 선정해 단행본으로 발간하고 있었다. 김설원 씨의 「요천에서의 하루」가 바로 그 출판사에서 선정한 작년도 춘추문학상 수상작이었다.

"이쪽으로 앉으시죠. 김설원 씨라면 저도 개인적으로 감정이 많은 사람입니다."

출판사에 들러 교정을 보는 여직원에게 편집주간을 만나러 왔다고 말하자, 작달막한 키의 남자가 자신의 신분을 밝히며 회의실로 그를 안내했다. 회의실은 몇 평 안 되는 공간이지만 잘 꾸며져 있었다. 테이블 위에 난초가 놓여 있고 바닥에도 열대식물이 놓여 창틈으로 스며드는 햇살을 받고 있었다.

"감정이라뇨."

그는 엉겁결에 편집주간의 말을 되받았다. 편집주간이 담배를 권하고 자신도 불을 댕겨 깊이 빨고 다시 말했다.

"원래 김설원 씨는 우리 문예지 출신 작가였습니다. 「호곡」이란 단편소설이 십 년 전인가 응모됐었는데, 심사를 맡은 분들이 한결같이 그 작품을 뽑으며 나무랄 데 없는 아담한 단편이라고 의견을 모았지요."

그 소설이라면 그도 읽은 일이 있었다. 서점에 들러 베스트셀러의 동향을 살피다 우연히 문예지 한 권을 뽑아 들었는데, 김설원 씨의 단편이 신인문학상 당선작으로 실려 있었다. 그는 그것을 사들고 집에 와서 두 번을 읽었다. 처음에는 줄거리를, 다음은 문장과 구성과 주제를 찾아내며 탐독을 한 그는 그때 무엇인가에 매료되듯 쉽게 잠을 못 이뤘었다.

"그 작품이라면 저도 읽은 기억이 있습니다."

그는 자신도 모르게 편집주간의 말을 잘랐다. 갑자기 「호곡」이란 작품이 그의 뇌리에 떠올랐기 때문이었다. 그때 그 작품이 김설원 씨의 처녀작이었고, 그 후로 거의 십여 년 동안 그 작가의 작품을 한 번도 접하지 못했었다.

"작품이 문제가 아니라 그자의 태도에 문제가 있단 말이오. 「호곡」이 신인문학상에 당선되었을 때, 전화번호도 없이 주소만 적혀 있었는데, 그 주소로 당선 통보를 했는데 되돌아오고 말았어요. 그렇다고 당선을 취소할 수도 없는 일이고 해서 당선작을 게재했는데 그 작가는 작품이 발표된 뒤에도 출판사에 나타나지 않았어요."

편집주간은 그를 마치 김설원 작가 대하듯 하였다.

"이번에 춘추문학상으로 선정된 「요천에서의 하루」도 마찬가지였어요. 원고 청탁도 하지 않았는데 어느 날 소포가 한 개 날아와서 뜯어보니 그 작가의 중편소설이었어요. 십 년 만에 그 작가의 원고를 접하자 무엇보다도 반가웠고, 마침 모 작가의 중편소설을 싣기로 했는데, 그 작가가 원고 마감일이 지나도 작품을 보내오지 않아서 고심하던 참이었는데 잘됐다 싶어 게재했었지요. 그런데 그 작품이 하필이면 춘추문학상에 선정된 것이었습니다. 하지만 그 작가는 원고를 보내올 적에도 주소를 밝히지 않더니 시상식에도 역시 나타나지 않았습니다. 우리 출판사를 완전히 모독했습니다."

편집주간의 말이 막 끝났을 때, 여직원이 커피를 내왔다. 커피 한 잔을 마시면서도 그는 연신 김설원이란 작가를 떠올렸다. 무엇 때문에 그는 얼굴을 내밀지 않는 것일까. 처음부터 그가 이름 석 자만 적어 신인문학상에 응모했고, 청탁도 하지 않았는데 원고를 보내왔고, 춘추문학상에 선정된 후에도 시상식에 나오지 않았다면 필시 무슨 사연이 있을 것이다. 그는 일단 그렇게 정리했다.

"무엇보다도 전 그 작가의 인간성에 문제가 있다고 봅니다. 출판사에서 그만큼 배려를 해줬으면 고마워서라도 찾아와서 인사를 했을 게 아닙니까."

"너무 핀잔하지만 마십시오. 그 작가도 무엇인가 피치 못할 사정이 있 겠지요. 그보다도 그 작가가 어디에 사는지 짐작되는 곳이라도 없습니 까."

"글쎄요. 소포에 찍힌 체신부 소인은 남도로 돼 있는데 주소는 모르겠 는데요."

편집주간은 여전히 감정 조로 말했다. 그는 이쯤 해서 남도로 내려가 야겠다고 생각했다. 출판사에서도 김설원 씨의 행방을 찾는 데 도움이 될 만한 것이 없었다.

"남도라면 제가 있는 곳인데 그쪽 문인협회에서도 그런 사람은 모른다 더군요."

"그 작가는 계획적으로 얼굴을 내밀지 않는다니까요."

"그럴지도 모르죠, 이만 실례하겠습니다."

그는 자리에서 일어섰다. 더 앉아 있어봐야 김설원 씨의 행방을 찾는 데 별다른 진전이 없다는 계산에서다. 소포에 찍힌 소인이 남도라면 코 앞에 두고 서울까지 올라온 것이다. 그러나 남도문인협회에서는 그 작가 를 모른다고 하지 않았던가. 그렇다면 그 작가는 무슨 속셈으로 얼굴을 내밀지 않는 것일까. 알 수 없는 일이었다. 그가 『남도일보』에서 근무한 지도 벌써 십 년이 넘었다. 그 십 년 동안 문화면 취재를 위해 각종 예술 단체와 전시회, 세미나 행사장에 발이 닿도록 뛰어다녔지만, 그도 남도 에서 김설원이란 작가를 들어보지 못했다.

"이게 도움이 될지 모르겠군요."

막 출판사를 나오는데 편집주간이 메모지 한 장을 건네주었다.

"십여 년 전에 김설원 씨가 원고를 보내왔을 때, 소포에서 발췌한 것인

살아 있는 돌

데 그 작가를 추적하는 데 도움이 될 것이오."

그는 그것을 받아 주머니에 찌르고 출판사를 나왔다. 역시 출판사에서도 김설원 씨의 행방을 모르고 있었다. 그는 이대로 남도로 돌아가는 수밖에 없었다. 남도로 내려가서 편집주간이 건네준 주소를 찾아가 볼 생각이었다. 당선 통보를 보냈을 때 되돌아온 주소라면 가보지 않아도 뻔한 일이지만, 그는 헛걸음질하는 셈 치고 그 주소를 찾아가기로 마음을 굳혔다.

"김 기자, 마침 잘 왔어.『남도문학』상반호가 나왔는데 어때요."

남도문인협회에 들르자 월요일임에도 조문현 씨가 와있다.

"조 작가께서 어떤 행차십니까. 점심시간도 아닌데."

그는 조 작가가 내미는 지방 문예지 한 권을 받아들며 반문한다. 조 작가는『남도문학』발송을 위해 문인과 출판사, 언론사, 타 지방 문인협회 등에 주소를 쓰는 중이다. 조 작가가 쓰던 글씨를 멈추고 오늘이 개교기념일이라고 말하고 살짝 웃는다. 그는 연재소설을 어떻게 끝낼 것인가 물으려다 그만둔다. 이십 일 후면 끝나는 연재를 조 작가는 미리 15회 분량을 문화부에 넘긴 상태였고, 일요일을 제외하면 2회 분량에서 미희의 삶을 정리할 것이다.

"아직도 김설원인가 눈 속의 동산인가 그 작가를 찾아다니는 거요?"

조 작가가 다시 펜을 멈추고 말한다.

"일찌감치 단념해두쇼. 나도『남도문학』을 보내주려고 주소를 찾아봤는데, 없소이다."

그렇다고 이제 와서 단념하기도 좀 그렇다. 그 작가를 찾느냐고 며칠간 투자한 시간과 열정이 물거품이 된다는 것보다 김설원 씨의 행방이 묘연하자 차츰 의문이 인다. 무엇인가 묘한 의문이다.

그날, 서울에서 남도로 내려온 그는 출판사에서 편집주간이 적어준 그 주소를 찾아가지 못했다. 서울에서 서둘러 내려왔음에도 남도에 도착하자 땅거미가 어둑어둑 밀려오고 있었다. 그는 신문사에 전화를 넣어 그 작가의 행방을 못 찾았다고 전하고 일찍 집으로 돌아왔다.

십여 년 전의 소포에 쓰인 김설원 씨의 주소를 주머니에 넣고 있었음에도 정작 그 집을 찾아 나선 것은 다음 날 정오가 훨씬 지난 뒤였다. 주소는 남도의 허름한 산동네를 가리키고 있었고, 몇 군데 들러 물어본 다음에 그는 대문도 없는 초라한 집 앞에 머물 수 있었다. 지붕이 돌기와로 덮인 집인데, 빗물이 새어드는지 비닐이 듬성듬성 씌워져 있었다. 그는 처음 와보는 동네임에도 전혀 낯설지 않음을 느꼈다. 무엇인가 고향에 온 듯한 포근함이 가슴 안에 스며들었다.

"누굴 찾아오셨어요."

처마 밑에서 잠시 머뭇거리자 이십 대 후반으로 보이는 아낙이 찾아온 용건을 물었다. 아낙의 얼굴은 생활에 찌든 표정이었다. 그는 아낙에게 김설원이라는 작가를 찾아왔다고 말했다.

"이 집에는 우리 내외하고 주인 할머니밖에 안 사는데요."

심한 낭패감이 들었다.

"혹시 김설원이란 사람을 들어본 적도 없습니까?"

"모른다니까요. 몇 번이나 말해야 알겠어요?"

아낙은 괜히 화를 내고 있었다. 취조를 받는다고 느끼는 모양이었다. 아낙은 몇 마디 더 물어볼 기회도 없이 등을 돌렸다. 아마도 세 들어 사는 젊은 부부인 듯했다. 그는 아낙이 방으로 들어간 뒤에도 처마 밑에 망연히 서 있었다. 분명히 낯익은 풍경이었다. 언덕길을 오르내리던 길이며 낮은 블록 담장과 정자나무 한 그루가 서 있는 풍경이 생경하지 않은

살아 있는 돌

곳이다. 어디서 봤을까. 아니, 언제 이곳에 왔었을까. 그는 기억을 더듬어보았다.

"누굴 찾아오셨소?"

무엇인가 떠오를 듯 가물거리는 기억의 끄트머리를 더듬어 내려갈 때, 이번에는 일흔이 좀 넘어 보이는 노파가 집으로 들어가려다 멍하니 서 있는 그를 보고 물었다. 그는 아낙에게 했던 말을 되풀이했다. 노파가 잠시 머리를 갸웃거리다 문득 생각이 난다는 듯이 입을 열었다.

"……그 사람이라면 이십 년 전에 우리 집에서 자취하던 학생이었는데, 지금은 어디 있는지 모르지. 근데 뭔 일이오?"

"……."

그는 더 묻지 않고 언덕길을 내려왔다. 이십여 년 전에 자취하던 학생이었다면 그도 그 시절에 복학생이었고, 그는 정신없이 취업 시험을 치르고, 방황하던 때였다. 그때 김설원 씨가 있었을까. 조용히 기억을 거슬러도 떠오르지 않는 인물이었다. 이상하게도 산동네는 눈에 익은데 기억에 되살아나질 않는다. 김설원이란 이름만 듣고 이십여 년이 지난 사람을 쉽게 떠올리는 노파의 말도 의문이었다.

"이게 김설원 씨 작품이오."

소파에 앉아 김설원 씨의 주소를 들고 찾아갔던 산동네를 떠올리는 사이에 조 작가가 해묵은 문예지 한 권을 내주었다. 김설원 씨의「호곡」이 실린 문예지였다. 그는 그 책을 받아「호곡」을 찾아 펼쳤다. 예전에 읽은 소설이었다. 지면에는 역시 김설원이란 이름 외에는 작가의 주소나 약력은 아무것도 없었다.

「호곡」은 연옥이라는 여대생이 데모하다 구속되고, '나'라는 주인공이 그 과정을 소설로 써서 교내 문학상에 투고해 당선된 다음 주인공이 죄

의식을 갖고 괴로워하는 내용이다. 연옥은 여대생이지만 사내처럼 활달하고 정의감에 부풀어 서슴없이 데모하고 교정에 반정부 대자보를 붙이는 여자다. 반면에 '나'라는 인물은 톨스토이와 헤밍웨이를 읽는 문학 지망생이다. 그들은 생각이나 사상이 맞지 않아 갈등이 일고, '나'라는 사람은 그 후 구속된 그녀 때문에 고민하다 소설을 쓰고 그 소설로 교내 문학상에 당선되자 더 큰 죄책감에 빠진다. 그러나 구속된 그녀는 출소 후 옥상에서 시너를 뿌리고 투신자살해서 '나'라는 인물을 더욱 곤경에 빠뜨리고, 화장터로 가면서 「호곡」이 끝난다.

문예지를 조 작가에게 넘겨주고 그는 남도문인협회를 나왔다. 역시 남도문인협회에 들러서도 김설원 씨의 행방을 찾는데 아무런 단서가 없었다. 십여 년 전에 작품을 투고해서 당선되고 다시 최근에 춘추문학상에 선정된 뒤에도 얼굴을 내밀지 않았다면, 그 작가는 도대체 어디로 숨어버린 것일까. 그는 김설원 씨의 행방을 두 가지로 요약했다. 하나는 그가 실재의 인물이 아닌 가공의 인물이라는 것이다. 이를테면 이미 문단에서 활동하고 있는 작가가 필명으로 「요천에서의 하루」를 쓴 것이고, 다른 하나는 그 작가가 실제로 존재하면서도 일부러 얼굴을 내밀지 않는 것이었다.

일단 두 가지로 요약한 다음 그는 전자와 후자를 견주어보았다. 그러나 전자는 생각을 버리기로 했다. 만약에 누군가가 필명으로 작품을 발표했다면 왜, 라는 의문점에 쉽게 부딪히기 때문이었다. 자기 작품도 발표하기 바쁜 직업 작가가 뭐가 아쉬워서 익명으로 작품을 발표하고 나타나지 않을까. 더구나 김설원 씨는 이미 십여 년 전에 「호곡」을 발표한 인물 아닌가. 그렇다면 그 작가는 뭐가 아쉬워서 나타나지 않는 것일까. 명예나 사심 없이 글을 발표하고 싶은 천착이었을까. 아니면 대하소설이라도 써 들고 나오려고 시기를 기다리는 것일까. 아무튼 김설원이란 작가는 종잡을 수 없는 사람이었다.

그는 그 길로 점심을 먹고 곧바로 신문사로 돌아왔다. 신문사는 취재를 나간 탓인지 자리가 많이 비어 있었다. 그는 자리에 앉아 문화면 기사로 「상반기 남도문학 출간」이란 글을 쓴 다음 책상 위에 밀어놓았다. 김설원 씨의 행방을 수소문하느라 며칠 동안 기사를 한 건도 작성하지 못했다. 이번 주부터 인근 군(郡)에서 춘계문화예술제를 개최하는데 그곳에도 다녀와야 했다.

"이봐, 김 기자. 김설원 씨 행방은 어떻게 됐나."

문화면 기사를 끝내고 멍하니 자리를 지키고 앉아 있자 문화부장이 그에게 핀잔하듯 말한다. 조문현 씨의 「밤의 늪」 연재가 끝나가자 부쩍 김설원 씨의 행방을 추궁하는 문화부장이었다.

"저, 그게 아직."

그는 간신히 얼버무리고 만다. 면목이 없다. 며칠간 김설원 씨의 행방을 추적했지만 헛일이었다. 서울에 다녀오고 남도의 산동네까지 수소문했지만 이십여 년 전에 자취했다는 한 가닥의 단서밖에 밝혀내지 못했다. 그는 이쯤 해서 김설원 씨가 졸업한 대학교에 찾아가 학적부를 들춰보고 담당했던 교수를 만나보고 싶었다. 대학교에 가보면 김설원 씨에 대한 무엇인가 얻을 것 같은 예감이 섰기 때문이다.

"좀 더 뛰어봐. 없는 사람이 작품을 발표하진 않았을 거 아냐."

문화부장의 말을 뒤로하고 그는 다시 신문사를 나온다. 남도대학교에 가볼 생각이다. 남도대학교는 김설원 씨가 자취했다는 그 산동네에서 좀 떨어진 곳이고 그가 졸업한 대학교이기도 했다. 김설원 씨가 남도대학교를 나왔으리라고 단정 지은 것은 그가 자취했다는 산동네가 남도대학교 근처였기 때문이다.

남도대학교 교문에 들어선 그는 자신도 모르게 아, 하고 짧은 탄성을 올린다. 마흔의 나이답잖게 옛날 시절이 눈가에 아른거린다. 교정은 라일락 향기가 날리고 있다. 라일락 그늘 아래서 여학생 몇이 앉아 병아리처럼 담소를 나누고 있다. 낭만적인 교정이다. 그는 교정을 지나 천천히 문과대학으로 발을 옮긴다.

"이십육 년 전에 졸업한 학생의 신원을 알고 싶어서 왔습니다. 김설원이라고, 지금은 소설가로 명성이 부각되고 있는 사람입니다."

"이십육 년 전이라면 86년도 졸업생이겠군요. 잠시만 기다려주십시오."

사내는 심히 사무적이지만 친절하게 캐비닛을 열어 김설원 씨의 이력을 찾고 있다. 교무과는 몇몇 학생이 졸업증명서를 떼고 있다. 한때 그도 취업 때문에 이곳을 많이 드나들었다. 될 듯하다가도 안 되는 게 취업이었다.

"86년도 국문학과 졸업생에는 김설원이란 사람이 없는데요."

"그럼 85나 87년도를 찾아봐 주십시오."

"역시 없는데요."

"미안합니다. 번거롭게 해드려서."

그는 교무과를 나온다. 김설원 씨의 행방은 대학에서도 찾을 수 없는 모양이다. 김설원 씨가 남도대학교를 나왔으리란 그의 추측이 빗나갔다. 그는 이대로 돌아갈까 하다가 국문학과 과사무실을 찾아가기로 한다. 옛날에 그를 지도했던 노(老)교수는 세월이 세월인 만큼 학계를 은퇴하고 조용히 여생을 보내시고 있다. 이제 과사무실에 들러봐야 아는 사람이 없을 것이다. 그렇다면 김설원 씨를 어디서 찾을 수 있을까.

"혹시, 김설원 씨에 대해 알고 계시는가 해서 찾아왔습니다."

국문학과 과사무실에는 이십 대 후반으로 보이는 여자가 혼자 앉아 있다. 그는 그녀에게 찾아온 용건을 밝혔다. 그녀가 머리를 들어 반문한다.

"김설원 씨가 누군데요?"

"86년도에 이 대학 국문학과를 졸업한 사람입니다."

"그럼, 이쪽에서 찾아보세요."

그녀가 책장에 꽂힌 앨범을 가리킨다. 그는 86년도 앨범을 펼쳐 들었다. 앨범에는 자신의 사진이 세월 속에 묻혀 있다. 그러나 김설원 씨의 사진은 어디에도 붙어 있지 않았다. 다른 과는 물론이고 85나 87년도 앨범에도 김설원 씨의 사진은 없다. 그는 길게 한숨을 내쉬고 자리에서 일어선다. 국문학과에서도 김설원 씨의 행방을 찾는 데 도움 될 만한 것이 없었다.

그는 대학교에서 나와 서점에 들렀다. 신간 서적을 살펴보고 금주의 베스트셀러 동향을 알아본 다음 신문사로 들어갈 생각이다. 남도서점은 시내 중심가에 있는 5층 건물인데, 1·2층을 사용하는 대형 서점이다. 주인이 남도문인협회 후원운영회장을 맡고 있는데, 그는 주인을 볼 적마다 박식하고 해학적임을 느꼈다. 언젠가 남도문인협회 행사장에서 처음 그를 만났을 때 초면임에도 그는 출간계와 작가들의 인성(人性) 따위를 조리 있게 말했었다. 그에게도 금주의 베스트셀러를 제공해주는 각별한 사람이었다. 그러나 오늘은 주인이 보이지 않는다. 그는 금년도 춘추문학상 수상 작품을 사들고 서점을 나온다. 김설원 씨를 찾는 것보다 어디로 갈 것인가가 문제다. 어느새 퇴근 무렵이므로 신문사로 들어가기도 그렇고, 그렇다고 일찍 집으로 가고 싶지도 않았다. 그는 방향을 잃은 나그네처럼 남도의 중심가를 힘없이 걷는다. 거리는 어둠이 물들고 있다.

그는 허전함과 쓸쓸함을 느낀다. 문득 이 도시에 혼자 서있는 듯하다.

"김 선생님, 어서 오세요."

남도의 도시를 부초처럼 떠돌다 문득 들른 곳이 얼마 전에 문화부장과 삼차로 들른 '미로'라는 술집이다. 술집에 들어서자 아가씨가 아는 체를 하며 그를 반긴다. 선생님이라는 호칭까지 쓰는 것으로 봐서 그녀는 그를 잘 아는 모양이다.

"아가씨가 날 언제 봤다고 선생님이란 호칭까지 쓰는가."

홀의 구석진 자리에 앉아 맥주를 주문하고 그는 맞은편에 앉은 아가씨에게 되물었다. 그녀가 그의 잔에 술을 채우며 말한다.

"선생님도 참, 며칠 전에 혼자 오셔서 저하고 함께 술을 마셨잖아요."

"……그랬던가."

아가씨의 말대로라면 문화부장과 삼차로 이곳에서 술을 마시고 며칠 전에도 혼자 와서 술을 마신 셈이다. 그는 잠깐 기억을 더듬어보았다. 분명히 며칠 전에 혼자서 이곳에 들른 듯하다. 들어온 기억은 있는데 나간 기억은 나질 않는다.

"생각 안 나세요? 그날 선생님이 얼마나 취하셨는지 아세요?"

"……그랬던가."

"네, 그랬어요. 선생님께서 누군가를 찾으셨어요. 김설원이라는 작가를 꼭 찾아야 한다고 울먹이기까지 했어요. 익명을 쓰고 있어서 찾을 수 없다고, 아주 가까이 있으면서도 한없이 먼 사람이라고요."

"……내가."

그는 맥주를 단숨에 들이켠다. 그녀도 맥주를 가져다 입술을 적시고 내려놓는다. 아직 초저녁이라 홀은 조용한 음악이 흐를 뿐, 술손님은 보이지 않는다. 그의 잔에 맥주를 따르고 그녀가 다시 말한다.

"그래요 선생님. 선생님께서 찾는 사람이 얼굴을 감추고 있어서 찾을 수 없다고 그랬어요. 저한테도 이름이 뭐냐고 물으셨잖아요. 미스 김이라고 했더니 미스 김이 어디 한둘이냐고, 그래서 김설원이라고 했더니 화를 내시데요. 본명을 대라고요. 그래서 전 사실대로 김말자라고 본명을 밝혔지요. 선생님이 화를 내실 때 전 소리 없이 울었어요. 처음으로 제 이름을 찾은 기분이었거든요."

그녀가 잠시 말을 끊는다. 맥주를 마신 탓에 숨이 가빠오는 모양이다. 그는 다시 술잔을 비운다. 빈속이라 금방 취기가 돈다. 그가 뭐라고 말할 사이도 없이 그녀가 조용히 비워진 잔에 술을 채우고 말한다.

"선생님, 정말 이 세상은 이름을 밝히려는 사람과 숨기려는 사람이 있어서 평등한 듯해요. 언제부터인가 본명을 숨기기 시작하니까 가명이 본명이 되더라고요. 그런데 하필이면 선생님이 제 가명을 찾고 있었던 거지요. 선생님이 김설원 씨를 찾는 데서 전 속으로 얼마나 당황했는지 아세요. 남에게 빚진 일 없이 살아왔는데 왜 절 찾을까 생각했어요. 하지만 그분이 작가라는 말을 듣고, 동명이기 때문에 안심이 되더라고요. 술집에서 일하는 여자에겐 그만한 신분이 필요 없거든요."

그녀가 맥주잔을 당겨 입술을 적신다. 목이 타는 모양이다. 그녀의 말을 들으며 그는 남의 사생활을 건드리는 듯해 미안한 마음이 들었다. 길게 늘어뜨린 머리칼 밑으로 그녀는 이름처럼 촌티가 묻어 있다. 이런 곳에서 일하기엔 나이가 많아 보인다.

"뭘 보세요?"

"그냥, 올해 나이가 몇이지?"

"지난번엔 이름을 묻더니 오늘은 나이예요? ……스물아홉요."

말과는 달리 그녀의 얼굴은 서른댓의 나이테가 그려져 보인다. 그는 서점에서 사들고 온 춘추문학상 수상작을 테이블에 올려놓는다. 「요천에서의 하루」를 지난해 어느 문예지에서 접했는데 김설원 씨의 행방을 수소문하느라고 서점에서 얼떨결에 사들었다. 문예지에서도 그랬지만 단행본에서도 그의 약력이나 사진은 밝혀져 있지 않았다. 출판사에서도 얼굴 없는 작가를 찾을 때까지 찾다가 별수 없이 작품만 내보낸 것이다.

「요천에서의 하루」는 어떻게 보면 그의 데뷔작인 「호곡」의 연장이었다. '호곡'에서는 그 여대생(연옥)이 시너를 뿌리고 자살하는 반면에 「요천에서의 하루」는 한 여대생이 가난 때문에 스스로 대학을 중퇴하고 앞에 앉은 김말자처럼 술집을 전전하며 사회의 그늘진 일면을 세밀하게 보여주고 있다. 더구나 「요천에서의 하루」는 중편소설답게 주인공의 가벼운 삶을 오히려 무겁게 다루므로 읽는 이로 하여금 끈질기게 삶을 추구하게 한다. 자칫하면 대중적으로 흐를 수 있는 소재인데 김설원 씨는 대중적인 요소의 사이사이를 비껴감으로 작품의 교시적 효과를 높이고 있다. 「호곡」에서처럼 부인물이 시너를 뿌리고 죽는 극단적인 일도 없고, 삼백여 매 분량의 작품이 탄탄한 문장력으로 시종일관 긴장미를 끌어간다.

"그 책을 보니까 생각나는데요, 선생님께서 지난번에 취하셔서 내가 김설원이다! 하셨던 것 같아요. 맞아요. 제가 김말자라고 본명을 밝히니까 선생님께서 제게 준 『남도일보』 명함까지 달래더니 그것을 찢으며 말씀하셨어요. 내가 김설원이다. 이제부터 당당하게 얼굴을 내밀겠다고 몹시 흥분해 보이면서도 차분했어요."

「요천에서의 하루」를 놓고 혼자서 비평하고 있을 때, 그녀가 깜박 잊고 있었다는 듯이 말한다. 그는 그 말을 듣는 순간 정신이 확 들었다.

"……내가, 내가 김설원이라고 했다고?"

"그래요, 선생님. 선생님께서 그러셨어요. 이제 얼굴을 감추지 않겠다고, 익명으로 살면서 사죄는 다 했다고, 뭐 그런 얘길 했어요. 선생님의 말씀을 들으며 전 혼자서 흐느꼈고요. 선생님의 처지와 제 처지가 묘하게도 대조를 이루는 듯했거든요. 전 선생님 때문에 본명을 찾았어요. 선생님께서 제 이름을 찾아주신 거예요."

그녀의 눈가에 작은 눈물방울이 맺혀 있다. 그는 그녀의 얼굴에서 시선을 거두며 자신이 정말 그런 말을 했었나 생각한다. 기억이 나질 않는다. 며칠 전에 취기 속에서 그런 말을 했다는 것이 믿어지질 않는다.

"선생님께서 김설원 씨를 고발했다고 했어요. 선생님이 죽인 거나 다름이 없다며…… 그래서 김설원 씨께 사죄하는 마음으로 작품을 쓰셨다고, 이제 이십여 년의 죄스러운 생활을 끝내고 당당하게 문단에 얼굴을 내밀겠다고 하셨어요. 저도 이제 이 생활을 청산하고 옛날의 김말자로 돌아가 조그마한 양품점이나 해볼까 하거든요."

김말자의 말을 곰곰이 생각하는데 그녀가 다시 말한다. 그는 무엇인가 둔탁한 흉기에 머리를 얻어맞은 것처럼 갑자기 의식을 잃어가는 충동을 느낀다. 기억의 저쪽에서 안개처럼 희미하게 떠오르는 얼굴이 있다. 작달막한 키에 청바지 차림의 여학생, 학교 휴게실이나 서클룸에서 잠을 자고 언제나 초췌한 모습으로 그의 앞에 섰던 여학생, 바로 김설원이었다.

"그래, 그때 그랬었어."

그는 문득 잊고 있었던 일을 떠올리며 감회에 탄성을 올린다. 그래 그때 그 여학생이 김설원이었어. 짧은 만남이었지만 그때 그 여자가 바로 김설원이었어.

"뭐가 그랬어요?"

그가 무심코 한 말을 그녀가 되묻는다. 그녀는 표정이 좀 밝아 보인다. 그는 아무 말도 하지 않는다. 할 말도 없다. 테이블에는 맥주병 두 개만 바닥을 비우고 있을 뿐, 한 병은 고스란히 놓여 있다. 그는 이만 자리에서 일어나야겠다고 생각한다. 기억의 저편에서 떠오르는 김설원 씨의 얼굴이 그의 마음을 초조하게 하고 있다.

"……미안, 이만 먼저 일어나야겠어."

그는 몸을 일으킨다. 몇 잔밖에 안 마셨음에도 다리가 휘청거린다. '미로'에는 여전히 술손님이 보이지 않는다. 그녀는 막 술맛이 들리는데 김 빠진다는 듯이 아쉬운 눈빛을 보낸다.

'미로'에서 나온 그는 집으로 돌아온다. 아파트는 텅 비어 있다. 아내는 또 문병을 간 모양이고, 아이는 처가로 보낸 듯하다. 장인어른이 간암으로 오늘 낼 하며 임종을 바라고 있다는 소식을 듣고 그도 병원에 한 번 다녀왔지만, 살아날 가망이 없다는 말을 듣고 문병을 가지 않았다. 가망이 없는 장인의 삶에 대한 방관처럼 문병을 가는 것이 왠지 내키지 않았다.

그는 옷을 갈아입고 양주 한 병을 들고 골방으로 들어간다. 이곳에 입주할 때, 너저분한 잡동사니를 넣어두고 창고로 내버려둔 방이다. 그는 작은 탁자를 놓고 방 안에 앉는다. 방에는 언제부턴가 틈틈이 써놓는 원고 더미가 먼지를 뽀얗게 이고 쌓여 있다. 그는 양주 한 잔을 따라 입안에 떨어 넣는다. 다시 취기가 온몸을 휘감는다.

─이런, 이럴 수가.

원고 더미를 풀어헤친 그는 짧게 신음을 흘린다. 알 수 없는 일이다. 원고 더미를 풀어헤치자 제목 밑에 쓰인 저자의 이름이 하나같이 김설원으로 되어 있다.

―그래, 그때 그랬었어.

그는 다시 양주 한 잔을 따라 입안에 털어 넣었다. 김설원 씨의 데뷔작인 「호곡」과 춘추문학상에 선정된 「요천에서의 하루」라는 원고가 고스란히 놓여 있다. 그 외에도 미발표작 중·단편소설이 삼십여 편과 이천여 매 분량의 장편소설도 원고까지 있다. 그는 원고를 들춰보고 그것이 자신의 것임을 확인하며 아연해한다.

「호곡」에서 이미 밝혔듯이 그는 바로 그 무렵에 김설원 씨를 만났다. 이십 대 초반에서 함께 강의를 듣던 여학생이었다. 김설원 씨는 그때 발랄하고, 우울하고, 현실을 비판하고, 시위하고, 공부하고, 어디에 비위를 맞춰야 할지 모를 여자였다. 5·18 광주민주화운동이 일어난 그다음 날, 그러니까 5월 19일 20시경에 그는 광주 서구청 앞에서 김설원 씨와 함께 있었다. 그는 구경꾼으로, 김설원 씨는 횃불을 들고 있었다. 그때 어디선가 총소리가 들렸다. 시민들이 쓰러지고 피 흘리고, 군화 소리가 가까워졌다. 그는 김설원 씨의 손목을 잡고 뛰었다. 어디가 어딘지 모르며 달렸는데 이상하게도 군화 소리는 점점 더 가까워지고 돌부리인가에 걸려 그는 넘어졌다.

―형, 일어나. 잡히면 죽어.

김설원 씨가 그를 부축했는데, 군화 소리가 다가오자 그녀는 저편으로 뛰어가고 있었고 누군가가 자신의 목덜미를 움켜잡는 전율을 느꼈다. 그때, 자신의 입에서 튀어나온 말이 있었다. '저 여자가 주동자예요. 난 단지 구경만 했어요.' 그 후로 김설원 씨의 행방을 아는 사람은 아무도 없었다.

그는 다시 양주 한 잔을 입안에 털어 넣었다. '미로'에서 마신 맥주 몇 잔과 양주 두어 잔에 빈속이 울려온다. 골방의 저편에서 김설원 씨가 그늘진 얼굴로 나타나곤 지워진다. 마치 자신을 잡은 굵은 사슬을 놓아 달라는 표정이다. 그는 그때, 자신이 한 말 때문에 자신을 잃어버리고 김설원 씨의 이름으로 작품을 쓰기 시작한 것이다. 조금이라도 사죄하고 싶었고, 김설원 씨가 살아서 옆에 있는 것으로 생각하고 싶었다. 그러나 지금은 김설원 씨를 기억에서 내려놓는 것이 그녀를 옭아맨 사슬을 풀어주는 것이라고 그는 생각했다. 그래, 이제 나를 그만 찾아야겠다. 그는 천천히 양주잔을 입으로 가져간다.

살아 있는 돌

아름다운 이별

아름다운 이별

창문을 봉해서 바람이 들지 않는 방에는 부유물처럼 먼지가 떠다녔다. 햇살이 들 때마다 미세한 모습으로 드러나는 먼지를 보며 K는 거실의 바닥에 깔린 매트를 걷어내야 한다고 생각했다. 청소기를 돌려도 먼지가 사라지는 건 그때뿐이었고, 청소기에서 나는 소음이 먼지보다 더 신경이 쓰였다. K는 창문으로 들어오는 햇살을 막기 위해 정원 쪽의 창문 위에 매달린 커튼을 내렸다. 그 수밖에 없었다. 미세한 것이 햇살에 비치며 거실의 허공을 돌아다니는 것을 보니 차라리 햇살을 가리는 것이 편하고 쉬웠다.

커튼을 내리자 거실은 어둠이 고였다. 언제나 이런 식이다. 밝음에는 먼지가 있고, 어둠에는 빛이 필요했다. 먼지는 거실에만 있는 것이 아니었다. 2층짜리 건물의 의원이 폐쇄되고 현관 쪽만 설렁탕집으로 세를 주어서 그곳만 빼고 먼지는 어디서 생성되었는지 새록새록 쌓여 있었다. 이 많은 먼지를 K는 어떻게 감당해야 할지 몰랐다.

집에는 언제나 이상한 냄새가 났다. 남편의 냄새인지 설렁탕집에서

살아 있는 돌

스며드는 음식 냄새인지 분간도 쉽지 않았다. 그만큼 K도 늙어서 후각이 예민하지 못했다. 가만히 있다가 문득 냄새를 생각하면 정말로 냄새가 난다고 느꼈다. 실내는 그만큼 공기의 미동이 없었다. 몸을 움직일 때마다 공기가 따라다니는 것 같은 정적만 고여 있었다. 딸 하나 있는 것이 미국으로 유학을 가서 백인 남자와 그곳에서 눌러살기 때문에 남처럼 멀었다.

─잘 지내. 아빠는?

딸은 오랜만에 전화를 해 와도 짧게 몇 마디 하고 야속하게 전화를 끊었다. 가끔은 아이들이 자신을 하나도 닮지 않았다고, 한국말을 알려줘도 영어만 해서 이제 한국말을 할 수 없다고 푸념했지만, 통화는 빨리 끝났다. 그게 한 달 전이었다. 수화기의 저편에서 딸이 굿바이라고 했는데 K는 대답하지 않았다.

먼지를 없애기 위해 거실의 매트를 걷는 것은 큰 공사였다. 남편이 누워 있기 때문이었다. 남편은 벌써 이 년째 전신마비로 누워 있다. 병원에서도 손을 놓은 남편이 이렇게 오래 버틸 줄은 K는 몰랐다. 남편이 움직일 수 없으므로 매트도 움직이지 않았다. 처음부터 남편을 거실에 눕힌 것은 남편을 아는 사람들이 편하게 있다 가라는 배려에서 였다. 남편은 그만큼 아는 사람도 많았고 찾아오는 사람도 많았다. 그게 다 예전의 일이지만 사람들이 남편을 찾아올 때마다 K는 차를 끓이고 과일이나 깐 호두와 땅콩을 내놓기도 했었다. 하지만 다 지난 일이었다. 남편이 병으로 누운 지 이 년이 지나자 이제 찾아오는 사람도 없었다.

거실에는 언제나 송장 하나가 누워 있었다. K는 물수건으로 남편의 얼굴을 닦으며 송장이라는 낱말을 입에 물고 있었다. 냄새도 맡을 수 없고 말도 못 하는 남편은 몸이 굳어서 움직일 수 없다. 물과 간신히 미음(米

飮)을 삼키는 것 말고는 아무것도 먹지 못하는 남편을 위해 K는 매일 미음을 쑤고 곁을 지켰다.

─그게 어디에 있더라.

K는 의료함을 열고 내용물을 하나하나 확인했다. 붕대와 체온계, 반창고와 두통약, 연고 따위는 있는데 필요한 것은 보이지 않았다. 의료함의 바닥까지 샅샅이 훑었지만 나오지 않았다. 의료함을 원래 있던 곳에 놓고 서랍도 열어보았다. 손톱깎이나 면봉, 가위 따위와 양말이 있었다. 서랍을 여러 개 열어봤지만 역시 보이지 않았다. K는 그것이 처음부터 집에 없었던 것으로 생각했다. 하기야 한 번도 사용해본 기억이 없었다. 거실과 문 하나를 사이에 두고 있는 방에도 먼지가 많이 돌아다녔다. 청소 도우미를 불러볼까 하다 낯선 사람을 집에 불러들이는 게 불편해서 그만두었다. 전에도 한 번 용역 사무실에 전화해서 청소할 사람 한 명만 보내달라고 했더니 겨우 반나절 일하고 오만 원을 받아 갔다. 돈이 아까워서가 아니라 젊은 여자가 냉장고에서 말도 없이 아무거나 꺼내 먹고, 서랍을 열어 동전까지 집어 간 것이 괘씸해서였다. 어쩜 뻔뻔하게 자기 집처럼 뒤지고 열고 먹고 마시고 할까. 여자가 다녀간 뒤에야 K는 재미 삼아 오백 원짜리만 모아놓은 작은 저금통이 없어진 것을 알았다. 하지만 용역 사무실로 전화를 해서 돌려달라고 할 수가 없었다. 여자가 안 가져갔다고 하면 그만이기 때문이었다. 오백 원짜리만 들어 있어서 못 잡아도 십오만 원은 되었을 것이다. 여자를 불러 청소를 맡긴 것도, 반나절 청소를 하고 이십만 원을 손해 본 것도 처음 있는 일이었다. 게다가 여자가 다녀갔지만, 청소를 하지 않은 것처럼 보였다.

"나가시게요."

현관문을 열고 나가 설렁탕집 문을 열자 여자가 홀을 청소하다 K에게 인사를 했다. 오전 열 시가 갓 넘었음에도 벌써 점심 손님 맞을 준비를 하는 모양이었다. K는 여자에게 목례로 대답했다. 세를 주었지만 여자가 제집처럼 식당을 운영해서 흠잡을 데가 없었다. 게다가 가끔 점심시간에 설렁탕을 들고 안채로 오는 바람에 K는 어렵잖게 점심을 해결했었다. 여자는 마흔 줄임에도 삼십 대 초반처럼 피부가 풋풋했다. K는 여자에게 힘든 일은 없냐고 말하려다 그냥 밖으로 나왔다. 통로가 내실이기 때문에 일을 하는 데 방해가 될까 봐 정원 쪽으로 외출을 하는데 겨울에는 외풍 때문에 그쪽 현관문은 쓰지 않았다.

밖으로 나오자 바람이 게 눈 감추듯 골목으로 빠르게 지나갔다. 역전 근방의 골목이라 여인숙이 많고 밤에는 사내들이 들락거리는 곳이다. 그 때문에 골목은 낮에도 음산하고 사람들이 별로 다니지 않았다. 설렁탕집은 그나마 도로에 인접해 있어서 장사가 되는 편이었다. K는 외출할 때 도로 쪽만 이용할 뿐, 반대편의 골목은 가지 않았다. 지저분함이나 불결하다는 선입견보다는 이쪽이 빠르고 편했기 때문이다. 집에서 도로까지는 이십여 미터, 도로만 나오면 거리가 활력이 있고 상점들이 줄지어 있었다. 그러나 반대편은 언제나 정지된 풍경처럼 활력이 없다. 마치 커다란 흑백사진을 걸어놓은 것처럼.

"그. 것. 좀. 줘. 요, 잠 잘 오는 약."

K는 약국에 들렀다. 오래전부터 약국에 들러야겠다고 생각했는데, 막상 약국에 들르자 까닭 없이 말을 더듬거렸다. 약국은 마침 오전이라 손님도 없고 젊은 약사는 조간신문을 펴고 기사를 훑는 중이었다. 신문을 접지도 않고 남자가 K 앞에 다가와 곤란한 표정을 지었다. 병원에 가서 처방전을 받아 오라는 눈치였다.

"수면제 말이군요. 그 약은 처방전 없이는 드릴 수 없습니다."

"우리 집 양반이 의사잖아. 날 믿고 조금만 줘."

"……."

"잠이 안 와서 그래."

약사가 잠시 머뭇거리다 약을 내주었다. K는 그런 식으로 다섯 곳의 약국을 돌며 수면제를 사들였다. 다 합치니까 스물다섯 개였다. 이것만 있으면 남편과 깊은 잠을 잘 수 있다고 생각했다. K는 마지막 약국을 나와 시장으로 발을 끌었다. 아주 오랜만에 들르는 시장이었다. 장날도 아니고 겨울이라 시장은 바람만 쓸쓸하게 지나갔다. 외사촌 동생 내외가 시장에서 가구점을 할 때는 가끔 들러서 안부를 묻곤 했었는데, 장사가 안 된다고 가게를 접고 서산으로 이사한 후로 더욱 시장에 들어오지 않았다. K는 외사촌 동생 내외가 하던 가구점에 가보았다. 가구점이 철물점으로 바뀌어 있었다.

"이 겨울에 낫은 뭐 하시려고요?"

"다 사두면 쓸데가 있지요."

딱히 무엇을 사겠다고 철물점에 들어간 것이 아니었는데 K는 낫과 전지가위를 집어 들었다. 여름에 정원을 손보려면 연장이 필요할 듯했다. 지난여름에 잡초가 웃자라서 뽑을 기회를 놓치자 잡초는 거의 허리까지 차고 올라왔었다. K는 할 수 없이 늦가을에 용역회사에 연락해서 인부 두 명이 반나절 동안 잡초를 베고 이른 봄부터 자랄 잡초의 근원을 없애기 위해 대궁이 잘린 잡초의 뿌리까지 뽑게 했다. 인부들은 일당을 받으면서도 낫으로 잡초를 베었으면 그만이지 뿌리까지 뽑게 한다며 투덜거렸다. 남자들이라 김을 매는 것처럼 쪼그려 앉아 잡초의 뿌리를 뽑는 것이 익숙지 않은 듯했다.

시장을 막 벗어나며 K는 호미도 두어 개 살 것을, 하고 생각했다. 남편이 자리에 누운 후로 아무도 돌보지 않는 정원이었다. 예전에는 정원의 모퉁이에 연장통이 있었고, 남편이 그곳에서 연장을 꺼내 야무지게 정원을 가꾸었는데, 지금은 연장통이 텅 비어 있었다. K는 그러나 호미는 아무 때나 사면 되므로 시장으로 되돌아가지 않았다. 바람에 등을 떠밀리며 시래기처럼 헝클어진 머리칼을 쓸어내릴 틈도 없이 K는 시장을 빠져나왔다. 이걸, 이것을 사려고 시장에 들렀나. K는 문득 횡단보도 앞에 서서 자신이 들고 있는 검은색 비닐봉지를 들여다보며 혼자서 말했다. 봄이나 여름에 사도 되는 연장을 굳이 사들고 온 것은 외사촌 내외가 가구점을 하던 자리에 철물점이 들어서서 무심코 안으로 들어갔다가 그냥 나오기가 멋쩍어서였다고 K는 합리화했다.

시장에서 나와 집으로 가는 길도 바람이 뒤에서 터벅터벅 따라왔다. K는 아주 오랜만에 여인숙이 있는 골목으로 들어왔다. 이 골목을 반듯이 가면 집이었다. 다음 골목은 청과 상회가 밀집해 있는데 그곳도 겨울이라 활기가 없을 것이다. K는 골목으로 들어서며 문득 고개를 들었다. 목욕탕 하나와 모텔 하나가 있고 나머지는 여인숙이었다. 옛날에는 기차가 끊겨서 할 수 없이 이런 곳에서 잠을 잤지만, 지금은 누가 이런 곳에서 잠을 잘까 싶었다. K의 염려대로 여인숙의 문들은 반쯤 열려 있거나 아예 닫힌 집이 많았다. 낮에는 영업이 안 되는 게 분명했다. 하기야 이 추위에 더구나 오전에 어느 남정네가 이곳에 와서 정액을 뿌리고 갈까? K는 자신과 아무 연관이 없는 곳임에도 그 생각을 하다 웃음을 입김 속에 흘렸다.

겨울에도 대문을 열어놓아야 한다고 K는 생각했다. 대문을 통해서 집으로 들어가면 정원을 지나 곧바로 현관인데, K는 추위를 핑계로 설렁탕집을 통해서 집으로 들어갔다. 그때마다 설렁탕집 여자는 나가세요, 다녀오셨어요, 앵무새처럼 말했다. K는 식사하던 손님들의 시선이 자신에게 쏠리는 것도 아랑곳하지 않고 여자의 인사를 받으며 실내를 살피곤 했었다. 밥 먹는 사람의 얼굴을 빤히 바라보는 게 실례라는 것을 알면서도 그렇게 사람의 얼굴을 보면 마음이 편했다. 다 모르는 사람들임에도 K는 마치 자신을 위해 와준 사람들처럼 느껴졌다.

대문은 안으로 잠겨 있었다. 11월 초의 입동 무렵부터 나무로 만든 대문은 입을 다물고 있었다. 늦가을에 정원을 손질하고 바람이 쌀쌀해져 습관처럼 대문에 자물쇠를 채웠는데, 해마다 봄까지 대문은 열리지 않았다. K는 집에 들어가자마자 자물쇠부터 열어야겠다고 생각했다. 정원을 오픈해도 안에 현관문이 있어서 도둑이 들어올 염려는 없었다. 겨울에 대문을 자물쇠로 채우는 것은 남편의 습관이었다. 내실로 해서 안채로 들어오는 것에 익숙해 있던 남편은 해마다 입동 무렵이면 대문을 그렇게 쇠사슬로 동인 다음 자물쇠를 걸었다. 그때는 내실에 설렁탕집이 들어오기 전이었다.

"다녀오셨어요."

출입문을 밀고 안으로 들어가자 여자가 기다렸다는 듯이 인사를 했다. 여자는 K가 들고 있는 연장을 보며 의아해한다. 이 겨울에 웬 낫을 사들고 오나 물어 오려는 참이었다. K는 고개만 끄덕였다. K가 들어온 찰나에 문틈으로 바람이 와락 달려들었다. 실내는 나갈 때처럼 여전히 손님이 없었다. K는 남이 장사하는데 쓸데없이 들락거리는 듯해 빠르게 안채로 발을 옮겼다. 대문을 열어놓아야겠어. 안채로 들어가면서 K는 그 말을 입안에서 굴렸다.

─그게 어디 있더라.

정원의 모퉁이에 있는 연장통에 연장을 내려놓고 K는 열쇠를 찾았다.

늦가을에 대문을 잠그고 열쇠를 연장통에 넣었다고 생각했는데 못과 망치뿐이었다. 열쇠를 못 찾는다면 천상 열쇠 수리공을 불러야 했다. 자물쇠가 망가졌으면 산소로 불어서 쇠사슬을 끊어야 했다. K는 우선 열쇠부터 찾았다. 정원의 나무 밑과 대문의 위까지 열쇠가 있을 만한 곳을 보물찾기하듯 찾았지만 열쇠는 보이지 않았다. 열쇠를 안채로 가지고 들어간게 분명했다. 손을 탔나. 분명히 대문을 잠그고 열쇠를 연장통이나 나무밑에 숨긴 것 같은데 발 달린 벌레처럼 열쇠가 도망쳤다. K는 안으로 들어왔다. 남편은 사람이 들어와도 알아보지 못한다. 이미 전신마비가 되어 숨만 간신히 쉬고 있었다. K는 그런 남편을 위해 안락사를 생각했다. 자신이 자살할 수 없으므로 대신 죽게 하고 싶었다. 그러나 그것은 살인행위라는 생각을 떨치지 못했다. 하루에 미음 반 그릇만 삼키며 연명하는 남편을 K는 물끄러미 바라보았다.

남편이 2층의 계단에서 굴러떨어진 것은 삼 년 전이었다. 그날, K는 남편과 함께 2층으로 올라가 통로에 쌓여 있는 잡지와 신문을 치우기로 했었다. 내실이 좁아 신문과 잡지 따위를 2층의 통로에 방치해놓았는데 남편이 그걸 보고 혀를 내둘렀다.

─이게 고물상이지 집이야?

의원을 폐업하고 등산이나 낚시하러 다니던 남편이 그날은 아침부터 2층에 올라가 부산을 떨었다. 딱히 2층에 무엇을 하겠다고 생각한 것은 아니지만 남편은 의외로 신문과 잡지를 치우라고 언성을 높였다. K에게도 필요 없는 물건이었다. K는 그 물건들을 언제 치울까 기회만 보고 있었다. 고물상에 전화해서 파지 줍는 사람의 연락처를 알아보려는 참인데 남편이 갑자기 치우라고 난리였다.

─이게 사람 사는 집이야?

K는 남편이 일손을 놓고 무료함 때문에 언성을 높인다고 생각했다. 누구나 생활이 바뀌면 신경이 예민해지기 마련이었다. 남편은 간호사 둘과 경리 겸 간호 보조로 일하던 사람을 내보내고 의원을 폐업했다. 남편의 나이도 문제지만 주변에 병원이 너무 많이 개업해서 의원은 경쟁이 되지 않았다. 젊은 의사들이 전문화된 병원을 차례로 개업할 때부터 남편은 한숨을 내쉬었다. 정형외과, 산부인과, 피부과, 내과, 외과, 안과 따위의 병원이 속속 들어서자 환자가 수직으로 감소했고, 일부는 병실에 입원해 있던 환자들조차 다른 병원으로 옮겼다. 김명준 정형외과, 이정희 산부인과, 정원희 안과, 대부분이 병원 주인의 이름이 앞에 붙은 병원들은 최신식 의료기기를 갖추고 인테리어로 내부를 깔끔하게 해서 환자들의 마음을 편하게 하고 있었다. K는 병원이 개업할 때마다 화원으로 전화를 해서 화분을 배달해주고 병원에 들러서 개업을 축하한다고 말했었다.

"이제 당신도 쉴 때가 되었잖아요."

병원을 정리하는 남편을 위해 K는 현실적인 얘기를 많이 했다. 기업이나 공무원도 다 정년퇴직이 있는데 당신은 자영업이라 장기간 일했던 것뿐이라고, 이제 남들처럼 등산도 다니고 낚시도 하며 여유롭게 지내라고 K는 남편의 강한 자존심에 금이 가지 않게 말했다. K의 말은 확실히 효과가 있었다. 남편은 등산복과 등산화, 배낭 따위를 사들였고, 몇몇 친구들과 산에 다니기 시작했다. 가끔은 저수지에 가서 낚시도 하고, 비가 오는 날이면 기원에 나가 바둑을 두고 돌아왔다. 의원을 접고 남편은 집에 있는 날보다 밖에서 생활하는 시간이 더 많았다. K는 남편이 없는 시간에 집 안을 정리하기 시작했다. 거실에 쌓여 있는 신문과 잡지를 2층으로 옮기고 헌 옷은 밖의 의류 수거함에 넣었다. 방과 거실은 잡지와 신문만 없어도 넓어 보였다. 글을 쓰는 데 도움이 될까 싶어 K는 날마다 낙엽처럼 배달되는 신문을 대충 읽고 구석에 쌓아놓았다. 잡지도 같은 원리였다. 음악세계나 미술세계, 지방의 사사 월간지 따위에 가끔 칼럼을 기고했는데 잡지사에서는 원고료를 못 줘서 미안했는지 K가 기고하지 않았던 잡지까지 우편으로 보내왔다. 한 잡지사에서 일 년이면 열두 권, 서너 개의 잡지사에서 그런 식으로 보내온 잡지가 십 년만 쌓여도 오백여 권이었다. 게다가 K가 관여하는 문학단체 몇 곳에서도 꾸준하게 책을 보내와서 지금까지 쌓아놓은 잡지만 해도 어림잡아 이천여 권이 넘었다. K는 의원이 폐쇄되자 내실에 있던 신문과 잡지를 혼자서 열흘 동안 2층으로 옮겼다. 2층의 복도 한 편에 벽을 등지고 길게 늘어선 잡지를 보며 K는 잡지사와 문학단체에 전화를 걸어 책을 그만 보내달라고 부탁해야겠다고 생각했다.

남편은 나일론 줄을 가져다 잡지를 들기 좋게 서른 권씩 묶었다. 그 사이에 K는 고물상에 전화를 걸어 파지 모으는 사람을 보내달라고 했다. 헌책과 신문이 많으니 손수레를 끌고 오지 말고 일 톤짜리 트럭을 갖고 오라고 당부했다. 남편이 묶은 책 다발은 칠십 개에서 두 개가 빠졌다. 어림잡아 이천여 권이 넘는다고 추측한 K의 생각대로 잡지는 이천사십 권하고 열 권이 남았다. 남편이 셈을 정확히 하며 책을 묶었다면 잡지는 정확히 이천오십 권이 쌓여 있었다. 남편은 남은 열 권의 책을 신문과 함께 묶었다. 신문도 어마어마하게 부피가 컸다. 그것까지 다 묶으려면 오전 내내 작업을 해야 할 성싶었다. K는 남편의 작업 속도를 보며 고물상에 너무 일찍 전화했다고 생각했다. 그리고 남편이 일부러 책과 신문을 묶지 않아도 고물 장수가 알아서 가져갈 것이라는 생각도 들었다. 남편이 설쳐서 하는 일이라 옆에서 거들었지만, K는 남편이 하는 일이 하나도 반갑지 않았다. 그것은 비단 자신이 평생 모아온 것들을 버리는 데서 오는 허탈감만은 아니었다.

남편이 계단에서 굴러떨어진 것은 고물 장수가 막 도착해서 책 다발을 옮기기 시작한 때였다. 하필이면 고물 장수가 육십 대 초반의 사람인데 공기업에서 정년퇴임하고 집에서 놀기가 따분해서 시작한 일이라고 했다. 남자는 고생을 모르고 지냈는지 책 다발을 양손에 한 개씩 들고 밖에 갔다 올 때마다 숨을 깊게 몰아쉬었다. 남편이 남자를 보며 한마디 던졌다.

"한참 일할 사람이 이런 걸 가지고."

숨을 몰아쉬는 남자를 보다 못해 남편이 양손에 책 다발을 들고 계단을 내려갔다. K도 예순여덟 개나 되는 책 다발을 남자 혼자서 나르기란 무리라고 생각했다. 남자와 남편이 책 다발을 나르는 동안 K는 남편이 하던 신문을 마저 묶어 나갔다. 그때 계단 쪽에서 쿵 하는, 무엇인가 둔탁한 것이 넘어지는 소리가 들렸고 남편의 비명이 크게 들려왔다. K는 신문을 묶던 끈을 놓고 계단으로 달려갔다. 남편은 이미 계단 밑으로 굴러가서 바닥에 쓰러져 있었다. 남자는 막 책 다발을 차에 싣고 출입문을 밀고 들어오고 있었다.

"움직이지 않아요. 안 되겠어요. 구급차를 불러야겠어요."

남자가 혼자서 떠드는 사이에 K도 급히 계단을 내려와 남편을 흔들었다. 남자의 말처럼 남편은 감전으로 쇼크를 당한 것처럼 축 늘어져 있었다. 빨리 구급차를 부르라고 K가 다급하게 소리치자 설렁탕집 여자가 119에 신고를 했다. 구급대원이 들것으로 남편을 앰뷸런스에 옮기고 급하게 차를 몰았다. K는 구급차 안에서 남편의 손을 주무르며 남편에게 괜찮으냐? 어디가 아프냐고 물었다. 남편은 여전히 축 늘어져 있었다. 아파도 많이 아픈 모양이었다.

구급대원이 작은 병원에 남편을 내려놓고 돌아갔다. 계단에서 굴러서 타박상 정도로 생각한 모양이다. K가 말을 시켜도 대답을 하지 않는 남편을 보고서도 구급대원은 아무 병원이나 병원에 데려다주면 자신들의 임무는 끝났다는 듯이 바람처럼 횅하게 가버렸다. K는 남편의 상태를 살피던 의사의 말을 듣고서야 상태가 심각한 것임을 알았다.

"안 되겠습니다. 큰 병원으로 옮겨야겠습니다."

"……."

"뇌를 다친 듯합니다. 빨리 큰 병원으로 가지 않으면 위험합니다."

남편은 앰뷸런스를 타고 다시 대학병원으로 갔다. MRI 촬영과 뇌 검사를 하고 난 담당 의사는 표정이 어두웠다. 희망이 거의 없는 뇌사상태라고 했다. K는 의사의 말을 믿을 수 없었다. 아침까지만 해도 건강하던 사람이 '으악' 하고 비명 한 번 지른 것밖에 없는데 뇌사라니, K는 의사가 자신을 놀리는 것만 같았다.

"당, 당신 눈을 떴네요. 날 알아볼 수 있겠어요."

중환자실에서 조금도 차도가 없어 할 수 없이 일반 병실로 옮긴 지 일주일 만이었다. 남편이 갑자기 눈을 떴다. 의사의 말로는 뇌사란 뇌 기능이 완전히 멈춘 상태로 모든 자극에 대해 반응이 없고 호흡을 비롯해 스스로 움직임이 전혀 없는 상태라고 했는데, 남편은 혼자서 호흡도 하고 눈도 떴다. 의사는 이것만으로도 기적이라고 했다. 산소 호흡기에 의존하던 남편이 스스로 호흡을 하고 눈을 뜨는 것을 보며 K는 남편이 곧 정상으로 돌아올 거라고 믿었다. 미스터리 같긴 했지만, 해외에서도 뇌사에 빠진 남편을 아내가 몇 년 동안 옆에서 간호하자 갑자기 뇌가 살아났다는 기사를 K는 읽은 적이 있었다. 남편도 언젠가는 뇌가 살아날 거라고 믿고 K는 남편의 곁에서 손도 잡아주고 이야기도 들려주었다.

"퇴원을 하시는 게 좋겠습니다. 언제 뇌가 살아날지 모르는 상태에서 병원에 무작정 입원해 있는 것도 그렇고, 무엇보다도 병원에서 환자에게 할 수 있는 것은 다 했습니다. 이제 본인의 의지와 주위에서 간호해주는 사람의 역할에 달려 있습니다."

남편은 일 년 동안 병원에서 전신마비로 누워 있었다. 혼자서 호흡을 하고 눈을 뜨고 있었지만, 남편은 들을 수 없고 입에 미음을 넣어줘도 맛이나 감각을 느끼지 못했다. 그러니까 남편이 할 수 있는 일은 혼자서 숨 쉬는 것과 신진대사를 할 수 있는 것, 그리고 볼 수 있는 것뿐이었다. 그 외에는 아무것도 할 수 없었다. 걷지도 못했고, 냄새도 맡지 못했고, 듣지도 못했고, 말도 하지 못했다. 하는 것과 못하는 것의 비율의 반씩만이라도 나눠서 가졌다면 K는 더 희망을 품고 더 편하게 남편을 돌볼 수 있을 듯했다.

"나 알아볼 수 있겠어요?"

남편의 눈은 언제나 감겨 있었다. 잠잘 때도 감겨 있고 잠자지 않을 때도 감겨 있었다. 그러다가 아주 가끔, 하루에 두 번 눈을 뜨는데 K도 의사도 남편이 왜 눈을 뜨는지 몰랐다. 뇌사상태가 부분만 나타나고 있다는 증거라고 했지만 왜 하루에 딱 두 번만 눈을 뜨고 대부분은 눈을 감고 있는지 의학적 근거도 없었다. K는 남편이 눈을 뜰 때마다 그 말을 했다. 물론 남편은 K의 말을 알아듣지 못했고 눈도 잠깐 깜빡이다 이내 감아버렸다. K는 그게 남편이 아직도 살아 있는지 자신을 보는 것이라고 여겼다. 전신마비로 지내기 때문에 자신이 살아 있는지 궁금해서 저렇게 가끔 눈을 뜨는 것으로 생각했다. 아니면 옛날 사람들을 그리워하는지도 몰랐다. 남편이 처음 병원에 입원했을 때는 많은 사람이 문병을 왔다. 일가친척은 물론 함께 등산하러 다녔던 친구들까지 연일 입원실을 들락거렸다. 깨어나지도 않은 남편을 위해 화분이나 꽃다발을 사들고 오기도 했고, 과일이나 건강음료, 고은 사골을 들고 오는 사람도 있었다. 그러나 남편이 뇌사라는 사실이 알려지자 점점 발길이 끊어졌다. 언제 깨어날지도 모르는 남편에게 사람들은 친분을 집착하지 않았다. 의사의 권유로 남편이 퇴원해서 집에 돌아오자 문병을 오는 사람은 고작 남편의 친구 두 명뿐이었다. 퇴원을 해도 사람을 알아보지 못하고 전신마비로 지낸다는 것을 안 사람들은 일부러 남편을 찾아오지 않았다. K는 그때서야 남편이 송장이나 다름없는 사람이란 것이 실감났다.

─그걸 어디에 놓았더라.

K는 아직도 열쇠를 찾고 있었다. 벽걸이에 붙은 장식품의 속과 거실의 테이블 위에 놓인 연필꽂이도 들여다보았지만, 열쇠는 보이지 않았다. K는 어쩌면 처음부터 열쇠는 없었을지도 모른다고 생각했다. 대문을 잠그자 곧바로 추위가 몰려왔으므로 겨우내 입을 봉한 대문이 봄이 올 때까지 열리지 않을 것을 알고 K는 열쇠를 마당이나 바깥에 힘껏 던지지 않았나 생각했다. 기억에 없다. 던진 것 같기도 했고 슬그머니 주머니에 넣고 내실로 들어온 듯도 했다. K는 자신도 요즘은 정신이 오락가락하는 것을 절실히 느꼈다. 치매가 온 것도 아닌데 원고를 쓰며 참고문헌을 찾다 잠시 덮어두면 어느 페이진지 한참 동안 찾아야 했고 아예 그 책을 어디에다 두었는지 몰라 한나절을 책 찾기에 몰두했었다. 그러나 정작 책은 자신이 원고를 쓰고 있는 앉은뱅이책상 밑에서 나오곤 했다.

열쇠는 거기에 있었다. 남편이 누워 있는 내실에서 열쇠를 찾다 방으로 들어와 서랍을 열자 한 꾸러미의 열쇠 뭉치가 나왔다. 전에도 보았던 열쇠 꾸러미였다. 대문의 열쇠는 열쇠 꾸러미를 들자 서랍의 바닥에서 나왔다. 현관과 방 열쇠, 장롱과 2층의 입원실 열쇠까지 고리에 매달려 각자의 표시가 되어 있는데 유독 대문 열쇠만 혼자 책상 서랍 바닥에 주저앉아 있었다. K는 열쇠를 들고 정원으로 나왔다. 대문을 열어놓아야 설렁탕집을 통해서 내실로 들어가지 않아도 되기 때문에 K는 빨리 대문을 열어놓고 싶었다. 자물쇠의 꽁무니에 열쇠를 집어넣고 돌리자 영영 열리지 않을 듯했던 자물쇠가 스스로 입에 문 강철 고리를 뱉어냈다. K는 자물쇠의 이빨이 물고 있던 쇠사슬을 풀어 정원의 모퉁이, 연장통 옆에 던졌다. 쇠사슬이 부딪치며 작은 쇳소리가 났다. 해마다 봄이 오기까지 입을 봉하고 있던 대문은 쇠사슬이 풀리자 조금만 밀었음에도 삐걱 소리를 내며 쉽게 열렸다. K는 누구나 쉽게 정원으로 들어오게 대문을 반쯤 밀어놓았다. 그것만으로도 큰일을 한 듯했다. K는 자물쇠에서 열쇠를 뽑아 밖으로 힘껏 던졌다. 밖에서 땡그랑 소리가 났는데 K는 바라보지 않았다. 이제 열쇠는 필요 없을 듯했다.

"점심 가져왔어요."

그새 시간이 이렇게 되었나. 설렁탕집 여자가 설렁탕 한 그릇을 쟁반에 담아 내왔다. K는 그것을 받지 않았다. 밖에서 막 우동 한 그릇 사 먹고 왔다고 둘러대면 그만이었다. 설렁탕집 여자는 매일 설렁탕을 들고 오는 것은 아니었다. 어쩌다 생각나면, 아니면 깜박했었다는 듯이 가끔 불현듯 설렁탕을 들고 왔다.

"미안해. 내가 방금 시장에 들러서 우동 한 그릇 사 먹고 왔어. 미안하지만 그거 이따가 저녁때 갖다줘. 여기다 받아놓으면 맛이 없을 것 같아서."

여자는 알았다고 말하고 등을 돌렸다. K는 돌아서는 여자를 불러 저녁에 그것도 다섯 시나 여섯 시 사이에 꼭 갖다 달라고 당부했다. 여자가 알았다고 다시 말했다. 여자가 돌아간 뒤에야 K는 남편을 살펴보았다.

남편이 눈을 뜨려면 아직도 세 시간은 더 있어야 했다. 남편은 약속처럼 오전 여덟 시와 오후 세 시에 눈을 뜬다. 눈을 뜬다기보다는 그냥 눈꺼풀이 약간 위로 올라간 정도였다. 평소에도 그 정도의 표정은 있었다. 남편의 꼭 감긴 눈이 어느 순간에 가자미처럼 실낱같이 눈을 뜨는데 K는 그 시간대만큼은 남편이 유난히도 눈을 크게 뜬다고 믿었다. 그러나 문병을 왔던 사람들과 설렁탕집 여자는 남편이 눈을 크게 뜨는데도 여전히 감고 있다고 말했다.

2층으로 올라왔다. 남편이 굴렀던 계단의 위에는 아무것도 쌓여 있지 않았다. 고물 장수는 남편이 계단에서 굴러 병원으로 급히 실려 갔어도 그날 잡지와 신문을 깨끗이 실어 갔다. K는 깨끗이 비워진 복도를 보다 입원실마다 문을 열어보았다. 간이침대와 흰 시트가 그대로 있다. 그러나 쓰지 않은 지 몇 년이 지나서 건드리면 맑은 날 비포장 길을 달리는 버스의 꽁무니처럼 먼지가 피어올랐다. K는 병실을 돌다 간호사실도 문을 열어보았다. 나갈 때 아무렇게나 벗어놓고 간 가운과 물병 따위가 그대로 놓여 있다. 셋 중에서 나이가 가장 적었던 간호사가 인천에서 결혼한다고 연락을 해왔는데 K는 갈 엄두가 나지 않아서 봉투만 보냈었다. 그리고 둘은 다른 병원에 취직했다는 말만 들었다. 2층은 오랫동안 비워놓아서 밀림에서 길을 잃은 것처럼 난감함마저 들었다. 이곳에 무엇을 하면 좋을까. 그러나 괜한 생각이었다. 이곳에 상점을 내려면 용도 변경에 밖으로 문을 내고 인테리어까지 복잡한 계산을 거쳐야 한다. K는 자신이 생각해놓고도 어이가 없어 피식 웃었다. 가게는 밑에 있는 설렁탕집만으로도 족했다. 남편이 오래전에 길 건너편의 3층짜리 건물을 사들였는데 그것도 세를 주어서 다 남들이 장사하고 있다. 그러나 K는 요즘 들어 부쩍 쓸쓸함을 느꼈다. 남편에게 미음을 떠주고 대소변 기저귀를 갈아주고 남은 시간에 칼럼이나 지방 문예지에 기고할 소설을 조금씩 쓰고, 잡지사 일로 취재하는 것이 전부인데, 요즘은 힘에 부쳐서 취재를 안 한 지도 한참 되었다. 게다가 칼럼이나 원고 청탁도 들어오지 않아 자연히 글에서 멀어졌다. 남편처럼 누워 있지는 않지만, K는 가끔 자신도 남편과 같다고 생각했다. 살아 있어도 산 것이 아니고 제 발로 돌아다녀도 돌아다니지 않는 듯했다.

내실로 들어오자 벌써 남편이 눈을 뜰 시간이었다. K는 약속 시간에 늦은 사람처럼 허둥지둥 약봉지를 찾아들었다. 오전에 약국에서 사 온 수면제였다. K는 그것을 빻으려고 작은 독에 넣고 찧었다. 스물다섯 개의 알약들이 힘없이 부서졌다. 어쩜 이렇게 단단해 보이던 것들이 힘없이 풀어질까. K는 알약들이 고운 가루가 될 때까지 찧고 또 찧었다. 단단한 알약이 밀가루처럼 곱게 빻아졌다. 가루가 된 수면제를 흰 종이에 싸서 남편의 머리맡에 놓고 K는 방과 거실을 대충 정리했다. 바닥에 흩어진 책을 거두어 책장에 꽂고 꽂을 자리가 마땅찮으면 책의 종류와 관계없이 책장의 틈에 끼워 넣고 앉은뱅이 책상도 접어서 책장의 모퉁이에 찔러 넣었다. 거실이 한결 넓어지고 깨끗해졌다. K는 의자를 놓고 책장 위, 그러니까 천장과 맞닿은 곳에 손을 넣고 더듬었다. 손끝에서 작은 비닐봉지의 촉감이 느껴졌다. K는 그것을 들고 의자에서 내려왔다. 콩알만 한 알갱이가 두 개 들어 있었다. 언젠가 남편이 쥐를 잡는다고 철공소에서 얻어온 청산가리였다. 가지고 올 때는 흰색이었는데 지금은 파랗게 변색하여 있다. 약효가 있을지 의문이었다. K는 그것도 작은 독에 넣고 알약처럼 빻았다. 오래된 것이라 그런지 쉽게 부서졌다. K는 그것을 수면제 가루에 섞었다. 이제 준비는 다 된 듯했다. 남편이 덮고 있는 이불을 깨끗한 것으로 바꿔주고 그 옆에 담요 한 개를 더 깔고 이

　　　　　　　　　　　　　　　　살아 있는 돌

불도 펴놓았다. 벽시계는 세 시를 넘고 있다. 이때쯤이면 남편이 눈을 뜨는데 눈을 뜨지 않았다. 어쩌면 사람들의 말처럼 남편은 언제나 눈을 감고 있는지도 몰랐다. 남편에게 여덟 시에 미음을 먹이고 가끔 물을 조금씩 먹이다 세 시에 미음을 한 번 더 먹이는데 그때마다 남편이 분명히 눈을 떴었다.

"미음 들 시간이에요. 눈 좀 떠봐요."

K는 숟가락에 약을 넣고 잘 삼킬 수 있게 물을 넣었다. 가루가 물에 혼합되어 액체가 되었다. 이제 이것을 먹으면 남편은 편히 잘 수 있다. 어차피 전신마비로 사는 남편이나 삶의 의미를 느끼지 못하는 자신이나 저울은 한쪽으로 기울지 않았다. 삶의 의미나 살아갈 의지가 없는데 그게 삶인가 싶었다. K는 남편에게 약을 먹이려고 남편의 목덜미에 손을 넣고 일으켜 세웠다. 순간, 남편의 뻣뻣한 몸이 K의 손에 느껴졌다. 눈을 안 뜬다고 생각했는데 남편은 숨도 쉬지 않고 있었다. 자신보다 먼저 간 게 분명했다. 남편이 죽었다는 것보다 멀리 여행을 갔다는 생각이 들었다. K는 숟가락에 담긴 약을 남편의 입을 벌리고 안에 넣었다. 숨도 쉬지 않고 맥박도 뛰지 않는 남편에게 K가 할 수 있는 일은 그것밖에 없었다. 아주 오래전부터 남편과의 이별을 준비해왔는데 하필이면 남편이 먼저 이별을 한 것이다. K는 남편을 바로 누이고 가루약을 이번에는 그릇에 넣고 물을 부었다. 하얗고 푸르스름한 빛이 돌더니 이내 분말은 액체가 되었다.

"먼저 가니까 좋아요? 태어날 때도 다르게 태어났는데 죽는 것도 같을라고요? 그래서 먼저 간 거예요? 아침까지 멀쩡했었는데 언제 간 거예요? 난 그것도 모르고 나가서 수면제도 사 오고 쥐약도 빻아 넣었지 뭐예요. 저세상으로 가면 이승처럼 넓어서 우리 이제 못 만나는 거예요? 그러기에 조금만 기다리지, 뭐 하러 먼저 갔어요?"

K는 자신도 모르게 남편에게 말하고 있었다. 남편은 입안에 넣어준 약을 삼키지 못하고 있었다. 이미 숨이 끊어져 기도가 막혔으므로 약은 남편의 입가에서 흘러내리고 있었다. K는 남편이 조금만 참아주었다면 똑같이 이승을 벗어날 수 있었다고 생각했다. 이제 설렁탕집 여자가 설렁탕을 들고 들어오면 남편과 K가 이 세상에 없다는 것을 알 것이다. 여자가 허겁지겁 경찰에 신고할 것이고 사람들이 K와 남편을 장례식장으로 옮길 것이다. K는 대문을 열어놓기를 잘했다고 생각했다. 뒤늦게 소식을 듣고 딸도 미국에서 날아올 것이고, 많은 사람이 영정 앞에서 절을 할 것이다. K는 그릇을 들어 약을 삼켰다. 복통인 듯도 했고 갑자기 위가 끊어지는 통증이 왔다. 하지만 참아야 했다. 여기서 비명을 지르면 곧바로 설렁탕집 여자가 뛰어올 것이고 119에 실려 가 병원에서 위세척하면 영원히 남편을 못 만날지도 모른다. K는 약그릇을 내려놓고 남편의 옆에 반듯이 누웠다. 여전히 속이 끊어질 듯이 통증이 왔고, 더운 기운이 입안으로 울컥 넘어왔다. 남편의 차가운 손을 꼭 잡고 K는 전혀 고통이 없다는 듯이 애써 웃음을 흘렸다. 남편에게 이불을 덮어주고 자신도 이불을 덮으려고 펄럭이자 먼지가 다시 일었다. K는 먼지를 없애려면 바닥에 깔린 매트를 없애야 한다고 생각했다. 남편과 자신이 없어지면 누군가가 매트를 걷을 것이다. K는 눈을 꼭 감았다.

살아 있는 돌

음영(陰影)에서 생성되는 이별과 해후

1. 소설의 이론과 이해

나는 소설을 잘 모른다. 그러면서도 아이러니하게 나는 장편소설을 다섯 권이나 출간했고, 창작집 한 권을 출간했다. '나는 소설을 모른다'는 그래서 역설적이다. 소설을 정의하면 이야기다. 하지만 그냥 이야기가 아니라 뼈대가 있고, 주제와 문체가 있는 이른바 예술적 아름다움(美)을 갖춘 것이 소설이다. 따라서 소설을 한마디로 요약하면 사실이나 허구의 이야기를 작가의 상상력과 구성력을 가미하여 산문체로 쓴 문학의 한 장르이다.

어니스트 헤밍웨이는 글을 쓰는 데는 특별한 방도가 없다고 했다. 그는 "오랫동안 한곳에 붙박여서 쓰고 또 쓰는 수밖에 없다"라고 했다. 그의 대표작인 「노인과 바다」는 무려 200번이나 교정을 했고, 『무기여 잘 있거라』도 39번이나 새로 고쳐서 나온 작품이라고 한다. 이런 부지런함이 그를 노벨상의 영광도 있게 했고 세계적인 대문호로 만들었다. 이처럼 소설은 자신과의 끈기 있는 싸움이다.

창작집 『살아 있는 돌』에 실린 작품 수는 단편소설이 여덟 편, 중편소설이 두 편이다. 이들 소설은 공교롭게도 『한국소설』, 『금강의 소설가들』, 『문예와 비평』, 『서정문학』, 『소설 충청』 등에 발표한 작품들이다. 따라서 이번 작품집에 수록된 작품 중에 미발표작이 한 편도 없다. 그만큼 작품을 많이 쓰고 많이 발표했다는 것이다.

2. 과거의 뜰과 현재 진행형의 소설

수록된 작품 중에 먼저 과거를 회상하며 과거의 곁에서 떠도는 화자를 펼쳐본다.

결혼하면서 들어간 아파트가 시골이라 주변에 산도 많고 숲이 아파트 앞에 있어서 새가 많이 찾아왔다. 화단의 나지막한 소나무 위에 멧비둘기가 둥지를 틀었는데, 인기척에 마지못해 날아갔다. 그 멧비둘기를 앵무새로 상상하여 쓴 작품이 「내 영혼의 나그네」이다. 실제로 어릴 때 겨울방학이면 동네 아이들이 새덫으로 새 잡기에 몰두했었고, 아버지는 잡아 온 새를 아궁이에 구워서 소주를 드셨다.

아내가 잡아달라고 부탁한 앵무새는 보이지 않는데, 앵무새를 잃어버렸다는 602호 여자를 본 순간, '나'는 그녀가 어릴 적 새엄마라고 확신한다. 그러나 여자는 나를 외면하고 아파트로 들어간다. 그때 커다란 앵무새가 나무 위에 나타난다.

> 손에 막 앵무새가 닿으려고 하자 날개를 폈다. 야생에서 사는 새처럼 앵무새는 한 번 날개를 펴자 이백여 미터나 떨어진 산으로 날아가고 있었다. 그해 겨울, 하늘을 긋고 날아간 새처럼 앵무새는 한 개의 점처럼 숲으로 사라졌다. 숲으로 날아간 새를 시선으로 쫓다 여자를 보자 여자는 어느새 아파트로 들어가고 보이지 않았다. (29쪽)

살아 있는 돌

이 작품은 이처럼 허무하게 결말을 맞는다. 유년 시절의 새엄마인 듯한 여인은 끝내 자신이 새엄마였다는 것을 부정하고, 앵무새는 먼 산으로 날아가버리고 만다. 유년의 이야기는 화자의 마음에 한 조각의 삽화로 남고, 아내가 부탁한 새 잡기는 끝내 수포로 돌아간다. 결국 아무것도 일어나지 않은 일상을 통해 화자는 과거를 일으켜 세우고, 그게 현실에서는 아무것도 아님을 안다.

「전생에서의 하루」는 어릴 때 심하게 앓았던 기억이 소재가 되었다. 지금처럼 병원이나 약국이 흔하지 않았고, 미신을 믿는 것이 대세였던 시절이라 어머니가 무당을 불러와 굿을 했다. 지금 생각하면 독감 정도의 병이었는데, 펄펄 끓는 방바닥에 누워서 무당이 굿하는 소리를 들으니 더욱 병이 심해지는 듯했다. 무당이 주문을 외우며 소지를 태우는 모습을 회상하며 쓴 작품이다. 인연은 꼭 선한 인연만 있는 것이 아니듯이 악연(惡緣)을 구상해보았다.

> ─소가 도축되어 고기가 마을 사람들에게 나눠진 다음에도 주인은 화가 풀리지 않아 쇠머리를 고으려고 부엌의 가마솥에 물을 붓고 장작을 지핀 것이라. 소는 소대로 야속하겠지만 주인은 소가 병들어 제값도 못 받는 처지에 갈비뼈를 차여 두 개나 부러졌으니 주인도 소가 야속하겠지. 원한은 거기서 끝났어야 했는데, 소도 원한이 풀리지 않았던지 하필이면 그 집의 외아들을 가마솥으로 끌어들였네. 가마솥 뒤에 작은 방문이 있었는데, 주인의 세 살배기 외아들이 방에서 기어 다니다 쪽문을 열고 떨어졌는데, ……악연일세, 악연이야. 전생을 거슬러 올라가니까 젊은이의 아버지는 포수였고, 아가씨 아버지는 멧돼지였네. 총에 맞은 멧돼지의 신음이 들리지 않나. (168쪽)

이 작품에는 언뜻 보기에는 샤머니즘(shamanism), 무당을 매개로 해서 사후 세계를 다녀온다는 허구가 있지만, 소설이란 어차피 허구이면서도 리

얼리즘(realism)에 입각해야 하므로 작가는 독자의 마음을 전생이라는 허구에서 이승의 문제를 부각하고 있다.

「망각의 세월」은 5·18 광주민주화운동을 소재로 도입했다. 나는 5·18 민주화운동을 고3 때 들었고, 시위를 직접 본 것은 6·29선언 직전에 동대문에서였다. 구름처럼 모여든 인파 속에서 구경하다 보니 시위대 맨 앞에 있었고, 신호와 함께 최루탄이 날아들고 진압군이 달려와서 골목으로 도망치는 와중에 여학생이 앞에서 넘어지는 것을 보았다. 그때 나는 그 여학생을 부축하여 함께 도망쳐야 했는데, 혼자 도망치고 말았다. 그때의 죄책감이 오래 남아서 작품을 구상했다.

> "그래요, 선생님. 선생님께서 그러셨어요. 이제 얼굴을 감추지 않겠다고, 익명으로 살면서 사죄는 다 했다고, 뭐 그런 얘길 했어요. 선생님의 말씀을 들으며 전 혼자서 흐느꼈고요. 선생님의 처지와 제 처지가 묘하게도 대조를 이루는 듯했거든요. 전 선생님 때문에 본명을 찾았어요. 선생님께서 제 이름을 찾아주신 거예요."(275쪽)

화자는 그때서야 김설원을 기억한다. 광주 5·18 때 그는 구경꾼으로, 김설원은 데모자로 각자 현장에 있었는데, 계엄군에 쫓기게 되자 그는 김설원이 주동자라고 알려준다. 그 후 그녀는 행방불명되었고, 그는 그녀를 밀고했던 수치스러움 때문에 그녀의 이름으로 작품을 발표하고 철저히 자신을 숨겼던 것이다.

> "선생님, 정말 이 세상은 이름을 밝히려는 사람과 숨기려는 사람이 있어서 평등한 듯해요. 언제부터인가 본명을 숨기기 시작하니까 가명이 본명이 되더라고요. 그런데 하필이면 선생님이 제 가명을 찾고 있었던 거지요. 선생님이 김설원 씨를 찾는 데서 전 속으로 얼마나 당황했는지 아세요. 남에게 빚진 일 없이 살아왔는데 왜 절 찾을까 생각했어요. 하지만

그분이 작가라는 말을 듣고, 동명이기 때문에 안심이 되더라고요. 술집에서 일하는 여자에겐 그만한 신분이 필요 없거든요."(273쪽)

김설원은 카페 여주인과 동명이다. 화자인 그나 카페 여주인인 그녀도 본명을 숨기고 가명으로 살아가는데, 한쪽에서는 자신의 이름을 갖고 있으면서 또 하나의 이름으로, 다른 한쪽은 직업의 신분 때문에 본명을 숨기고 가명으로 살아간다. 자신의 이름을 의도적으로 숨긴 것이나 일부러 감춘 이름들이 어찌 소설에서뿐이랴! 작가는 과거를 다시 뒤돌아보게 하는 관점이 있다.

3. 아픔의 그늘과 한의 조각들

인간은 누구에게나 한이 있고 아픔이 있다. 「세월의 뼈」는 이런 현실에서 우리 역사의 가장 비극적인 사건 중 하나였던 6·25를 다룬 작품이다. 나는 6·25 이야기를 돌아가신 할머니께 들었다. 인민군이 마을에 왔다 북으로 퇴각하고 국군이 마을에 들어왔다는 전형적인 이야기였다. 하지만 그 이야기를 쓸 수 없어 오랫동안 구상만 했는데, 갑자기 아버지의 농토에 산업단지가 조성되어 조상의 묘를 다 이장(移葬)하게 되었다. 이게 모티프가 되어 작품을 썼다.

> "국군은 벌써 북으로 갔고, 총성이 있던 자리에는 이십여 구의 시신이 나뒹굴고 있었는데, 어머니가 갑자기 생면부지의 죽은 사람을 부여잡고 엉엉 우는 거여. 분명히 아버지가 아닌데, 어머니가 아버지와 비슷한 남자를 부여잡고 '여보, 여보, ……당신이 기어코 죽었구려!' 그랬단 말이여."(43쪽)

화자의 할머니는 죽은 사람 중에 모르는 사람을 남편이라고 우기며 묘를 쓴다. 당시에는 죄의 책임을 자손까지 물리는 연좌제가 있었다. 할머니는 할아버지가 월북했다고 하면 아버지가 죄를 받을까 봐, 차라리 모르는 사람을 남편이라고 우겨 죽은 사람으로 만들면 아버지의 앞날이 평탄할 것이라고 생각했던 것이다. 이렇듯 전쟁은 참혹하고 후대까지 영향을 미치는 게 당시의 풍조였다.

「미늘의 눈」 역시 한스러운 작품이다. 「세월의 뼈」가 6·25에 중점을 두었다면, 이 소설은 행정중심복합도시 건설에 고향을 떠난 원주민들의 이야기를 다루었다.

조상 대대로 살던 농토와 묘지가 다 없어지고 보상받은 돈으로 낚시점과 연립주택을 마련한 세 가족. 그러나 그들의 삶은 마지못해 살아가는 불행의 연속이다. 속아서 매입한 낚시점은 장사가 안 되고, 넓은 들녘에서 살다가 연립주택에서 생활하자 새장에 갇힌 것처럼 답답해서 어머니는 집으로 흙을 파고 아버지는 냇가로 가서 물고기 잡기에 여념이 없다. 결국 '나'는 아버지를 대신해서 낚시점을 맡고, 희망이 없는 나를 보며 정혜는 떠난다. 시골에서 편안하게 7급 공무원 시험을 준비하던 나는 졸지에 시험도 포기하고 여자도 잃는다.

　　아버지는 밤마다 혼자서 소리 죽여 울었던 모양이다. 다만 너무 깊은 새벽이라 그 울음소리를 내가 듣지 못했을 뿐이다. 나는 아버지의 울음소리를 들으며 언젠가 어머니가 한 말을 떠올린다. 우라질 놈들, 전쟁보다 더 무섭네. 정부에서는 나름대로 충분히 보상했다고 여기겠지만 실제 보상을 받은 원주민들은 대부분이 일억 원 미만의 돈을 가지고 고향을 등졌다. 그 돈으로 지방에서 아파트 전세 한 채 얻으면 남는 게 없었다. 일부 약삭빠른 사람들은 보상을 노리고 관상수와 과일나무를 심거나 버섯 재배용 비닐하우스를 설치해서 재미를 봤지만, 농사밖에 모르며 살아온 사람들은 남을 속일 줄도 몰랐다. 그렇게 힘없고 착하게 살아온 사람

들이 고향을 떠나 우리처럼 살고 있다.(189쪽)

이 작품을 쓰려고 나는 당시 충청남도 연기군 남면과 금남면 일대를 수시로 가봤었다. 인구 일만 명 정도의 평화로운 시골 마을이었고, 대부분이 소농(小農)이었다. 그런 마을이 공사로 파헤쳐져 황무지 같았고, 보상을 적게 받아서 갈 곳이 없다는 농민들의 한숨 소리를 들었다.

4. 혼(魂)의 세계와 내면의 뜰

중편소설 「묻어 있는 시간」은 역사학과를 나와 시를 쓰다가 자살한 후배의 이야기가 모티프가 되었다. 여기에 시골에서 학원을 운영하는 친구 이야기를 끼워 넣었다. 나도 그 친구에게 자주 들렀었고, 내 차로 아이들을 태워다주기도 했었다. 이 소설은 혼들의 세계를 들여다보는 다소 허무맹랑한 소설이다.

> 밤마다 일어나서 세상을 유희하는 혼들이 있다. 강물로도 씻지 못하는 우리. 죄목을 씻기 위해 혼들을 찾아가면, 혼들은 내가 한낱 목숨 하나 부지하는 사람이라고 오지 말라네. 오늘도 금이성에는 천년 적요만 고여, 젊은 보살 생을 버리고 혼들의 세상으로 오라 한다.(207~208쪽)

그는 이렇게 저 혼자서 혼들의 세계를 동경하다 결국 자살로 삶을 마감했다. '나'는 그가 문화재를 발굴한다며 금이성에 자주 가서 백제 시대의 혼을 만나는 것으로 생각한다. 금이성은 백제가 패망했을 때, 잔류 세력들이 저항한 곳이므로 그의 상상은 충분히 가능한 일이었다.
정상에서 하산하다 '나'는 어둠 때문에 길을 잃는다. 산에서는 어둠이 빨리 오고, 나는 손전등에 의지하며 하산하다 길을 완전히 잃고 헤매다 불빛이 흘러나오는 곳으로 간다. 거기에는 의외로 산신을 모시는 여인이 있는데, 내가 올 줄 미리 알고 있었고, 나로 인해 여인이 생명을 잉태하고 그 아이가 대를 이으며 산신을 모신다고 말한다.

얼마나 깊은 잠이었을까. 눈을 뜨자 밖은 날이 훤히 밝아 있다. 꿈을 꾸었나. 간밤에 오랫동안 그녀와 깊은 관계를 맺었는데, 그녀는 보이지 않는다. 나는 몸을 일으켜 사위를 살핀다. 간밤을 밝히던 양초는 밤새도록 자신의 몸을 태우고 바닥에 굳은 촛농만 남긴 채 꺼져 있고, 석불과 산신의 형상만 쓸쓸하게 놓여 있다. 분명히 그녀와 함께 잠자리에 들었는데 어딜 간 것일까. 간밤에 그녀를 와락 끌어안았을 때, 그녀는 스물여섯 해 동안 나를 기다려온 여자처럼 금방 온몸이 불덩이처럼 뜨거워졌으며, 그녀의 긴 머리칼을 감싸며 온몸을 애무했을 때, 그녀가 내 입술에 뜨거운 입김을 불어 넣었고, 나도 그녀처럼 몸이 달아올랐었다. 그리고 그 몸은 오랫동안 식지 않았었다.(253쪽)

결국 나는 여인과 관계를 맺고 산에서 내려온다. 저수지 옆에는 어제 타고 온 차가 있고, 저 멀리서 꽃상여가 오고 있었다. 이 소설은 다소 무거운 소재를 택하여 혼들의 세상으로 안내하고 있다.

5. 죽음의 음영(陰影)에 나타난 죽음의 방식

「살아 있는 돌」과 「아름다운 이별」은 죽음을 다루고 있는 소설이다. 전자는 요양원에서, 후자는 집에서 직접 죽음을 맞는데, 둘 다 노인의 삶을 다루고 있다. 작은아버지가 요양원에서 지내서 가끔 면회하러 갔었다. 그곳에서 활력이 없는 노인들의 삶을 보며 작품을 구상했다.

「살아 있는 돌」은 시골에서 혼자 사는 아버지가 치매에 걸려 누군가가 모시지 않으면 안 되는데, 형제들이 서로 모시기를 거부해서 요양원으로 모시고, '나'는 요양원 직원이라 아버지를 관찰하는 내용이다. 나를 낳고 이 듬해 어머니가 병으로 죽어서 아버지는 계모를 들였는데, 민철이라는 아이까지 데리고 온 여자를 나와 형은 새엄마로 받아들이지 않았다.

결국 새엄마는 민철이를 남기고 떠났고, 아버지는 그 여인을 못 잊어 40년 전의 사진을 가슴에 품고 기다리고 있다. 그러나 요양원이란 곳은 한번 들어가면 죽어서야 나오는 현대판 고려장과도 같다.

> 면회객이 놓고 간 전복죽을 아버지께 다시 내밀었지만 한 손을 내저으며 사양했다. 아예 단식할 모양이었다. 치매가 있다고는 하지만 아버지는 점점 말수가 적어지고 혼자 잠들거나 간이침대에 멍하니 앉아 있는 것이 하루의 일과였다. 나는 그런 아버지를 위해 세면장으로 가서 샤워도 시키고 밖에 나가 산책도 했다. (146쪽)

이처럼 아버지가 하는 일이란 온종일 잠을 자거나 간이침대에 앉아 있는 일이다. 이미 치매에 걸려 기억을 못 하고 혼자서는 거동을 못 하는 아버지는 그곳에서 죽음을 맞을 때까지 벗어나지 못하는 것이 현실이다. 그 때문에 아버지는 앞으로 다가오는 죽음을 맞이해야 한다.

이처럼 다가오는 죽음을 기다리는 것이 「살아 있는 돌」이라면, 「아름다운 이별」은 오히려 죽음을 스스로 만들어나간다.

K는 작고하신 소설가 선생님을 모티프로 하였다. 함께 지역 문학단체에서 활동도 했고 수시로 병원 지하에서 연회를 열었는데, 만년의 삶은 그렇게 행복하지 못한 듯했다. 의사였던 남편은 반신불수가 되어 누워 있고, 미국에서 살던 딸은 파혼하고 집에 들어앉아 선생님께 자주 고성을 질러대는, 폐업한 병원 건물의 을씨년스러움이 「아름다운 이별」이란 소설을 쓰게 했다.

"먼저 가니까 좋아요? 태어날 때도 다르게 태어났는데 죽는 것도 같을 라고요? 그래서 먼저 간 거예요? 아침까지 멀쩡했었는데 언제 간 거예 요? 난 그것도 모르고 나가서 수면제도 사 오고 쥐약도 빻아 넣었지 뭐 예요. 저세상으로 가면 이승처럼 넓어서 우리 이제 못 만나는 거예요? 그러기에 조금만 기다리지, 뭐 하러 먼저 갔어요?"(297~298쪽)

결국 K는 혼자 약을 삼키고 남편의 곁에 눕는다. 삶에 대한 희망도 없고, 언제 죽을지 모르는 죽음을 마냥 기다리지 않고, 손수 죽음을 선택한 것이 다. 이 작품은 첫 시작부터 먼지를 언급했듯이 혼자 느끼는 삶에 대한 무념 무상(無念無想)을 토로하고 있다. 먼지라는 하찮은 부유물처럼 인생을 살 아보니까 그저 먼지와 같다는 K의 사상이 작품 속에 녹아 있다.

6. 현실의 안주(安住)와 기다림의 끝

중편소설 「벽 속의 너」는 아내 때문에 쓴 소설이다. 아내는 지역에서 여 러 단체에 가입하여 지역 협회지에 논문도 발표하고, 구성원과 함께 답사도 다녀오고 활발하게 활동하는데, 유독 집에는 늦게 들어오고 핸드폰도 꺼놔 서 답답했었다. 눈발이 거세게 몰아치는데, 새벽 한 시가 넘어도 안 들어오 고, 핸드폰도 꺼져 있어 무작정 아내를 찾아 나선 적도 있었다. 하루이틀도 아니고 매일 새벽 한두 시에 들어오는 아내 때문에, 잠도 못 자고 기다리다 잠들고, 다시 인기척에 깨는 일이 반복되었고, 신경이 날카로워졌다.

그러한 고충을 아내에게 말하고 진지하게 대화를 해보자, 아내는 집에서 는 심란해서 일이 안 된다고 했다. 답사를 다녀오면 지출 내역을 정리하고 기행문을 써서 지역 잡지에 게재하고, 문화원 향토사연구원과 박팽년 연구 회 회장 등을 맡아 보수도 없이 업무를 수행하고 있었다. 그런 아내의 행방 이 묘연한 것으로 설정하여 쓴 것이 이 소설이다.

엘리베이터를 타고 4층으로 올라가 현관문에 붙은 도어록의 비밀번호를 누르고 안으로 들어서자 아내가 볼멘소리로 말했다. 나는 화들짝 놀라며 아내를 바라보았다. 아내는 집에 있었다. 작은 방에서 한숨 자고 일어나니까 거실에 불이 켜져 있어서 내가 온 줄 알았는데, 없어서 기다리고 있었다고 했다. 믿어지지 않았다. 아내는 작은 도서관이 개관 3주년 기념일이라 휴관을 해서 아침부터 밀린 빨래와 청소를 했다고 했다. 베란다 정리와 신발장, 수납장까지 정리하고 오후에 목욕했는데 몸살 기운이 있어 감기약을 먹고 작은 방에서 누워 있었다고 했다. 감기약인 줄 알고 먹은 약이 수면제였는지 깜박 잠이 들었는데 깨어보니 열 시가 넘어 있었다고 했다. 아내는 내가 아내를 찾으러 나간 사이에 잠에서 깬 모양이었다. 벽 하나를 사이에 두고 아내를 찾아 나선 것이 아직도 믿기지 않았다. (127쪽)

결국 아무 일도 일어나지 않은 현실 속에서 '나'는 아내를 찾은 것이다. 이처럼 벽 하나를 사이에 두고 살아가는 것이 현실이다. 싸리나무 문도 없이 성장했던 세대들이 지금은 옆집에 누가 사는지도 모른 채 살아간다.

「여름 한낮」은 예전에 살던 곳 근처에 있던 치킨집이 모티프가 된 소설이다. 친척이 운영하는 치킨타운이었는데, 그곳에 가끔 들러서 닭 튀기는 것을 보기도 했고 생닭을 사다 집에서 백숙을 해 먹기도 했다. 지금은 닭을 업자에게 받아서 치킨을 튀기지만, 예전에는 닭 잡는 기계를 놓고 직접 닭을 잡아서 치킨을 만들고 생닭을 팔기도 했다.

이 소설의 주인공도 현실에 안주하며 기다림의 연속이다. 다만 전작에서는 기다림, 혹은 찾는 대상이 아내인데, 이 작품에서는 기다림의 대상이 어머니이고 주인공은 '나'라는 여인이다. '나'는 치킨집 〈바람개비〉를 운영하며 가게 앞에 커다란 바람개비를 세워놓았다. 어릴 적에 집을 나간 어머니가 그것을 보고 찾아오기를 바라는 것이다.

대학 삼 학년 때였다. 문득 어머니를 찾아야겠다는 생각에 경찰서에 갔었다. 어머니에 대해 경찰이 묻자 나는 입을 다물었다. 어머니에 대해 아무것도 아는 게 없었다. 어머니의 이름은 물론 성조차도 생각이 나지 않았다. 아버지에게 매를 맞던 모습이 떠올랐다. 방에서, 마루에서, 마당에서 술에 취해 휘두르는 아버지의 폭력 앞에 저항하지 않고 그 폭력을 고스란히 받던 어머니의 모습이 떠올라 가슴이 울컥했다. 그 작은 체구에 아버지의 폭력을 견뎌내는 어머니가 신기할 정도였다. (62~63쪽)

어머니의 이름도 성도 모르고, 남은 이미지는 아버지에게 마냥 매 맞는 모습이다. 결국 나는 어머니 찾기를 포기하고 막연한 기다림으로 전환한다. 그리고 그 기다림은 마침내 결실로 찾아온다.

차가 마을을 지나 가게가 보이는 곳에 이르자 가게 앞에 검은색 승용차가 멈추고 나이 많은 여자가 차에서 내려서 가게 앞에 세워진 바람개비를 바라보고 있다. 멀리서 보아도 여자는 고급스러운 차림에 기사까지 딸려 있다. 여자가 무엇인가를 기억하는 듯 바람개비를 바라보다 가게의 간판을 유심히 바라보았다. 아, 그리고 여자는 천천히 가게의 출입문을 밀고 안으로 들어갔다. 나는 그 여자를 보며 어머니가 분명하다고 생각했다. (68쪽)

소설을 쓰기 위해서는 남들이 다루지 않은 기발한 소재를 찾아야 하는데, 나는 일상에서 쉽게 소재를 찾고 글을 써왔다. 스티븐 무어(Steven Moore)는 '작가는 혼자서 모든 배역을 맡는 오페라'라고 했다. 그의 말처럼 소설을 쓸 때 나는 모든 것을 경험한 것처럼 혼자서 다 써나가기 때문에 좋다. 소설을 쓰는 동안 누가 간섭하거나 조언하지도 않는다. 그래서 소설이 매력 있는지 모르겠다.

李吉煥

발표지 목록

내 영혼의 나그네 _『한국소설』 2013년 11월호

세월의 뼈 _『한국소설』 2009년 2월호

여름 한낮 _『한국소설』 2017년 6월호

벽 속의 너 _『소설충청』 2011년 19호

살아 있는 돌 _『금강의 소설가들』 2020년 창간호

전생에서의 하루 _『문예와 비평』 2002년 여름호

미늘의 눈 _『서정문학』 2019년 11 · 12월호

묻어 있는 시간 _『소설충청』 2008년 16호

망각의 세월 _『문예와 비평』 2002년 가을호

아름다운 이별 _『한국소설』 2018년 7월호